누가,
있다

일러두기
소설에 등장하는 인물, 사건, 장소는 모두 실제와 아무런 관련이 없습니다.

누가, 있다

【2】

제인도
장편소설

VANTA

차례

누가, 있다 · 7

19

 신당은 규모가 크지도 작지도 않다. 제단에는 과일을 비롯한 갖가지 제물과 불상, 신상, 그림 등이 있어 전체적으로 울긋불긋하다.
 신당 안에는 무당과 나, 둘뿐이다. 화장을 지우고 평상복으로 갈아입은 그녀는 이웃에서 흔히 볼 법한 모습이다. 인상이 온화하고 풍채가 아주 좋다.
 "신명님이 단단히 노하셔서 자네 사연을 자세히 알아야겠어."
 무당이 인자하게 말을 건넨다. 낮지만 부드러운 목소리. 하지만 뚫어질 듯 쳐다보는 시선이 날카롭다. 그 기세에 위축되어 시선을 떨궜다. 나와 그녀 사이에 작은 소반이 놓였고, 그 위에 오색 천에 싸인 나무상자가 있다.

"집에서 들었지? 이것이 아까 그 명두야. 워낙 불경해서 내가 봉인해뒀지."

"이곳에 보관해두는 건가요?"

"내가 뭐하러? 이건 우리 신당에 들일 수 있는 물건이 아니야. 원래 있던 자리에 되돌려 놔야지. 자네 시골집 말일세. 거기에 묻을 거야."

그녀는 다탁에 놓인 다기에서 차를 따라 내 앞에 놓았다. 난 찻잔을 받아들고 주위를 두리번거렸다. 신당 안의 분위기가 기괴하다. 불안해하는 나를 보고 무당이 또 미소 짓는다.

"마셔도 돼. 이건 그냥 차야. 아직도 꿈인지 생시인지 헷갈리나 보지?"

무당은 자신의 찻잔에도 차를 따랐다. 그녀가 차를 마시는 걸 보고 나도 잔을 들었다. 따뜻한 차가 들어가자 마음이 좀 편안해진다. 움츠러든 몸도 풀리는 것 같다.

"이 명두는 황해도 만신의 신성한 기물이야. 신딸에게만 대대로 내려온 신의 증표지. 이게 자네 집에 있다는 건 자네가 그 업을 잇는다는 말인데… 이상하단 말이야. 내 눈에는 신줄이 전혀 안 보여. 자넨 신딸이 될 자격이 없어."

"신딸이라면…?"

"무당 말이야. 무당이 될 그릇이 아닌데 왜 이걸 자네가 갖고 있을까? 다시 한번 묻지. 어디서 난 게야?"

무당의 눈빛에 호기심이 가득하다. 집에서는 호통을 쳤는데 지금은 날 부드럽게 어른다.

"말해볼래? 우리 신명님이 자네에게 직접 들으라 하시거든."

"그게요…."

난 조심스레 입을 뗐다. 엄마가 죽던 날부터 변호사가 고모의 유산 건으로 나를 찾아온 일, 그리고 사촌들을 만나 시골집에 간 사연까지 쭉 설명했다. 종현 오빠가 죽은 것도, 현선 언니가 이상하다는 말도 덧붙였다.

"흐음… 사촌들이 그랬다 이거지. 혹시 조상 중에 무업에 종사한 분이 계시나?"

"모르겠습니다. 말씀드렸다시피, 아빠가 돌아가신 후로 친척들과 인연을 끊고 지내서요."

무당은 곰곰이 생각하더니 서랍장에서 뭔가를 꺼내 왔다. 오색 천으로 감싼 것은 지갑이었다. 수아 언니가 이니셜을 새겨 내게 선물했던 바로 그 겨자색 카드 지갑.

"이게 뭔 줄 아니?"

"지갑이요. 사촌 언니에게 선물 받은 거예요."

"자네가? 아니면 친구가?"

"제가 받았어요."

"그런데 친구가 갖고 있다?"

"혜리가 하도 갖고 싶다고 졸라서 제가 줬거든요."

"그런데 명두가 든 상자 안에 이게 있더구나."

"제가 이사 올 때 같이 챙겼어요. 버리기 아까워서."

"친구에게 돌려받은 건가?"

"여주 집으로 혜리를 만나러 간 적이 있어요. 그때 혜리 어머니께서 돌려주셨어요."

"아하, 그렇게 된 것이구먼. 그 양반 발칙하기는. 직접 태워 없애라고 했더니 원주인에게 돌려줬군. 그래서 이렇게 꼬인 거야. 쯧쯧."

무당이 소반 밑에서 시퍼렇게 날이 선 큰 가위를 꺼냈다. 그리고 내가 말릴 새도 없이 지갑의 가장자리를 사정없이 잘랐다. 얼마 쓰지도 않은 새 지갑을. 그녀가 잘라낸 곳에 손을 넣어 가죽을 잡아 뜯었다. 그 안에서 조그맣게 접힌 노란 종이가 나왔다. 펼쳐보니 부적이었다.

"보이지, 이 부적? 자네 집을 온통 도배했던 그 부적과는 성격이 완전히 다른 거야. 잡귀를 불러들이는 거지. 이름까지 새긴 지갑에 곱게 넣어준 걸 보니 자네를 노리고 쓴 것 같은데?"

뒤통수를 세게 얻어맞은 느낌이다. 그렇다면 수아 언니가 어떤 의도를 갖고 나에게 선물했다는 얘기다. 이니셜까지 새긴 걸 보면 확실하다. 대체 왜? 언니는 도진이에게 선물할 지갑을 살 때도 내가 이 지갑을 잘 쓰고 있는지 확인했다. 목적이 과연 뭘까?

"지갑을 준 사람이 뭐라고 하면서 줬어?"

"선물이라고…."

"아니, 그런 말 말고. 분명히 뭐라고 했을 텐데? 잘 생각해봐."

지갑을 받은 곳은 차 안이다. 수아 언니가 새로 뽑은 미니를 타고 같이 종현 오빠의 산소에 가던 길이었다.

'이제 우린 가족이나 다름없잖니. 이 언니 작품 하나쯤 갖고 있어야지.'

지갑을 건네며 의기양양해 하던 모습. 그날 현선 언니도 보러 갔었지. 낯선 여자들에게 폭행당하던 현선 언니와 그 집에 있던 수많은 십자가. 그때부터 이상했다. 나만 모르고 있었을 뿐.

"떠오르는 게 없어? 평소와 다른 얘기를 했다거나, 다른 사람들은 잘 하지 않는 말을 하는, 뭐 그런 거 있잖아?"

언니는 나에게 줄 지갑이라며 먼저 사진을 찍어서 보내줬다. 딱히 별말 없었던 것 같은데… 또 뭐라고 했더라? 참, 그전에 종현 오빠 장례식에서 만났을 때 무슨 색이 좋으냐고 물었다.

'파란색, 빨간색, 노란색, 흰색, 검은색. 다섯 개 중에 하나 골라봐.'

내가 노란색을 고르자 언니가 말했다.

'애가 색을 좀 아네?'

그리고 내게 지갑을 만들어 주겠다고 했지. 난 그때 왜 노란색을 골랐을까? 원래 좋아하는 색도 아닌데.

"언니가 좋아하는 색깔을 말해보라고 했어요. 내가 좋아하는 색으로 지갑을 만들어 주겠다고."

"그래서 지갑이 노랗군. 이게 무슨 의미인 줄 알아?"

무당이 오방기를 꺼내 들었다. 파란색, 빨간색, 노란색, 흰색,

검은색. 언니가 내게 제시한 색과 똑같다.

"이 오방기에서 노란색은 조상을 의미하지. 그것도 평범하지 않은 조상이야. 그런데 쯧쯧… 피곤해. 제대로 풀리지 않았어. 이러니까 신명님이 내게 보여주질 않으시지."

이게 무슨 말일까? 억울한 조상의 혼을 내가 달래줘야 한다는 얘기인가?

"일부러 노란색을 썼어. 그 안에 부적을 넣고. 그리고 허주가 들어앉은 명두와 함께 지니게 했다? 그게 뭐겠어? 부적으로 잡귀를 꼬이게 해서 신가물도 아닌 너를 그릇으로 만들려 했던 거지. 그 업을 잇게 하려고."

"업이요? 그러면 제가 어떻게 되는데요?"

"그릇도 아닌데 신을 받을 수 있겠어? 허주 잡신 따위나 들겠지. 감히 무당 행세를 하며 사람들을 현혹했을 거야."

"말도 안 돼요. 그게 가능한가요? 전 자격이 없다면서요? 그런 게 억지로 돼요?"

"신딸이라는 증표를 갖고 있잖나? 게다가 이렇게 이름까지 쓰여 있고. 나 자격 있는 사람이니 이리 오시오, 하고 귀를 불러들이는 거지. 충분히 가능한 얘기야. 흥! 어떤 잡귀가 썬 물건인지 아주 앙큼한 잡재주를 부렸어."

"언니가 제게 왜 그런 짓을 했을까요?"

"자기한테 온 신을 피하려 한 거겠지. 내 생각에는 그래. 자네 집안 핏줄은 무업을 이어야 하는 숙명이었을 거야. 황해도 지역이 세습무는 아니지만… 간혹 있기는 했단 말이지."

그럼 이제 난 어쩌지? 귀신을 쫓으려면 역시 굿을 해야 하는 건가? 수아 언니가 괘씸한 동시에 돈 걱정이 앞선다.

"그런데 이상하단 말이야. 이 부적은 명두에 있던 부적과는 달라."

무당이 차를 한 모금 마시고는 쓴웃음을 짓는다.

"다르다니요? 뭐가요?"

"이건 귀를 불러들이는 부적이란 말이야. 하지만 내가 명두와 함께 상자에 봉인한 건 귀를 숨기는 부적이거든. 그런데 부적을 쓴 자가 같아. 똑같은 악취가 난다고. 비린내를 풍겨. 왜 그랬을까? 그자는 왜 명두의 힘을 숨기려 했을까?"

"혹시 집에 도배된 부적도 같은 사람이 썼을까요?"

"아니. 그건 다른 자가 썼어."

"그럼 부적을 쓴 자가 두 명이란 말씀이신 거죠?"

"그렇지. 하지만 부적의 종류는 세 가지야. 귀신을 집에 가두는 부적, 귀신을 불러들이는 부적, 그리고 귀신을 숨기는 부적. 재미있네. 다른 자가 다른 방식으로 부적을 썼는데 내 눈에는 비슷해 보이니 말이야."

"그건 또 무슨 말씀이세요?"

"목적이 다른데 같단 말이지."

"목적이 다른데… 같아요?"

"자네 생각엔 부적을 쓴 자들이 왜 그랬을 것 같아?"

"그야, 저를 무당으로 만들려고…."

"염매와 접신은 엄연한 차이가 있어. 집에 있던 부적은 거기 사는 사람을 염매로 만들려는 게 목적이었을 거야. 허주를 들어앉히고 업을 잇게 하려던 게 아니라고."

"그 집에 있었으면 전 염매도 되고 접신도 하게 됐을까요?"

무당이 갑자기 소리 내어 웃기 시작했다. 무안할 정도로 한참을 웃고는 다시 말을 이어갔다.

"그럴 리가 있나. 사람이 하난데 그렇게는 못 쓰지. 내가 부적을 쓴 자가 둘이라고 했지? 각자 자신의 목적에 맞게 부적을 쓴 거야."

"그럼, 집에 부적을 도배한 사람과 수아 언니가 서로 모르는 사이라는 거죠?"

"그렇지. 서로 알았다면 동시에 행하지 않았겠지."

"그렇다면 집에 있던 부적은 저를 노렸던 걸까요?"

"그건 아닐 거야. 거기 지박령이 있었잖나? 특정인을 목표로 한 건 아닐 거야."

"지박령이요?"

"자네가 창밖으로 뛰어내리려고 했지? 그거, 지박령이 자네를 죽이려 한 게 아니야. 오히려 자네를 구하려고 그 집에서 도망치게 했던 거지. 본인이 죽기 전에 했던 방식으로 말이야."

정지수! 내가 느꼈던 그녀의 과거, 그녀의 기억이 생생하게 떠오른다. 외롭고 억울했던 그녀의 마음도. 그녀는 그렇게 지박령이 됐던 거구나. 그리고 날 도와준 거고.

"지수 씨는 자살하려던 게 아니라 도망가려 했던 거군요."

"그 영이 그러더군. 자기도 염매가 될 뻔했다고. 자네에게 잡귀가 씌는 걸 막으려다 그만 감겨버렸던 거지. 그이는 거기서 죽었어. 지박령이 된 걸 보면 아주아주 원통했을 거야."

"제 처지를 알고 있었던 거네요."

"그것만이겠어? 조심하라고 명두가 있는 곳도 알려줬던 것 같은데? 물론 자네가 짐작하지 못했겠지만 말이야."

그래서 그녀가 주방 앞에 서 있었던 걸까? 다용도실을 가리키던 그녀의 손. 그리고 그곳에서 들려오던 풍경 소리.

"풍경 소리…."

"뭐?"

"명두를 뒀던 다용도실에서 풍경 소리가 들렸어요."

"그건 풍경이 아니야, 무령이지."

무당이 긴 막대에 달린 방울 같은 것을 꺼내 보여줬다. 딸랑— 딸랑— 그녀가 방울을 흔들자 집에서 들었던 것과 똑같은 소리가 났다.

"이건 무당이 쓰는 무구야. 흥! 잡귀 주제에 또 신이랍시고 기척을 부렸구나. 자기가 있다는 걸 알리려던 거였어. 다행히 그 지박령 덕에 잡귀에게 감기지 않았던 모양이네."

"절 도와준 거네요. 지수 씨는… 이제 하늘로 올라갔겠죠?"

"무슨 소리! 다른 잡귀들은 다 천도해도 지박령은 쉽지 않아.

달래도, 달래도 버티거든. 원하는 게 충족되지 않으면 절대 천도되지 않아."

민성재가 생각난다. 부드러운 목소리, 날 안았을 때의 기분 좋은 느낌. 그를 밀어낸 것은 정지수지만 그녀는 분명 그를 그리워했다. 창문에서 뛰어내리는 그 순간에도 그를 생각했을 것이다. 가슴이 먹먹해진다.

"어떻게 하면 그분을 천도할 수 있을까요?"

"자네가 신세를 크게 지기는 했지. 그런데 글쎄… 쉬이 되려나? 천도하려 해도 본인이 의지가 없단 말이지. 원도 한도 커서 말이야. 정 마음이 쓰이면 나중에 치성이라도 드리든가."

거울에 비친 정지수의 얼굴이 떠오른다. 비슷한 처지라서 동일시했던 걸까? 그녀 역시 나를 동정해서 잡귀가 꼬이지 않게 막아줬다. 덕분에 난 염매가 되지 않았다.

"거기서 귀신이 된 건 정지수 씨가 처음이겠죠?"

"그이는 귀가 아니야. 이 세상을 뜨지 못한 영이지. 하지만 곧 귀가 되겠지. 그 집에 잡귀가 득실대니 말이야."

"잡귀요?"

"여기저기서 몰려든 객귀들. 세상천지에 쉴 곳 없는 불쌍한 것들이지. 내 귀에는 굶어 죽어가는 자들의 고통스러운 울부짖음이 들려. 한둘이 아니야. 기분 나쁜 집이야. 기운이 아주 좋지 않아."

"그 소리라는 게, 염매가 된 사람들이 내는 건가요?"

"염매가 된 자들은 그 집에 없어. 그들이 겪은 참혹한 잔상만 남은 거지."

"그 사람들은 어디 있을까요?"

"내가 어찌 아나. 그건 경찰이 찾아야지. 우리 같은 무당이 할 일이 아니야."

무당은 정지수 외에도 그 집에서 죽은 사람들이 더 있을 거라고 추측했다. 그렇다면 3층 세입자와는 무관한 일이겠지. 어쩌면 돌아가신 고모가 벌인 일일지도 모른다. 아니, 이상한데? 내 전세 계약은 고모가 돌아가신 뒤에 진행됐고, 2층 인테리어는 3층 세입자가 맡아서 했다. 그녀가 이 상황을 모를 리 없다. 이 일과 무관하지 않다. 그렇다면 3층 세입자 조미는 고모와 무슨 관계일까?

다시 기억을 되짚는다. 3층 여자와 난 항상 현관에 서서 얘기를 나눴다. 내가 3층에 간 적은 있지만, 그녀는 우리 집에 들어오지 않았다. 왜일까? 2층이 부적으로 도배된 것을 알고 피했던 게 아닐까? 아니면 들어올 수 없는 상황이었거나. 하… 이걸 이제야 알게 되다니….

"집에 부적을 붙인 사람이 3층 세입자겠죠?"

"집주인 몰래 그런 짓을 할 간 큰 세입자가 있을까?"

"원래 집주인인 고모는 돌아가셨어요. 제가 이사하기 몇 달 전에요."

"그럼 그 권리를 물려받은 다른 사람이 했겠지."

"아직 상속받기 전인데… 설마, 사촌들이 그랬을까요?"

"자네에게 먹을 걸 누가 갖다줬어?"

"그게 무슨 관련이 있나요?"

"염매는 가두고 굶겨 죽여서 만드는 것이거든. 밖에 못 나가게 하려면 먹을 걸 갖다줘야지. 조금씩, 아주 조금씩 말이야."

매일같이 끼니를 챙겨주던 3층 여자. 아니라고 부정하고 싶지만 역시 그녀였구나. 그럼 고모 생전에도 홍연동 집에 살았다는 말인가? 이사 오는 날 내가 분명히 봤는데?

소름이 끼친다. 도대체 언제부터 이걸 설계했을까? 갑자기 오싹한 생각이 들어 두 팔로 내 어깨를 감싸 안았다.

"뭘 벌써 놀라고 그래? 앞으로 놀랄 일이 어디 한둘인 줄 알아? 준비나 철저히 해두자고. 큰굿을 벌여야 할지도 몰라."

"굿을 꼭 해야 하나요?"

"신명님께서 허락하시면 판을 벌여야지. 치성을 많이 드려야 해."

큰굿이면 돈이 어마어마하게 들겠지. 비용이 걱정이지만 지금 심정은 무당의 힘이라도 빌리고 싶다. 너무 두렵다. 가족이라며 다가온 사람들이 나를 감쪽같이 속이다니. 이제 누구도 믿지 못할 것 같다.

"돈 때문에 그래? 비용은 걱정하지 않아도 돼. 굿값은 이미 받았으니까."

"네? 그 돈을 누가…?"

"누구긴 누구겠어. 자네 이모지."

예상치 못한 대답에 안도하면서도 미안한 마음이 든다. 김향 이모도 사정이 넉넉지 않은데 큰돈을 어떻게 마련했을까. 나중에 꼭 갚아야 할 돈이다. 그리고 수아 언니를 만나서 따질 거다. 변호사도 만나고, 3층 세입자 조미도 찾아낼 거다. 3층 세입자의 새빨간 입술을 떠올리며 나는 다짐했다.

"방을 마련해 놨으니까 며칠간 여기 머물게. 내가 곧 방편을 마련해줄 테니 집 밖으로는 나가지 말고. 귀를 탄 몸이라 자네를 노리는 잡귀가 많을 거야. 당분간은 조심하는 게 좋아. 이 지갑과 부적은 내가 태우지."

"고맙습니다. 혹시 제가 도울 일은 없나요?"

"신당에는 일하는 사람이 따로 있어. 정 돕고 싶다면, 자네를 이렇게 만든 잡것들이 누군지 잘 생각해봐."

부드럽게 미소 짓는 그녀의 얼굴이 할머니처럼 푸근하다.

"내가 왜 자네를 돕는지 아나? 자네 곁에 아직 어머니가 계셔서야. 우리 신명님께 도와달라 간곡하게 빌고 계시네. 그러니 내가 어찌 외면할 수 있겠나."

그 말에 왈칵 눈물이 난다. 엄마는 아직도 내 곁에 있다. 난 혼자가 아니다.

"얘기 다 끝났니?"

방문을 열자 기다렸다는 듯 김향 이모가 반색했다. 이모와 도진이, 혜리가 나를 기다리고 있었다. 친숙한 얼굴들을 보자 얼어붙었던 몸과 마음이 사르르 녹는다.

"추우니까 이리 들어와."

도진이가 이불을 들춰 자리를 만들었다.

"무당 아줌마가 뭐래? 얘기가 길어진 걸 보면 심각한가 봐?"

혜리가 부지런히 귤을 까면서 물었다.

"그래, 궁금하다. 어서 얘기 좀 해봐."

무당과 나눈 얘기를 듣고 싶어 다들 귀를 쫑긋 세운다. 난 무당에게서 들은 얘기를 들려줬다. 부적이 총 세 개가 나왔는데 쓴 사람이 두 명이고, 어쩌면 우리 집안이 대대로 무업을 이어왔는지도 모른다고. 그리고 적송 시골집에서 큰굿을 벌일 수 있다는 얘기도 덧붙였다.

지갑 얘기가 나오자 혜리가 인상을 찡그렸다.

"우리 엄마가 사고 쳤네. 소희야, 미안."

"내가 오히려 미안하지. 그 부적, 원래 내가 지녀야 할 거였는데."

"내가 갖고 싶다고 졸랐잖아. 아이씨, 사실 엄마가… 이 무당 아줌마 말고 또 다른 당집도 몇 군데 갔거든. 그중 한 곳에서 그 물건이 보통 지독한 게 아니라고, 완전히 씻어내려면 태우지 말고 원주인에게 돌려주라고 했대. 그래야 나에게 아무 영향이 없을 거라고 말이야. 아, 엄마가 그 말을 들은 거야. 정말 미안해."

"괜찮아. 너희 엄마가 나 잘못되라고 일부러 그러셨겠어? 너 살리려고 그러신 거지."

"얘가 이렇게 성녀네. 마음이 아주 부처야. 어쨌든 우리 엄마 때문에 너 이런 거잖아."

"아니야, 그렇게 생각하지 마."

자책하는 혜리를 다독이고 있는데 휴대폰이 울렸다. 우리는 동시에 각자의 휴대폰을 확인했다. 도진이가 충전기에 꽂힌 휴대폰을 건넸지만 내 전화는 아니었다.

휴대폰 발신자를 확인한 김향 이모가 손가락을 입술에 댔다.

"네, 오빠."

〈어디니?〉

휴대폰 스피커로 아까 통화했던 경찰의 목소리가 흘러나온다. 이동 중에 전화한 듯 거리의 소음도 함께 들린다.

"제천에 도착해서 쉬고 있어요. 뭐 알아보신 거 있어요?"

〈알아보고는 있지. 그런데 시간이 좀 걸릴 것 같아. 이게 애매해서 말이야. 사건이라고 하기엔 딱히 무슨 일이 벌어진 게 아니라….〉

"오빠!"

〈알아, 알아. 당사자 입장에선 큰일이겠지. 하지만 우리도 눈에 보이는 게 있어야 덤비지.〉

"3층 세입자가 도망갔잖아요."

〈전입 신고 지연으로 과태료나 물릴 수 있을까, 도망간 것만으로는 죄를 특정할 수가 없어.〉

"용의자예요! 타인의 신분으로 위장해서 소희를 감금한 사람이라고요."

〈하아… 그건 추측이지. 임소희 씨를 감금했다는 증거가 없잖아. 지금으로선 강제성을 예단할 수 없다고. 신분증을 위조했거나 명의를 도용했는지도 아직은 몰라. 향아, 솔직히 말하면 현 상태로는 범죄를 입증하기 곤란해. 그 사람이 누군지도 모르잖아. 계약서도 가짜고 휴대폰도 대포야.〉

"그럼 어떡해요? 우리 소희는요? 그렇게 당한 걸로 끝내요?"

〈그러니까 기다려봐. 혐의를 하나씩 모아야지 서두른다고 되나. 일단 신고 접수는 됐고, 담당 형사도 방금 배정됐으니까….〉

"오빠가 맡는 게 아니에요?"

〈그게 내 마음대로 되니? 앞으로 백영찬 경장이 담당이야. 경험이 많으니까 잘 진행할 거야.〉

"믿을 수 있는 사람이에요? 저 너무 걱정돼요."

〈내가 틈틈이 들여다볼 테니까 걱정하지 마. 내용은 대충 전달해놨어. 내일 중으로 연락한다니까 그렇게 알고 있어.〉

"알았어요 오빠…. 그래도 계속 신경 써주셔야 해요."

〈알았대도. 참! 임대차 계약 관련 서류를 받아야 하는데, 변호사 이름과 연락처 찾아놨지? 그거 백 경장에게 알려주면 돼.〉

통화 내용을 듣고 도진이와 혜리는 수사가 더뎌질까 걱정했다. 내가 겪은 이상한 일이 이대로 묻힐까 봐 나도 속이 탔다.

"경찰이 나서면 3층 세입자를 바로 잡을 줄 알았는데…."

"도망갔다잖아. 사기 치는 사람이 그 정도 예상 안 했겠어?"

"조미는 대체 누굴까? 소희 너, 그 아줌마 이름 제대로 들은 거 맞아?"

"맞아. 계약서 사본도 있어. 변호사가 한 부씩 나눠줬거든."

"그때 얼굴 확인했겠네? 계약할 때 신분증 사본 첨부하잖아."

"본 것 같은데… 모르겠어. 기억이 잘 안 나. 복사본은 계약서만 받았거든."

"진짜 변호사랑 짜고 친 거 아냐? 소희야, 변호사에게 연락해 보자. 신분증 사본을 보내달라고 해. 어차피 경찰에도 제출할 거잖아. 달라고 하면 그 정도는 줄 거야."

혜리의 말에 귀가 솔깃한다. 3층 세입자의 신분증 사본만 보면 그녀가 조미인지 아닌지 확인할 수 있을 거다. 그러면 그 집에서 겪은 사건의 실마리도 찾을 수 있겠지.

난 휴대폰 연락처에서 김재열 변호사를 찾았다. 통화 버튼을 막 누르려는 순간, 팔찌를 찬 손목이 찌르르 저렸다. 불길한 생각이 머릿속을 스쳤다.

안 돼! 지금은 변호사를 믿을 수 없어. 그와 통화하면 내 상황이 언니 오빠에게 전달될 거야. 모두가 한통속일지 몰라. 나를 이렇게 만든 데 수아 언니도 한몫했다고.

난 휴대폰을 도로 내려놓았다.

"소희야, 왜 그래? 몸이 또 이상해?"

"헛것이 보이고 그래? 아니면 뭐가 들려?"

"아니, 그런 게 아니고… 그냥, 변호사에게 지금 연락하면 안 될 것 같아."

"왜? 빨리 3층 아줌마 신원을 확인해야지."

"내가 전화하면 변호사가 분명히 사촌들에게 연락할 거야. 공동 상속인의 동의를 구해야 한다고 핑계를 대면서 말이야."

"그러면 안 돼?"

"수아 언니가 몰래 부적을 넣은 거 잊었어? 무당 선생님이 집에 붙은 부적과는 다른 거라고 했잖아."

"네 사촌들 꿍꿍이가 3층 세입자 일과는 별개일 수도 있겠다."

"언니는 나에게 신을 받게 하려고 그랬어. 그런데 이 사태를 언니 오빠가 알아봐, 자신들이 꾸민 일이 수포로 돌아갔다는 걸 깨닫겠지. 그럼 어떻게 나올까?"

"도망가겠지."

"아니면 나 몰라라 하거나."

"언니를 만나 물어보고 싶어. 나한테 왜 그런 짓을 했는지."

"하지만 경찰이 전화할 거잖아. 변호사 연락처를 물어볼 거라고. 그러면 어쩔 건데? 안 알려줄 거야?"

"다른 건 모르겠고… 일단 수아 언니를 만나야 해."

생각할수록 눈물이 난다. 지난 몇 달 동안 내게 일어난 말도 안 되는 일들이 떠올라 억울하다. 혜리를 힘들게 한 것도 화가 난다. 언니가 내게 명두와 부적을 안기지 않았다면 혜리는 아무 일 없었겠지. 나도 지박령에게 홀리지 않았을 테고.

"하지만 소희야, 보살님이 집 밖으로 나가면 안 된다고 했다며? 잊었어?"

"그래, 위험해. 너 당분간 여기 머물러야 해."

"오늘은 일단 자고, 내일 생각하자."

도진이와 혜리는 위험하다며 일단 자신들이 수아 언니를 만나보겠다고 설득했다.

"며칠만, 딱 며칠만 참아. 그동안은 우리에게 맡기고."

"경찰에게 변호사 연락처 주는 것만 보류하면 되잖아. 이모, 도와주실 거죠?"

"그 정도는 내가 중재할 수 있지."

"도진이 넌 수아 언니의 동태를 살펴. 그 언니가 내 얼굴을 알아서 난 좀 곤란하거든."

"공방 위치를 아니까 내가 들러볼게. 사촌 오빠네 고깃집에도 가보고."

"난 변호사 뒤를 밟아야지. 탐정처럼. 소희를 데려다준 적 있어서 잘 알거든."

혜리가 입술을 앙다물고 말했다.

"그럼 난 뭘 하고?"

"소희 넌 여기서 보살님 말씀이나 들어."

"그래, 무당 아줌마가 시키는 대로 해. 네 주변에 귀신이 득실댄다잖아. 어후, 무서워."

다음 날 아침, 도진이와 혜리는 첫차를 타고 서울로 갔다. 김향 이모도 다시 오겠다며 안동으로 떠났다. 그렇게 나 홀로 제천 신당에 남겨졌다.

이틀 정도는 넋 놓고 시간을 보냈다. 도진이가 택배로 보내준 노트북을 받고서야 정신을 차렸다. 무엇보다 회사 일이 걱정됐다. 귀신에게 홀리는 바람에 일을 마무리하지 못해서 손해를 끼친 건 아닐까? 왜 이제야 생각났는지 어이가 없다.

노트북 전원을 켜고 메일함을 확인했다. 그런데 이상하다. 메일함이 텅 비어 있다. 스팸 메일만 가득 쌓였을 뿐 아라 선배에게서 온 메일도, 내가 작업해서 보낸 메일도 없다. 작업한 파일도 클라우드에 업로드되어 있지 않다.

설마 이것도 내 착각일까? 귀신에게 홀려서 그동안 일하는 시늉만 한 걸까? 도무지 내 기억을 믿을 수 없다. 그렇다면 직접 확인하는 수밖에.

〈어, 임소희. 웬일이냐?〉

전화를 받는 아라 선배의 반응이 심드렁하다. 이럴 선배가 아닌데, 버럭 화를 내야 정상인데 몹시 불안하다.

"저 선배님…."

〈용건이나 빨리 말해. 나 바빠.〉

"일전에 저에게 주신 일 말인데요."

〈일? 무슨 일?〉

뚱한 목소리가 신경질적으로 변한다. 역시 내 망상이었을까?

"저한테 카탈로그 제작이랑 사보 맡기셨잖아요."

〈내가? 너한테?〉

"20페이지짜리 홍보물이요."

〈너 꿈꾸니? 미쳤어? 대체 뭔 소리를 하는 거야? 바빠 죽겠는데. 내가 왜 너에게 일을 시켜?〉

아라 선배의 감정이 고스란히 전해진다. 쓸데없는 전화에 시간을 허비하고 있다는 분노, 일도 안 풀리는데 귀찮게 한다는 짜증…. 하지만 지금은 선배의 감정을 신경 쓸 때가 아니다. 내 기억이 사실이 아니라는 게 너무 충격적이다. 나는 이미 그때부터 홀렸던 거다. 그동안 내가 했던 일들이 다 허상이라니.

〈아이씨, 왜 이딴 것까지 연락 와서 지랄이야. 야! 너 앞으로 한 번만 더 귀찮게 전화하면 죽을 줄 알아.〉

전화가 툭 끊겼다. 난 휴대폰을 귀에 댄 채로 망연자실했다. 언제부터 이랬던 걸까?

단서를 찾으려고 노트북에 저장된 홈캠 영상을 확인했다. 내 방에 설치한 홈캠은 움직임이 있을 때만 녹화되게끔 설정됐다. 영상을 확인하면 이상 행동이 시작된 날짜를 알 수 있을 거다. 그러나 데이터를 찾아보니 저장 용량이 작아서 일부 영상만 남아 있을 뿐이다. 정확한 시점은 확인할 수 없지만 꽤 오랫동안 귀신에 홀린 것만은 분명하다.

녹화된 영상에서 열린 방문 사이로 이따금 보이는 내 모습은 귀신에 가깝다. 흐느적거리며 걷는 꼴이 사람 같지가 않다. 허공을 향해 손짓하며 혼자 중얼거리는 사람이 나라니. 내 기억과는 전혀 다른, 내가 아닌 나라니. 얼마나 저러고 있었을까. 그 모습을 두 눈으로 직접 확인하니 더 끔찍하다.

20

〈잘 지내고 있어?〉

도진이의 전화를 받고 충격에서 겨우 벗어났다.

"으응…."

〈목소리가 왜 그래?〉

"아니, 그냥. 노트북 잘 받았어. 고마워."

〈너 또 무슨 일 있었구나? 말해봐. 무슨 일이야?〉

그는 늘 목소리만 들어도 내 상태를 바로 눈치챈다. 그래서 거짓말을 할 수가 없다. 애써 괜찮은 척 연기할 수도 없다.

"홈캠 영상을 확인했는데 내 꼴이 우스워서… 무섭기도 하고."

〈택배로 보내기 전에 지울 걸 그랬네. 그것까지 내가 미처 확인하지 못했다. 미안….〉

"아니야, 나도 알 건 알아야지. 객관적으로 보니까 굉장히 섬뜩해. 귀신은 안 찍혔는데 내가 귀신 같아."

⟨잊어. 지나간 일이잖아. 무당 선생님은 별말씀 없으셔?⟩

"그날 이후로 얼굴도 거의 못 봤어. 치성드린다며 신당에서 안 나오셔."

⟨몸은?⟩

"많이 좋아졌지."

그건 사실이다. 난 방 안에서만 지냈고, 무당의 신딸이라는 젊은 여자의 보살핌을 받았다. 덕분에 몸이 차차 회복해가는 것을 느낀다. 이제는 어지럽지 않고 살도 좀 올랐다.

⟨다행이네. 난 오늘 네 사촌 누나 공방에 갔었어.⟩

"드디어 문을 열었구나. 만났어?"

⟨어, 아주 상냥하던데? 겉으로 봐선 사람이 참 좋아 보였어.⟩

"공방 문은 왜 닫았대?"

⟨몸이 아파서 며칠 쉬었대. 내가 보기에도 얼굴빛이 별로더라고. 좀 핼쑥해 보이고.⟩

"그 언니 얼굴이 원래 갸름해. 그거 핑계일 수도 있어."

⟨나도 그 정도는 감안하고 봤지. 그나저나 당분간 그 누나가 어딜 간다거나 하지는 않을 것 같아.⟩

"그걸 네가 어떻게 알아?"

⟨가방 하나 사려고 고민하는 척했더니 천천히 생각하라던데? 나중에 와도 된다고 말이야. 당장 문 닫을 사람이면 그런

말을 하겠어? 그런데 좀 이상한 소리를 하더라.〉

"뭐라고?"

〈나더러 단골이라는 거야. 내가 자기네 공방 물건을 갖고 있는 걸 안대.〉

"어머, 뭐야… 혹시 너, 내가 준 지갑 들고 갔어? 그거 보여준 거야?"

〈갖고는 갔지. 하지만 가방에서 꺼내지도 않았어. 그런데 보지도 않고, 마치 내가 거기서 지갑을 산 것처럼 말하더라. 혹시 우리가 같이 있는 걸 봤나?〉

"그럴 리가 없어. 같이 있을 때 마주친 적이 없는걸. 언니가 내 얘기를 해?"

〈아니, 그런 말은 없었어.〉

"그래서 지갑을 보여줬어? 내가 선물한 거라고 말한 거야?"

〈가방에서 아예 꺼내지도 않았다니까. 보여주면 괜히 너랑 엮일까 봐 대충 얼버무리고 나왔지.〉

"잘했어. 아, 귀신 같네. 언니가 어떻게 알았지?"

〈어쨌든 계속 운영한다고 얘기 들었고 오픈 시간도 체크했으니까 날 잡아 급습하면 될 것 같아.〉

"오, 서도진. 너 탐정 같다?"

〈아무렇지 않은 척했지만 나 사실 조마조마했어.〉

"고마워. 정말 수고했다."

〈혜리는? 연락 왔어?〉

"응, 아까 낮에 잠깐 통화했어. 변호사도 사무실에 꼬박꼬박 잘 나온대. 거봐, 진짜 변호사 맞다니까."

⟨의뢰인을 가장해 찾아간다더니 그건 어떻게 됐어? 진짜 그랬대?⟩

"10분 이내 상담은 무료라고 해서 이혼 상담을 했대."

⟨웃긴다. 어떻게 그런 발상을 한 거야?⟩

"혜리잖아."

⟨근데 그 변호사는 조세 전문 아니었어?⟩

"그러니까. 무척 난감해했대. 다른 변호사를 소개해 준다는 걸 혜리가 꾸역꾸역 거기서 상담받겠다고 버텼다잖아."

난처해하는 변호사의 표정을 상상하니 고소하다. 그렇게 도진이와 통화하는 사이 마음이 많이 진정됐다. 아라 선배 때문에 속상했던 마음도 풀렸다. 그때 누군가 문을 노크했다.

"잠깐 나와서 차 한잔하세요."

무당의 신딸이 나직한 목소리로 말했다. 나는 도진이에게 다시 연락하겠다 말하고 전화를 끊었다.

거실로 나가자 평상복 차림의 무당이 낮은 탁자 앞에 앉아 있었다. 신딸과 마주 앉아 차를 마시는 중이었다.

"함께 드시겠어요?"

신딸이 친근하게 물었다. 아직 어린데도 목소리가 꽤 나이 든 사람처럼 느껴진다. 난 조용히 목례하고 자리에 앉았다. 커튼이 활짝 열린 큰 창문 밖으로 등불이 희미하게 빛났다. 무당이 차를 한 모금 마시고는 창밖으로 시선을 돌렸다.

"보이느냐?"

그녀의 눈길이 담장 위에 머물렀다. 처음에는 등불만 눈에 들어왔다. 그런데 점차 뭔가가 아른거리기 시작하더니 형언할 수 없는 형체가 어둠 속에서도 또렷이 보였다. 담장 밖에서 여러 개의 검은 물체가 휙휙 움직였다.

"저게… 무엇인가요?"

"역시 보이는군. 하기야 안 보이는 것도 이상하지."

"무슨 말씀이신지…?"

"귀가 한번 감은 몸이니 영안이 열렸을 거야. 그러니까 보이는 게지. 저것들은 다 자네를 노리는 잡귀들이야. 내가 말했잖은가."

검은 물체가 담장 위로 넘실댔다. 그 움직임은 갈수록 현란해졌다. 마치 내가 보고 있는 것을 안다는 듯.

"걱정하지 말게. 저것들은 저 담장을 넘지 못해. 여기 있으면 안전하다는 말이야."

"그러면 저게 없어질 때까지, 전 여기서 못 나가는 건가요?"

"없어져? 저게?"

무당이 호탕하게 웃는다. 하지만 비웃음은 아니다.

"앞으로 평생 보고 살아야 할 것들이야."

"네? 평생이요?"

"그래, 평생. 한번 열린 몸은 닫히기 힘들거든. 귀도 신도 자네를 가만두지 않을 거야. 탐이 나거든. 보통 사람들에게는 저주나 마찬가지겠지만…. 앞으로 자네는 숙명이라 생각하고 받아들여야 할 거야."

평생, 저주, 숙명. 끔찍한 단어들이다. 평범한 사람들은 결코 생각할 수 없고 경험하지 않아도 되는 것들.

"자네 탓이 아니야. 그 지박령 탓도 아니고. 그 집에 들어간 이상, 뭔가는 반드시 씌었을 거야. 그나마 이 정도라서 다행이라고 할까. 운이 좋았어. 늦지 않아서 말이야."

무당이 긴 끈이 달린 자그마한 청색 주머니를 탁자에 올렸다. 그리고 그 안에서 뭔가를 꺼냈다. 나무를 정교하게 깎아 만든, 검지만 한 크기의 무딘 칼 두 자루였다.

"개복숭아나무로 만든 단도야. 동쪽으로 뻗은 가지를 꺾어 치성을 드리고 내가 직접 깎은 거지. 이게 바로 내가 준비한 방편일세."

"만져봐도 되나요?"

"그럼. 이제 자네 것이야."

나는 손을 뻗어 단도를 집었다. 부드러우면서도 단단한 칼이 한 손에 쏙 들어온다. 손잡이가 꽈배기 모양이고 고리 부분에 수술이 달렸다.

"이것만 지니면 전 괜찮은 건가요? 이곳을 나가도요?"

"얼마간은 괜찮겠지. 하지만 임시방편이야. 잡귀들은 물리칠 수 있어도 명두에 들어앉았던 그놈은 힘들지도 몰라. 자기가 신인 줄 아는 악귀거든. 호시탐탐 자네를 노릴 거야. 그렇다고 걱정하지는 말게. 내가 또 다른 방책을 준비하고 있으니까."

"고맙습니다."

"항시 몸에 지니고 다녀야 해."

"그러면… 이제 이상한 게 보이지 않을까요?"

"이건 잡귀를 물리치는 거지, 영안을 닫는 비책이 아니야. 계속 눈에 보이기는 할 거야."

"귀신이 항상 보인다고요?"

"아까 말했지. 숙명이라 생각하고 살아야 한다고."

무당의 말에 심장이 덜컥 내려앉는다. 담장을 넘으려고 애쓰는 저 검은 형체들을 평생 봐야 한다니. 그 말은 귀신과 어울려 살아가라는 얘기다. 끔찍하다.

"굳이 보려고 애쓰지 말게. 보이더라도 다가가거나 아는 체하지 말고. 자네가 본다는 걸 아는 순간 온갖 잡귀들이 몰려들 거야. 스스로 주의하는 게 좋아."

"보이는데 어떻게 안 보이는 척을 하죠?"

"이 세상에 잡귀가 많다면 많은 거고, 없다면 없는 걸세. 주변의 잡귀는 그냥 흘려보내면 돼. 행여 감기려 해도 못 본 척하면 그만이야."

무당의 말을 이해할 수 없다. 그녀는 선문답이라도 하듯, 뚜렷한 해결책을 알려주지 않는다. 또다시 귀신에게 홀리는 건 상상도 하기 싫다. 이 작은 나무칼이 나를 지켜줄 수 있을까?

"내일 아침 일찍 여기를 떠나게."

"내일이요? 굿하는 날짜가 벌써 정해진 건가요?"

"아니, 날은 못 받았어. 우리 신명님이 아직은 때가 아니라고 하시네. 내 공력이 부족한 거겠지."

"그 집에… 들어가야 한다는 말인가요?"

두렵다. 귀신이 득실대는 그곳에 다시는 가고 싶지 않다. 하지만 그 집 말고는 갈 곳이 없다. 이게 내 현실이다.

"왜, 무서워? 자네 집이잖나?"

"하지만 저 혼자…."

"왜 혼자야? 자네 옆에 어머니가 계신대도."

무당의 말에 응답이라도 하듯 손목이 찌르르했다. 나는 팔찌를 가만히 쓰다듬었다. 그래, 여기 엄마가 있어. 더 이상 혼자가 아니야. 그렇게 생각하니 마음이 조금 놓였다.

"자네 생각보다 어머니의 힘이 강해. 내가 준 그 단도로도 어머니의 영을 쳐낼 수 없거든. 일이 마무리될 때까지는 옆에 계실 거네. 동아야."

"네, 어머니."

무당의 신딸이 나긋한 목소리로 대답했다.

"네가 이 아이를 따라가야겠다. 기도는 혼자 갈 테니 난 신경 쓰지 말고 이 아이를 잘 돌봐주려무나."

"알겠습니다."

"작업은 어찌돼가고 있니?"

"부적은 다 뜯어냈고, 오늘 중으로 도배를 끝낸다고 했으니 내일 들어가도 무방할 겁니다."

"수고했다. 법사님은 뭐라고 하시더냐?"

"준비가 끝났다고 하십니다."

"곧 해결되겠네. 하지만 부적을 쓴 자가 만만치 않으니 조심해야 한다. 마주칠 수도 있어."

"주의하겠습니다."

부적으로 도배된 그 집에 혼자 가긴 무서운데 모조리 떼어냈고 신딸도 동행한다니 비로소 마음이 놓인다. 나이도 어리고 체구도 작지만 그녀가 든든하게 느껴진다.

"지박령은 어떻게 할까요?"

"잘 달래야지. 천도한다고 올라가겠나? 다행히 해를 가할 영은 아니야. 그이도 무슨 사연이 있겠지."

정지수. 그녀가 그 집에서 보낸 시간만큼의 외로움이 또 느껴진다. 그리고 민성재, 그를 찾아가볼까? 그 사람이라면 그녀를 떠나보낼 수 있을지도 모른다.

"부적을 준 언니라는 사람 말이야, 혹시 자네에게서 가져간 건 없나?"

"글쎄요, 전 받기만 한 것 같은데요. 구체적으로 뭔지 말씀해 주시면…."

"잘 생각해봐. 뭘 달라고 콕 집어서 말한 것 없어?"

언니가 나에게 원한 게 뭐더라? 우리 집에 왔을 때였나? 아니면 시골집에서? 순간, 손목이 또 찌르르했다. 그와 동시에 난 답을 찾았다.

"팔찌요. 이것과 비슷한 팔찌예요."

난 무당에게 손목을 들어 팔찌를 보여줬다. 그녀가 알겠다는 듯 고개를 끄덕였다.

"흠… 그거였어. 그래, 어쩐지…. 임소희 씨."

잠시 생각에 잠겼던 무당이 처음으로 내 이름을 또박또박 불렀다. 그 바람에 살짝 긴장됐다.

"다시 찾게. 그 팔찌를, 무슨 수를 써서라도 돌려받아야 해."

"언니가 안 줄 텐데…."

"무조건 찾아와. 자네 것이지 않나? 아니면 곤란해질 수 있어. 그걸로 그 언니라는 사람이 무슨 수작을 부릴 줄 알고? 그리고 그 부적을 쓴 사람이 누군지도 알아봐. 내가 그자의 얼굴을 한번 봐야겠어."

무당이 눈을 날카롭게 빛내며 입가에 미소를 띠었다. 먹잇감을 눈앞에 둔 사자처럼. 그 기세에 눌려 난 고개를 끄덕였다.

담장 너머로는 검은 형체들이 계속 기웃댔고, 청명한 밤하늘은 깊고 어두웠다.

신딸 동아는 서울로 가는 내내 말이 없다. 제천 무당이 뭐라고 일렀는지 모르지만, 무릎에 올려놓은 보스턴백을 꼭 쥔 채 입을 다물고 있다. KTX 열차 창밖으로 쓸쓸한 초겨울 풍경이

펼쳐진다.

나는 목에 건 파란 주머니를 만져보았다. 무당이 준 단도 두 개가 주머니 안에 있다. 개복숭아나무의 단단한 질감을 느끼며, 이게 있으니 괜찮을 거라고 스스로를 다독인다. 간밤에 눈앞을 어지럽히던 검은 형체들은 이제 보이지 않는다.

지금쯤 혜리도 일어났겠지? 무료해서 혜리에게 메시지를 보냈다.

'나 서울 올라가.'

'청소 중.'

'이렇게 일찍? 웬일? 여주 내려갔어?'

'네 집이지. 도배한 거 점검하고 너 영접하려 대기 중이다.'

혜리가 집에 있다니, 경악할 일이다. 귀신이 들끓는 그곳에 들어가 있어도 괜찮은 건가? 그러다 나처럼 귀신에게 홀리면 어쩌려고?

옆에 앉은 신딸에게 도움을 청하려 고개를 돌렸다. 통로 쪽에 앉은 그녀는 눈을 내리깔고 조용히 명상 중이다.

"저… 동아 님."

그녀가 나를 본다. 눈동자 색이 무척 옅다. 차창으로 쏟아져 들어오는 햇빛에 갈색 눈동자가 붉게 보일 정도다.

"그 집에 들어가도 돼요? 지금 친구가 거기 있대요."

"신당에서 본 친구 말씀이시죠?"

"네, 송혜리요."

"괜찮습니다. 선생님께서 그분께도 비방을 내리셨어요."

그녀가 다시 시선을 아래로 내린다. 그리고 조금 전과 똑같은 모습으로 생각에 잠긴다. 그 모습이 꼭 마네킹 같다.

혜리에게 또 메시지를 보냈다.

'비방으로 뭘 받은 거야?'

'부적 주던데?'

'그것만? 너 이상 없지?'

'아무렇지도 않아. 걱정 말고 오기나 해.'

혜리의 메시지를 받고서야 마음이 놓인다. 그 끔찍했던 기억이 되풀이되는 일은 없겠지.

무심코 고개를 드니 좌석 너머로 수상한 뭔가가 보인다. 앞 차량과 연결된 문을 열고 누군가 들어오는데, 그 사람의 등에 시커먼 뭔가가 얹혀 있다. 형태를 알아볼 수 없는 검은 덩어리가 열차 안을 두리번거린다.

"신경 쓰지 마세요. 눈을 마주치지 않으면 그들도 소희 님의 존재를 모를 거예요."

동아가 읊조리듯 말했다. 난 반사적으로 눈을 감았다. 눈을 뜨면 검은 형체가 내 앞에서 어른거릴까 봐 두렵다.

"계속 이렇게 보이는 건가요?"

"곧 익숙해질 겁니다."

"동아 님도… 보이는 거죠?"

"사람만 사는 세상이 아니잖습니까. 애써 보려고 하지 마세요. 그들의 세계에 관여하지 않으면 우리도 괜찮습니다."

"보이는 걸 어떻게 안 봐요?"

"노력하셔야죠. 시간이 흐르면 차차 무뎌질 거예요."

그녀의 목소리는 부드럽지만 대답은 냉정하다. 무작정 적응하라는 말이 서운하게 들린다.

한참 만에 눈을 뜨니 앞에 아무것도 보이지 않는다. 하지만 옆으로 뭔가가 어른거리는 것 같다. 나도 모르게 동아의 손을 꽉 잡았다.

"또 보여요. 안 보이는데 보여요."

"주변시로 보인다는 말씀이시죠?"

"그 형체가, 귀신이 날 보고 있는 것 같아요."

"소희 님이 그들을 보듯, 그들도 소희 님을 볼 뿐입니다. 걱정 마세요. 한낱 영가입니다. 어머님이 방편을 주셨잖아요. 쉬이 다가오지는 못할 겁니다."

"그래도 무서워요."

"이렇게라도 해서 안심이 되신다면…."

그녀가 내 손을 맞잡고 빙긋이 웃는다.

"처음에는 저도 무서웠어요. 그 마음, 충분히 이해합니다."

"그동안 어떻게 버티셨어요?"

"소명이라 생각했으니까요."

"신내림을요?"

"신을 모시는 게 두려우세요?"

"당연히 두렵죠. 어떻게 안 무서울 수가 있어요? 귀신이 눈에 보이고 이상한 소리가 들리는데요."

"나쁜 힘은 아니지 않습니까? 신이 주신 신성한 능력으로 많은 이들을 도울 수 있어요. 사람들의 업을 풀어주고 불쌍한 영을 천도할 수 있습니다. 그걸 생각하면 힘들고 괴로운 순간은 아주 잠시랍니다."

"동아 님은, 이 일에 만족하세요?"

"가까이 신을 모시고 전언한다는 데에 전 무당으로서 자부심을 느끼고 있습니다. 두렵고 부끄러운가, 아니면 감사하고 긍지를 느끼는가는 생각의 차이겠지요."

동아는 나를 안심시키려고 이런저런 얘기를 들려줬다. 이제 막 스무 살이 됐다는 그녀는 신내림을 숙명으로 받아들이고 있다. 길지 않은 대화지만 그녀의 얘기에 귀를 기울이다 보니 수상한 형체는 더 이상 보이지도, 느껴지지도 않는다.

서울역에 도착하니 오전 9시였다. 사람들로 북적이는 역사를 빠져나와서 우리는 합정동 가는 지하철에 올라탔다. 정지수의 애인, 민성재를 만나기 위해서다.

합정역에서 내려 조금 걸어가니 커피숍 로스트의 간판이 보였다. 불과 몇 달 전만 해도 밥 먹듯 드나들던 곳이다. 그리고 아침마다 커피 심부름을 했었지. 이제 누가 그 역할을 대신하고 있을까?

커피숍 앞에서 잠시 머뭇거렸다. 민성재에게 어떻게 말을 붙여야 할지 고민됐다.

"같이 들어갈까요? 아니면 혼자 들어가시겠어요?"

내 마음을 안다는 듯 동아가 의견을 물었다. 빙긋이 웃는 그녀를 보며 마음을 다잡았다.

그래, 문제는 하나씩 해결하는 거야. 민성재를 통해 정지수를 천도하겠다는 건 내가 먼저 꺼낸 얘기잖아. 그러니 그 부탁을 하는 것도 내가 할 일이지.

"우리 같이 커피부터 마셔요."

용기를 내어 로스트의 문을 열었다. 아직 이른 시간이라 내부는 한산했다. 우리는 카운터로 다가갔다. 주문을 받는 바리스타는 민성재가 아니었다.

"오랜만이시네요?"

나를 보고 바리스타가 알은체를 했다. 난 회사를 그만뒀다고 말하며 아메리카노 한 잔을 부탁했다. 동아는 커피 대신 달달한 고구마 라테를 주문했다.

"민성재 씨는… 출근 안 하셨나 봐요?"

"아, 성재요? 아는 사이세요?"

"네… 그럭저럭."

"금방 올 거예요. 새로 오픈한 2호점에 물건을 전해주러 갔거든요. 잠시만 앉아 계세요."

동아와 나는 창가 쪽 둥근 테이블에 자리를 잡았다. 커피를 마시며 창문 너머 오가는 사람들을 구경했다. 가끔 검은 형체가 보이긴 해도 대체로 평온한 거리 풍경이다.

10분쯤 지나자 로스트의 바리스타 복장을 한 민성재가 모습을 드러냈다. 정지수가 그토록 그리워했던 얼굴. 심장이 세차게 뛰기 시작한다. 정지수는 이곳에 없지만 그녀의 감정이 고스란히 느껴진다. 흡사 옆에 있는 것처럼.

민성재는 다른 바리스타와 잠시 얘기하더니 우리 테이블로 다가왔다. 그도 아직 정지수를 마음에 품고 있을까?

"혹시, 저…."

민성재가 우리를 보며 상냥하게 미소짓는다. 손님을 대하는 전형적인 바리스타의 표정이다. 내가 정지수의 눈을 통해서 봤던 미소와는 전혀 다르다. 그 덕에 정신을 차리고 그녀의 감정에서 간신히 빠져나올 수 있었다.

"안녕하세요? 저 기억하시죠? 아, 일단 여기 앉으세요."

난 빈 의자를 가리켰다. 그가 의아한 눈빛으로 우리를 쳐다보며 의자에 앉았다. 동아는 여전히 시선을 아래로 향한 채 라테를 홀짝거렸다.

"어떤 일로 저를 보자고 하셨나요?"

"그게…."

무슨 얘기부터 꺼내야 할까? 내가 하는 말을 과연 그가 믿어줄까? 난 어렵게 입을 열었다.

"정지수 씨… 아시죠?"

민성재의 얼굴에서 미소가 싹 사라졌다.

"정지수 씨에 대해 할 말이 있어요."

그가 자리에서 일어서려 했다. 급한 마음에 나도 모르게 그의 손을 잡았다.

"잠깐만요, 아주 잠깐이면 돼요."

"무슨 말을 하시려는 겁니까? 지수는… 죽었어요."

"알아요. 그러니까 잠시만 제 얘기를 들어주세요."

그가 나를 노려본다. 의심과 경멸이 뒤섞인 눈빛이다. 하지만 지금은 그걸 따질 때가 아니다.

"제가, 지수 씨가 살았던 집에서 살고 있어요."

"그런데요?"

"지수 씨를 봤어요."

"네? 도대체 무슨 말을 하고 싶은 겁니까? 지수가 죽은 걸 안다면서 그런 말을 해요? 저를 놀리시는 겁니까?"

"그러니까, 죽은 지수 씨를 봤다고요."

역시나 어이가 없다는 반응이다. 이해한다. 나도 그랬으니까. 자기 눈으로 직접 보기 전까진, 귀신이 있다는 걸 아무도 믿지 않는다.

"제 눈에는 보여요."

"이런 소리 하려고 절 보자고 한 건가요?"

"더치커피 만들어서 항상 집에 갖다줬잖아요."

"…"

"지수 씨가 예민하게 굴면, 달달한 거 마셔야 한다며 마키아토도 만들어 주고요."

"당신…."

"지수 씨가 공모전 준비한다며 고립을 자처했잖아요. 민성재 씨 연락도 피하고. 그때 일, 기억하시죠?"

"뭡니까? 당신이 그걸 어떻게…?"

"보였어요. 그 집에 살면서 지수 씨를 제가 봤어요."

"지수는 죽었습니다."

"네, 죽었죠. 하지만 지금도 그 집에 있어요."

"죽은 사람이 어떻게요? 귀신이라도 됐다는 말입니까?"

"아직은 아닙니다. 하지만 곧 될지도 몰라요."

"말도 안 돼. 세상에 귀신이 어디 있어!"

민성재가 벌떡 일어나며 날카롭게 소리쳤다.

"사실이에요. 지수 씨를 도와주세요. 제발요."

"대체 어쩌란 말입니까?"

"저와 함께 그 집에 가주세요. 지수 씨가 살던 집 아시죠? 지수 씨를 설득해 천도할 수 있게 도와주세요."

"저더러 지금 그 말을 믿으라는 거예요?"

"믿어주셔야 해요."

"됐습니다. 더 들을 것도 없어요."

"시간이 없습니다."

"그런 말도 안 되는 얘기는 다른 곳에 가서 하세요."

그가 단호하게 등을 돌렸다.

"민성재 씨!"

그를 붙잡으려는 순간, 문이 열리면서 사람들이 들어왔다.

"어머, 이게 누구야? 임소희 아냐?"

아라 선배였다. 그녀가 내 앞을 가로막았다.

"넌 이제 선배가 보이지도 않니?"

그 바람에 민성재를 놓치고 말았다. 카운터 안쪽 공간으로 그가 들어가 버렸다.

"민성재 씨!"

사람들이 쳐다보건 말건 그의 이름을 크게 불렀다.

"민성재 씨, 제발 부탁입니다."

"야, 내가 부탁할게. 조용히 좀 해. 남의 업장에서 쪽팔리게."

아라 선배가 빈정거렸다. 옆에는 미주 선배도 있었다.

"엄한 데서 민폐 끼치지 말고 병원에나 가보든가. 나한테 전화해서 헛소리 픽픽 하더니 여기 와서 웬 행패야?"

지켜보던 미주 선배가 킥킥거렸다. 아무리 불러도 카운터 안쪽, 굳게 닫힌 문은 열리지 않았다.

"가시죠."

동아가 옆으로 다가와 나직하게 말했다.

"저 사람과 함께 가야 해요. 알잖아요?"

"일단 여기서 나가요."

난 마지못해 걸음을 옮겼다. 민성재를 설득하지 못한 게 못내 안타까웠다.

"그래도 옆에 정상적인 사람이 붙어 있기는 하네?"

아라 선배가 뒤에 대고 또 비아냥거렸다. 하지만 그냥 흘려들었다. 귀신에게 그러듯이, 그녀 또한 못 본 척하면 그만이다.

"미친 것도 전염병인가, 아니면 끼리끼리인가? 혜리 그 기집애도 이상하더니."

머리카락이 쭈뼛 선다. 나에 대한 인신공격도 부족해 혜리까지 건드리다니. 이런 막말은 도무지 참을 수가 없다. 돌아서서 대꾸하려는 찰나, 동아가 아라 선배에게 바짝 다가섰다.

"밤마다 시끄럽지?"

낮게 깔리는 목소리. 나이 든 사람의 말투다. 말끝이 떨리는 게 꼭 할머니가 말하는 것 같다.

"뭐야, 이 미친년은?"

아라 선배가 발끈했다.

"온 동네 고양이가 몰려와 울어대니 잠을 잘 수가 없겠지. 그러게 왜 고양이를 죽였대?"

"뭐라고 지껄이는 거야?"

"차로 치고 도망가면 모를 줄 알았나? 쉽게 잊히고, 편히 잠들 줄 알았어?"

"이게… 보자 보자 하니까."

"내가 하나 알려줄까?"

"…"

"밤마다 시달리지? 지금도 네 옆에 그 고양이가 있어. 요즘 몸이 가렵지 않아? 벅벅 긁고 싶을 텐데? 그거, 네가 죽인 고양이 털 때문이야."

아라 선배의 얼굴이 창백해졌다. 동아의 눈동자가 붉게 번뜩였다. 동아는 옆에 있는 미주 선배에게도 쏘아붙였다.

"그 아이는 낳는 게 좋을 거야."

미주 선배의 얼굴이 새하얗게 질렸다. 동아는 아무 일 없다는 듯, 문을 열고 성큼성큼 밖으로 나갔다.

"저 대신 복수해주실 필요는 없는데, 고맙습니다."

나는 재빨리 뒤따라 나가서 동아에게 말했다.

"네? 뭐가요?"

"방금 커피숍에서…."

"제가 뭐라고 했나요?"

동아가 눈을 동그랗게 뜨고 내 얼굴을 쳐다본다. 무슨 말을 하는지 당최 이해할 수 없다는 표정이다.

"아, 잘못 들었나 봐요. 이제 집으로 가죠."

의아해하는 그녀를 향해 씩 웃어주었다. 그리고 몇 걸음이나 옮겼을까. 커피숍 문이 열리면서 누군가 황급히 소리쳤다.

"저기요, 저…."

뒤를 돌아봤다. 민성재였다.

"갈게요. 지수가 그 집에 아직 있다면, 가겠습니다."

민성재의 얼굴은 상기됐고 목소리는 단호했다. 바리스타 복장 그대로 따라나설 기세였다.

"정말 괜찮으신 거죠?"

행여나 그가 마음을 바꿀까 봐 걱정됐다.

"네, 지금 당장 갈 수 있습니다. 오래 걸릴까요?"

"글쎄요…?"

혼령을 쫓는 의식인 제령은 나도 처음 경험하는 일이다. 뭐라고 알려줄 수 없어 머뭇거리고 있는데 동아가 입을 열었다. 아까와는 다르게 여리고 평범한 목소리다.

"쉽게 떠나지 않을 겁니다. 시간이 꽤 걸릴 거예요."

"그러면 잠깐 기다려 주시겠습니까? 10분이면 됩니다."

민성재는 다시 커피숍으로 들어갔다. 우리는 바깥에서 그를 기다렸다. 속은 통쾌하지만 아라 선배와 미주 선배의 얼굴을 다시 볼 자신이 없었다.

잠시 후 민성재가 나왔다. 평상복으로 갈아입은 그는 음료 캐리어를 들고 있었다. 말하지 않아도 그게 무슨 의미인지 알 것 같았다. 정지수가 좋아했던 커피. 그녀에게 주는 마지막 선물일 것이다.

21

 우리는 택시를 탔다. 조금이라도 빨리 가서 그녀의 혼을 달래 주고 싶었다.
 "그새 많이 변했네요."
 택시에서 내린 민성재가 상가 주택 2층을 올려다보며 말했다. 그와 동시에 2층 난간 사이로 혜리가 고개를 내밀었다.
 "소희, 왔어?"
 혜리가 나를 발견하곤 서둘러 계단을 내려왔다. 나도 반가워 얼른 달려갔다.
 "어제 여기서 잔 거야?"
 "집에 들어가지 말라는데 내가 그랬겠어? 근처 호텔에서 잤지. 아, 안녕하세요?"

혜리가 동아에게 인사를 건넸다. 민성재를 보고는 왜 데려왔냐는 눈짓을 보냈다. 두 사람을 인사시키고 계단을 막 올라가려고 하는데 혜리가 나를 막아섰다.

"들어가면 안 돼."

"왜?"

"너를 영접할 준비를 하고 있대도?"

"그게 무슨 소리야?"

"진짜야. 아저씨들 작업이 아직 안 끝났어."

"아저씨?"

"법사님이 안에 계시나요?"

동아가 중간에 끼어들었다. 법사라니? 그가 누군지, 뭘 하는 사람인지 영문을 모르겠다.

"그럼요. 새벽같이 와서 계속 종이 오리기만 하고 계세요. 언제 끝날지 몰라요."

"제가 올라가보죠."

동아가 먼저 계단을 올라갔다. 그녀의 뒷모습을 보며 법사가 누구냐고 혜리에게 물었다.

"아마도 남자 무당? 충청도에서는 그렇게 부르는 것 같아. 그런데 전혀 무당처럼 안 보여. 지금 두 명이나 와 있어."

제천 신당에서 무당이 얼핏 법사 얘기를 꺼낸 것도 같다.

"여기서 굿을 하는 거야? 무당 선생님은 그런 말 없었는데?"

"이따가 보면 알겠지. 근데 이상해. 한 사람은 앞이 안 보이나 봐. 다른 사람은 가위질만 하고 있고. 아침부터 그랬어."

혜리가 미심쩍다는 듯 소곤거렸다.

잠시 후, 동아가 집에서 나와 올라오라고 손짓했다. 우리는 재빨리 계단을 올라갔다.

"준비가 거의 끝났어요. 법사님들이 설경을 장식하기 전에 정지수 님 제령부터 하겠습니다. 민성재 님, 들어가시죠."

"저는요?"

"소희 님은 여기서 기다리세요. 친구분과 함께요."

동아가 민성재를 집 안으로 데리고 들어갔다. 안에서 뭘 하는지 모르니 그녀의 말을 고분고분 따를 수밖에 없다. 혜리와 나는 3층으로 올라가는 계단에 걸터앉았다.

"난 들어가면 안 되는 건가?"

안에서 무슨 일이 벌어지는지 궁금해 혜리에게 물었다.

"나도 안 된대. 정지수 말고도 안에 귀신이 드글드글하대. 그러니까 위험해."

"여기는 뭐 안전한가?"

"그냥 전문가 말 들어. 우리는 시키는 대로 하면 되는 거야."

혜리와 단둘이 있는 게 얼마 만인지. 함께 지내던 때가 아주 오래전 일처럼 느껴진다.

"어제 고생했겠다. 얼굴이 아직도 해쓱하네?"

"사돈 남 말 하긴. 너도 지금 피골이 상접했어."

"부적 때문에 고생 많이 했지?"

"다이어트하고 좋았지 뭐. 죽어라 굶어도 안 빠지던 살이 그 덕에 쭉 빠져서 요즘 옷 사는 맛이 나. 개이득이지."

"미안."

"네가 뭐 지갑에 부적 든 거 알고 줬니? 그리고 내가 빼앗은 거나 다름없잖아."

"아니, 그거 말고도 나 미안한 게 많아."

"또 뭐? 뭘 죄지었는데? 빨리 이실직고해."

"사실 나… 너 여주 내려갔을 때 은근히 기대했거든. 너 대신 회사에 들어갈 수 있을까 하고."

마음속에 묻어뒀던 얘기를 조심스레 꺼냈다.

"어머, 기집애. 진짜야?"

"미안."

"칫! 됐어. 미안하긴 뭐가 미안해? 빈자리는 채우는 게 당연한 거지."

"나 그래서 벌 받았나 봐."

"무슨 벌? 누가 널 벌줬다고? 소희야, 그냥 넌 재수가 없었던 것뿐이야. 이딴 집에 들어오고 그런 사촌 언니 만난 게 죄라면 죄지. 그리고 그 입장 되면 안 그럴 사람이 어디 있겠어? 취업은 누구나 다 하고 싶잖아."

"…그럴까?"

"실장이 너랑 나 둘 중 하나 뽑는다 하고서 날 택했잖아. 나도 그때 좋아 죽는 줄 알았어. 너한테 미안했지만 기분이 날아

갈 것 같더라. 사람이란 게 다 그런 거지. 나한테 폐를 끼친 것도 아니고, 너한테 기회가 주어진 것뿐인데 그게 뭐, 왔으면 잡아야지. 기대한 게 잘못인가? 게다가 난 회사도 관뒀잖아."

"그래도…."

"괜찮아. 그런 생각 당연한 거야. 그런데 좀 속상하다. 기왕 그렇게 된 거, 네가 취직했으면 좋았을 텐데."

속마음을 털어놓고 혜리의 얘기를 들으니 마음이 편해진다. 그걸 알고도 내 걱정을 하는 혜리가 고맙다. 가만히 혜리의 어깨에 머리를 기댔다.

집 안에서 북과 꽹과리 소리가 들려왔다. 그리고 뒤이어 누군가의 목소리도 새어 나왔다. 흐느끼는 여자 목소리. 동아의 목소리는 아니다. 희미하게 들리는 그 소리가 어딘가 귀에 익다. 소리에 귀를 기울이니 괜히 눈물이 나고 가슴이 먹먹하다.

"너 왜 울어? 내 말이 기분 나빴어?"

"아니."

"그런데 왜?"

"모르겠어…."

손등으로 눈물을 훔쳤다. 왜 그런지 눈물이 멈추지 않았다. 그렇게 얼마나 지났을까. 마음이 편안해지며 모든 게 정리된 느낌이 들었다. 아, 정지수, 이제 그녀가 가는구나. 집 안에서 벌어지는 일을 알지 못하지만, 왠지 그럴 거라고 느껴졌다.

곧이어 현관문이 열리고 민성재가 나왔다. 그의 눈이 붉게 충혈돼 있었다.

"지수 씨는… 잘 갔어요?"

"네, 무사히요. 고맙습니다."

"다행이에요. 좋은 데 가셨을 거예요. 좋은 사람이라…."

"덕분에 지수에게 하고 싶었던 말을 다 했어요. 이제 후련합니다."

말은 그렇게 해도 그의 눈에 물기가 고였다. 사람을 떠나보내는 게 쉬운 일이 아니다. 난 팔찌를 만지작거리며 그가 잘 견뎌내길 기도했다.

민성재가 떠난 후 집 안에서 동아와 남자 두 명이 나왔다. 혜리의 말대로 한 명은 앞을 못 보는 사람이다. 동아의 소개로 남자들과 인사했다. 그들은 자신들이 법사이며, 오늘 귀신 쫓는 경문을 읊을 거라고 했다.

"동아 님이 굿하는 건 아니고요?"

"저는 그럴 경지가 못 됩니다. 아직 애동인걸요. 그리고 원래 귀신을 쫓는 축귀는 법사님들이 맡아 하십니다."

"방금 정지수 씨 제령을 동아 님이 했잖아요?"

"그분은 귀가 아니고 한이 워낙 많아서…. 제령은 민성재 님이 하신 거나 마찬가지예요. 전 그저 몸을 빌려드렸을 뿐입니다."

"대화로 풀 수 있는 거면 저도 불러주시지."

"그건 안 되죠. 이곳에 미련이 남은 영입니다. 소희 님의 몸을 다시 탐할 수 있거든요."

동아가 빙그레 웃는다. 인사도 없이 정지수를 떠나보냈다고 생각하니 잠시 서운했다. 하지만 잘된 일이다. 그녀에게도, 또 나에게도.

"저거 보이나?"

말없이 담배를 태우던 맹인 법사가 말했다. 하얀 막이 낀 것 같은 초점 없는 그의 눈이 3층을 향하고 있었다. 동아가 3층을 올려다봤다. 그쪽에서는 어떤 기척도 없었다. 평소와 다름없는 모습이고 아무것도 보이지 않았다. 그런데 어딘가 음산한 기운이 느껴지는 것도 같았다.

"여기 처음 왔을 때 기운이 하도 요상해서 가야 할 곳이 저기인 줄 알았네."

맹인 법사가 흰 연기를 내뿜으며 말했다.

"뭐가, 보이세요?"

혜리가 호기심 가득한 눈으로 맹인 법사에게 물었다. 내가 묻고 싶은 말이다.

"그럼 보이지. 흉측해. 아주 흉한 것들만 잔뜩 모여 있어."

그가 한숨 쉬듯 말하고는 고개를 절레절레 흔들었다. 그러곤 담배를 깊숙이 빨아들였다.

"저 위에도 귀신이 있군요. 제 말이 맞죠?"

"암… 보통 잡귀가 아니지."

난 3층 세입자의 뾰족한 얼굴과 새빨간 입술을 떠올렸다. 유난스럽게 친절했던 조미. 어째 분위기가 심상치 않다 싶더니.

우리 집을, 그리고 나를 이 모양 이 꼴로 만든 건 역시 그녀였구나. 그나저나 조미는 어디로 갔을까? 이런 흉악한 일을 벌이고 대체 어디로 사라졌을까?

"저기도 사람이 사나?"

보이지 않는 눈을 3층에 고정한 채 맹인 법사가 물었다.

"아뇨. 지금은 아무도 없을 거예요. 살던 사람이 갑자기 사라졌거든요."

"도망간 거야, 그거."

혜리가 확신에 찬 어조로 말했다.

"그럼 지금 들어가봐도 되겠네요?"

구미가 당기는 듯 젊은 법사가 내게 물었다.

"아뇨. 함부로 못 들어가요. 정 궁금하면 밖에서만 보세요."

"왜 안 돼? 주인도 없는데?"

이해할 수 없다는 표정으로 혜리가 반문했다.

"그 경찰 삼촌이 그랬잖아. 3층은 전입 신고도 안 돼 있다고. 집주인은 소희 너야. 마음대로 들어가도 돼."

"공동 상속이잖아. 나 말고도 집주인이 셋이나 더 있어. 게다가 아직 등기 이전도 안 됐단 말이야."

"그럼 변호사에게 물어보면 되겠네."

그래, 그런 방법이 있지. 수아 언니를 만난 다음 변호사에게 전화해 봐야지.

젊은 법사가 담뱃갑에서 담배 한 개비를 꺼내들었다. 그리고

라이터로 불을 붙여 맹인 법사에게 건넸다.

"위층도 같이 처리해야겠죠?"

"안 돼. 저건 나 혼자 못해. 경문만으로는 어림도 없지. 보살님도 와서 굿을 하면 모를까."

맹인 법사가 허공을 응시하며 대답했다.

"그 정도입니까?"

"그치가 범상치 않은 인물일 거야. 사라진 후에도 잡귀들이 이렇게 남은 걸 보면…. 쉽지 않은 일이야. 일단 여기부터 치우고 나면 알게 되겠지. 보살님 일정은 어떻게 되나?"

"어머님께 여쭤보고 알려드리겠습니다."

"어차피 다시 와야 할 거야. 저게 워낙 고약해야 말이지. 자, 우리는 그만 들어갈까? 슬슬 시작해야지."

맹인 법사가 담뱃불을 비벼 끄고 앞장서 집 안으로 들어갔다. 보이지 않는 눈을 갖고도 마치 앞이 보이는 사람처럼 행동이 거침없다. 젊은 법사가 그를 따라갔고, 동아도 걸음을 옮겼다. 난 급히 동아를 붙잡았다.

"저도, 들어가야 해요?"

"그럼요."

"위험하다고 그러지 않았어요?"

"이제는 괜찮습니다. 두 분 다 참석하셔야 해요."

크게 숨을 들이마시고 집 안으로 들어갔다. 신발을 벗고 실내에 발을 딛자마자 마른 풀을 태운 것 같은 매캐한 냄새가 풍겼다. 심장이 쿵쾅거렸다. 입구에서부터 검은 형체 여러 개가 움직이는 게 보였다.

거실 정면에 굿상이 마련돼 있었다. 쌀을 수북이 담은 밥그릇 여러 개와 그릇 수만큼이나 많은 촛불이 상 위에 놓여 있었다. 그리고 흰 종이로 만든 커다란 물체를 세워놓은 함지박이 중앙에 보였다. 종이 장식은 사방에도 가득했다. 천장 중앙은 물론이고 벽면마다 하얀 종이가 길게 드리워 있었다. 그림이 그려진 것, 글씨가 있는 것, 아무 문양이 없는 것 등 종류도 제각각이다.

낯설다. 내가 살던 집인데 처음 보는 곳인 양 생소하다. 하얀 종이 장식으로 가득해서 색깔이 있는 것은 상에 차려진 음식과 식기뿐이다. 창틀에 놓인 로스트의 테이크아웃 컵이 눈에 띄었다.

맹인 법사가 흰 종이로 만든 고깔을 쓰고 굿상 아래 앉아 북을 잡았다. 북 옆에 꽹과리도 보였다. 젊은 법사는 커다란 나무 도마를 앞에 두고 조용히 앉아 있었다. 혜리와 나는 눈치를 보며 상 맞은편에 나란히 앉았다.

둥— 둥— 북이 울렸다. 중간중간 꽹과리 소리가 더해졌다. 맹인 법사가 느릿하게 노랫가락 같은 경문을 읊조렸다.

"즉시 옥갑경은 약인가중에 생시화지도야라…."

집 안의 검은 형체들이 요동쳤다. 법사의 읊조림은 몇 시간 동안 쉼 없이 이어졌다.

경문 읽기는 자정이 훌쩍 넘어서야 끝이 났다. 두 법사는 열 시간 가까이 경문이 끊이지 않도록 돌아가며 읊었다. 한 사람이 경문을 읊는 동안 다른 법사는 흰 종이를 오려 만든 신장대를 잡고 흔들었다.

북과 꽹과리가 모두 멈추자 젊은 법사가 일어서 집 안에 장식한 종이를 거둬들였다. 그러곤 밖으로 가지고 나가 그것을 불태웠다. 재와 불꽃이 어두운 밤하늘에 솟구쳤다. 불꽃과 함께 집 안에 가득했던 검은 형체들도 하늘로 사라졌다. 나는 혜리와 함께 그 광경을 멍하니 지켜봤다. 하는 일 없이 그저 경문을 듣고만 있었는데도 몹시 피곤했다.

"이제 끝났습니다. 들어가 쉬세요."

어느새 동아가 다가와 나에게 말했다.

"집 안에 있던 귀신들이 모두 없어진 건가요?"

"네, 깨끗해졌어요."

"이렇게, 귀신이 없어진다고요?"

"마음 놓으셔도 됩니다. 경험이 많으신 분들이니 걱정하지 마세요."

"방금 끝난 것이 굿인가요?"

"처음 보셨지요? 충청도 지역에서 내려오는 앉은굿입니다. 춤도 음악도 없이 경문만 읽어서 지루하지만 축귀, 즉 잡귀를 쫓는 데에 효과가 있어요."

"법사님은 그걸 다 외워서 읊으시는 거예요? 굉장히 길던데?"

"그러게. 어떻게 한 번을 안 쉬고 하지?"

"경문이 끊어지면 안 되니까요."

"아, 그래서 두 분이 번갈아가며 하셨구나."

"이 주변이 재개발 구역이라 다행이에요. 다른 곳 같으면 이웃들 항의가 엄청날 텐데."

옆집은 비었지만 이곳에도 이웃이 뜨문뜨문 있다. 하지만 타인의 일에는 철저히 무관심해서 굿이 진행되는 내내 누구도 얼굴을 내비치지 않았다.

종이를 다 태운 젊은 법사가 집 안으로 들어갔다. 우리도 그의 뒤를 따랐다. 맹인 법사는 거실에서 쉬고 있었다. 오랜 시간 경문을 읊느라 지칠 대로 지친 모습이었다.

내가 상을 치우려 하자 젊은 법사가 만류했다. 이 역시 굿의 한 과정일까? 난 시키는 대로 물러나 법사와 동아가 상을 정리하는 모습을 지켜봤다. 상 위에 놓인 작은 호리병 하나가 눈에 띄었다. 조금 전 법사가 그 안에 뭘 넣는 듯한 시늉을 했었다. 설마 저 안에 귀신이라도 잡아 가둔 걸까? 귀신을 직접 겪고 굿하는 모습까지 지켜봤지만 난 아직도 이 의식을 믿지 못하겠다. 검은 형체가 집 안에서 더 이상 보이지 않는데도 말이다.

"도배 잘 됐지?"

발랄한 목소리로 혜리가 물었다. 흰 종이가 주렁주렁 매달려 있을 때는 몰랐는데, 다 치우고 나니 깔끔하게 도배된 실내가 눈에 들어왔다.

"수고했어, 혜리야. 덕분에 깨끗해졌다."

"얼마나 힘들었는지 알아? 원래 부적이 노랗잖아. 근데 그게 새카맣게 변해 있는 거야. 도배하는 사람들이 그걸 보더니 일을 안 하겠다지 뭐야. 사람 구하느라 진짜 애먹었어. 돈도 배로 들고."

"그 사람들도 이 집 보고 놀랐겠다."

"안 놀라면 사람이 아니지. 그 무당 아줌마가 아는 사람의 아는 사람을 연결해줘서 간신히 한 거야. 그런데도 부적을 그냥 못 떼겠다며 상 차려놓고 기도하고 막 그랬잖아."

"선생님께 인사드려야겠다. 신세 진 게 한두 가지가 아니네. 그런데 정말, 집 전체가 부적이었어?"

"말도 마. 얼마나 꼼꼼히 붙여놨던지! 진짜 닭 피를 써서 냄새도 장난 아니었어. 피 썩는 냄새 있잖아, 너 여기 살면서 그 냄새 정말 못 맡았니?"

"나 비염 심하잖아."

"그래도 그렇지, 너도 참…. 하여간 거실과 네 방 도배하느라 죽는 줄 알았어."

"그럼 저 방은?"

나는 문이 잠겨 있던 방을 가리켰다. 정지수의 방이었다.

"깨끗하던데? 부적도 없고, 짐이 들어온 흔적도 없었어. 그래서 저긴 안 했지. 무당 아줌마도 놔두랬어."

그렇다면 저 방은 3층 세입자가 일부러 잠가둔 걸까? 내가 혹시라도 저 안으로 숨을까 봐? 잡귀를 몰아냈어도 여전히 수

수께끼투성이다.

"찝찝하면 오늘 저 방에서 자."

혜리가 목소리를 낮춰 내 귀에 소곤댔다.

"솔직히 너, 굿을 못 믿겠지? 그치?"

"그게…."

"사실 나도 그래. 엄마가 시키니까 따르는 거지. 우리, 저 방에서 같이 자자."

"안 됩니다. 그 방은 사용하지 마십시오."

우리 얘기가 들렸는지 동아가 단호하게 말했다. 애써 굿까지 해줬는데 못 미더워하는 걸 알면 어쩌나 걱정된다. 하지만 정작 그 말을 꺼낸 혜리는 당당하다.

"왜요? 괜찮다고 했잖아요? 그래서 도배도 안 했는데."

"기운이 좋지 않아요."

"굿을 했으니 이제 끝난 거 아니에요?"

"오늘 굿은 이 집에 묶여 있던 귀를 풀어내는 거였어요. 하지만 저긴 다릅니다. 법사님의 경문 덕에 잠시는 괜찮겠지만, 저 방에 머문다면 또 잡귀의 영향을 받을 거예요."

"그럼 부적이라도 써주세요."

"전 아직 부적을 못 쓴답니다. 그리고 임시방편이 아니라 원천적으로 해결해야 하고요."

"해결책이 있어요?"

"그건 3층에 가봐야 알 것 같습니다. 제가 보기에 저 방은 귀문이 아닌데, 왠지 통로 역할을 하는 것 같아서요."

"그 말은, 위층에 뭔가가 있다는 거예요?"

"제 생각엔 그렇습니다. 그게 사실이라면, 어머니께 보여드리고 답을 구해야죠."

"으스스하네. 오늘 여기서 못 자는 거 아냐?"

혜리가 불안한 눈빛으로 나를 쳐다봤다.

"이제 괜찮다니까요."

"아, 저 방은 안 된다면서요? 말씀 참 헷갈리게 하시네."

"정확히 얘기해 주세요. 동아 님, 저희는 겁이 나요."

"집은 안전합니다. 하지만 저 방에 계시면 귀가 또 노릴 수 있으니 거실이나 소희 님 방에만 머무세요. 이제 이해 가십니까?"

"무슨 소린지 하나도 모르겠네."

혜리가 입을 삐죽이며 투덜댔다. 하지만 동아는 빙긋이 웃을 뿐 말을 더 보태지는 않았다.

"동아 님, 오늘 여기서 자고 갈 거죠?"

"저는 그래도 되지만…."

"늦었잖아요. 부탁이에요. 법사님들도 여기서 주무시면 좋겠어요."

동아에게 간곡하게 부탁했다. 그런 얘기를 듣고 혜리와 단둘이 밤을 보낼 자신이 없다. 다행히도 동아와 법사들은 내 부탁을 흔쾌히 들어줬다. 난 지친 법사들을 위해 야식을 주문했다.

법사들은 거실에서 쉬고 나는 동아, 혜리와 함께 내 방에 누왔다. 밤이 늦었지만 쉽사리 잠이 오지 않았다.

"일어나자마자 변호사부터 찾아가자. 3층에 들어가는 문제부터 해결해야지, 무서워서 어디 살겠니?"

혜리가 나를 향해 돌아누우며 말했다.

"아니, 수아 언니부터 만나야 해."

"변호사가 동의하면 3층에 들어갈 수 있잖아? 그럼 무당을 불러 굿을 하든, 경찰을 불러 조사를 하든, 마음대로 할 수 있는데 왜?"

"몇 번을 말해? 언니가 도망갈 수 있대도. 변호사 만나는 순간, 그 사람이 바로 연락할 거라니까."

"알았어, 알았어. 그럼 수아 언니 만난 다음에 바로 변호사한테 가는 거다? 설마 변호사가 도망가는 건 아니겠지?"

"그럴 리는 없어. 그는 대리인일 뿐인데 뭐."

이런저런 얘기를 하다 우리는 새벽녘이 돼서야 눈을 붙였다. 그리고 한두 시간 만에 잠에서 깼다. 법사들이 일찍부터 떠날 채비를 했기 때문이다.

동아와 난 밖에서 부스럭대는 소리에 서둘러 일어났다. 깊이 잠든 혜리는 깨우지 않았다.

"벌써 가십니까?"

"다른 지역에 예정된 일정이 있어. 보살님과 연락해서 날을 받으면 알려주게."

우리는 젊은 법사를 도와 그들이 가져온 짐을 트럭에 실었다.

생각보다 짐이 꽤 많았다. 트럭 조수석에 오르기 전, 맹인 법사가 하얀 눈으로 3층을 올려다봤다. 아직 날이 새기 전이고 가로등도 멀리 있어서 집이 음침하게 보였다. 3층은 더 그랬다.

"얼마간은 괜찮겠지만… 저거 보통 흉한 게 아니야. 빨리 처리할수록 좋아."

"일정을 속히 조율하겠습니다."

"보살님께 받은 물건, 꼭 지니고 다니시게. 그거 단순한 장식품이 아니야. 믿고 싶지 않아도 믿어야 해."

맹인 법사가 마지막으로 나에게 당부했다. 앞이 안 보이는 자는 귀가 밝다더니, 어제 혜리와 나눈 얘기를 그도 들었던 거다. 민망해서 얼굴이 화끈거렸다.

법사들을 보내고 다시 잠이 올 것 같지 않아 커피포트에 물을 올렸다.

"동아 님도 제천으로 가셔야죠?"

"당분간 소희 님 곁에 있으려고 합니다."

"그래도 괜찮아요?"

"어머니의 명인걸요. 옆에서 보좌하라 이르셨습니다."

스무 살 나이에 결코 어울리지 않는 말투. 얼굴은 아직 소녀티를 벗지 못했는데 가끔 할머니 같은 느낌이 들곤 한다.

"동아 님도 무당인 거죠?"

"신을 모신 지 얼마 되지 않았습니다."

"그럼 신병 같은 것도 앓고 그랬어요? 어렸을 때부터?"

"집안 대대로 내려온 업이라 딱히 몸이 아프진 않았어요. 간혹 저와 같은 사람들 중에도 신병을 앓는 분이 있다고 들었습니다."

"아… 그럼 선생님이 동아 님 진짜 어머니신 거예요?"

"아뇨, 사촌 어른이세요. 지금은 신어머니시고요."

"사촌?"

"세습무는 보통 사촌 이내에서 이뤄진다고 합니다. 시모에서 며느리로 이어지는 경우도 있고요."

사촌이라… 수아 언니와 현선 언니, 시현 오빠, 종현 오빠 그리고 연호 오빠의 얼굴이 차례로 떠오른다. 언니 오빠들을 제외하고 사촌이 또 있을까? 사촌 이내 친척 가운데 무업에 몸담은 사람이 고모 혼자일까?

생각해보면 나에게 일어난 이상한 일들은 모두 고모의 유산과 관련돼 있다. 상속을 계기로 사촌들을 만나면서 이 일들이 시작된 거다. 엄마가 오랫동안 그들과 연을 끊고 지낸 것이 이제야 이해가 간다. 엄마는 뭔가를 알고 있었던 거겠지.

"벌써 일어났어? 아… 커피 냄새 좋아."

잠에서 깬 혜리가 부스스한 모습으로 방에서 나왔다. 나는 믹스커피 한 잔을 타서 그 애에게 건넸다.

"지금 몇 시야?"

혜리가 커피를 받아들고 길게 하품하며 물었다.

"8시 좀 안 됐어."

"씻고 밥 먹고 니네 언니 공방에 가면 딱이겠다. 거기 오픈이 10시랬지?"

"천천히 가자. 그 시간에 문을 안 열지도 모르잖아."

"그래, 그 언니라면 그러고도 남지. 동아 님도 가시는 거죠?"

동아가 미소 지으며 고개를 끄덕였다.

바람은 차지만 햇볕이 따스해 우리는 공방까지 걸어가기로 했다. 연남동까지 길게 뻗은 하천 옆 산책길을 천천히 걸었다.

"그 언니가 너 보고 놀라겠다."

"왜, 멀쩡해서?"

"귀신 붙으라고 지갑을 선물했는데, 효과가 하나도 없는 걸 보면 안 그러겠어? 당연히 실망하지."

"부적을 잘못 썼다고 생각할 거야."

"얼마짜린지 몰라도 나 같으면 돈 아까워서 부적 써준 무당에게 따질 거야."

"어느 집 보살인지 아십니까?"

"저희는 모르죠. 그것도 언니 만나면 물어봐야겠네요."

"우리 보고 도망가면 어떡하냐?"

"도망 못 가게 잡아야지."

"그 정도야 껌이지. 우린 셋이잖아."

혜리가 말을 하고는 까르르 웃는다. 수아 언니를 혼자 상대하지 않아도 된다고 생각하니 든든하다.

30분쯤 걷자 언니의 공방이 나타났다. 가게를 열었는지 문 앞에 입간판이 세워져 있었다. 난 크게 심호흡하고 공방 문을 열었다.

"어서 오세…."

나와 눈이 마주치자 언니의 활기찬 인사가 뚝 끊겼다. 동시에 얼굴이 살짝 일그러졌다.

"안녕하세요, 언니."

"어… 소희구나. 난 또 손님인 줄 알고."

언니가 들고 있던 손걸레를 꼭 거머쥔다. 한눈에도 당황한 기색이 역력하다.

"잘 지내셨죠? 공방도 잘되고요?"

"늘 그렇지. 넌?"

언니가 우물쭈물 내 눈치를 살핀다. 그리고 내 뒤에 선 혜리와 동아를 흘깃거린다.

"저야, 언니 덕에 잘 지냈죠."

나는 주머니에서 겨자색 지갑을 꺼내 뒤집은 채로 진열장 위에 올려놓았다.

"언니가 준 이 지갑 말이에요."

"그, 그게 뭐?"

"저에겐 필요 없는 것 같아서 돌려드리려고 하는데."

언니가 하얗게 질린 얼굴로 주변을 힐끔거린다. 퇴로를 모색하는 눈치다. 언니가 밖으로 나갈 수 없게 혜리가 진열장 앞쪽을 막아섰다.

"무슨 소리야? 그걸 왜 나한테 줘?"

"언니가 주신 거잖아요. 전 이제 필요 없어서요."

사실 이건 공방에서 내가 산 지갑이다. 언니가 선물한 지갑은 이미 불태워버린 뒤다. 하지만 언니는 그걸 모르겠지. 당황한 나머지 내가 같은 지갑을 하나 더 구입했다는 사실을 생각하지 못할 거다. 난 모험을 했다.

"워낙 영험하더라고요. 언니도 한번 경험해 보세요."

내 말이 끝나기 무섭게 수아 언니가 잽싸게 진열장을 돌아 나왔다. 그리고 문 쪽으로 달려 나가려는 찰나, 동아가 재빨리 발을 걸었다. 넘어지려는 언니의 팔을 혜리가 붙잡았다. 나도 몸을 날려 다리를 붙들었다. 공방이 좁아서 다행이었다. 우리는 언니가 도망칠 수 없게 몸을 결박했다.

"놔! 이거 놔! 어서 놓으라고! 경찰 부르기 전에 빨리 놔!"

수아 언니가 악을 써가며 몸부림쳤다.

셋은 하나보다 강하다. 우리는 수아 언니를 에워싸고 억지로 의자에 앉혔다. 입간판을 접어 안으로 들여놓고 창문의 블라인드도 모두 내렸다. 수아 언니의 낯빛이 어두워졌다.

"언니, 솔직히 얘기해 주세요."

"뭘?"

"왜 저한테 지갑을 주신 거예요?"

"선물이라고 했잖아. 내가 공방을 하는데 다른 걸 돈 주고 사겠니? 당연히 내가 만든 걸 선물하지. 너 같으면 안 그러겠어?"

"선물은 고맙지만 지갑만 주신 게 아니잖아요?"

"난 지갑만 줬는데?"

"그래요? 그런데 왜 안에 이상한 게 들었죠?"

"뭐가? 무슨 말을 하는지 모르겠네."

수아 언니가 시치미를 뗀다. 입을 꾹 다물고 새침하게 쳐다보는 게 분명 뭔가를 숨기는 표정이다. 진열장 위에 올려놓은 지갑에는 눈길도 주지 않는다.

"언니가 모르면 누가 알아요? 지갑을 준 사람이 언닌데."

"모른다니까."

"언니!"

"왜 멀쩡한 사람을 의심해? 왜 사람을 이상하게 만들어?"

"자꾸 거짓말하실 거예요?"

"거짓말? 야! 내가 무슨 거짓말을 한다고 그래?"

"지금 하고 있잖아요."

"웃기지도 않네. 너 지금 뭐 하자는 거야? 친구들 데려와서 나 협박하는 거야?"

수아 언니가 뻔뻔하게 반격했다. 화가 치밀어 발끈하려는데 동아가 침착하게 나섰다.

"누군가요, 그 부적을 써준 사람이?"

"넌 또 누구야?"

"부적 써준 사람을 알고 싶어요."

"부적이라니? 난 그딴 거 모른대도!"

"이 언니 진짜 뻔뻔하다. 귀신 불러들이는 부적을 지갑에 넣어서 소희에게 줬잖아요!"

혜리가 참다 못해 버럭 소리를 질렀다. 하지만 언니는 얼굴색 하나 변하지 않는다.

"선물한 것도 죄니? 오랜만에 만난 사촌 동생이 가여워서 챙겨준 게 죄냐고? 왜 적반하장이야?"

그때였다. 동아의 입에서 낯선 음성이 흘러나왔다.

"버틴다고 버텨지나, 운명이고 팔자인 것을."

끝이 가늘게 떨리는 중저음의 목소리였다.

22

"뭐야, 재수 없게?"

수아 언니의 눈빛이 불안하게 흔들렸다.

"알고 있지 않나? 곧 자기 차례가 온다는 것을."

"허, 차례? 무슨 소릴 지껄이는 거야?"

"캄캄한 어둠 속, 좁고 지저분한 그곳…."

동아가 중얼거렸다. 그 순간 언니도, 나도 사색이 되었다. 전에도 이 말을 들은 기억이 있다. 아마 시현 오빠의 고깃집에서였을 거다. 수아 언니에게 예언하듯 현선 언니도 똑같은 말을 했었다. 그때는 그게 언니의 병 때문이라 생각했는데.

"부적으로 해결될 것 같아? 그 업이, 다른 사람에게 넘긴다고 넘겨지겠어?"

수아 언니의 표정이 굳었다. 동아가 낮은 소리로 웃었다.

"찾았잖아…."

"아냐, 내가 아니야. 난 몰라."

"아니야? 땅속에 묻혀 있는 걸 끄집어내지 않았나?"

"난 아니래도! 현선이야, 현선이가 봤어. 난 걔가 알려주는 대로…."

"어쨌든 손을 댔어. 안 그래?"

동아의 목소리가 갑자기 변했다. 차갑고 날카로운 소리가 어두컴컴한 공방 안에 울려 퍼졌다.

"넌 건드리지 말아야 할 것을 건드렸어! 찾지 말아야 할 것을 찾았어!"

동아의 눈동자가 붉게 빛났다. 수아 언니는 사색이 되어 벌벌 떨었다.

"아주 앙큼한 자에게 손을 내밀었군. 제 발로 덫에 걸어 들어갔어. 귀취는 맡으면서 자신에게 나는 악취는 못 맡나 보지?"

"무슨 소리야?"

"그자가 도와줄 거라고 생각했나? 신이 네 편에 설 거라고 생각했어?"

"이게…."

"그러게 왜, 상대의 머릿속을 들여다보지도 못할 거면서 꾀를 썼어?"

"소희야, 이 여자 누구야? 대체 누구냐고!"

수아 언니의 눈썹이 불안하게 꿈틀거렸다. 언니가 애원하듯 도움을 청했지만 내 마음은 싸늘했다.

"알아서 뭐 하시게요?"

"누군지나 말해. 어서!"

"언니가 알 필요는 없잖아요. 부적에 대해서나 말해줘요. 왜 그걸 나한테 줬는지, 누가 써준 건지!"

"너부터 말해! 아니면, 나도 말 안 할 거야."

"아뇨, 언니 먼저 말하세요."

"부적에 대해 듣고 싶지 않니? 이대로 입을 다물 수도 있어."

"…."

"이 여자 누구야? 누군데 이런 말을 하는 거야?"

알려줄까 말까. 난 동아의 얼굴을 쳐다봤다. 평온한 표정이다. 조금 전과 달리 눈이 갈색이다. 동아는 방금 자신이 했던 말을 기억하지 못하는 듯하다.

"보살이요."

"중이야?"

"아뇨, 무당. 저 대답했어요. 이제 언니 차례예요. 그 부적은 뭐죠?"

"다 알잖아. 귀신 불러들인다는 거."

"그러니까요. 그걸 왜 썼죠? 왜 제게 준 거냐고요!"

언니가 눈을 내리깔고 곰곰이 생각했다.

"너, 우리 집안에 대해 얼마나 알고 있니?"

"집안은 왜요?"

"외숙모가 아무 말씀 안 하셨어?"

"무슨 얘기를 하려는 거예요?"

"아무 말씀 안 하셨구나. 어쩐지, 애가 너무 순진하더라니."

"그게 무슨 말이에요?"

"우리 집… 대대로 무당 집안이었어. 할머니도 무당이고, 이모도 무당이었대."

어렴풋이 짐작은 하고 있었다. 나를 도와준 제천 무당도 비슷한 말을 했으니까. 하지만 사촌의 입을 통해 직접 들으니 머리를 얻어맞은 기분이다.

"그래…서요?"

"이모가 돌아가셨으니 이제 누군가는 그 업을 이어야 한다는 거지."

"그 부적이, 저를 무당으로 만드는 건가요?"

"고작 부적 갖고 그게 되겠니? 신이 아무에게나 내리는 줄 알아? 잘 생각해봐. 우리는 이모의 유산을 받았어. 그런데 그게 돈만 받는 거 아니야."

문득, 세상에 공짜는 없다던 연호 오빠의 말이 생각난다. 그는 이미 알고 있었던 거다. 고모가 우리에게 상속한 이유를.

"평생 연락도 없던 이모가 우리를 콕 집어 유산을 남기고 유언까지 했다는 게 이상하지 않았니?"

"언니 오빠는 다 알고 있었던 거예요? 그 내막을?"

"아니. 혹시나 했는데 역시나였던 거지. 시현이네는 아예 몰랐어. 말했잖아, 우리 엄마만 이모와 연락하며 지냈다고. 이모가 무당인 건 진작 알고 있었어. 하지만 이렇게 업을 떠넘길 줄은 몰랐지."

"연호 오빠도요?"

"우리는 짐작만 했대도! 연호 오빠야 돈 많고 눈치도 빠르니까 먼저 발을 뺀 거야. 골치 아픈 일에 휘말리지 않으려고."

"그러면 언니는 언제 안 거예요?"

"시골집 갔을 때. 현선이랑 거기서 명두를 발견하고 깨달았지. 이거 심상치 않구나, 하고."

"명두…."

"이모가 이유도 없이 우릴 시골집에 불러들였겠니? 죽어서도 대를 이을 사람을 찾으려고 했던 거야. 너도 무당에게 들었겠지만, 그 명두는 대대손손 무업을 잇는 사람에게 주는 거래."

"그걸 언니들이 찾은 거고요?"

"엄밀히 말하면 현선이지, 난 아니야. 그런데 조짐이 안 좋아서 빨리 해결해야겠다 싶었어."

"그래서 저희 집에 명두를 두고 가신 거예요?"

"그걸 네 가방에 넣은 건 현선이야."

"현선 언니요?"

"명두를 찾고 나서 종현이가 죽었잖아. 보통 무구가 아니다 싶었지. 게다가 현선이가 그러더라. 시골집에서 밤마다 신인지 귀신인지 찾아와 자기를 괴롭혔대. 기억 안 나? 걔 밤마다 엄청 뒤척거렸잖아."

 기억난다. 타닥, 타닥. 밤마다 머리맡에서 들리던 그 소리. 난 그저 현선 언니 잠버릇이라고 생각했는데 그게 아니었던 거다.

 "그때, 새벽에 있었던 일을 기억하시네요? 저에겐 모른다 하고선."

 "내가 어떻게 기억을 못 하겠니? 밤마다 현선이가 그 부산을 떨었는데. 나라고 잠을 잘 수 있었겠어? 현선이 그 기집애, 어렸을 때부터 신기 같은 게 있었어. 시골집 가서 더 심해진 거지. 뭐가 막 보이고 괴롭히고 하니까 겁이 났대."

 "그렇다고 명두를 제 가방에… 너무하네요, 진짜."

 "너라도 그랬을걸? 솔직히 피할 수 있으면 좋지 뭐. 누가 무당이 되고 싶겠어? 집안에서 누구든 한 사람만 업을 이으면 되는 거니까 남에게 미루고 싶었겠지. 걔도 어쩔 수 없었던 거야."

 "전 신기 같은 거 없어요."

 "알아. 하지만 한집안이잖니. 현선이에게 있는 게 너한테 없으란 법은 없잖아. 아직 발현되지 않았을 수도 있고. 그래서 명두를 네 가방에 넣은 거야. 제발, 신이 너에게 가라고. 다시 말하지만, 그건 현선이 생각이었어."

 "지갑에 부적은 왜 넣었어요?"

 "명두를 받고도 네가 아무렇지 않으니까 그랬지. 현선이가 도와달라고 부탁하더라. 나도 고민 많이 했어. 걔 아니면 내가 무당이 될지도 모르는데 어떡해?"

"그래서 저에게 부적을…?"

"신이 명두를 통해 내리지 않는다면 우리가 불러야겠다고 생각한 거야. 미안한 얘기지만, 나도 네가 신을 받았으면 했거든."

"언니들끼리 짠 거군요?"

"말이 그렇다 애. 짰다기보다 의견을 모은 거지."

"너무해요. 그렇다고 귀신 불러들이는 부적을…."

"효과 없었잖아? 멀쩡하면 됐지. 안 그래?"

"효과가 없다고 누가 그래요?"

지켜보던 혜리가 날카롭게 쏘아붙였다. 내가 얼마나 오래 고생했는지 수아 언니는 모른다.

"효과가 있었어?"

언니의 얼굴에 살짝 화색이 돌았다.

"언니는 애 보면 몰라요? 뼈만 남았잖아요. 소희가 얼마나 시달렸는데."

"그 무당이 돌팔이는 아니네? 돈 쓴 보람이 있어."

수아 언니가 킥킥대며 머리를 쓸어 올렸다. 한시름 놓은 듯한 표정이다.

"보람씩이나요?"

"아니, 말이 그렇다는 거지. 그런데 너, 지금은 아무렇지도 않네? 같이 온 이 여자 덕분이야?"

한 대 치고 싶을 만큼 얄밉다. 3층에 들어가야 하는 일만 아니라면 당장이라도 연을 끊고 싶다.

"부적은 누가 써준 거예요?"

"알아서 뭐 하게? 네 옆에 있는 여자가 더 영험해 보이는데, 궁금하면 그쪽에다 물어봐. 넌 저 무당이 도와준 거야?"

"명두에 붙인 부적도 그 사람이 쓴 거죠? 저 이사할 때 몰래 붙여놨잖아요!"

"그것도 봤어?"

"숨길 수 있을 줄 알았어요?"

"아깝다. 조용히 넘어갈 수 있겠다 싶었는데. 그거 돈 많이 들인 부적이야."

"누구예요?"

"글쎄…."

"대답해 주세요. 부적을 써준 무당이 누구죠?"

"난 몰라. 진짜야."

"받았잖아요. 그래서 지갑 속에 넣은 거고!"

"아, 모른대도! 난 택배로 받았을 뿐이야. 무당이 쪽지에 쓴 대로, 시키는 대로 한 거라고! 만난 적도 없어."

"택배요? 부적을 택배로 받았어요? 그러면 그 무당을 현선 언니가 소개한 거예요?"

"아니."

"그러면 누구예요!"

나도 모르게 큰 소리가 터져 나왔다. 수아 언니의 기세가 살짝 꺾이는 듯하다.

"우리 엄마. 엄마가 소개했어. 네 큰고모 말이야."

"하지만 고모는 편찮으시다고…."

"사람이 365일 24시간 아프겠니? 치매라지만 정신이 잠시 오락가락하는 것뿐이야. 몸은 말짱해. 그리고 그건, 엄마가 정신이 온전할 때 무당을 연결해준 거야. 엄마도 내가 무당이 되는 걸 원치 않았던 거지. 그래서 난 연락처를 몰라. 엄마만 알지."

"그럼 고모에게 물어봐야겠네요. 어디 계시죠?"

"찾아가게?"

"여쭤봐야죠."

"엄마가 반가워하겠다. 그러잖아도 널 궁금해하던데."

"어느 요양원이에요?"

"수색 지나서 화전 쪽에 있어. 그 근처 요양원이 하나밖에 없으니까 검색하면 바로 나올 거야. 내 입으로는 알려주기 싫네. 자, 궁금한 거 풀렸지? 이제 비켜줄래?"

"하나 더요."

"또 뭐?"

"3층 세입자 조미요."

"아, 그 입술 빨갛게 바른 촌스러운 여자? 그 여자가 왜?"

"언니와 아는 사이예요?"

"그럼 모르는 사이겠니? 임대인과 임차인인데. 우리 같이 봤잖아."

"그렇게 아는 것 말고요, 원래 친분이 있는 사이냐고요."

"그 여자와 내가?"

수아 언니가 어이없다는 표정을 짓는다. 정말 모르는 눈치다.

"절대 아니거든. 근데 3층 여자는 갑자기 왜?"

"수상해서요."

"얘 봐라, 탐정놀이를 하네? 그 여자가 왜 수상한데? 집 관리도 잘하던데."

"전입 신고가 안 돼 있대요."

"그럴 수도 있지 않나? 하지만 계약서 썼잖아. 그럼 됐지 뭐."

"계약서를 믿어요?"

"그러면 안 믿어? 너도 같이 봤잖아. 변호사도 별말 없었고."

"우린 계약서만 봤지, 그 여자의 신분을 확인한 적이 없어요."

수아 언니가 멈칫한다. 조금이라도 손해 보는 걸 싫어하는 그녀가 이 말을 듣고 그냥 넘길 리가 없다.

"그 집에서 저 이상한 일을 겪었어요. 언니가 숨긴 부적 때문만은 아니에요."

"이상한 일이 뭔데?"

"집이 온통 부적으로 도배돼 있었어요. 그 때문에 전 귀신에게 단단히 홀렸고요."

"벽지를 뜯어봤어?"

"네."

"그 여자 미친년이네! 아, 젠장, 도배를 다시 해야 하잖아. 그게 돈이 얼만데. 그리고 동네에 소문나면 또 어떡해? 앞으로 세 주기 그른 거 아냐?"

"3층 세입자 조미가 언니에게 부적을 보낸 무당은 아니죠?"

아닌 걸 알면서 묻는다. 제천 무당은 명두와 지갑에 있던 부적, 벽에 도배된 부적을 쓴 이가 각각 다르다고 했다. 3층 세입자가 수아 언니에게 부적을 써준 무당일 리 없다. 하지만 난 언니의 반응이 궁금하다.

"어머, 아니야 얘! 내가 그 여자랑 짜고 널 그 집에 들어가게 했다는 거야? 말도 안 돼. 먼저 들어가겠다고 한 건 너야, 내가 아니라."

"알아요. 아는데, 언니가 그 지갑을 제게 준 이상 믿을 수가 있어야죠."

"내가 아무리 나쁜 년이래도 대놓고 그러지는 않지. 혹시 그 여자가 그런 말을 해? 3층 여자가 그래?"

"아뇨."

"그런데 왜!"

"부적이 흔히 볼 수 있는 건 아니잖아요. 언니가 명두와 지갑에 부적을 썼으니 당연히 집에도 그랬을 거라는 합리적 의심이죠. 안 그래요?"

"내가 내 재산에 스크래치 날 일을 왜 하겠니? 돈 나올 구석에 똥을 바르지는 않는다고. 내가 바보냐?"

"혹시나 해서 물어본 거예요."

"기분 더럽네. 좋아, 같이 가서 물어보자. 3층 여자가 나와 아는 사이인지. 어, 그러면 되겠네. 그 여자에게 물어보면 답이 나오겠네."

"도망갔어요."

"뭐?"

"3층 세입자 조미, 도망갔다고요. 그러니까 수상하다는 거예요. 3층이랑 무관한 거 진짜죠?"

"나, 그 여자 정말 몰라."

"그러면 3층에 들어갈 수 있게 동의해 주세요."

"거기 들어가서 뭐 하려고?"

"3층에다 뭔 짓을 했는지 두 눈으로 확인해야죠."

"아이씨… 김재열은, 변호사는 이런 사실 알아?"

수아 언니의 입가가 살짝 떨린다. 몹시 불쾌해 보인다. 화가 난 것도 같다.

"아마 모를걸요. 이제 사무실 가서 얘기하려고요. 아, 언니도 같이 가실래요?"

우리는 수아 언니의 미니를 타고 변호사 사무실로 향했다. 변호사에게 3층 세입자 조미 문제를 따질 작정이다. 수아 언니와 나는 여전히 서로를 경계하지만 목적이 같아서일까, 상대에 대한 원망과 화가 한풀 꺾여 차 안이 조용하다.

"저기요, 무당 된 지 얼마나 됐어요?"

룸미러로 뒷좌석을 힐끗거리던 수아 언니가 동아에게 넌지시 물었다.

"아직 10대 같은데, 신을 받은 지 얼마 안 됐죠? 그렇죠?"

동아는 대꾸하지 않고 창밖만 내다본다.

"소희야, 뒤에 탄 저분, 설마 애동 제자야?"

동아의 무심함에 애가 타는 듯, 수아 언니가 나에게 물었다. 뒷좌석까지 들리게 큰 소리로.

"전 그런 거 잘 몰라요."

난 시치미를 뗐다. '애동'이란 말을 동아에게 들은 기억이 있지만 굳이 나서고 싶지 않다.

"저분과는 어떻게 같이 다니게 된 거야?"

"도와주시는 무당 선생님이 함께 있으라고 해서요."

"아, 그럼 맞나 보네. 애동 제자가 그리 용하다던데…."

"언니, 이러고 있을 때가 아니에요. 시현 오빠에게도 연락해 봐야 하는 거 아니에요?"

동아에게 향하는 관심을 돌리려고 화제를 바꿨다.

"시현이는 왜?"

"3층 출입하려면 오빠 동의도 받아야죠."

"걔한테까지? 아이, 뭘 그렇게까지 해?"

"오빠도 공동 소유잖아요."

"시현이 요새 통 연락이 안 돼. 걔는 패스하자."

"전화는 해보셨어요?"

"여러 번 했지. 근데 전화 안 받아."

"지금이라도 연락하면 어때요?"

"걔가 받을까?"

수아 언니는 나를 힐끗 보더니 마지못해 전화를 걸었다. 스피커로 통화 연결음이 들렸다. 그러나 오빠는 전화를 받지 않았다. 몇 번을 해도 마찬가지였다.

"거봐. 이럴 줄 알았어. 시현이 이 새끼, 또 도박하나 봐. 걘 노름에 빠지면 꼭 이러더라? 보나 마나 이상한 데 가서 돈 물리고 있을 거야."

흔한 일인 듯 수아 언니가 혀를 찼다. 예감이 좋지 않다. 뭔가 하나를 놓치고 있는 것만 같다. 그게 뭘까 곰곰이 생각하는데 내 휴대폰이 울렸다. 발신인을 확인하자마자 통화 버튼을 눌렀다.

〈통화 가능하니?〉

김향 이모의 목소리가 다급했다.

"네, 이모. 괜찮아요. 말씀하세요."

〈오빠랑 통화했는데, 그 조미라는 사람 말이야.〉

조미라는 이름이 나오자 나도 모르게 긴장됐다.

〈그 사람, 예전에 2층 세입자였대.〉

"2층 세입자는 정지수 아니에요?"

〈아니, 정지수는 바로 전 세입자고, 조미는 전전 세입자였대. 그뿐만이 아니야. 조미 그 사람, 실종됐어. 몸도 성치 않아서 지금 가족들 걱정이 이만저만 아니래.〉

"세상에… 가족과 연락해 봤대요?"

〈연락했으니까 알려주는 거지. 혹시나 해서 2층에 살았던 다른 세입자들까지 조사했는데, 죽은 정지수 빼고 모두 실종 신고가 돼 있대. 뭔가 냄새가 나지 않니?〉

2층 세입자들이 모두 실종됐다니, 이게 대체 무슨 말인가? 정신이 아득해져서 휴대폰을 들고 멍하니 있었다. 차창 너머로 검은 형체가 도로 위를 떠돌았다.

〈소희야, 내 말 듣고 있니?〉

"네…."

〈경찰이 계속 알아보는 중이야. 오빠가 조미 실종 전단지 찾는 대로 보내준다니까, 너한테도 전송할게. 정신 똑바로 차려야 해. 알았지?〉

"네… 고맙습니다."

〈지금은 어디니? 혼자 있는 건 아니지?〉

"혜리랑 동아 님과 함께 변호사 사무실 가는 길이에요."

〈잘됐다. 혹시 모르니까, 가서 다른 세입자들 계약서 다 확인하고, 조미 신분증 사본 있으면 사진 찍어서 보내줘.〉

간신히 알았다고 대답하고 전화를 끊었다.

"누구야? 이모님이셔?"

혜리가 기다렸다는 듯 물었다.

"어."

"뭐라셔? 2층은 뭐고 3층은 또 뭐야?"

"조미가 2층 세입자였대. 예전에."

"2층 살다 3층 계약했나 보네. 그래서 전입 신고를 안 했나?"

"아니, 그게 아닌 것 같아. 조미가… 실종됐대."

"이번 일로? 아니면 벌써 신고가 된 거야?"

"전전 세입자였다니까, 실종된 지 2~3년은 된 것 같아."

"뭐?"

혜리와 수아 언니가 동시에 목소리를 높였다.

"조미, 그 여자만이 아니래. 2층에 살았던 사람들이 대부분 실종됐대."

"말도 안 돼. 야, 너도 까딱했으면 그 집에서 사라질 뻔했다는 거 아냐? 세상에, 도망이 아니라 실종이라니. 그것도 여러 명이나…. 경찰 삼촌이 알려준 거야?"

"경찰 삼촌? 너 외삼촌이 경찰이야?"

수아 언니가 끼어들며 관심을 보였다. 난 언니에게 그 집에 살면서 겪었던 일들을 자세히 들려줬다. 귀신에게 홀려 죽을 뻔했고, 김향 이모와 혜리가 무당을 데려와 나를 도왔다는 사실까지.

"유산은 개뿔! 집이 아주 개판이네. 변호사는 이거 다 알고 있었다는 거잖아?"

주차장에 차를 세우며 수아 언니가 분개했다.

"가서 물어봐야죠. 흥분하지 말고요, 언니."

"내가 지금 흥분 안 하게 생겼니? 그 여자가 사기 치고 나간 거 아냐?"

"언니, 돈은 받으셨죠?"

"받기야 했지만…. 아씨 몰라, 더한 일을 꾸미고 있는지 누가 알아?"

나는 잔뜩 흥분한 수아 언니를 달랬다. 언니의 화가 한풀 꺾이기를 기다렸다가 우리는 차에서 내렸다.

"이상하리만치 깨끗하네요."

동아가 주변을 둘러보고 나에게 속삭였다. 과연, 차를 타고 오는 동안 보이던 검은 형체가 이곳에서는 눈에 띄지 않는다. 거리를 분주히 오가는 사람들도 특별한 게 없다. 마치 잘 닦인 유리창 밖을 내다보는 것처럼, 모든 게 총천연색으로 빛난다.

"뭐 하고 있어? 빨리 들어가자."

수아 언니가 미적거리는 나를 재촉했다. 눈에 독기가 그득한 게 변호사를 만나는 즉시 멱살이라도 잡을 기세다.

변호사 사무실의 낡은 알루미늄 문을 당기자 삐걱 소리가 났다. 그 소리에 변호사가 자리에서 벌떡 일어섰다.

"어서 오십시오. 연락도 없이 웬일이십니까?"

변호사가 반갑게 인사를 건네지만 꽤 당황한 모습이다. 사무장도 허둥대다가 탕비실 안으로 모습을 감췄다.

"3층 세입자에 대해 여쭤볼 게 있어서요."

수아 언니가 바로 본론을 꺼냈다.

"아휴, 그런 건 전화로 하셔도 되는데… 일단 앉으십시오."

우리는 그가 안내하는 대로 낡은 소파에 앉았다.

"3층 세입자가 조미라는 사람 맞아요?"

변호사가 말을 꺼내기도 전에 수아 언니가 단도직입적으로 물었다.

"그럼요, 맞을 겁니다."

"아니, 맞을 거라니요? 변호사님 말씀이 뭐 그래요? 정확히 말씀하셔야죠. 확실해요?"

"맞습니다. 임대차 계약서 확인하셨잖습니까? 저희가 복사해서 나눠드렸는데요."

"그 서류 진짜예요?"

"진짜라니요…?"

"진짜인지 가짜인지 확인해 보셨냐고요? 수임료 선불로 받았다고 일을 너무 설렁설렁 하시는 거 아니에요?"

변호사가 안경을 고쳐 쓰고는 관자놀이를 문지르며 탕비실 쪽을 힐긋거렸다. 갑작스러운 질문 공세에 꽤나 당황한 기색이다.

"임성미 씨가 작고하시기 전에 저희와 함께 모든 서류를 검토했습니다. 그 후로 잘 보관했다가 그대로 전달한 거라…."

"중간에서 장난친 거 아니고요?"

"장난이라뇨, 큰일 날 소리를! 저희가 그럴 리 있겠습니까?"

"그런데 왜 그러죠? 3층 세입자가 말도 없이 사라졌어요."

"어디 여행이라도 갔나 보죠."

"이 아저씨, 남의 일이라고 속 편한 소리 하시네. 그 여자가 사라졌다고요!"

"서, 설마요?"

"경찰 말로는 실종됐다던데요?"

"경찰이요?"

"아직 연락 못 받았어요?"

경찰이라는 말에 변호사의 얼굴이 하얗게 질린다. 하긴, 경찰과 엮여서 좋을 게 없겠지. 변호사도 개인 사업자인데, 경찰을 대면한다는 게 피곤한 일일 거다. 게다가 고객이 알면 누가 그를 신뢰하겠는가.

"곧 전화 오겠네."

수아 언니가 빈정거리며 일부러 한숨을 푹 내쉬었다. 변호사가 자세를 고쳐 앉더니 소파에 등을 기댔다. 뭔가를 생각하는 듯 잠시 침묵이 이어졌다.

"게다가 그 조미라는 세입자, 전입 신고도 안 돼 있어요."

그의 눈치를 살피며 내가 조심스레 말을 꺼냈다.

"서류 검토, 똑바로 한 거 맞아요?"

수아 언니가 이때다 하고 몰아붙였다.

"전입 신고는 원래…."

"그 여자가 예전에 2층 세입자였던 거, 변호사님은 아셨죠?"

"2층 세입자라뇨?"

"모르는 척하시긴. 진짜 몰라요?"

수아 언니가 변호사를 윽박질렀다. 그가 난처한 듯 손을 비비며 탕비실 쪽을 쳐다봤다. 때마침 사무장이 쟁반을 들고 탕비실을 나왔다. 변호사가 지원군을 만난 듯 반색했다.

"사무장님, 저…."

"저 찾으셨어요?"

사무장이 빠르고 무뚝뚝한 말투로 대답했다. 허둥대던 처음과 달리 침착한 모습이다.

"임성미 씨 서류 좀 빨리 갖다주세요."

사무장이 우리 앞에 종이컵을 내려놓자 변호사가 말했다.

"어떤 서류요?"

"몽땅, 다요."

사무장은 곧 캐비닛에서 두툼한 파일을 꺼내 왔다. 변호사가 그 파일을 뒤적거리더니 3층 임대차 계약서를 찾아 우리에게 내밀었다.

"보세요, 여기 보다시피…."

"계약서 사본은 저희도 받았고요, 신분증 카피한 건 없어요? 그건 안 주셨더라고요."

그가 내민 서류를 쳐다보지도 않고 수아 언니가 따졌다. 변호사는 얼굴을 살짝 붉히고는 파일에서 또 다른 종이를 꺼내 언니에게 건넸다. 계약서를 작성할 때 받아둔 신분증 사본이다.

"한꺼번에 주시지, 번거롭게…."

언니가 비아냥거렸다. 그러곤 사본을 자세히 들여다보더니 고개를 갸웃하며 나에게 넘겼다. 흑백으로 복사한 신분증 사본에 여자 얼굴이 보였다. 사진이 뭉개져서 눈, 코, 입만 확인될

뿐 제대로 알아볼 수 없는 얼굴이다. 사진 속 여자를 조미라고 단정하기가 애매하다.

"아이씨, 이것만 보고 어떻게 알아?"

내 표정을 보고 수아 언니가 짜증을 냈다.

"변호사님, 혹시 예전 계약서도 다 갖고 계시나요?"

분위기가 험악해지려는 찰나, 혜리가 살갑게 질문했다.

"아뇨, 이게 전부입니다."

"그러면 조미, 이 세입자가 예전에 2층에 살았는지 확인할 수 있을까요?"

"네?"

"경찰이 그러는데, 몇 년 전에도 조미라는 사람이 2층에 살았 대요. 동일 인물인지 확인하고 싶어서요."

"글쎄, 저희는 서류가…."

변호사가 난처한 얼굴로 사무장을 돌아봤다. 사무장이 고개를 저었다.

"죄송하지만, 저희로서는 방법이 없습니다. 임성미 씨에게서 전달받은 서류는 이게 전부예요."

나는 일단 신분증 사본을 촬영해 김향 이모에게 전송했다. 그리고 변호사에게 정중히 동의를 구했다.

"저희가 3층에 들어가봐도 될까요?"

"아무리 임대인이라도 요즘에는 좀…."

"전입 신고가 안 돼 있는데요? 저희가 만난 세입자가 고모와 계약한 사람이 맞는지 아닌지 모르잖아요. 그러면 법적으로 문제없는 거 아닌가요?"

"하지만….'

"부탁입니다."

"임차인의 허락 없이는 힘듭니다. 법이 그래요. 제 권한이 아닙니다."

변호사는 단호했다. 아무리 사정해도 입장을 바꾸지 않았다.

"변호사님 이제 보니 굉장히 무책임한 분이시네?"

수아 언니의 삐딱한 그 한마디에 사무실 공기가 확 달라졌다. 변호사도 표정이 떨떠름해지면서 아까의 비굴한 태도가 사라졌다. 사무장이 바짝 긴장한 얼굴로 우리를 매섭게 쏘아봤다.

언니의 입에서 어떤 말이 나올지 모르니 나도 안절부절못했다.

23

 변호사가 소파에 기대고 있던 등을 쭉 폈다. 사무장이 보고 있어서 더 그런 걸까. 조금 전까지만 해도 싹싹하던 그의 태도가 냉랭하게 변했다. 사무실에 팽팽한 긴장감이 감돈다.
 "제 말은, 일을 참 쉽게 하신다고요. 언제는 이모에게서 서류만 넘겨받았다면서요? 이거, 그 여자에게 사기당한 걸 수도 있다고요."
 수아 언니가 또 변호사를 몰아세웠다.
 "3층 전세보증금은 정확히 받았습니다. 최수아 씨에게 그 일부를 입금해 드리지 않았습니까?"
 "그깟 전세금? 그보다 더한 사고를 치고 나갔는지 어떻게 알고요? 제 동생 소희가 벌써 당했거든요. 정지수라는 여자 아시죠? 2층 세입자요."

"처음 듣습니다. 전 예전 계약에 대해서는 잘 모릅니다."

"이모 일 맡고 나서 정지수라는 이름으로 전세금 받은 적이 없다는 거예요?"

"전세 계약은 임소희 씨와 했지요. 다른 사람 이름으로는 받은 게 없습니다."

변호사가 나를 쳐다보며 동의를 구했다. 그러나 내가 미처 대답하기도 전에 수아 언니가 성급히 말을 이었다.

"사기 친 거 맞네. 이거, 실종된 게 아니라 도주네."

"대체 무슨 말씀을 하시는지 모르겠습니다. 제가 받은 전세금은 최수아 씨 외에도 임시현 씨, 임현선 씨, 임소희 씨 세 분께 똑같이 입금했는데 사기라니요? 돈을 받으셨잖습니까?"

"입금자를 제대로 확인했어요? 소희야, 네가 3억 2000만 원 전부 보냈니?"

"아뇨. 제가 무슨 돈이 있다고…."

"거봐요, 이상하잖아. 전세금의 반이 어디서 온 거냐고요?"

"사무장님, 여기 잠깐만요. 홍연동 전세금이 어떻게 들어왔습니까?"

변호사의 질문에 키보드 두드리던 소리가 멈췄다. 잠시 후 사무장이 쉿소리로 대답했다.

"임소희 씨에게서 본인 몫을 제외한 8000만 원 들어왔고요, 같은 날 나머지 금액인 1억 6000만 원 입금됐습니다. 입금자명이 홍연동으로 돼 있는데요?"

"들으셨지요? 금액이 이상 없지 않습니까? 서류상 문제가 없고 금전적 손해도 없는데 사기라니요?"

"왜 입금자가 홍연동으로 돼 있지? 왜 정지수나 조미가 아니냐고? 아, 몰라. 아무튼 전 3층에 가봐야겠어요."

"임차인 집인데 거긴 왜 가신다는 겁니까?"

"몇 번을 말해야 해요? 조미가 우리에게 사기를 쳐서 확인차 가봐야겠다고요!"

"그 집에서 무슨 일 있었습니까?"

"그 망할 게, 인테리어한다더니 2층에다 부적을 온통 도배해 놨더라고요."

"부적을 도배해요?"

"정 못 믿겠으면 직접 가서 보세요. 얼마나 흉흉한지. 그런 집에 누가 들어오겠어요? 우린 3층 여자 찾아내서 손해 배상을 받아야 해요. 가만있을 때가 아니란 말이에요!"

변호사의 얼굴이 딱딱하게 굳었다. 살벌한 분위기에 사무장은 아무것도 못 들은 듯 눈을 내리깔고 있었다. 동아 역시 조용히 고개를 숙이고 언니의 얘기를 듣기만 했다.

"집도 엉망, 세입자는 실종. 집주인이 들어가서 점검할 이유가 충분하죠?"

"그래도 법적으로는…."

"그놈의 법, 법, 법! 법 따지다 망한다니까요. 어쨌든 우리는

3층에 들어갈 거니까, 변호사님은 만약의 경우를 대비해 준비나 해주세요. 우리가 상속받는 데 문제 안 생기게."

"형사법에 관련된 것은 전 책임지지 않습니다."

"민사에나 충실하세요. 그럼 되겠네. 아니면 이모에게서 받은 수임료를 몽땅 토해내든가."

"…."

"그건 또 싫으신가 봐?"

"상속인 모두의 동의를 받은 게 아니잖아요?"

"넷 중 두 명이면 충분하지 않나요? 한 명은 정신병원에 있고, 다른 하나는 노름에 미쳐서 연락하기 힘들거든요."

"나중에 두 분이 항의하면요?"

"그럴 리가요. 걔들도 그 꼴 보면 쌍수 들고 환영할걸요. 자, 어떻게 하시겠어요?"

"집에 들어가라 마라, 제가 참견할 일은 아닌 것 같습니다. 제 역할은 그저 법적인 조언만 해드리는 거라…. 하지만 다시 한번 말씀드리죠. 빈집이라도 임차인 동의 없이 들어가면 안 됩니다. 계약 기간도 아직 많이 남았고, 조미 씨가 죄를 저질렀다는 증거도 없습니다. 그래도 정 들어가겠다면 경찰과 상의하세요. 제가 해드릴 수 있는 말은 이것뿐입니다."

"진짜, 그렇게 면피하시겠다? 알겠습니다. 그러면 우리가 알아서 할게요. 변호사님은 더 이상 관여하지 마세요. 됐죠? 경찰 오면 달라는 자료나 잘 전달하시고요."

"경찰이 요청하면 당연히 협조해야죠."

수아 언니가 콧방귀를 뀐다. 변호사와 싸워서 좋을 것 하나 없는데 왜 저러나 모르겠다. 혹시나 우리가 조미를 찾으면 중재해줄 사람이 바로 변호사인데.

"갖고 있는 서류는 이게 전부예요?"

언니가 두툼한 파일을 집어 들며 물었다.

"임성미 씨 관련 서류는 그게 다입니다."

"진짜죠?"

변호사가 미간을 찌푸린다. 언니의 말을 이해하지 못하겠다는 표정이다.

"변호사라는 양반이 믿음이 가야 말이지. 애들아, 가자."

언니가 파일을 던지듯 내려놓고는 휙 돌아서 밖으로 나갔다. 혜리가 눈치를 보다 뒤따라갔다. 이제 내가 수습할 차례다.

"변호사님 죄송해요, 언니가 예민해져서…."

"괜찮습니다. 재산과 관련된 일에는 누구나 예민할 수밖에 없죠."

"그래도 언니가 심했어요. 다시는 이런 일 없게 주의할게요."

"변호사 사무실이라는 데가 워낙 다양한 사람들이 오는 곳이라 저희는 단련됐습니다. 걱정 마십시오. 신경 써주시니 오히려 제가 고맙습니다."

그는 아무렇지 않은 듯 웃지만 표정은 여전히 좋지 않다. 내 마음도 편치 않긴 마찬가지다. 다시 봐야 할 사람인데 소모적인 언쟁으로 괜히 관계만 불편해졌다. 변호사에게 거듭 사과하고 동아와 함께 밖으로 나갔다.

수아 언니는 주차장에서 혜리를 붙들고 분풀이하고 있었다.

"욕 나와서 진짜. 변호사 저거 왜 저래? 훼방 놓을 거면 이모 유산에서 손을 떼든가 해야지."

"변호사들이 원래 뻔뻔하잖아요."

"사무실도 완전 구려. 너 봤지, 수임료에 정색하는 거? 저 사람, 우리 말곤 일도 없어."

"그래도 어떡해요? 고모님이 그 사람에게 의뢰한걸. 언니가 참아요. 상속받으면 볼 사람도 아닌데요 뭐."

혜리가 역성을 들자 언니가 점차 누그러졌다.

"아씨, 열 받아. 공방 가서 우리 맥주나 마시자."

"전 큰고모를 찾아뵐까 하는데…."

"우리 엄마를? 왜?"

언니의 말투가 다시 뾰족해진다. 하지만 나도 할 말은 해야겠다. 변호사 사무실에서 보인 행태가 못마땅해 나도 더 냉정해진다.

"그새 잊었어요? 언니에게 부적 써준 무당, 그 사람이 누군지 알아야겠어요."

"지금? 나중에 알아봐도 되잖아."

"전 급하거든요."

"야! 우리 재산 지키는 게 급하지 부적 따위가 왜 급해?"

"저한테는 무당 찾는 게 더 급해요. 그 부적 때문에 죽을 뻔했으니까."

"몰라. 엄마한테 가려면 너 혼자 가."

"아니면 무당 연락처를 주시든가요."

"모른대도!"

"그러면 같이 가요!"

"너 우리 엄마 어떤지 못 봤잖아. 정신이 오락가락하는 데다 똥오줌도 못 가려. 나를 알아보지도 못하는데 내가 가서 뭐 해?"

"큰고모가 무당을 소개했다면서요?"

"아, 그때만 해도 상태가 괜찮았는데… 급격히 안 좋아졌다니까. 온전하다고 연락 와서 가보면 대부분 넋 놓고 있어. 옛날 얘기만 하고 심하게 왔다 갔다 해. 오늘이 몇일인지도 모르는데 그 무당을 기억할까? 가끔 멀쩡해지긴 해도 타이밍을 맞추기가 힘들어."

"가서 기다리면 되죠."

"시간 낭비야. 엄마한테 가느니 차라리 홍연동에 가겠다."

"거긴 가서 뭐 하게요? 2층에 있던 부적, 다 뜯어냈어요. 도배도 새로 했고요."

"증거를 왜 다 없앴어?"

"저한테는 시급했거든요."

"우리에게 묻지도 않고? 그거 공동 재산이야."

"언니 말대로 현선 언니와 시현 오빠는 연락이 안 됐어요. 그럼 언니 하나 남는데, 언니는 저를 해코지하려고 했잖아요?"

"그거 해코지 아니거든!"
"아무튼 저한테 해로운 부적을 주셨죠."
"그래서, 그걸로 퉁치자는 거야?"
"좋게 넘어가자는 거죠. 어쨌거나 2층엔 이제 부적 없어요."
"좋아, 2층 패스. 3층이 있잖아?"
"변호사님 말대로…."
"그딴 변호사 말 듣지 마. 집주인은 우리야. 열쇠 수리공 불러서 들어가면 되잖아."
"하지만…."
"우리가 변호사도 아닌데 불법 어쩌구 따질 거야? 들어가면 끝이지. 경찰이 뭐라고 하면 그때 가서 해결하면 돼."

언니는 막무가내였다. 어이가 없어 대꾸를 못 하고 있는데, 조용히 있던 동아가 한마디했다.

"경찰에 신고하죠."

우리의 시선이 일제히 동아에게 향했다. 그녀는 차분하게 말을 이어갔다.

"경찰도 수상하게 생각하고 있잖아요."
"그래도 안 돼요. 주거 침입했다는 말이 나올 거예요."
"소희 님이 만난 사람이 진짜 세입자가 맞는지 확신할 수 없다면서요?"
"그건 그렇지만…."
"그 사람을 본 이웃도 없어요. 그렇다면 누군가 신분을 위장해 3층을 불법 점유했다고 의문을 가질 수 있는 거 아닐까요? 조사하기 전까지는 어떤 게 진실인지 모르잖아요. 오히려 주거 침입은 소희 님이 제기할 수 있는 문제라고 생각해요."

한 줄기 빛을 발견한 기분이다. 불법을 자행하지 않고 우리가 떳떳하게 3층으로 들어갈 수 있는 유일한 방법. 집주인이기에 가능한 그 방책을 난 왜 생각하지 못했을까.

수아 언니의 얼굴에도 화색이 돌았다.

"이 무당 언니 머리 좋네. 당장 신고하자. 아니, 내가 할게."

언니가 바로 휴대폰을 꺼내 전화를 걸었다. 112 상황실이 바로 연결됐다.

"여보세요? 어떤 여자가 제 소유의 집을 불법 점유했는데요…."

언니가 경찰에게 자초지종을 설명했다. 난 문자로 김향 이모에게 상황을 알리고, 내친김에 열쇠 수리공도 불렀다. 그러다 문득, 언니의 손목에 시선이 갔다. 내게서 가져간 팔찌가 손목에 있었다. 엄마의 팔찌를 되돌려 받으라던 제천 무당의 말이 떠올랐다.

"언니, 그 팔찌…."

"아, 이거? 나 생각보다 잘 하고 다니지?"

수아 언니가 팔찌를 들어 보이며 자랑스레 말했다. 나는 소매 안으로 손을 넣어 내 손목에 걸린 팔찌를 확인했다.

"이게 그렇게 영험하다더라. 좋은 기운이 가득 담겨서 나쁜 기운이 다 피해 간대. 외숙모가 만들면서 기도 열심히 했나 봐."

"누가 그래요?"

"누구긴 누구야, 무당이지."

뻔뻔한 대답에 기가 찬다. 팔찌가 예뻐서 빼앗아간 게 아니다. 무당이 시켜서 엄마의 비호를 가로채간 것이다. 제천 무당은 그걸 알고서 되찾아 오라고 한 걸까?

"언니에게 부적을 써준 무당이 팔찌를 봤어요? 아까는 무당을 모른다면서요? 만난 적 없다면서요?"

"맞아. 난 만난 적 없어. 연락은 엄마가 했대도. 말했잖아, 난 부적을 택배로 받았을 뿐이라고."

"그런데 무당이 어떻게 이 팔찌를 알아요?"

"몰라."

"내가 팔찌를 한 걸 무당이 본 거죠? 그 사람이 날 봤죠?"

언제까지 나를 속일 수 있을 거라고 생각하는 걸까. 아무 일도 아닌 척, 위기를 모면하려는 태도에 화가 난다.

"언니!"

"아이, 깜짝이야! 왜 고함을 지르고 그래? 나 진짜 몰라."

"봤어요, 안 봤어요? 네?"

"장례식장에서… 보지 않았을까? 그 무당이 종현이 장례식에 왔을걸?"

"무당이 왜요? 거길 왜 와요? 언니는 그걸 어떻게 알고요?"

"분위기 파악하려고 들렀겠지. 사실, 현선이랑 내가 많이 쫄았거든. 시골집에서 명두를 발견하고 얼마나 놀랐는데. 종현이까지 그렇게 되니까 마음이 진짜 다급해져서 있는 돈 싹싹 긁어 무당에게 보냈지. 그랬더니 출장 온다고 하더라."

"그래서 만났어요?"

"얼굴은 못 봤대도!"

"장례식에 왔는데 못 봐요? 그게 말이 돼요? 그날 조문객도 얼마 없었잖아요."

"엄마가 절대 만나지 말랬어. 그래서 안 본 거지. 왔다 간 건 알아. 그 무당이 네 팔찌 얘기를 했으니까."

장례식장 접객실에서 우리에게 등을 돌리고 밥을 먹던 한 남자가 떠오른다. 개량한복을 입어 눈에 띄던 그 남자.

"그 사람이 뭐라던가요?"

"알면서 뭘 물어?"

"제 팔찌를 빼앗으라고 했어요? 엄마의 염원이 담겨서 절 지켜준다고?"

"미안해. 나도 어떻게든 피하고 싶어서…."

"듣자 하니 진짜 너무하네. 언니만 괜찮으면 다예요? 소희는 뭐, 언니들 액막이에요?"

혜리가 끼어들어 원망 섞인 말들을 쏟아냈다. 그 순간, 혜리와 나를 괴롭힌 겨자색 지갑이 생각났다. 잠깐, 언니가 내게 지갑을 선물하겠다고 말한 곳이 장례식장 주차장이던가? 그때 내게 무슨 색을 좋아하냐고 물었었지. 마치 누군가와 연락을 주고

받듯 휴대폰을 만지작거리면서.

"설마… 그때 주차장에서 무당과 연락했던 거예요?"

"네가 명두를 가지고 있는데도 신기가 안 나타나잖아. 현선이 증세는 점점 더 심해지고. 그래서 그런 거야. 현선이가 하도 보채서 어쩔 수 없었어."

"진짜 너무들 하시네요."

"미안. 하지만 내 탓이 아니야. 차라리 우리 집안을 원망해."

끝까지 염치없고 뻔뻔스럽다. 이런 사람을 내 핏줄, 내 사촌이라고 좋아했다니. 속에서 분노가 끓어오른다. 그리고 지난 기억 하나가 머리를 스친다. 지난여름 언니가 주문한 도넛을 사러 연남동 베이커리에 갔을 때, 내 주위를 맴돌던 한복 입은 남자.

"제가 도넛 사 들고 공방에 갔을 때, 그때도 그 남자 무당하고 연락했죠?"

"무당이 남자야? 박수였어? 어머, 너 만났구나? 난 무당이 여잔지 남잔지도 몰랐거든."

"일부러 저한테 도넛을 사 오라고 한 거예요? 그 무당에게 절 보여주려고요?"

"그날… 사실 엄마 만나고 들어가는 길이었어. 운 좋게도 엄마가 멀쩡한 날이었거든. 엄마가 그러더라, 네가 네 발로 그 집에 들어갈 거라고. 무당이 알려줬대. 그래서 널 보거나 연락이 오면 바로 무당에게 연락하라고 그랬어."

"언니는 그 말을 따랐다, 이거고요?"

"엄마 말인데 따라야지. 게다가 마침 무당이 그 근처에 있다니까… 미안."

이제 수아 언니는 그 어떤 것도 숨길 생각이 없어 보인다. 말도 안 되는, 내가 생각지도 못한 얘기들을 줄줄 쏟아낸다.

"시현 오빠도 아는 얘기예요?"

"걔라고 예외겠니? 그 새낀 돈만 들어오면 오케이니까 별 신경도 안 쓰더라."

언니에 대한, 아니 사촌들에 대한 마지막 믿음이 사라진다. 한 핏줄이라는 이유로 특별한 유대감을 기대했던 내가 바보다. 배신감이 너무 크다.

"가자. 이미 벌어진 일이야. 더 생각할 것도 없어."

망연자실해 있는데 혜리가 현실을 일깨웠다.

"그래요, 소희 님. 이만 가시지요. 어쩌면 경찰이 집에 도착했을지 모르잖아요."

"어머, 지금 몇 시니? 여기서 지체할 때가 아니네."

수아 언니가 호들갑을 떨었다. 우리는 다시 언니의 미니를 타고 서둘러 주차장을 빠져나갔다.

집으로 달리는 내내 난 한마디도 하지 않았다. 이기적인 인간. 상속 절차가 끝나면 절대, 다시는 보지 않을 거다. 20년 넘게 남으로 살았던 것처럼, 앞으로도 평생 남으로 살 거다. 난 속으로 이를 갈았다.

집 앞에 도착하자 좋지 않은 기운이 감지됐다. 3층 꼭대기에 검은 뭔가가 꽉 차 있는 게 느껴졌다. 1층 상가 앞에 경찰차가 주차돼 있고, 경찰 두 명이 열쇠 수리공으로 보이는 남자와 얘기하고 있었다.

"어머, 늦어서 죄송해요. 제가 신고한 사람이에요."

수아 언니가 야단스럽게 목소리를 높였다. 경찰들과 열쇠 수리공의 시선이 우리를 향했다.

"주거 침입으로 신고하신 분이죠?"

"네, 세입자도 아닌 사람이 3층에 무단 거주를 해서요. 빨리 올라가죠."

"관계가 어떻게 되십니까? 저희가 신고자 신원을 확인하고 관계도 파악해야 해서요."

"여기 집주인이에요. 얘와 제가요."

수아 언니가 내 팔을 끌어당겨 팔짱을 끼며 말했다. 갑작스러운 언니의 행동이 거북했다.

하지만 경찰의 눈은 매서웠다. 신고를 받고 출동했지만, 무턱대고 집 안으로 들어가진 않겠다는 태도를 분명히 했다. 문제의 여지를 남기지 않겠다는 것이다.

"사실관계를 확인할 수 있는 서류나 신분증 있습니까?"

"저희가 집주인이라니까요!"

"네, 그래도 일이란 게 순서가 있지 않습니까?"

경찰은 호락호락하지 않았다. 수아 언니가 내 팔을 꽉 잡고 귀에 대고 속삭였다.

"너 집에 변호사가 준 서류 있지? 상속 서류 말이야."

"아… 있어요. 잠깐만요. 금방 올게요."

나는 재빨리 2층으로 올라갔다. 변호사가 준 서류는 임대차 계약서와 함께 잘 보관해두고 있다. 그러나 계약서만으론 충분하지 않을 것 같아서 경찰 삼촌의 도움을 바라며 김향 이모에게 연락했다.

"이모, 저예요."

〈그래, 문자 받았어. 경찰에 신고했다고? 잘했어.〉

"경찰이 집에 왔는데 신원을 확인해야 한대요. 저희가 집주인인 걸 확인해야 강제 개문이 가능한가 봐요. 죄송한데, 지금 경찰 삼촌에게 연락해 주시면 안 될까요?"

〈바로 연락해볼게. 기다리고 있어.〉

변호사가 준 서류를 챙겨 들고 아래로 내려갔다.

"이겁니다. 상속 절차가 완전히 마무리되진 않았지만, 서류 보시면 저희가 이 집에 권리가 있다는 걸 확인할 수 있어요."

경찰이 미심쩍은 눈초리로 내가 건넨 서류를 받아들었다. 그는 꼼꼼히 훑어보며 인상을 찌푸렸다. 이걸로는 안 되려나 싶어 조마조마한 찰나, 어디선가 휴대폰이 울렸다. 뒤돌아보니 다른 경찰이 전화를 받았다.

잠시 후, 그가 전화를 끊고 다른 경찰에게 다가갔다.

"이미 조사 중인 사건이네."

"서에서 그런 얘기 없었는데?"

"여기 2층이 주거 침입에 재물손괴, 지난 몇 년간 발생한 실종사건과 관련이 있대. 3층까지 조사해야 한다고 윗선에 보고했는데 아직 지시가 안 내려왔나 봐. 그래서 얘기가 없었던 거지."

"그러면 올라가도 된대?"

"신고 들어왔잖아. 우리는 절차대로만 하면 되지. 자, 올라가시죠."

우리는 경찰 두 명, 열쇠 수리공과 함께 3층으로 올라갔다. 좁은 계단을 오르는 동안에도 수아 언니는 3층 세입자에 대해 험담을 늘어놓았다. 조미의 정체를 알 수 없다는 것과 2층을 부적으로 도배했다는 사실 등등. 마치 자기가 직접 경험한 것처럼 실감나게 떠들었다.

역시나 3층 현관문은 굳게 닫혀 있었다. 벨을 여러 번 눌러도 인기척이 없었다. 경찰이 신호를 보내자 열쇠 수리공이 공구함에서 도구를 꺼냈다. 그리고 1분도 안 돼 잠금장치를 풀었다. 문이 소리도 없이 열렸다.

"아, 냄새…."

수아 언니가 코를 잡고 얼굴을 찡그렸다. 문을 조금 열었을 뿐인데 냄새가 진동한다니. 혹시라도 안에서 끔찍한 일이 벌어졌을까 봐 신경이 곤두섰다.

"향 냄새야. 얼마나 피워댔으면 아주 쩔었네, 쩔었어."

혜리도 투덜댔다. 우리는 조심스럽게 안으로 들어갔다.

3층 내부는 내가 기억하는 그대로였다. 소파와 사이드 테이블 그리고 그 위에 타다 만 인센스 스틱. 내부가 모델하우스처럼 깔끔하게 정돈돼 있었다. 방문은 예전처럼 모두 닫혀 있고, 오랫동안 보일러를 틀지 않아 냉기가 돌았다.

"완전 새집이네. 여기서 사람이 살기나 한 거야?"

혜리가 집 안을 둘러보며 말했다. 경찰도 흥미로운 듯 내부를 살폈다.

"아무도 없는데? 그 여자, 내뺀 거 맞지?"

수아 언니가 첫 번째 방문을 열며 툴툴댔다. 그곳은 2층의 내 방 바로 위쪽이었다. 가구도 없이 구석에 이불만 한 채 덜렁 놓여 있었다.

"여기… 왜 이렇게 썰렁해?"

"진짜 무단 침입 맞나 보네요. 살림이 없는 걸 보면."

"어째 모델하우스 같다 싶었어. 거실만 꾸며놓은 거야?"

언니가 이번에는 부엌 쪽에 있는 다른 방에 다가섰다. 그녀가 방문 손잡이를 잡는 순간, 동아가 내 손을 잡았다. 가까이 다가가지 말라는 경고였다. 동아가 나를 보며 고개를 가로저었다. 하지만 언니는 주저없이 방문을 열었다.

"헉! 이건 또 뭐야?"

문이 열리자마자 언니가 우뚝 멈춰 섰다. 한쪽 벽에 깨끗이 치워진 신단이 있었다. 내가 긴 서랍장이라고 생각했던 가구는 펼치면 3층짜리 선반이 되는 형태였다. 벽에는 뭔가를 붙였다

떼어낸 흔적이 있고, 오랫동안 향을 피웠는지 내 코에도 희미한 향 냄새가 맡아졌다. 그 순간, 난 멈칫했다.

텅 빈 방 한가운데 누군가 앉아 있었다. 내 눈에 여자의 형체가 보였다. 이제껏 거리에서 본 검은 형체와는 달리 그것은 또렷한 사람의 형상을 하고 있었다. 여자가 천천히 고개를 들었다.

아는 얼굴이다. 제천 법당으로 가던 길에 꿈에서 본 여자. 곱게 쪽 찐 머리에 하얀 한복을 입은 모습까지 그대로다.

"어처구니가 없네. 이 여자 무당이었어? 여기다 우리 몰래 신당을 차린 거야? 그래서 가짜 신분으로 계약하고? 진짜 미친 거 아냐?"

수아 언니의 눈에는 여자가 보이지 않는 모양이다. 다른 사람들도 마찬가지다. 성큼성큼, 사람들은 아무렇지 않게 방 안으로 들어간다. 여자의 몸을 통과하는 사람도 있다. 난 안으로 들어가지 못하고 그 자리에 얼어붙었다.

여자가 내 얼굴을 똑바로 쳐다본다. 다른 사람이 아닌 나만 보고 있다. 어디선가 방울 소리가 들린다. 딸랑— 딸랑— 무섭지만 몸이 굳어서 고개를 돌릴 수가 없다. 어쩔 수 없이 계속 시선을 마주친다. 아, 이제 알겠다. 꿈에서뿐만 아니라 정지수의 기억 속에서도 여자를 만난 적이 있다.

여자가 나를 보고 씩 웃는다. 파리할 정도로 하얀 얼굴, 입가에 머금은 차가운 미소, 반짝이는 눈빛. 묘하게 자상하면서도 서늘한 분위기에 주눅이 든다. 그 순간 여자가 일어선다. 그리고 천천히 내게 다가온다. 얼굴 가득 환한 미소를 띠고서.

도망가고 싶다. 하지만 꼼짝도 못 하고 다가오는 여자를 보고만 있다. 딸랑— 딸랑— 어디선가 방울 소리가 들린다. 어질어질하다. 숨이 막힌다.

"어머니께서 주신 방편이 있지 않습니까?"

뒤에서 동아의 조언이 들린다. 멀리서 말하듯 목소리가 작고 약하다.

"보이세요? 동아 님 눈에도 저 여자가 보이는 거죠?"

"정… 하세… 저… 다….'

동아의 말이 중간에 뚝뚝 끊겨 잘 들리지 않는다. 하지만 내가 어떤 행동을 해야 할지 본능적으로 깨달았다. 난 목에 건 파란 주머니를 꼭 쥐었다. 그러자 내 손에 커다란 칼 두 개가 쥐어졌다. 개복숭아나무로 만든 작은 단도가 크고 날카로운 칼로 변해 있었다.

칼을 본 여자가 멈칫하며 뒤로 물러섰다. 표정이 무섭게 바뀌고, 표독스러운 눈이 나를 잡아먹을 듯 번뜩인다. 이윽고 여자의 흰옷이 먹물처럼 검게 물들기 시작했다.

내 손이 천천히 움직이더니 두 개의 칼이 여자를 겨눴다. 칼은 나와 여자, 그리고 동아의 눈에만 보인다. 여자가 눈을 부릅떴다. 그러나 곧 입가가 떨리더니 큰 입이 땅에 닿을 듯 길게 늘어지면서 괴상한 비명이 터져나왔다.

삐이이이이— 귓속이 이명으로 가득 찼다. 딸랑— 딸랑—

딸랑— 딸랑— 방울 소리도 요란했다. 정신을 교란하는 그 끔찍한 소리에 온몸이 후들거렸다. 귀를 막고 싶었지만 손에 들린 칼 때문에 어찌할 바를 몰랐다. 손이 바들바들 떨리자 칼끝도 휘청거렸다. 이명을 견딜 수가 없어 귀를 막으려던 찰나, 누군가 뒤에서 내 팔을 꽉 잡았다. 동아였다.

"정신을 집중하세요. 잡귀 따위가 들어오지 못할 겁니다."

칼날이 다시 꼿꼿해지며 여자를 겨눴다. 여자의 형체가 입을 다물고 나를 무섭게 노려봤다. 방울 소리도 멈췄다. 여자의 모습이 점점 투명해지더니 이윽고 눈앞에서 사라졌다. 나는 다리가 풀려 바닥에 털썩 주저앉았다.

"소희야, 왜 그래? 괜찮아?"

혜리가 달려와 나를 일으키려 했다. 난 숨을 헉헉대며 조금 전의 잔상을 머릿속에서 지우려고 애썼다. 동아가 내 등을 부드럽게 쓸었다.

방에서 나온 수아 언니가 팔짱을 끼고 흥미롭다는 듯 지켜보고 있었다.

"뭘, 봤어?"

"…."

"너 보이는구나? 그렇지? 방금 이 방에 뭐 있었지?"

"언니, 무섭게 왜 그래요? 애 요즘 컨디션 안 좋아서 그런 거예요."

혜리가 나서서 언니의 호기심을 차단했다.

"부적이 확실히 효과가 있네. 그 박수가 실력 있어."

언니가 피식 웃었다. 그 웃음이 몹시 거슬렸다.

"현선이가 동족 만났다고 반가워하겠다야. 그러잖아도 바들바들 떨고 있었는데. 이제 너도 신을 받을 자격이 있네."

"너무하네요, 진짜…."

"너 혹시 3층 세입자도 찾아낼 수 있어? 신 내리면 그런 거 잘 본다잖아."

"언니! 지금 그런 말이 나와요?"

보다 못한 혜리가 분통을 터트렸다. 혜리도 쌓인 게 많았다. 언니가 숨긴 부적 때문에 혜리 역시 끔찍한 경험을 했으니까. 내가 한마디하려는 순간 경찰이 우리를 불렀다.

"상황 파악 끝나서 별일 없으면 저흰 이만 철수하겠습니다."

"어머, 벌써요?"

언니가 콧소리를 내며 경찰에게 달려갔다. 그 모습을 째려보며 속으로 화를 삼켰다.

"무단 점거한 자의 신원이 파악되면 연락드리겠습니다."

"저희가 언제쯤 알 수 있을까요?"

"가급적 빨리 처리하겠습니다."

"우리 좀 급한데. 할 수 없죠, 뭐. 대신 연락 꼭 주세요."

경찰을 대하는 언니의 태도가 나긋나긋하다. 아까처럼 내 속을 뒤집어놓는 말투가 아니다.

"얘들아, 우리도 가자. 언제까지 여기 있을 거야? 더 볼 것도 없는데."

아무 일도 없었던 것처럼 언니는 태연히 경찰을 따라 밖으로 나갔다. 아무렇지 않은 그 태도가 가증스럽다.

"가시지요."

동아의 말에 정신을 가다듬었다. 혜리가 날 부축해 일으켰다.

"언니 말 신경 쓰지 마. 저 싸가지, 열라 재수 없어."

밖으로 나가자 찬바람에 정신이 들었다.

"열쇠 아저씨 벌써 갔어? 3층 문을 어떡하라고 말도 없이 그냥 가?"

1층에서 수아 언니의 불만 가득한 목소리가 들렸다.

"그냥 열어두시죠. 가져갈 것도 없던데."

"누가 들어가면 어떡해요? 아래층에 제 동생 혼자 산단 말이에요."

수아 언니가 나를 걱정하는 척 말했다. 하지만 경찰은 열쇠 수리공을 다시 부르라는 말만 남기고 그곳을 떠났다. 상가 주택 앞에는 우리만 남았다.

"하여간 민중의 지팡이라는 것들이 정작 필요할 때는 쓸모가 없다니까."

"언니, 경찰 말이 맞아요. 자물쇠 바꾸는 거야 다시 사람 부르면 되죠."

"번호는? 전화번호 알아?"

언니의 짜증이 듣기 싫어 얼른 통화 버튼을 눌렀다. 아까 연락

한 번호가 휴대폰에 남아 있어 열쇠 수리공과 바로 연결됐다.

"오래 걸린대?"

"10분 정도 걸리지 않을까요? 아까 보니까 문 따는 것도 바로 던데."

"아… 지겨워. 올 때까지 언제 기다려?"

"집에 올라가서 기다리죠. 날도 추운데…."

수아 언니가 2층을 올려다봤다. 그러다 돌연 호기심이 생겼는지 앞장서 계단을 올라갔다. 문을 열자마자 언니가 먼저 안으로 들어섰다. 역시나 냄새가 나는지 코를 찡긋거렸다.

"깨끗한데? 부적으로 도배돼 있던 거 맞아?"

언니는 조금 전 3층에서 그랬던 것처럼 집 안 곳곳을 둘러봤다. 난 보일러 온도를 높이고 커피포트에 물을 올렸다. 몸에서 냉기가 가시지 않아 따뜻한 커피를 마시고 싶었다.

수아 언니가 주방으로 와 냉장고를 열었다.

"이거 왜 이래? 과일이 죄다 썩었잖아."

그 말에 냉장고를 들여다보니 과일이 썩어서 물이 흥건히 고여 있었다. 3층 세입자 조미가 틈날 때마다 갖다준 그 과일이었다. 냉장고에서 퀴퀴한 냄새도 났다.

"냉장고가 고장 난 거야? 그래도 그렇지, 냉장고에서 음식이 이렇게 썩을 수가 있어?"

"…."

"너 설마, 저거 먹은 거 아니지?"

그 말을 듣자마자 구역질이 났다. 저 과일을 안 먹었다고 자신할 수 없다. 난 화장실로 달려가 빈속을 게워냈다. 아침에 믹스커피 외에는 먹은 게 없어서 노란 위액만 나왔다.

"속은 괜찮아?"

혜리가 믹스커피를 타며 걱정스럽게 물었다. 괜찮다고 답했지만 속은 여전히 좋지 않았다.

"내가 치워둘 걸 그랬다. 보고도 깜빡했지 뭐야. 미안."

"아니야, 네가 미안하긴 뭘."

"커피 마실 수 있겠어?"

그 말에 화답이라도 하듯 뱃속이 꼬르륵거렸다. 갑자기 허기가 몰려왔다.

"그거라도 마셔야겠어. 배고프다."

"자물쇠 고치면 바로 밥 먹으러 가자. 일단 저기 앉아 있어."

거실 한복판을 차지한 테이블 쪽으로 갔다. 수아 언니와 동아가 마주 보고 앉아 있는데 언니가 한창 꼬드기는 중인지 동아의 표정이 난처해 보였다.

"애동 맞죠? 신은 언제 받은 거예요?"

"…."

"에이, 말씀 좀 해주시지. 애동 제자 신빨이 그렇게나 좋다던데…. 혹시 내 미래가 보여요? 나 앞으로 어떨 것 같아요?"

"언니!"

가뜩이나 못마땅한데, 동아에게까지 그러는 모습을 더는 두고 볼 수 없었다.

"얘기하기 싫다는데 왜 자꾸 그래요?"

"궁금하니까 그러지."

"언니가 연락하는 무당 있잖아요. 그 사람에게 물어보세요."

"그 사람 만난 적 없대도!"

"그럼 휴대폰으로 연락하시든가요."

"얘 세게 나오네? 내가 언제 복채 안 낸다고 했니?"

"지금 그 말이 아니잖아요."

"뭐가 아니야? 서로 좋자고 물어본 거잖아. 난 점 봐서 좋고, 이 애동은 돈 벌어서 좋고."

"말하기 싫다는 사람 귀찮게 하니까 그러죠."

"귀찮대? 그 말을 이 무당이 했어? 네 귀에 들렸어?"

"언니!"

"용하네. 신은 네가 들렸나 보다. 끼리끼리라고, 이 무당 마음을 어찌 그리 잘 아니?"

언니가 실실 웃으며 비꼬았다. 내가 신내림이라도 받은 것처럼 몰아갔다. 발끈하려던 순간, 때마침 초인종 소리가 들렸다. 그 바람에 팽팽하던 긴장감이 한풀 꺾였다.

현관문을 여니 열쇠 수리공이 와 있었다.

"자물쇠만 교체하시는 거죠? 아니면 도어록으로 바꿔 다시겠어요? 제품은 일단 종류별로 몇 개 가져왔습니다."

"얼마나 드는데요? 비용 차이가 커요?"

"아무래도 도어록이 비싸죠. 하지만 훨씬 편리합니다. 요즘 자물쇠 다는 집은 없어요."

수아 언니 생각이 궁금해 거실 쪽을 돌아봤다. 꼴도 보기 싫지만 공동 소유이니 어쩔 수 없었다.

"제일 싼 걸로 해. 우리가 살 것도 아닌데."

"그래도 기왕이면…."

"네 돈으로 할 거면 비싼 거 하든가. 너 알아서 해. 난 갈래."

"벌써요? 고모는요? 같이 고모에게 가야죠."

"나 엄마 보기 싫대도. 가려면 너희끼리 가. 요양원이 어딘지도 알려줬잖아."

"현선 언니는 안 만날 거예요?"

"걔까지 보려고? 걔는 왜?"

"지금 이 상황을 모르고 있잖아요. 현선 언니에게도 알려야죠. 언니들은 부적 하나 쓸 때도 상의했으면서."

말이 곱게 나오지 않았다. 전과 달라진 말투에 언니가 나를 노려봤다. 하지만 맞받아치지 않고 한 발 물러섰다.

"나 약속 있어."

"거짓말. 아까 공방 가서 술 마시자 해놓고. 언니 오후 일정 없잖아요?"

"지금 생겼어. 알아서들 해. 난 갈 거니까."

언니는 뒤도 안 돌아보고 옷을 챙겨 밖으로 나갔다.

자물쇠 교체는 5분도 안 걸려 금방 끝났다. 새 열쇠를 받아드니 비로소 마음이 놓였다. 낯선 사람이 들어갈까 봐 걱정돼서가 아니었다. 조금 전에 봤던, 3층에 혹시라도 있을 그 여자가 밖으로 나올까 봐 그게 두려웠다. 자물쇠를 새로 바꾸니 여자를 봉인한 기분이 들었다.

24

"동아 님 눈에도 보였죠? 3층에서 그 여자, 본 거 맞죠?"

배달 음식을 먹는 동안에도 3층에서 맞닥뜨린 여자가 머릿속에서 떠나지 않았다.

"신명님께서 제 눈을 가리셔서 똑똑히 보지는 못했습니다."

"네? 왜 못 보게 해요?"

"가끔 그러십니다. 비천하고 불경스러운 것은 상대하려 들지 않으세요. 제가 아직 애동의 몸이라 감기기 쉬워 그러실 겁니다."

"하지만 동아 님이 저를 도와주셨잖아요? 보이지 않는데 어떻게 저를?"

"기운은 느껴지니까요. 아주 사악한 기운이라 가만있을 수 없었습니다."

"그 여자는 귀신일까요, 아니면 제가 환영을 본 건가요?"

더 이상 그 여자의 기운을 느낄 수 없지만 계속 찜찜했다.

"3층에 누가 있었어?"

얘기를 듣고 있던 혜리가 눈이 휘둥그레져서 물었다.

"한복 입은 여자가 있었어. 네 눈에는 안 보였을 거야."

"너 정말 영안이 열렸구나? 사람 산 흔적이 전혀 안 보이던데… 진짜 뭐가 있긴 했네?"

나를 보고 반갑게 웃던 여자. 그 미소가 계속 신경 쓰인다. 마치 나를 잘 아는 듯한 얼굴이었다. 그 여자는 나를 기억하고 있는 게 분명했다.

"소희 님은 왜 그걸 환영이라 생각하세요?"

"전에 꿈에서도 봤거든요."

제천 신당으로 내려가던 길에 차 안에서 꾼 악몽에 대해 들려줬다. 대궐 같은 집에서 나를 맞이하던 그 여자, 신당이라는 곳에 들어가려는 순간 들렸던 엄마 목소리, 혜리와 도진이의 목소리로 번갈아가며 나를 꾀던 무언가, 그리고 세차게 울리던 방울 소리까지.

"맞아, 기억나. 너 비명 질러대고 식은땀도 엄청 흘렸잖아."

혜리도 기억할 만큼 예사롭지 않은 일이었다.

"어머니께 말씀드리셨습니까?"

"아뇨. 그냥 악몽이라고만 생각해서…."

후회된다. 그때 무당에게 말했어야 했다. 생각해보면 심상치 않은 꿈이었는데, 왜 별일 아닌 것처럼 넘겨버렸을까? 꿈이라고 하기엔 너무도 생생했는데.

"꿈속에서 그 여자가 소희 님을 신당이라는 곳으로 안내했다는 거죠?"

"네. 그런데 아까와는 달리 친숙한 느낌이었어요. 마치 오래 알고 지낸 사람 같아서, 시키는 대로 해야 한다는 생각이 자연스럽게 들었어요. 제가 왜 그랬는지 모르겠지만요."

"그 안으로 함께 들어가자고 했습니까?"

"아뇨. 자신은 다과를 준비하겠다며 먼저 들어가라고 했어요."

"소희 님이 그곳으로 들어갈 때, 그 여자는 뭘 하고 있었습니까? 가만히 보고 있었나요, 아니면 어디로 가던가요?"

"신당 뒤로 갔었나? 글쎄요… 옆에서 혜리가 하도 재촉해서 기억이 잘…."

"내가? 나도 꿈에 나왔어?"

"말도 마. 네가 날 그 안에 들여보내려고 얼마나 애썼는데."

"에이, 아무리 꿈이라지만 내가 그랬겠어?"

"그건 혜리 님을 가장한 귀였을 거예요. 목소리가 어디서 들려오던가요?"

나를 떠밀던 그 목소리는 내 머릿속에서 울렸다. 도진이, 김향 이모의 목소리와 한데 뒤엉켜서.

"제 안에서요."

"어머니께서 주신 방편 덕분에 잡귀가 현실에서는 접근하지 못했나 봅니다. 그러니 꿈을 이용했겠죠."

"하지만 아까 3층에서 봤잖아요? 그때는 꿈이 아니었는데요?"

"3층은 그들의 공간이니까요. 서둘러 치우긴 했지만 사특함이 남아 있었습니다. 귀문도 존재했고요."

"거기에 귀신이 드나든다고요?"

"괜찮을 겁니다. 3층은 그렇다 해도 2층까지 함부로 드나들진 못할 거예요."

"소희야, 너 부적이 있는데도 귀신이 보여?"

"나 부적 없어."

"왜?"

"선생님이 안 써주셨어."

"그거 없으면 어떡해? 또 홀리는 거 아냐?"

"너무 걱정 마세요. 잡귀가 오는 건 못 막아도 물리칠 수는 있습니다. 방패 대신 무기를 주셨으니까요."

혜리를 보며 동아가 부드럽게 미소 지었다.

"부적 하나 추가로 써주시면 안 되나? 힘든 일도 아닐 텐데."

"어머니께서 부적을 쓰지 않으신 데는 다 이유가 있을 겁니다."

"혜리야, 부적보다 선생님이 주신 이 방편이 훨씬 더 세대. 걱정하지 마."

"그래도… 아, 불안한데."

"소희 님은 스스로 이겨내실 겁니다. 그렇죠?"

순식간에 내 손에 쥐어지던 크고 날카로운 칼을 떠올렸다. 나와 신을 받은 사람 그리고 귀신에게만 보이는 칼. 그 칼을 보고 여자는 흉측한 본모습을 드러냈다. 하마터면 친근한 느낌에 속을 뻔했다. 정지수에게도 그렇게 접근했을까?

"저 사실… 꿈을 꾸기 전에도 그 여자를 만난 적이 있어요."

"그때가 언제인가요?"

"제가 제정신이 아니었을 때, 정지수 씨의 기억을 통해 본 것 같아요."

"지박령에게 빙의됐을 때도 보셨단 말입니까?"

난 대답 대신 고개를 끄덕였다. 똑같은 듯 낯선 집 안 풍경과 내게 계약서를 내밀던 그 여자. 3층에 산다고 했던가?

"위층에 살았던 여자예요."

"소희 네가 그걸 어떻게 알아?"

"그 여자가 직접 말했어, 3층에 산다고."

"소름 끼친다 야. 네가 귀신을 본 게 맞다면 전에 살던 여자도 죽었다는 거네?"

"귀라 해도 큰 힘을 가진 자는 아닐 겁니다. 기운은 악해도 강하지는 않았어요. 보나 마나 주구에 불과하겠죠."

"주구요? 그게 뭔데요?"

"일명 앞잡이라고도 하죠. 사주를 받고 끄나풀 노릇을 하는 자 말입니다. 스스로를 신이라 여기는, 힘이 센 또 다른 잡귀가 부린 것이겠지요. 아마 사주를 받은 그 귀는 소희 님을 조종하려 했을 겁니다."

"그 여자도 죽은 사람인 거죠?"

"산 자는 아니었습니다. 힘을 못 쓰는 걸 봐서는 진짜가 뒤에 숨어 있을 거예요. 그래서 앞잡이라고 하는 겁니다."

"아까 그 여자도 무서운데 진짜가 또 있어요?"

"소희 님이 꿈에서 신당을 봤다고 하셨지요? 아마 그곳에 들어앉았을 겁니다."

"그 잡귀가 왜 제 꿈에 나온 걸까요?"

"아마도… 소희 님에게 내리려 작정했나 봅니다."

"설마, 그 명두에 있던?"

명두에 요망한 잡귀가 들어앉았다던 제천 무당의 말이 생각났다. 하지만 혜리가 고개를 저었다.

"에이, 명두는 봉인했잖아. 부적도 모두 태웠고. 그러면 끝난 거 아냐? 안 그래요, 동아 님?"

"저는 모르겠습니다."

"봉인하기 전에 빠져나왔다 해도 명두는 2층 이 집에 있었잖아요. 그리고 누군가 그 힘을 부적으로 숨겼다고 했고. 그런데 왜 그 여자는 3층에 있었을까요? 명두를 타고 내린 거면 2층에 있었어야죠."

"그 이상은 저도 모릅니다. 제가 아직 명확히 보고 전할 수 있을 정도의 공력을 갖추지 못했어요."

"미안한 얘기인데, 혹시 동아 님이 모시는 신께 물어보면…."

"죄송합니다. 몇 번을 여쭈어도 신명님께서 말씀하지 않으세요. 그래서 저는 전언할 수 없습니다."

동아는 제천 무당과 똑같은 얘기를 했다. 웬일인지 그들이 모시는 신이 내 사정을 외면하고 있다는 거다. 대체 그 잡귀라는 것이 얼마나 악독하기에 신들도 개입하지 않으려는 걸까?

"한 가지 분명한 사실은, 앞으로도 그 잡귀는 소희 님을 노릴 겁니다."

"목표로 삼은 이상 포기하지 않겠다는 건가?"

"봉인한 명두를 제자리에 돌려놓을 때까지는 결코 안심할 수 없습니다."

"그때까지 그 귀신이 계속 제 앞에 나타난다는 거잖아요. 그러면 이제 전 어떡하죠?"

나도 모르게 목에 건 파란 주머니에 손이 갔다. 3층에서 벌어진 일이 다시금 생각난다. 그때 동아가 곁에 없었더라면 어땠을까? 난 무당이 준 방편을 쓰지도 못한 채 그 여자에게 홀리고 말았겠지. 생각만 해도 끔찍하다.

"잘 지니고 다니세요. 단언할 수는 없지만 곧 해결될 겁니다. 아직은 때가 아닐 뿐이에요."

무엇을 봤는지 동아가 살며시 미소 지었다. 심각하던 표정이 부드러워졌다.

"걱정하지 마세요. 신명님도 곧 답을 주실 겁니다."

"말씀을 안 하신다면서요?"

"소희 님 어머니께서 곁에 계십니다. 저희와 같이 신명님께

빌고 계세요. 그러니 오래 지체하지 않으시겠죠."

엄마… 엄마가 아직도 내 곁에 있구나. 제천에서 하늘로 떠난 줄 알았는데.

주위를 둘러봐도 내 눈엔 아무것도 보이지 않는다. 잡귀라는 여자도 보이고, 검은 형체도 봤는데, 엄마의 모습만 보이지 않는다.

"바로 뒤에 계십니다."

나와 눈이 마주치자 동아가 속삭였다. 얼른 뒤를 돌아봤다. 안 보이기는 마찬가지다.

"왜, 제 눈에는 보이지 않죠? 다른 귀신은 보이는데 왜 엄마는 안 보이죠?"

"뒤에서 지켜주고 계시니까요."

눈물이 날 것만 같다. 나 때문에 엄마는 죽어서도 마음 편히 떠나지 못하는구나. 손을 뒤로 뻗어 보이지도 않고 잡히지도 않는 엄마를 만지려 애썼다. 하지만 여전히 아무것도 느껴지지 않는다.

"팔찌는 하고 계시는 게 좋겠습니다. 잊지 마시고요."

동아가 또 미소 지었다. 가슴에 손을 모으고 엄마의 팔찌를 만지작거렸다. 볼 수는 없지만 엄마의 마음이 담겼다고 생각하니 힘이 났다.

"더 늦기 전에 일어나자. 요양원이 어디랬지?"

혜리가 화제를 돌리며 테이블 위를 치웠다.

"화전. 여기서 멀지 않아."

"면회가 몇 시까지인데?"

"6시일걸? 벌써 2시가 넘었어."

문제는 면회 시간이 아니다. 대부분의 면회는 가족만 가능하다. 혹시 몰라 고모와 나의 관계를 입증할 자료로 변호사에게서 받은 아빠의 제적 등본을 챙겼다. 옛날 서류에는 '임미경'이라는 큰고모의 이름이 수기로 쓰여 있었다.

큰고모가 입원한 요양원은 생각보다 가까웠다. 아파트 단지가 밀집한 신도시 중심에 위치해 접근성이 좋았다.

"저, 면회 왔는데요."

"환자 성함이요?"

직원은 우리를 쳐다보지도 않고 사무적으로 물었다. 안내 외에도 원무 업무를 겸하고 있어서 무척 바빠 보였다. 번거로운 절차를 생략하기 위해 미리 신분증과 제적 등본을 꺼내들었다.

"임미경이고요, 저희 고모예요."

"302호요."

직원은 바로 검색해서 병실을 알려준 뒤 다시 하던 일에 열중했다. 신분증과 제적 등본을 내밀려던 내 손이 무색해졌다.

"되게 간단하잖아. 아무나 면회할 수 있나 봐."

"요양원은 병원과 다른가 봐. 까다롭지 않아서 좋다."

우리는 계단을 이용해 3층으로 올라갔다.

3층에 다다르자 복도를 자유롭게 오가는 사람들이 보였다. 대부분 노인이었다. 일반 병원과 달리 내부가 가정집처럼 꾸며져 환자복만 아니라면 합숙소로 보일 정도였다.

그때 복도에 아지랑이처럼 뭔가가 흐물거렸다. 뭔가 싶어 잘 보려고 애쓰는데 동아가 주의를 줬다.

"소희 님, 고모님 뵈러 가셔야죠."

동아가 앞장서자 검은 형체들이 눈앞에서 스르르 사라졌다.

302호는 비상계단에서 가까웠다. 안으로 들어가자 창가 쪽 침대를 제외하고 나머지 세 곳은 비어 있었다. 우리는 멍하니 밖을 내다보고 있는 노인 쪽으로 다가갔다. 다른 사람에게 물어볼 필요도 없이 난 한눈에 그녀를 알아봤다.

얼굴에 주름이 많고 피부가 처졌지만 아직도 갸름해 보이는 옆모습. 젊었을 때 꽤 예뻤을 법한 노인의 얼굴은 수아 언니를 꼭 닮은 모습이었다.

"안녕하세요?"

인사를 건넸지만 아무 반응이 없다. 귀가 안 좋은 걸까? 이번에는 목청을 높여 큰 소리로 인사했다.

"안녕하세요?"

그제야 노인이 고개를 돌렸다. 정면은 수아 언니와 더욱 흡사했다.

"저, 누군지 아시겠어요?"

당연히 나를 알 리 없겠지만 인사차 물었다. 고모가 나를 빤히 쳐다봤다. 그리고 천천히 입을 열었다.

"경은이니?"

순간 멈칫했다. 그건 엄마의 이름이다. 고모는 내 얼굴에서 엄마를 본 것이다.

"소희 엄마, 맞지?"

고모가 생긋 웃는다. 그 모습이 마치 아이처럼 해맑다.

"왜 혼자 왔어? 아기도 데려오지. 보고 싶은데."

고모는 세월이 흐른 줄도 모른 채 과거를 헤맨다. 주름진 두 눈이 맑다.

"성태는 잘 있어? 어째 올케는 더 젊어진 것 같다? 볼 때마다 예뻐져."

"고모님도 건강해 보이세요."

"요즘도 막내가 술 먹고 속 썩여?"

"아니, 전혀요."

"애 아빠 되더니 정신 차렸나 보네. 걔가 오냐오냐 커서 그래. 어쨌든 오랜만이라 정말 반가워."

고모가 내 손을 꼭 잡았다. 거친 손바닥의 굴곡이 느껴졌다. 나도 모르게 울컥해서 손을 맞잡았다. 고모가 나를 보며 웃었다. 그러다 서서히 의아한 표정으로 바뀌더니 당황하며 주위를 두리번거렸다.

"그런데 여기가 어디야?"

"네? 그게…."

"무서워. 왜 날 이런 데 집어넣었어? 우리 연호, 우리 수아는 어디 갔어?"

"고모…."

말문이 막힌다. 치매에 걸려 요양원에 있다는 사실을 받아들이지 못하는 걸까. 고모에게 차마 사실을 말해줄 수가 없다. 어차피 말해도 기억하지 못할 거다.

"소희는 잘 커?"

어떤 말을 해야 하나 고민하는데, 다행히 고모가 말머리를 돌렸다.

"그럼요, 많이 컸어요."

"장해. 혼자서 아주 장해…."

고모가 내 손을 쓰다듬었다. 지나간 일들이 뒤엉켜 머릿속이 뒤죽박죽, 정신이 오락가락했다. 그런 고모가 안쓰러워 엄마인 척 연기를 했다.

"고향으로 간댔나? 그래, 잘 결정했어. 소희 생각하면 그래야지. 우리야 여기에 터를 잡아 어쩔 수 없지만…."

고모의 입을 통해 엄마의 고민이 읽힌다. 아빠가 돌아가신 뒤 엄마는 그렇게 안동으로 간 거구나.

"거긴 머니까 영향도 덜 받겠지. 우리 수아가 걱정이야. 언제까지 성미 혼자 짊어지겠어? 언젠가는 차례가 올 텐데."

영향이라니, 집안에 내려온 무업을 말하는 건가? 고모는 그 내력을 잘 알고 있겠지. 어쩌면 엄마도.

"어머, 성태 아니냐? 이게 얼마 만이야?"

갑자기 고모가 나를 처음 본 듯 소스라치게 놀란다. 눈을 동그랗게 뜨고 무척 반가워한다. 조금 전과는 또 다른 표정에 눈물이 날 뻔했다. 고모는 내 얼굴에서 엄마를 보고, 또 아빠를 만나는 것이다.

과거의 늪에서 허우적거리는 고모에게 난 어떤 말도 건네지 못했다. 그리고 묻고 싶은 말도 꺼내지 못했다. 내게 부적을 쓰라고 귀띔한 박수 무당에 관해 알고 싶었지만 고모는 오락가락, 정신이 돌아올 기미가 없었다.

고모의 기억 속에서 아빠는 내 또래 청년이다. 둘의 나이 차는 일곱 살. 고모가 과거 어디쯤에 있는지 알 수 없지만, 어린 동생에게 끊임없이 잔소리를 늘어놓는다.

"내가 그러면 들킨다고 했지! 아버지 몰래 가야 한다니까."

"어디를요?"

"연호 업고 나올 테니까 그때까지 넌 장독대에 숨어 있어."

"어디를 가는데요?"

"어디긴! 얘가 오늘따라 왜 이래? 성미 보러 가야지."

작은고모의 이름이 나왔다. 가슴이 두근두근 뛴다. 이제 그 무당에 대해 물어볼 타이밍인가?

"고모, 아니 누나. 성미 누나가 어디 있는데요?"

"적송 당집이지 어디야. 서둘러야겠다. 산을 둘러 가야 하니 시간이 없어. 아버지 몰래 갔다 와야 하는데 이러다 해 지겠네."

적송 그리고 당집. 우리가 머물렀던 고모의 시골집이 무당집이었단 말인가?

"임미경 어머니 가족이세요?"

낯선 목소리가 말을 걸었다. 돌아보니 문 앞에 한 여자가 서 있었다. 중년의 그녀는 편한 옷차림에 말이 살짝 어눌했다.

"안녕하세요? 전 임미경 환자 조카예요."

"전 요양사예요. 환자분 가족 처음 봐요."

수아 언니가 면회를 자주 오지 않았던 걸까? 가족을 처음 본다는 얘기에 고모가 딱하다는 생각이 들었다. 하지만 각자 사정이 있겠지. 연호 오빠도 외국을 자주 드나드니 시간 내기가 힘들 것이다.

"고모 돌보신 지 오래되셨어요?"

"아뇨. 여기 온 지 일주일 됐어요. 이제 운동 시간이에요. 어머니 산책해야 해요."

"저희가 모시고 나가도 되나요?"

"네, 좋아요. 다녀오세요."

요양사의 얼굴이 밝아졌다. 잠시 일을 덜게 됐으니 기분이 좋은 거겠지.

우리는 고모를 부축해 병실 밖으로 나갔다.

"중국 여자야. 자꾸 나한테 뭘 시켜. 이래라저래라, 왜 자꾸 귀찮게 하는지 몰라."

문밖을 나서자마자 고모가 일러바치듯 구시렁거렸다. 그러고도 요양사에 대한 불만을 계속 쏟아냈다.

우리는 고모의 신세 한탄을 들으며 복도를 천천히 걸었다. 복도에는 여전히 검은 형체가 꾸물거렸지만, 동아가 앞장서 걷자 시야에서 사라졌다.

"넌… 누구니?"

갑자기 고모가 걸음을 멈추고 나를 뚫어지게 쳐다봤다.

"고모, 저 소희예요. 기억 안 나세요?"

"소희? 아… 쏘가. 소희 아가가 언제 이렇게 컸어?"

"세월이 많이 흘렀잖아요."

드디어 고모의 기억이 돌아왔다. 이제 무당에 대해 물어보면 답을 얻을 수 있겠지. 난 다정하게 고모와 팔짱을 꼈다.

"뵙고 싶었어요. 여쭤볼 것도 많고요."

"수아는? 우리 수아랑 같이 온 거 아냐?"

"언니는 다음에 올 거예요."

"너 혼자 온 거야?"

"친구들과 같이 왔어요. 언니가 가보라고 그랬거든요."

그 순간 고모가 멈칫했다. 내 옆에 선 혜리와 동아를 보고는 표정이 굳었다. 그리고 슬며시 팔짱을 풀었다.

"고모, 왜 그러세요?"

다시 팔을 잡으려 하자 고모가 내 손을 쳤다. 입을 꼭 다문 채로 고모는 벽을 짚고 병실 쪽으로 천천히 걸음을 옮겼다.

"수아 언니가 안 와 섭섭해서 그러세요?"

"…."

"고모, 그러다 넘어지세요. 조심하세요."

"…."

"다음에는 언니랑 꼭 같이 올게요."

"효력이… 없었네."

고모가 울먹이는 듯한 목소리로 혼잣말했다.

"네? 그게 무슨 말씀이세요? 효력이 없다뇨?"

고모가 걸음을 멈추고 노기 띤 눈으로 나를 쏘아봤다. 병실에서 봤던 선량한 눈빛이 아니었다.

"왜 네가 아니지?"

"고모…."

"그게 얼마짜린데, 왜 네가 멀쩡한 거야?"

고모는 벽을 짚고 필사적으로 걸었다. 그녀가 내뱉은 말들에 나도 화가 났다. 언니가 받아야 할 신을 나에게 떠넘기려 했다는 것인데, 그런 짓은 괜찮다는 말인가?

"너희 고모, 진짜 못됐다. 아니, 자기 딸은 안 되고 넌 신을 받아도 된다는 거야?"

보다 못한 혜리가 화를 냈다. 고모는 못 들은 척 앞만 보고 걸었다.

"조카에게 귀신 들리라고 부적을 써? 친고모 맞아?"

"혜리야, 지나간 일이야. 우리는 수습만 잘 하면 돼."

"수습? 그게 수습이 되겠니? 저러다 잡귀가 본인 딸에게 갈 수 있다는 건 모르나 봐?"

"그게 무슨 소리야? 우리 수아에게 무슨 일 있어?"

헤리가 빈정거리자 고모가 반응을 보였다. 헤리의 입가에 심술궂은 미소가 떠올랐다.

"글쎄요? 무슨 일이 있을까요?"

"말해줘. 수아는, 우리 수아는 괜찮은 거지?"

사실대로 말하지 말라는 듯 헤리가 나를 보며 고개를 저었다.

"고모가 연락하는 무당에 대해 알려주세요."

"무당?"

"언니가 고모를 통해서 무당과 연락했다던데요? 다 알고 왔어요."

"아, 그 박수… 알려줄게. 전화번호도 줄 수 있어. 그 전에 먼저, 우리 수아는 어때? 무슨 일이 생긴 건 아니지?"

"이상 없어요. 아직까지는요."

"아, 다행이야. 다행히 효력이 있었어."

고모가 안도의 한숨을 내쉬었다. 표정도 밝아졌다. 그 모습을 보니 어쩐지 서글프다. 우리 엄마도 이런 상황이 되면 고모처럼 행동할까?

"우리 수아만 괜찮으면 돼. 신이야 아무나 받아도 괜찮아. 신이 현선이를 선택했다면 어쩔 수 없는 거지. 그 박수가 용하다더니 참말이네."

"어떻게 아셨어요, 그 무당?"

"그 박수를 알아? 만나봤어?"

"수아 언니가 얘기하던데요?"

"수아가 만났대? 그럴 리가 없는데? 내가 수아에게 일부러 틀린 주소를 줬는데?"

"일부러요?"

"걔가 무당 만나서 좋을 게 뭐 있어? 우리 수아는, 그런 것들을 멀리할수록 좋아."

"그 무당이 그런 소리를 해요? 무당을 어떻게 아셨죠?"

"영식이 엄마가 알려줬다니까. 연락처를 어렵게 받았어. 참, 내 전화가 어딨더라?"

고모가 주머니가 찾았다. 그러나 고모가 입은 환자복에는 주머니가 없었다.

"내 전화, 내 전화를 훔쳐 갔어. 누구야? 너야?"

고모가 의심하는 눈초리로 나를 노려봤다. 그리고 복도가 떠나가라 고함을 질러댔다.

"도둑이야! 도둑! 여기 핸드폰 도둑이 있어요!"

"고모, 왜 그러세요? 도둑이라뇨?"

"네년이 내 지갑도 훔쳐 갔지? 내 백도 가져갔잖아!"

그 소리를 듣고 요양사가 달려왔다. 고모를 다독거려 병실로 데려가며 우리에게 가만있으라고 눈짓을 보냈다.

잠시 후 요양사가 병실에서 나왔다.

"진정되셨어요. 임미경 어머니 가끔 저래요."

"고모의 증세가 심한가 봐요?"

"왔다 갔다 하는 거, 점점 심해져요."

"담당 의사 선생님을 뵐 수 있을까요?"

"선생님 없어요. 의사는 가끔 와요."

"그러면 어디다 물어봐야 하지? 고모 휴대폰이 없어졌다고 하던데…."

"넌 제정신도 아닌 사람 말을 믿니?"

혜리가 어이없다는 표정을 지었다.

"휴대폰이요? 그건 우리가 갖고 있어요."

요양사의 말에 귀가 번쩍 열렸다. 입원 환자의 휴대폰을 요양원 측에서 관리하고 있다는 얘기였다. 혜리가 지갑에서 지폐를 몇 장 꺼내 그녀의 손에 살짝 쥐여줬다.

"고모 휴대폰 좀 확인하고 싶어요."

"선생님 불러올게요."

요양사는 융통성 있고 눈치가 빨랐다. 급히 어디론가 가더니 다른 직원을 데려왔다. 목에 사원증을 걸고 있는 원피스 차림의 여자였다.

"임미경 어머니 가족이시라고요?"

직원은 예의 바르고 상냥했다. 하지만 두 눈은 재빠르게 우리를 위아래로 훑었다.

"가족이라도 휴대폰은 개인 물품이라 함부로 보여드릴 수 없습니다."

"다른 친척과 연락이 안 돼서 그래요. 부탁드립니다. 고모가 갑자기 이상해지셔서…."

"치매 환자들이 그래요. 오락가락하죠. 특히 임미경 어머니는 그 빈도가 잦아서 난처하셨겠네요. 하지만 규정상 휴대폰은 내드릴 수 없습니다."

"어떻게, 전화번호만 확인하는 것도 안 될까요?"

"죄송합니다."

"그게… 사촌 언니가 고모를 다른 데로 옮기자고 해서요."

혜리가 둘러댄 말에 직원의 눈썹이 살짝 꿈틀댔다. 다른 데로 옮긴다는 말이 달갑지 않은 것이다.

"그래서 저희가 혹시라도 고모를 떠맡게 될까 봐 친척들끼리 상의 중이거든요. 친척 중에 여기 비용을 대는 분이 있어서 연락을 해보려고요. 근데 휴대폰을 잃어버려서…."

"선생님 보시는 앞에서 연락처만 확인할게요. 부탁입니다."

나도 가세해서 직원을 졸랐다. 직원은 고민하는 듯했지만 쉽사리 승낙하지 않았다. 하지만 어디든 구세주는 있는 법이다.

"임미경 어머니 말씀하시는 거, 저도 들었어요. 휴대폰 주라고 했어요."

요양사가 나서서 우리를 편들었다. 물론 고모는 그런 말을 하지 않았고, 그녀 또한 그런 얘기를 듣지 못했다. 하지만 요양사는 혜리에게서 받은 돈의 의미를 정확히 알았다.

"선생님이 진짜, 임미경 어머니가 하시는 말씀을 들었어요?"

"네, 똑똑히 들었어요. 번호 알려준다고 했어요. 약속했어요."

그제야 직원이 고개를 끄덕였다. 그녀는 우리를 같은 층에 있는 사무실로 데려갔다. 좁은 사무실에 책상 네 개가 꽉 들어차 있었다. 그녀는 가장 가까운 책상의 맨 위칸 서랍을 열더니 여러 개의 휴대폰 중 하나를 꺼내 우리에게 건넸다.

"규정상 안 되는 거 아시죠? 휴대폰을 드리진 못하니 여기서 확인하세요."

난 고맙다 인사하고 얼른 휴대폰을 켰다. 배터리가 거의 닳았지만 다행히 잠겨 있지 않았다. 문자부터 확인하는데 대부분 광고 문자였다. 통화 목록도 마찬가지였다. 연락처가 뒤죽박죽이어서 박수 무당으로 짐작되는 전화번호를 찾기가 힘들었다.

이번에는 카톡을 열었다. 역시나 광고투성이인데 그중 수상해 보이는 채팅 기록이 눈에 띄었다. 채팅창을 열어보니 박수와 주고받은 대화였다. 꽤 오래전부터 연락해온 걸로 짐작됐다. 수아 언니의 말이 완전 거짓은 아니었던 것이다.

박수는 고모에게 온갖 것을 지시했다. 명두를 내게 떠넘기고 부적을 쓰라고 조언했으며, 내가 이사하는 데도 관심을 보였다. 기가 막힌 것은 오픈 채팅방에 시현 오빠와 현선 언니도 있다는 사실이었다. 손이 떨렸다. 이렇게 오래전부터 은밀하게 공모했다니. 그것도 고모와 사촌이라는 사람들이. 양심이 있다면 남이라도 이러지는 않을 텐데.

"뭐 해? 빨리 번호 따서 나가자."

혜리가 툭 치는 바람에 정신이 들었다. 하지만 그들이 대화를 나눈 곳은 오픈 채팅방이어서 그걸로는 박수의 연락처를 알 수가 없었다. 난 혹시 몰라 채팅방의 QR 코드와 무당의 프로필을 내 휴대폰으로 촬영했다. 채팅방에 당장 들어가고 싶었지만 박수가 의심하고 나가버릴까 봐 차마 그러진 못했다.

"다 확인하셨나요?"

직원이 의심스러운 눈초리로 묻는 바람에 휴대폰을 얼른 반납했다. 어차피 더 살펴봤자 도움 될 만한 것도 없었다.

사무실을 나오자 복도에는 여전히 검고 흐릿한 형체가 가물거렸다. 순간 현기증이 나서 몸이 휘청거렸다.

"가시죠. 여기 오래 머물러서 좋을 게 없습니다."

동아가 우리를 재촉했다. 나도 한시바삐 그곳을 벗어나고 싶어서 고모에게 인사도 없이 요양원을 나왔다.

"이제 괜찮아? 대체 고모 휴대폰에서 뭘 봤는데 그래?"

혜리가 차에 타자마자 내게 물었다.

"무당이랑 주고받은 메시지."

"세상에! 너희 언니 말이 사실이구나. 무당이 조종한 거 맞네."

"어디 사는 자인지 아십니까?"

"이제 알아봐야죠. 프로필을 봤으니까 찾으면 나오겠죠."

"전화번호는 모르고?"

"오픈 채팅이었어."

"영악하네. 존재를 숨긴다고 우리가 못 찾을 줄 아나? 진짜

가지가지 한다. 아, 이제 어떡할 거야? 다른 언니 보러 갈 수 있겠어?"

"가봐야지."

"너, 컨디션 안 좋아 보여. 그냥 내일 가는 게 어때?"

"이 근처야. 언제 또 여기를 오겠어?"

"내일 가자니까? 나 시간 많아. 그리고 너, 지금 되게 창백해."

그때 도진이에게서 전화가 왔다. 통화 버튼을 누르자마자 환희에 찬 그의 목소리가 튀어나왔다.

〈소희야! 나 합격했어. 필기 붙었다고!〉

"정말? 축하해, 도진아."

〈면접이 남긴 했지만 일단 한시름 놨어.〉

"면접은 언젠데?"

내 목소리도 덩달아 올라갔다. 신이 난 그의 목소리가 휴대폰 밖으로 다 들렸다.

〈일주일 뒤야. 너 지금 뭐 해? 우리 만나야지.〉

"고모 뵈러 화전에 와 있어."

〈혜리랑 같이 있어? 잘됐다. 같이 보자. 한잔 땡겨야지.〉

"오늘?"

〈당장!〉

"좋아. 그럼 우리 집으로 와."

내 말이 끝나기 무섭게 혜리가 차에 시동을 걸었다.

"거봐. 너희 사촌 언니는 내일 봐도 된다니까."

혜리가 라디오 볼륨을 높였다. 빠른 비트의 음악이 흥겹게 흘러나왔다. 음악 소리와 도진이의 합격 소식에 무겁게 가라앉았던 마음이 한결 가벼워졌다.

25

우리의 파티는 조촐했다. 배달 음식을 잔뜩 시켜놓고 머그잔에 저렴한 샴페인을 부어 마시며 도진이의 합격을 축하했다.

"노력한 보람이 있어. 고생 끝이네?"

"무슨 소리, 이제 시작인데…."

"필기 붙었으면 면접은 껌이지."

"그래, 도진이가 인상 하나는 좋잖아. 면접 프리패스 상이야."

"칭찬은 고맙다만, 필기 합격자의 반이 탈락이야. 1차 심층 면접을 무사히 통과한다 해도 그 까다롭다는 임원 면접이 기다리고 있다니까. 산 넘어 산이야."

도진이는 필기 시험에 합격해 기분 좋으면서도 앞으로 남은 면접을 불안해했다.

"일단 옷부터 사자. 내가 같이 가줄게."

"됐어, 옷은 무슨. 깨끗하게만 입고 가면 되지. 채용할 때 뭐 스타일 보고 뽑나?"

"면접관들 눈에 띄려면 한껏 꾸미기라도 해야 해. 밖에 나가 봐, 거리에 훈남들이 얼마나 많은데."

"너희들 걱정이나 해. 고모 만난 일은 어떻게 됐어?"

"하아, 그거…."

고모 얘기를 묻자 한숨부터 나왔다.

"왜? 상태가 안 좋으셔?"

"치매가 심해. 수시로 오락가락하셔."

"연세가 많으신가? 너희 아빠랑 나이 차이가 많이 나?"

"일곱 살 차이야. 근데 고모가 다른 사람보다 치매가 일찍 온 것 같아. 겉으론 젊고 건강해 보이거든."

"그런 상태로 무당과 어떻게 연락했나 몰라. 치매 노인이 오픈 채팅이라니, 믿어져?"

"수아 언니가 설정해 줬겠지. 그리고 요즘 어르신들 생각보다 카톡도 잘해. 부적에 대해 알고 계셨잖아."

고모는 치매로 기억이 혼란스러운 와중에도 무당과 모의해 부적 쓴 것을 똑똑히 기억하고 있었다. 그래서 멀쩡한 나를 보고 화를 냈다.

"어쨌든 마음에 안 들어."

"또 뭐가?"

"너희 고모 말이야. 정말 너무하지 않아? 자기 딸 살리겠다고 조카에게 그런 짓을 해? 너무 괘씸해."

"고모도 엄마잖아. 딸 걱정하는 엄마 마음은 똑같지."

엄마도 고모 입장이라면 마찬가지였을 거다. 아빠가 돌아가신 후, 내가 혹시라도 영향을 받을까 봐 그 먼 안동으로 이사한 엄마였다. 친가와의 인연을 모두 끊고서 말이다. 정말로 내 핏속에 무당의 피가 흐르는 건 아닐까 두렵다.

"고모가 적송 시골집을 당집이라고 하시더라. 아마 수아 언니도 돌아가신 고모가 무당이란 걸 진작 알고 있었을 거야."

"다른 사촌들은?"

"당연히 알겠지. 채팅방 멤버라며?"

"처음에는 몰랐을 거야. 무당이 큰고모하고만 왕래했다고 들었거든. 수아 언니도 다른 언니 오빠들과 몇 년간 연락하지 않았다고 그랬어. 하지만 시골집 다녀온 후에 상황이 바뀐 거지."

"너 짐작 가는 게 있구나?"

"명두를 처음 발견했을 때까지만 해도 종현 오빠는 전혀 모르는 눈치였어."

시골집에서 줄담배를 태우던 종현 오빠. 그는 명두를 재떨이로 썼다가 언니들에게 혼이 났다. 그리고 시체로 발견됐다. 그것이 동티 난 건지, 아니면 우연한 죽음이었는지 모르지만, 어쨌든 그 후로 사촌들은 나만 빼고 고모의 비밀을 공유했을 것이다.

심란한 마음을 헤집고 휴대폰이 울렸다. 김향 이모였다.

〈소희야, 저녁은 먹었니?〉

"네, 이모. 아까 경찰 삼촌에게 연락해주신 덕분에 3층도 잘 둘러봤어요."

〈다행이네. 근데 오빠에게서 전화가 왔는데 일이 좀 복잡하게 됐어. 경찰이 혹시나 해서 예전 세입자 기록을 다 확인했대. 그 조미라는 여자 말이야, 3년 전에 너희 집 2층에 살았던 사람이 맞대, 서류상으로는.〉

"그런데요?"

〈전입 신고가 안 돼 있다고 했잖아. 그래서 지문을 대조했는데 네가 말한 조미와 다르대.〉

"그게 무슨 말씀이세요?"

〈아까 낮에 너희 집에 경찰이 갔었잖아. 그때 오빠 부탁으로 컵을 하나 가져가서 지문을 조회했더니 조미로 등록된 지문과 다르다는 거야.〉

"뭐라고요?"

〈게다가 지문과 일치하는 사람이 국내엔 없대.〉

"외국인이란 말이에요?"

〈그건 모르겠어.〉

"그러면 조미 이전에 3층에 살았던 사람들은 신원이 확인됐어요?"

〈너희 고모 외에 다른 사람이 전입한 기록이 없대.〉

고모가 이 건물 3층에 살았다고? 적송 시골집이 아니라? 그렇다면 내 꿈속에 나타난 여자와 정지수의 기억 속 여자가 고모란 말인가? 수아 언니와 닮은 여자, 어쩐지 인상이 친근하다 했다. 나를 보고 반갑게 웃은 건 내가 조카라서, 대를 이을 핏줄이라서 그랬을까? 에이, 설마… 아닐 거야. 내 망상일 거야. 너무 앞서가지 말자.

〈사건이 생각보다 커져서 수사팀을 새로 꾸리나 봐. 오빠도 그 팀에 합류하게 됐대. 다행인지 불행인지, 어쨌든 수사 진행 소식을 들을 수 있을 것 같아.〉

"고마워요, 이모."

〈너 충격받은 건 아니지?〉

"좀 놀라긴 했지만 괜찮아요."

〈마음 단단히 먹어. 몸도 조심하고. 네 상대는 결코 평범한 사람들이 아니야.〉

김향 이모는 몸조심할 것을 신신당부하고 전화를 끊었다.

"조미가 외국인이래?"

통화가 끝나자 혜리가 득달같이 물었다.

"아니, 지문을 확인했는데 신원을 알 수가 없대."

"그럼 외국인 맞네. 대한민국 사람 중에 지문 등록 안 된 사람이 어딨어?"

"불법 체류자나 단기 체류자인가?"

"갑자기 섬뜩해진다. 너희 집, 너무 수상해. 부적으로 도배된 것도 이상하고, 3층 세입자 사라진 것도 너무너무 이상해."

"지문도 안 지우고 사라져서 대범하다 생각했는데, 믿는 구석이 있어서 그랬나 봐."

"진짜 외국인일까? 조미라는 사람, 생긴 건 어땠어?"

"외모야 완전히 우리나라 사람이지."

"그럼 중국인이나 일본인 아닐까?"

"조사해보면 알겠지. 말투는 분명히 한국 사람이었어."

우리는 신원 불명의 3층 세입자에 대해 다각도로 추리했다. 이해할 수 없는 그녀의 행동은 미스터리 그 자체였다. 동아는 끊이지 않는 우리의 수다를 말없이 듣고만 있었다.

"이러다 정지수의 죽음도 자살이 아닌 살인으로 밝혀지는 거 아냐?"

"지수 씨는 스스로 뛰어내렸어. 내가 빙의됐을 때 봤는걸."

"환영일 수도 있지."

"경찰 수사도 자살로 결론 났다고 들었어."

"그럼 그 얘긴 또 뭐야? 전에 3층에 살았던 사람이라니?"

"조미 이전에 누가 살았는지 궁금해서 물어본 거야."

"안동 이모가 뭐라고 하시는데?"

"유산을 남긴 고모 외에는 전입한 기록이 없대. 알고 있는 얘기잖아?"

"아니, 이거 다시 생각해봐야 해. 너희 고모가 3층에서 계속 살았다면 혹시 그 여자가…."

혜리가 두 손으로 얼른 입을 가렸다. 말보다 빠른 몸짓. 그 애도 내뱉으면 안 될 말이라 생각했겠지.

"나도 그렇게 생각했어. 어쩌면 그 여자가, 내 고모일지도 모르겠어."

"설마…."

"네가 봤다는 그 한복 입은 여자 귀신이 돌아가신 너희 고모라고?"

"그런 것 같아. 그러니까 내 앞에 나타난 것 아닐까?"

인정하고 싶지 않다. 하지만 혜리도 나와 똑같은 생각을 한다면 직감이 맞는 거겠지.

동아가 내 손 위에 자신의 손을 포갰다. 따스한 기운이 전해지며 불안한 마음이 조금 진정됐다.

"그렇게 느끼십니까?"

"논리적으로도 그렇잖아요. 원래 홍연동 집은 고모 건데, 고모 마음대로 하는 게 당연한 거죠. 돌아가시기 전에 계약한 세입자에게 부탁했을 거예요. 2층을 부적으로 도배하라고. 그래야 말이 되는 거 아닌가요?"

"너희 고모가 왜 그랬을까?"

"뭔가 계획이 있었겠지."

"너를 노린 거라고 말하고 싶은 거야?"

"아니. 내가 이 집에 들어온 건 고모 계획에 없었을 거야. 다른 세입자를 노렸던 거겠지."

"왜?"

"귀신을… 씌우려던 거 아닐까?"

"어우야, 끔찍하다."

"귀신을 씌워 어떻게든 이용하려 했던 것 같아."

"왜 그렇게까지… 아닐 거야."

"그거 외엔 답이 없어."

"너희 고모 죽은 건 맞아?"

"서류상으론 확실히 사망했어. 그리고 아까 3층에서 동아 님과 나만 봤잖아. 그러니까 산 사람은 아니라는 얘기지."

"그럼 지금도 고모 귀신이 3층에 있는 거야?"

"아뇨. 지금은 없습니다."

동아의 말투에는 확신이 담겨 있었다.

"동아 님이 보시기에도 그 여자의 기운이 분명히 죽은 사람의 것이었죠?"

"잡귀였어요."

"헐… 너희 고모가 세입자에게 귀신을 씌우려다 자기가 귀신이 된 거야?"

"아마도 그러지 않았을까?"

"귀신을 섬기다 귀신이 된다더니, 딱 그런 거네."

"난 못 믿겠다. 진짜 너희 고모 맞아?"

"맞을 거야. 정황상 그렇잖아."

"아, 그래, 가족사진. 너 가족사진 확인해봤어?"

"그 사진에는 작은고모가 없어. 어릴 때 입양 가서, 사진 찍을 때 없었거든."

"아, 하필이면…."

"너희 사촌들도 이 사실을 알까?"

"모를걸? 무업을 이어온 집안이라는 건 알지만, 고모가 귀신이 된 건 모르겠지."

"알려야 하는 거 아냐?"

확신도 아닌 추측일 뿐인데 그래야 할까? 고민도 잠시, 혜리가 하도 부추기는 바람에 사촌들이 있는 단톡방에 이 사실을 알렸다. 하지만 답하는 사람은 없었다. 한참을 기다려도 메시지 아래 달린 읽음 숫자가 줄어들지 않았다.

"입원한 언니는 그렇다 쳐도, 다른 언니랑 오빠는 뭐가 그렇게 바쁠까?"

"그 형, 또 카드 치나 보다."

"수아 언니는? 그 언니 공방 끝났을 시간이잖아? 그럼 한가할 텐데. 투잡 뛰시나?"

"귀찮아서 확인 안 하는 걸 수도 있어."

"그럼 전화라도 해봐."

친구들에게 떠밀려 수아 언니에게 전화를 걸었다. 그러나 신호만 갈 뿐 받지 않았다. 몇 번을 더 시도하자 음성사서함으로 넘어갔다. 언니가 내 번호를 차단했거나, 벨이 울리기도 전에 통화 거절 버튼을 눌렀거나 둘 중 하나였다.

왜 갑자기 나를 피하는 걸까? 한시라도 빨리 박수를 찾아야 하는데, 언니의 심리를 도저히 이해할 수가 없다.

***

깊은 산속을 부지런히 걷는다. 하지만 아무리 애를 써도 산을 벗어날 수가 없다. 한 고개를 넘으면 또 다른 고개가 나타난다. 길도 없고 수풀만 무성해서 내가 있는 곳이 어딘지 분간할 수도 없다. 그야말로 첩첩산중이다.

얼마나 걸었을까. 지쳐서 바닥에 털썩 주저앉았다. 깊은 산속인데 산새 한 마리, 풀벌레 하나 없이 고요하다. 우주에 홀로 남겨진 듯 적막하고 무섭다. 이대로 죽는 걸까. 아무도 없는 곳에서 쓸쓸히 흙으로 돌아가는 걸까.

〈애야, 나를 섬기지 않겠느냐?〉

봄바람처럼 부드럽고 포근한 목소리가 말을 건넨다.

〈혼자서는 힘들 텐데, 내게 오지 그러니.〉

갑자기 힘이 난다. 그 말이 지친 몸과 마음에 힘을 불어넣는다. 일어서자 기진맥진했던 몸이 금세 말짱해진다.

〈그래, 마음을 먹었구나. 잘했다. 어서 이리 오렴.〉

목소리에 이끌려 정처 없이 걷는다. 앞을 막아섰던 높은 고개와 무성한 수풀이 사라지고 눈앞에 탄탄대로가 펼쳐진다. 저 끝에 어디선가 본 듯한 기와집이 있다. 대궐같이 위엄을 뽐내는 크고 화려한 집이다. 딸랑— 딸랑— 맑은 풍경 소리가 나를 이

끈다.

〈거의 다 왔다. 저기가 바로 네 집이다.〉

말이 끝나자마자 대문이 활짝 열린다. 안에서 하얀 한복을 입은 여자가 걸어 나온다. 3층에서 본 그 여자다.

"오래 기다렸습니다."

여자가 내게 공손히 인사한다. 전에 봤을 때보다 친근하게 느껴진다.

"고⋯모?"

내 말을 듣고 여자가 방긋 웃는다. 그 웃음이 너무 다정해서 나도 모르게 한 발을 내딛는다. 그 순간, 손목이 찌르르한다. 왜 이러지? 손목을 내려다보려는 순간, 목소리가 재촉한다.

〈신경 쓸 거 없다. 어서 들어오너라.〉

"들어오시지요. 자리를 마련해 뒀습니다."

여자도 미소를 머금고 종용한다. 저절로 활짝 열린 문, 따뜻한 목소리와 환한 미소에 앞으로 한 발 더 다가선다. 또 손목이 저려온다.

〈아⋯ 돼⋯.〉

끊어질 듯 가느다란 목소리가 등 뒤에서 들린다. 뭐지? 방금 누가 뭐라고 했지? 우뚝 멈춰 서서 망설인다.

〈어허, 뭐 하는 게냐? 어서 들어오지 않고!〉

"오래 지체하셨습니다. 얼른 들어오시지요."

왠지 화가 난 것 같은 목소리. 나를 맞이하던 여자도 눈을 살짝 치켜뜬다.

〈소…야… 거기… 돼.〉

끊어질 듯 말 듯 목소리가 또 들린다. 이상하게도 발이 땅에서 떨어지지 않는다.

〈시간이 없다 하지 않느냐!〉

목소리가 호통을 친다. 뜨끔하지만 여전히 발을 뗄 수가 없다.

"빨리 들어오라 하십니다. 이리 오시지요."

채근하는 여자의 눈꼬리가 샐쭉해져서 아까보다 더 올라가 있다. 입술도 붉게 빛난다.

"더는 지체할 수 없습니다. 늦기 전에 들어오세요."

여자의 얼굴이 하얗다 못해 창백하다. 활짝 열린 문 사이로 꽃과 나무가 가득한 마당이 보인다. 하지만 이내 문이 바르르 떨리더니 삐거덕 소리를 낸다. 적송 시골집의 거친 나무 문틀에서 나던 소리와 똑같다.

〈소…히….〉

"엄마? 엄마야?"

정신을 차리고 뒤를 돌아본다. 그리운 엄마의 목소리. 그러나 내 뒤는 황량한 벌판이다. 어디선가 바람이 불어와 모래 먼지가 흩날린다.

"엄마!"

〈뭐 하는 게냐! 어서 들어와야 한단 말이다. 시간이 없어!〉

꾸지람과 함께 태풍 같은 바람이 불어온다. 그 억센 힘에 내 몸이 조금씩 대문 앞으로 떠밀려간다.

"엄마!"

〈다 왔다. 조금만 더, 조금만 더!〉

〈소….〉

"어서 오세요. 기다리고 있었습니다."

여자의 목소리가 머릿속을 헤집는다. 가기 싫다. 왠지 저 안에 들어가면 안 될 것 같다.

"엄마, 도와줘! 나 들어가기 싫어! 제발!"

〈서두르세요. 방편이 있지 않습니까!〉

동아의 목소리가 희미하게 들린다. 움찔하는 순간, 어느새 내 손에 커다란 칼이 들려 있다. 갑자기 눈앞이 번쩍하더니 굉음이 잇달아 들린다.

삽시간에 기와집 대문이 쾅 닫힌다. 나를 재촉하던 목소리가 사라지고, 여자의 모습도 더는 보이지 않는다.

"끝나셨습니까?"

또다시 동아의 목소리다. 눈을 뜨니 방 안이 캄캄하다.

"괜찮습니다. 한고비 넘겼어요."

동아의 손길이 내 등을 부드럽게 쓰다듬는다.

꿈이었나? 손목을 내려다보니 엄마의 팔찌가 끊어져 있다.

"엄마 목소리가 들렸어요."

"제가 말씀드렸지요? 어머니께서 항상 곁에서 지켜주신다고요. 그러니 두려워하실 필요가 없습니다."

"그 사람들, 아니 잡귀가 나를 다시 찾아오겠죠?"

"어머니께서 주신 방편이 있지 않습니까? 다시 오면 또 막으면 됩니다."

동아가 위로했지만 가슴이 콩닥거려 잠을 이룰 수가 없었다.

밤새 뒤척이다 퀭한 눈으로 아침을 맞았다. 꿈이 너무 생생했다. 테이블에 앉아 커피를 마셔도 머릿속이 계속 멍했다.

"너희 언니, 아직도 전화 안 받아?"

혜리가 테이블 맞은편에 앉아 크게 하품하며 말했다. 아침부터 여러 번 전화했지만 수아 언니는 여전히 묵묵부답이다.

"일부러 피하는 거 아냐? 자기가 불리할 것 같으니까 먼저 내뺐네."

"설마…. 무슨 일 생긴 건 아닐까 걱정돼."

"일은 무슨. 그 언니 그럴 사람 아니야. 당하기 전에 먼저 치는 스타일이라니까. 지금도 무슨 일 생길까 봐 냅다 튄 거야."

"어떡하지? 계속 연락이 안 될 것 같은데."

"포기하고 우리끼리 가면 되지. 그 언니가 꼭 있어야 하는 건 아니잖아?"

"아니, 필요해. 정신병원은 면회가 까다롭거든. 지난번에 나 혼자 갔다가 입구에서 거절당한 거 알잖아. 수아 언니가 있어야 가족이라는 게 입증되지."

"개똥도 약에 쓰려면 없다더니…. 참, 너 그날 면회한 기록이 있겠네? 그걸로 잘 얘기하면 다시 면회할 수 있지 않을까?"

"너 머리 좋다? 어쩌면 가능할 것도 같아. 지금 병원에 연락해볼까?"

"아니, 그냥 밀고 들어가자. 이런 작전은 불시에 들이닥쳐야 먹혀. 미리 고지하고 가면 증명서니 뭐니 보여달라고 말이 많을 거야."

내 생각도 그렇다. 안내 데스크에 가서 어떻게든 졸라야지, 무작정 기다리다가는 답이 없을 거다.

우리는 커피만 마시고 일산으로 출발했다. 밀리는 차 안에서 난 끊어진 팔찌를 손봤다. 다행히 끝부분 매듭이 끊어진 거라 잘하면 고칠 수 있을 것 같았다. 임시방편으로 가방에 있던 의료용 밴드를 팔찌에 붙였다. 허술하지만 나쁘진 않았다.

"팔찌가 끊어졌어?"

"자고 일어났더니 이래. 괜찮아. 아쉬운 대로 손봤으니까."

"임소희 양, 요즘 잠버릇이 험해졌네?"

괜히 차고 있다가 잃어버릴까 봐 팔찌를 주머니에 넣었다. 창밖으로 검은 물체가 획획 지나갔다. 오늘도 예감이 좋지 않다. 빨리 그 박수를 찾아야 할 텐데.

"병원에 있는 언니가 박수에 대해 알까?"

"알 거야 아마. 언니 둘이 계속 연락했잖아. 채팅방에도 들어와 있고. 사이가 나쁜 듯해도 둘이 은근히 친하거든."

"나쁜 언니들이야, 진짜. 그러다 벌 받지."

권선징악. 그런 말은 책 속에나 있을 뿐 현실에선 통하지 않는다. 내가 이미 겪어봐서 잘 안다. 언니들은 벌을 받기는커녕 평생을 편안히 살겠지. 정작 벌을 받는 건 나다. 악함보다 무지함이 더 큰 죄일지도 모른다.

 눈앞에 이렇게 귀신이 보이는데, 이런 상황에서 영영 헤어나지 못할 거라 생각하니 아득하다. 이러다 진짜 신을 받게 되는 건 아닐까? 자신을 섬기라던 꿈속의 목소리가 귓속에서 메아리친다.

 "아이씨, 왜 이렇게 차가 막혀?"

 운전대를 잡은 혜리의 말투에 짜증이 담겼다. 30분이면 충분할 거리가 오늘따라 멀게만 느껴진다.

 우리는 점심시간을 훌쩍 넘겨 일산에 도착했다. 마음이 급해서 배가 고픈 줄도 몰랐다. 점심도 미루고 바로 병원 안내 데스크로 갔다. 지난번 면회 때 만났던 직원이 앉아 있었다.

 "안녕하세요. 임현선 환자 면회 왔어요."

 "예약하셨어요?"

 "아뇨. 그건 아닌데…."

 "면회 가능한지 확인하고 오셨죠? 신분증 주세요."

 직원의 말은 지난번과 똑같다. 마치 로봇과 대화하는 느낌이다. 직원에게 신분증을 건네며 조심스럽게 물었다.

 "가족으로 등록은 안 됐지만 제가 전에도 면회를 왔거든요."

 "등록이 안 됐으면 면회가 불가능합니다."

직원은 신분증을 보지도 않고 되돌려줬다. 그 순간 혜리가 잽싸게 나섰다.

"지난번에는 가능했는데요?"

"그때는 가족과 함께 오셨겠죠. 가족과 동행하면 면회할 수 있습니다."

"면회 기록이 있잖아요. 그 기록으로는 안 돼요?"

"안 됩니다."

"아, 선생님, 좀 봐주세요."

"병원 규정상 곤란합니다."

혜리가 계속 졸랐지만 소용없었다. 결국 면회를 포기하고 아쉽게 돌아섰다. 지하 주차장으로 내려가기 위해 엘리베이터를 기다릴 때였다.

"저, 잠깐만요. 임현선 환자 면회라고 하셨죠?"

뜻밖에도 안내 데스크 직원이 우리를 불렀다. 면회가 가능하다는 건가? 갑자기? 어떻게? 반가운 마음에 데스크 앞으로 뛰어갔다.

"저희 과장님이 뵙자고 하시네요."

"담당 선생님이요?"

"아뇨, 원무과장님이요. 잠깐 기다리시겠어요?"

원무과장이 왜 보자고 하는지 모르지만, 그를 만나야 면회가 가능할 것 같아 일단 기다렸다. 잠시 후, 계단실 문이 열리며 한 남자가 나타났다.

"임현선 환자 가족 되십니까?"

"제 사촌이에요."

"아… 혹시 다른 가족은요? 오빠와 언니가 있으시던데?"

"직계 가족이 아니면 면회가 불가능해서 그러시죠?"

그의 입에서 또 불가하다는 말이 나올까 봐 눈치를 살폈다. 난처한 듯 그가 머리를 긁적였다.

"그럼 그 형제분과는 연락되십니까?"

"시현 오빠요? 왜 그러시죠?"

"그게… 임현선 씨 이달 입원비가 입금되지 않아서요. 보호자에게 연락했는데 전화를 받지 않으시네요."

어이가 없다. 허탈해서 웃음이 나올 지경이다. 용케 면회를 허락하나 싶더니 결국 돈 문제다. 면회를 신청할 때는 가족관계를 꼼꼼히 따지던 사람들이, 돈 앞에서는 가족이든 지인이든 가리지 않는다.

"입원비가 얼마나 되나요?"

"80만 원입니다. 약제비 같은 추가 비용을 계산하면 조금 더 나오고요."

"입원비가 밀리면 언니는 어떻게 되는 거죠?"

"최악의 경우, 강제 퇴원 조치를 하게 됩니다."

"만약에 제가 그 비용을 내면, 절 가족으로 인정하시는 건가요? 면회도 시켜주고요?"

"아, 그게…."

"병원비는 아무나 내도 상관없지만 면회는 가족이 아니면 안 된다, 이거예요?"

"이런 경우는 처음이라… 죄송합니다."

원무과장이 곤혹스러운 표정을 지었다.

"뭐야, 우리가 호구야?"

혜리가 옆에서 입을 삐죽이며 한마디했다.

"소희야, 그냥 가자. 면회도 거절하고 돈만 내라잖아. 여기 있어봤자 뭐 해?"

"아, 그게 아니고요…. 저, 잠시 기다려 주시겠습니까? 몇 분이면 됩니다."

원무과장은 양해를 구하고 급히 계단실로 사라졌다. 보나 마나 뻔하다. 다른 직원이나 상사에게 조언을 구하려는 거겠지.

난 나대로 고민이 된다. 80만 원이면 면회 비용치고는 꽤 비싼 편이다. 현선 언니가 박수에 대한 정보를 줄지 말지도 모르는데 이 돈을 내는 게 맞을까?

"어떻게 할 거야?"

"모르겠어. 너 같으면 어떡하겠니?"

"1퍼센트라도 가능성이 있다면 거기 걸어야지."

혜리의 말에 힘을 얻었다. 다행히 통장 잔고는 넉넉하다.

잠시 후 계단실 문이 열리고 원무과장이 모습을 드러냈다.

"입원비를 지불하시면 임시로 가족 등록이 가능할 것 같습니다. 약제비는 일단 제외했고요."

계단을 뛰어왔는지 그가 가쁜 숨을 몰아쉬며 말했다.

"지금 입금해 주시겠습니까?"

그가 계좌번호가 적힌 종이를 내밀었다. 난 즉시 80만 원을 입금하고 그 대가로 면회증을 얻어냈다. 비로소 내 앞을 가로막은 장애물 하나를 넘었다.

26

 테이블 하나에 의자 네 개. 지난번에도 느꼈지만 면회실은 꼭 경찰 취조실 같았다.
 곧 문이 열리고 건장한 간호사가 현선 언니를 데리고 들어왔다. 헝클어진 머리, 창백하다 못해 파리한 얼굴, 불안하게 흔들리는 눈빛. 언니의 모습은 전보다 훨씬 초췌했다. 그녀를 따라 검은 그림자도 면회실로 들어왔다. 공중에 둥둥 떠다니는 것들과 달리 그것은 언니의 등에 딱 달라붙어 더욱 불길했다.
 "잘 지내셨어요?"
 "네 눈에는 내가 잘 지낸 것 같니?"
 예의상 건넨 인사에 뾰족한 답이 돌아왔다. 그 순간 멈칫했다. 언니의 눈은 내가 아닌 내 옆을 보고 있었다. 동아와 눈이 마주치자 언니는 놀라며 뒷걸음질쳤다. 그러나 언니 뒤의 검은 그림자는 미동도 하지 않았다. 그 바람에 그림자의 형상이 잠깐 드러났다. 자세히 보이진 않지만 그것은 여자의 실루엣이었다. 동아가 고개를 옆으로 까딱했다. 짧고 빠르게.

"뭐, 뭐야 저거…."

현선 언니가 동아를 가리키며 말을 더듬었다. 나도 언니 뒤의 그림자를 보고 놀라긴 마찬가지였지만 애써 태연한 척했다.

"제 친구예요. 오는 길에 만나서 같이 왔어요. 혜리는 전에도 보셨죠?"

"나 나갈래."

갑자기 언니가 뒤돌아섰다. 겁이 나는지 덩치 큰 간호사 뒤로 몸을 숨겼다. 그림자도 재빨리 모습을 감췄다.

"면회 끝났어요. 가요, 어서. 여기서 나가야 해요."

간호사는 들은 척 만 척, 언니를 억지로 의자에 앉혔다. 그리고 내게 주의하라고 눈짓한 다음 면회실을 나갔다. 현선 언니의 든든한 백이 사라진 것이다.

면회실에는 이제 우리 넷뿐이었다. 아니, 그림자까지 더하면 다섯. 난 언니 뒤에 어른거리는 그림자를 못 본 척했다.

"여긴 왜 왔어?"

"언니 보러 왔죠."

언니가 고개를 흔들었다. 의심과 경계심이 가득한 눈빛이었다. 우리가 해코지할 것도 아닌데, 본능적으로 뭘 느꼈는지 두 손으로 의자를 꽉 붙잡았다. 그리고 테이블 주변을 살폈다. 아마도 간호사를 호출하는 벨을 찾는 거겠지. 하지만 그것은 언니가 앉은 자리 반대편에 있었다.

동아가 또 고개를 까딱했다. 마치 틱 증상처럼 그 횟수가 점점 잦아졌다.

"가족도 아닌 네가 여기 어떻게 들어왔어?"

언니는 모를 거다. 돈의 위력이 얼마나 대단한지를. 연락이 끊긴 시현 오빠를 대신해 앞으로도 입원비를 지불하겠다는 뉘앙스를 풍겼을 뿐인데, 병원에서는 가족이 아닌 나에게 온갖 편의를 제공할 기세였다.

"언니에게 물어볼 게 있어요."

"나 아는 것 없어. 궁금한 건 수아에게 물어봐."

언니에게 내 휴대폰을 내밀었다. 화면에 박수의 프로필 이미지가 띄워져 있었다. 언니가 힐끗 보더니 고개를 돌렸다.

"뭐야?"

"무당 프로필이요."

"그걸 왜 나한테 보여주는데?"

"이 사람과 오픈 채팅으로 연락했잖아요. 저, 다 알아요. 어제 고모를 만났거든요."

"…"

"이 무당 박수던데, 신당이 어디예요?"

"몰라. 고모 만났을 때 물어보지 그랬어?"

"고모 치매인 거 아시면서. 언니가 더 잘 알 거 아니에요?"
"난 만난 적 없어."
"알아요. 택배로 거래했다면서요. 그럼 주소도 알지 않나? 송장에 있잖아요. 언니는 그 무당에게서 받은 거 없어요?"
"없어."

현선 언니가 딱 잡아뗐다. 타닥, 타닥. 언니의 다리가 조금씩 떨리기 시작했다.

"3층에서 본 그년이로구나. 어째 냄새가 고약하다 했어."

갑자기 동아의 입에서 할머니 목소리가 흘러나왔다. 고개를 삐딱하게 한 채 입가에 묘한 웃음을 띠고 있었다.

"명두를 타고 내린 게냐?"
"이 할머니가 무슨 헛소리를 하는 거야!"

언니가 몸을 부들부들 떨며 악을 썼다. 할머니라니, 언니는 동아가 아닌 다른 것을 보고 있다는 말인가? 언니의 등 뒤 검은 그림자가 더욱 또렷해졌다.

"흥! 잡귀 주제에 함부로 신이라고 나서는구나."
"나가! 여기서 나가, 당장!"
"나가야 할 것은 너야! 잘 봐. 이 처자가 몸주로 받아들이려 하지 않잖아? 허주 잡귀 따위가 머물 곳은 없어."
"소희야, 애 뭐야? 빨리 꺼지라고 해."
"두려운가? 그래서 잡귀를 몸에 달고도 십자가를 주렁주렁 달아놓은 게야? 그러면 큰 신이 너를 도울 줄 알았어?"

"간호사! 간호사!"

동아가 갑자기 주머니에서 뭔가를 꺼내 현선 언니에게 뿌렸다. 반짝이는 작은 알갱이가 언니의 몸에 맞고 튕겨 나왔다. 팥과 소금이었다. 언니는 바닥에 몸을 웅크리며 괴로워했다.

"믿음이 없는데 십자가가 무슨 소용이야!"

"살려줘…."

현선 언니가 나를 보며 애원했다. 동아의 손은 사정없이 팥과 소금을 뿌려댔다.

"간절하게 바라지 않으면 신은 아무것도 들어주지 않아. 그걸 이 잡귀가 아주 잘 알고 있구나. 그 틈을 비집고 들어갔어."

"소희야, 나 좀… 나 좀 제발…."

언니가 쓰러지자 뒤에 있던 그림자가 모습을 드러냈다. 동아 말대로 3층에서 본, 검은 한복을 입은 여자였다. 일어선 여자는 천장에 닿을 듯 키가 매우 컸다. 그것이 얼굴을 괴상하게 일그러트리고 동아를 노려봤다.

"드디어 본색을 드러내는구나."

〈애동이면 애동답게 찌그러져 있을 일이지, 어딜 함부로 나서 주제넘게?〉

입을 움직이지 않는데 이상하게 말소리가 났다. 소름 끼치는 저음이 좁은 면회실에 울려 퍼졌다.

"신의 딸로서 잡귀를 섬기게 두고 볼 수만은 없지."

〈허? 잡귀?〉

"스스로 신이 되고자 한들, 잡귀 따위가 감히 신의 반열에 오를 수 있을까?"

동아와 검은 한복 입은 여자가 팽팽하게 맞서자 한기가 느껴졌다. 면회실 유리창에 구경하는 영들이 가득 달라붙었다. 나는 무서워서 가슴에 걸린 파란 주머니를 움켜쥐었다. 곧 내 손에 두 개의 칼이 쥐어졌다. 그것을 보고 여자의 얼굴이 무섭게 변했다. 이윽고 여자의 형체가 일렁이더니 스르르 자취를 감췄다.

"잘하셨습니다."

동아의 목소리도 정상으로 돌아왔다. 난 바닥에 쓰러진 현선 언니를 일으켜 간신히 의자에 앉혔다.

"언니, 괜찮아요?"

"넌… 넌 왜 아무렇지도 않아?"

현선 언니가 원망스러운 눈으로 물었다. 그리고 내 손을 뿌리쳤다.

"넌 우리 임씨 집안 딸 아니야? 그런데 왜 멀쩡하냐고? 왜 나만 이래야 해!"

언니가 울먹거렸다. 울고 싶은 건 나도 마찬가지였다.

"그럼 언니는, 내가 그런 건 괜찮다는 거예요?"

"내가 아픈 것보다야 낫지."

"뭐예요? 진짜 언니만 무사하면 된다고 생각해요?"

"핏줄인 걸 어떡해? 너 아니면 나야. 누구든 한 명이 받아야 해. 그런데 그게 꼭 나일 필요는 없잖아?"

"저일 필요도 없죠. 가족끼리 정말 너무하시네요."

"가족? 네가 내 가족이니? 정말 그렇게 생각해?"

"…."

"네 가족관계 증명서 떼봐. 거기에 내 이름 없어."

뼛속까지 이기적인 인간. 조금 전까진 우리라 해놓고 불리하니 바로 부정한다. 현선 언니도 수아 언니랑 똑같다. 난 그래도 친척이 생겼다고 좋아했는데.

"너를 모르고 산 세월이 얼만데. 고모 유산이 아니었다면 우리가 서로 알았을까? 너와 나는 남이야. 착각하지 마."

현선 언니가 자리에서 벌떡 일어섰다. 그리고 테이블 위로 몸을 숙여 내 얼굴 가까이 자신의 얼굴을 들이밀었다.

"용한 무당을 만났나 봐? 그래봤자 애동이겠지만."

언니가 내 옆에 있는 벨을 눌렀다. 그러곤 제자리에 앉아 나와 동아를 뚫어지게 쳐다봤다.

삐— 귀를 찌르는 날카로운 소리와 함께 면회실 문이 열렸다. 언니가 비릿한 미소를 지으며 자리에서 일어섰다. 그 순간 동아가 재빨리 따라 일어나 언니의 허리춤에서 뭔가를 낚아챘다.

"아직은 아니지만 몸을 잘 사리세요. 언제 실릴지 모르니까."

동아가 언니에게 충고했다.

"천지 박수 그 새끼…."

언니가 입술을 실룩이며 중얼거렸다. 간호사에게 이끌려 나가면서도 우리를 계속 노려봤다.

문이 닫히자마자 혜리가 긴 한숨을 토해냈다.

"아, 완전 무서워. 나 숨도 못 쉬었잖아."

"미안."

"너희 언니 신내림 받은 거야? 귀신 들렸어? 아니면 제대로 미친 거야?"

"아직 신을 받은 건 아냐. 나랑 상태가 비슷하지 뭐."

"아까 목소리와 얼굴이 확 바뀌는데 어휴… 너도 그러면 어떡해? 나 적응 못 할 것 같아."

"그런 일은 없을 겁니다."

동아가 빙긋 웃으며 말했다. 방금까지 근엄하던 그녀가 평소 모습으로 돌아와 있었다. 그녀의 손에 들린 부적이 눈에 띄었다.

"뭐예요, 그건?"

"소희 님 언니분이 갖고 있던 부적이에요."

"설마 귀신을 부르는…?"

"아닙니다. 이건 막아주는 부적이에요. 뭔가 했는데 우리가 찾는 그 무당이 써준 것 같아요. 언니분이 신가물이라 잡귀가 잘 꼬였을 테니까요."

"고모 귀신을 말하는 거죠?"

"잡귀가 된 이상 소희 님의 고모가 아닙니다. 그렇게 부를 수가 없어요. 자손을 돕지 않고 해만 끼치는데 어찌 친족이라 하겠습니까?"

예전에 얼핏 그런 얘기를 들은 적이 있다. 조상은 자손에게 아무것도 바라지 않고 그저 도우려고만 한다고. 해코지하는 조상은 더 이상 조상이 아니라 그저 악귀일 뿐이다. 그렇다면 고모도 악귀가 된 걸까?

"고모는 왜 저런 귀신이 된 거죠? 억울해서 그런 걸까요?"

"제 생각에는 살아생전 악신이라 불리는 것을 섬긴 게 아닌가 해요."

"악신이요? 성경에 나오는 악마 같은 거요?"

"못된 잡귀가 힘이 세지면 신이 되려고 하지요. 그게 흔히 말하는 악신입니다. 악신인 줄 모르고 신으로 섬기다가 먹히는 무당들이 종종 있어요. 오늘 보고 확실히 알았습니다. 소희 님 고모는 악신을 모시다 무당귀가 된 거예요."

"무당을 하다 죽어서 무당귀가 된 건가요?"

"모든 무당이 다 귀가 되는 건 아닙니다. 하지만 악신을 섬겼던지라 죽어서도 이용을 당하는 거겠죠. 그래서 온갖 잡귀 중에 무당귀가 제일 독하고 무섭다고들 합니다."

"어머, 여러분! 이것 좀 봐."

혜리가 소리치는 바람에 우리의 대화가 끊겼다. 휴대폰과 부적을 번갈아 보는 게 뭔가를 발견한 표정이었다.

"왜 그래? 뭘 찾았어?"

"무당 프로필에 있는 문양이랑 이 부적, 글씨체가 같지 않니? 동아 님이 보기엔 어때요? 비슷하죠? 같은 사람이 쓴 것 같죠?"

듣고 보니 그랬다. 붉은 배경 위로 한 번에 그려낸 검은 문양

175

이 언니에게서 빼앗은 부적의 글씨와 흡사했다.

"이미지 검색을 해보면 나올까? 그럼 쉽게 찾을 거 아냐?"

"안 나와. 내가 방금 다 해봤어. 박수가 나이 많은 노인인가 봐. 인스타나 엑스를 사용한 흔적이 없어."

"동아 님, 혹시 이거 제 지갑에 있던 부적이랑 같은 건가요?"

"모르겠습니다. 제가 그 부적을 직접 보지 않아서요. 소희 님은 보셨습니까?"

"보긴 했는데, 워낙 순간적이어서….."

제천 신당에서 본 지갑 속 부적의 글씨가 기억나지 않았다. 나처럼 무속에 문외한들은 부적이 다 비슷비슷해 보일 것이다.

"아까 들으셨습니까? 언니분이 나가면서 무슨 박수라고 하던데…?"

"천지! 천지 박수라고 했어요. 소희 너도 들었지? 동아 님은 그 무당을 아세요?"

"처음 듣습니다. 어머니께 여쭤봐야겠어요."

우리는 박수를 찾을 수 있을 거라는 희망을 품고 병원에서 나왔다.

혜리가 차를 가지러 간 사이, 동아와 나는 병원 밖에 마련된 흡연실에서 부적을 태웠다. 부적은 재로 변하며 매캐한 연기를 피워올렸다. 면회실 밖에서 우리를 훔쳐보던 검은 형체들이 흡연실까지 따라와 기웃거렸다. 현선 언니도 매일 저것들을 보고 살겠지. 우리가 같은 처지라 생각하니 기분이 씁쓸했다.

"죄송해요, 동아 님."

"뭐가요?"

"아까 현선 언니가 동아 님을 애동이라고 얕본 거."

"저 애동 맞아요."

"그래도 언니 말투가 좀 그랬잖아요. 기분 나쁘실까 봐…."

"선무당이 사람 잡는다는 말 있잖아요. 제가 바로 그런 경우예요. 아직 미숙하죠. 전 제 위치를 잘 알고 있답니다. 그래서 함부로 나서지 않아요. 신명님 말씀도 마음대로 전언할 수 없고요. 물론 오늘은 예외였지만요."

동아의 얘기를 듣고 나니 마음이 조금 편안해졌다.

잠시 후 혜리의 차가 흡연실 앞에 멈춰 섰다.

"기왕 일산까지 왔으니 맛있는 거 먹고 가자."

혜리의 말에 비로소 허기가 느껴졌다. 우리는 혜리가 찾아낸 맛집으로 향했다. 차창 밖으로 검은 형체가 여전히 맴돌았지만 웬만큼 익숙해져서 더는 놀라지 않았다.

"너희 고모가 무당귀라고?"

치즈가 잔뜩 올라간 피자를 접시에 도로 내려놓으며 혜리가 되물었다. 병원에서 부적의 글씨체를 확인하느라 동아와 나눈 얘기를 듣지 못했던 것이다.

"무당귀 진짜 무섭다던데…."

"너 알아?"

"그럼, 많이 들어봤지. 미안한 얘긴데, 너희 고모 벌전 받았나 보다. 그래서 귀신이 된 거 아닐까?"

"벌전은 신이 노해서 내리는 벌이에요."

동아가 뜻을 알려주었다.

"그러니까요. 소희 고모가 살아생전 나쁜 짓을 많이 한 거죠. 그래서 신이 화가 났고, 고모는 벌을 받아 귀신이 되고…."

"악귀가 노할 게 뭐가 있겠습니까? 원하는 대로 다 따라주는데. 그 무당귀는 죽어서도 악귀에게 이용당하는 것뿐입니다."

"악귀를 신으로 모셔서 그런가 봐. 악신을 모시는 무당이 있다더니, 진짜였네."

앞잡이. 동아는 고모를 앞잡이라고 표현했다. 진짜는 그 뒤에 숨어 있다고. 그렇다면 악귀가 고모를 조종한다는 얘기다.

"동아 님이 보시기엔 죽은 고모가 악신의 꼭두각시예요?"

동아가 말없이 고개를 끄덕였다. 동시에 난 고개를 가로저었다. 신내림을 받고 싶지도 않지만 하필 신도 아닌 악귀라니…. 생각만 해도 끔찍했다.

"아니 근데, 악신은 그렇다 쳐요. 간을 보는 것도 아니고, 그 무당귀는 왜 소희와 그 언니 사이를 왔다 갔다 하는 거예요?"

"내릴 곳을 찾나 봅니다."

"명두… 때문인 거죠?"

"그 놋그릇? 그게 왜?"

"시골집에서 처음 발견한 사람이 현선 언니야. 그걸 갖고 있었던 건 나고."

"그래서 악신이 어디에 내릴지 헷갈려한다는 거야?"

"더 합당한 그릇을 찾는 거겠죠."

"뭐야, 둘 중 하나는 꼭 차지하겠다는 거잖아. …소희야, 미안해. 내가 그때 놋그릇을 쓰자고 조르지만 않았어도 네가 이렇게 되진 않았을 텐데."

"아니야, 어차피 내 가방에 있었잖아. 언니 오빠들이 작당한 이상, 난 피할 수 없었을 거야."

그래, 사촌들은 처음부터 그럴 생각이었다. 고모의 유산은 탐이 나고, 거기에 수반되는 무업은 피하고 싶고…. 달갑지 않은 짐을 떠안길 희생양이 필요했겠지. 그런데 적당한 때에 내가 나타났던 거다. 20년도 넘게 연을 끊고 산 내가 핏줄로 여겨졌을 리 없다. 그들은 바로 의기투합했고, 그 결과가 이것이다. 아무것도 모르는 나만 당한 것이다.

"그럼 2층에 도배해놓은 부적은 뭐야?"

"모르겠어. 신내림과 관계가 있는지 아니면 별개인지. 일단 부적을 쓴 자가 다르다니까 경찰 조사가 끝나봐야 알 수 있지 않을까?"

"아, 그 악신, 못 없애나? 동아 님이 모시는 할머니가 어떻게 하라고 귀띔 안 해주세요?"

"상대하려 들지 않으세요."

"왜요?"

"만만치 않은 상대 같습니다. 힘이 센 악귀는 신과 대적할 만큼 강하기도 하거든요. 악신이라 불릴 만큼이요."

"아, 그래서 무당 선생님도…."

"어머니께서 지금 고심하고 계십니다. 치성을 드리니 곧 답을 얻으시겠죠. 기다리면 해결 방안이 나올 겁니다."

신만큼 강한 힘을 가졌다는 악신. 꿈속에서 들렸던 그 목소리의 주인공이겠지. 다행히 제천 무당이 준 방편 덕분에 난 아직 무사하다. 하지만 언제까지 신내림을 받지 않고 버틸 수 있을까? 죽은 자들의 영이 보이고 귀신을 만나는 일상이 계속되는 거겠지? 현선 언니도 나처럼 악신에게 매일매일 시달렸을 거다. 그래서 그렇게 정신병원에서 말라가고 있다.

"그런데 동아 님, 아까 면회실에서 왜 자꾸 고개를 까딱거린 거예요?"

혜리가 탄산수 잔을 들며 물었다. 붉은 테이블보에 동그랗고 검붉은 얼룩이 생겼다.

"저와 비슷한 사람을 만나서겠죠. 신령님이 반응하신 거라고 말하면 이해하기 쉬울까요?"

"아, 그 언니도 신기가 있어서 그랬군요. 근데 왜 소희 앞에서는 안 그러세요? 얘도 그 끼가 있잖아요?"

"소희 님은 신가물이 아니에요. 악귀가 내리려고 하지만, 사실 그럴 그릇이 아니죠."

"그릇도 아닌데 왜 자꾸 저를 노리는 걸까요?"

"악귀에겐 그릇이 중요하지 않아요. 그저 이용만 하면 되니까요."

"만약 소희가 그 악신을 받으면 어떻게 돼요?"

"무당의 탈을 쓰고 세 치 혀로 사람들을 현혹하겠죠. 최악의 경우, 스스로 미칠 수도 있고요. 죽어서도 악귀에게서 벗어나지 못할 겁니다."

결과가 뭐든, 악신을 거부하지 않으면 내 인생은 비참할 것이다. 현선 언니처럼 병원에 들어가 평생을 보낼 수도 있겠지. 어떤 수를 써서라도 그런 상황까지 가선 안 된다.

"저, 박수 무당 말인데요, 부적을 써준 걸 보면 그 사람은 언니들을 돕는 거잖아요?"

"그렇죠."

"동아 님이 보시기에 그 무당이 믿는 신은 강할까요?"

"모르겠습니다. 부적에 실린 기운이 썩 좋진 않았어요."

"그래도 그 부적이 무당귀로부터 언니를 지켜준 거잖아요. 언니는 이제 어떡하죠? 우리가 부적을 태워버렸는데…."

바보같이 이 상황에서도 현선 언니가 걱정된다. 남의 일 같지가 않아서다. 이제 부적이 없는 언니는 그림자처럼 따라다니는 무당귀에게 먹혀 악신의 제물이 되는 건가?

"곧 소통을 하지 않겠습니까?"

"소통이라뇨?"

"부적을 잃어버린 언니분도 가만있지는 않겠죠. 도와주는 자에게 다시 연락할 겁니다."

"그 박수를 말하는 거죠?"

"악신과 맞서는 걸 보면 보통이 아닌 자입니다."

"소희야, 아까 그 원무과장에게 전화해야겠다."

"원무과장은 왜?"

"너희 언니들, 부적을 택배로 받는다고 했잖아? 동아 님이 빼앗았으니까 또 부적을 주문하겠지? 택배 발신자 주소만 확인하면 게임 끝이야."

"그걸 우리가 어떻게 확인해?"

"병원에서, 그것도 정신병원인데 외부 물품을 환자에게 바로 전달하겠어? 분명히 내용물을 확인하고 건네줄 거야. 빨리 전화해서 주소 빼달라고 부탁해봐."

"알려줄까?"

"자신감을 가져. 그 언니 입원비 낸 건 너야. 가족으로 등록도 했잖아? 떳떳하게 요구해도 돼."

그럴까? 혹시나 하는 마음에 병원 원무과로 전화를 걸었다. 자초지종을 설명하자 의외로 쉽게 내 부탁을 들어줬다.

〈그러니까 임현선 환자에게 택배가 오면 주소를 확인해서 보호자에게 알려달라는 거죠?〉

"네, 환자에게 위험할까 봐 걱정돼서요."

〈병원 규정상 외부 물품은 환자에게 바로 전달되지 않습니다. 확인 절차를 거치니까 걱정 마시고요, 말씀하신 내용은 담

당 간호사에게 잘 일러두겠습니다.〉

"하나만 더요. 병원에서 환자가 휴대폰을 사용할 수 있나요?"

〈저희 병원에선 제한하고 있습니다.〉

"사용을 아예 못 하게 해요?"

〈휴대폰이나 노트북 등은 입원할 때 저희가 보관해 둡니다. 하지만 보호자나 담당 선생님과 상의하면 제한적으로 사용할 수도 있습니다.〉

"언니가 휴대폰을 쓰고 싶다고 하면 허락해 주세요."

〈임현선 환자라 하셨죠? 잠시만요… 아, 이미 신청하셨네요.〉

역시! 현선 언니가 박수에게 연락할 거라는 동아의 예측이 맞아떨어졌다. 난 원무과장에게 택배 발신지를 받아두라 신신당부하고 전화를 끊었다. 일이 술술 풀려가니 쾌감이 밀려왔다.

"돈의 위력이 확실히 세긴 하다."

"박수를 곧 만날 수 있겠네?"

"그렇잖아도 언니가 휴대폰을 요청했대."

"와우! 바로 연락하겠는데? 2~3일 후면 만날 수도 있겠다."

우리는 개운한 기분으로 서울로 향했다.

현선 언니를 만나서 얻은 게 없다고 생각했는데, 이렇게 대어를 낚을 줄이야. 얼른 박수를 만나고 싶다. 왜 명두에 숨기는 부적을 썼는지, 그가 상대하는 자가 악신인 건 알고 있는지, 자세한 얘기를 들어야 한다. 뚜렷한 해결책을 제시하지 않는 제천 무당을 대신해 어쩌면 그가 해법을 알려줄지도 모른다.

〈애야, 거기 있느냐.〉

어디선가 나를 찾는 목소리. 부드럽게 어루만지듯 속삭이는 소리에 눈을 떴다. 내 방이다. 아직 날이 밝지 않아 방 안이 어두컴컴하다. 혜리와 동아는 옆에서 깊이 잠들어 있다.

〈거기는 네가 있을 곳이 아니란다. 어서 나오렴. 이제 집에 가야지.〉

나도 모르게 스르르 일어났다. 딸랑— 딸랑— 방울 소리에 이끌려 낯선 문 앞에 섰다. 문을 여니 어둠 속에 도로가 뻗어 있다. 어딘가 익숙한 길이다. 고모의 시골집으로 가는 길이던가?

어둠 속을 맨발로 타박타박 걷는다. 주위가 고요하다. 풀벌레 소리도, 고라니 울음소리도 들리지 않는다. 하지만 무섭진 않다. 마치 스포트라이트를 비추듯 내 주위만 환하다.

누군가 다가온다. 자세히 보니 예전에 만난 할머니다. 그녀가 보행기를 밀며 내 옆을 천천히 지나간다. 전에도 비슷한 경험을 한 적이 있는데? 걸음을 멈추고 할머니를 지켜본다.

〈뭐 하는 게냐? 서둘러야지.〉

누군가 또 속삭인다. 그래, 걸어야지. 이러다 늦으면 어떡해.

앞으로 한 발짝 내디딘다. 이상하게 발바닥에 아무 느낌이 없다. 딱딱한 아스팔트가 아니라 푹신한 구름 위를 걷는 것만 같다.

〈그래, 잘 오는구나. 오래전부터 기다렸단다.〉

저 멀리서 다가오는 사람이 보인다. 키가 큰 그는 동물과 함께 걸어오고 있다. 거리가 점점 좁혀지자 어둠 속에서도 그가 보인다.

"종현 오빠?"

걸음을 멈추고 이름을 부르자 그가 입을 뻐끔댄다. 그의 입에서 하얀 연기가 뿜어져 나온다.

"종현 오빠 맞죠? 어디 갔다 오시는 거예요?"

그는 대답 대신 옆에 있는 동물의 긴 목을 쓰다듬는다. 고라니다. 고라니는 나를 보고 목 놓아 운다. 그러나 그건 몸짓일 뿐 울음소리는 들리지 않는다. 뭐지? 내가 지금 꿈을 꾸는 건가?

〈애야, 다 왔단다. 조금만 더 힘을 내면 돼.〉

종현 오빠가 연기 나오는 입을 뻐끔대며 내게 뭐라고 말한다. 나를 보는 눈빛이 처량하다. 나더러 가지 말라는 얘기인가? 경고하는 건가?

〈뭐 하고 있느냐 말이다! 바로 저 앞이래도!〉

목소리가 다급해진다. 난 망설이며 오빠를 쳐다본다. 왠지 앞으로 가면 안 될 것 같다.

덤불이 부스럭거리더니 어둠 속에서 또 다른 고라니가 나타난다. 귀가 없는 고라니다.

〈왜 말을 듣지 않는 게냐? 나를 섬기지 않을 것이냐!〉

뒤돌아보니 어둠 속 저 멀리 열려 있는 내 방이 보인다. 두려운 마음에 뒷걸음질친다.

〈어허! 어디를 가려는 게냐!〉

목소리가 호통을 친다. 안 돼, 저 목소리가 시키는 대로 하면 안 돼.

손목을 더듬는다. 그런데 엄마의 팔찌가 없다. 주머니도 비었다. 딸랑— 딸랑— 방울 소리가 점점 커진다.

〈감히 어딜 피하려는 거냐!〉

억센 힘이 내 몸을 떠민다. 이를 악물고 버텨봐도 발이 저절로 움직인다. 불쌍하게 쳐다보던 종현 오빠의 모습이 점점 흐려진다. 두 마리의 고라니도 희미해진다.

"오빠! 종현 오빠 도와줘요!"

〈내게 오지 않을 테냐?〉

"가기 싫어! 싫다고!"

〈날 받아들이지 않겠다는 말이냐!〉

날벼락 같은 목소리가 요사스러운 웃음소리로 바뀐다. 끔찍한 그 웃음소리가 어둠을 가른다. 난 앞으로, 앞으로 계속 떠밀려간다.

〈네가 거부할 수 있는 일이 아니야. 내가 곧 기거할 것이다.〉

"싫어! 안 돼!"

반쯤 투명해진 종현 오빠가 연기 나는 입을 다문다. 그리고 가슴에 손을 올린다. 나더러 따라하라는 건가? 오빠처럼 가슴에 손을 올리자 주머니가 만져진다. 그와 동시에 내 손에 두 자루의 칼이 쥐어졌다.

〈끝까지 버티겠다는 거냐? 나를 받아들이지 않으면 네 주변

에 머물 사람이 없을 텐데? 그래도 괜찮단 말이냐?〉

웃음소리가 요란하다. 난 두 손에 칼을 움켜쥐고 알 수 없는 힘에 떠밀리지 않도록 안간힘을 다해 버틴다. 앞으로 쏠리던 몸이 조금씩 중심을 되찾는다.

〈아끼는 것을 잃어봐야 정신을 차리지!〉

성난 목소리는 천둥 같은 울림을 남기고 사라진다.

한 점 빛도 없는 캄캄한 도로 한복판. 어둠 속에 홀로 남겨졌다. 멀리 있던 내 방도 보이지 않는다.

"엄마! 혜리야! 도진아!"

그러나 아무도 대답하지 않는다.

"동아 님!"

그 이름을 부르자마자 암흑 속에 미세한 틈이 생기더니 그 사이로 내 몸이 훅 빨려들어간다. 쾅! 동시에 방문 닫히는 소리가 들린다.

눈을 떠보니 내 방이다.

"괜찮으세요?"

옆에서 동아의 목소리가 들린다. 어느새 창밖이 어슴푸레 밝아오고 있다.

"또 보신 겁니까?"

동아가 마치 내 꿈속을 들여다본 듯 묻는다. 그녀의 도움이 없었더라면 난 어떻게 됐을까?

"안색이 좋지 않습니다."

"진짜 끔찍한 목소리였어요."

"무당귀가 나왔나요?"

"아뇨, 죽은 고모는 없었어요. 그냥 목소리만 들렸어요. 지난번과 같은 소리요. 저더러 어서 오라고, 자기를 섬기라고…."

"신당으로 오라고 했습니까?"

"모르겠어요."

"어디 계셨습니까?"

"적송 시골집 근처요. 주변이 어두워 아무것도 보이지 않는데, 어딘지 본능적으로 알겠더라고요. 제가 서 있었던 곳은 시골집 앞 도로였어요."

"그 목소리를 따라가면 안 됩니다. 아마 무당귀가 받드는 악귀일 거예요."

"그게 제 마음대로 안 돼요. 발이 저절로 움직여요. 전 왜 목소리가 시키는 대로 하는 걸까요?"

"이미 감겨서 그런 거겠죠. 하지만 어머니께서 주신 방편이 있지 않습니까?"

"이상하게도 꿈속에서는 방편이 생각나지 않아요."

"끝내 꿈속까지 침입했군요."

"동아 님의 목소리도 들리지 않았어요."

"어둠에 막혀 제 기운이 소희 님께 닿지 않아 그럴 겁니다."

다시 꿈을 떠올려본다. 캄캄한 도로와 길을 가던 할머니, 그리고 고라니와 함께 나타난 종현 오빠.

"종현 오빠가 나타나지 않았다면 방편을 사용하지도 못했을 거예요."

"그분도 사촌입니까?"

"네, 시골집에서 죽었고 거기 묻혔어요. 꿈에 고라니와 함께 나타났고요."

"신이 도우셨네요. 고라니는 산신의 영물이라고 합니다. 전령의 역할을 한다고도 하죠. 아무래도 산의 신령님이 나서주신 것 같습니다."

"산신이 왜 저를 돕죠?"

"시골집 근처에 큰 산이 있습니까?"

"잠악산 바로 아래예요."

"아, 그래서…."

동아가 고개를 끄덕이더니 잠시 생각에 잠긴다. 옆에선 혜리가 코를 골며 자고 있다. 일상은 변한 게 없는데 삶이 완전히 달라졌다. 귀신이 보이고 악신에게 쫓기는 삶이라니.

"잠악산은 우리 같은 이들에게 영험하고 신령스러운 산으로 알려져 있어요. 기도처도 많았다고 들었습니다. 하지만… 아, 아닙니다. 얼핏 들은 얘기라…."

"무슨 얘긴데 그러세요?"

"잠악산에 대한 소문인데 정확하지 않습니다. 알아보고 다시 말씀드리지요. 제 추측이지만, 그곳 신령님이 악귀를 괘씸히 여기시는 것 같습니다."

시골집에 머물 때 밤마다 고라니가 울었다. 그 괴이한 소리를 끔찍하다 여겼는데, 산신이 우리에게 보낸 경고였던가. 다행히도 종현 오빠의 혼은 악신에게 먹히지 않은 것 같다. 산신의 영물과 함께 나타난 걸 보면 분명히 무사한 거겠지.

문제는 나다. 매번 누군가의 도움으로 악신에게서 벗어났지만, 앞으로도 그러리란 보장이 없다. 어젯밤에는 엄마와 동아의 목소리도 들리지 않았다. 손목에 엄마의 팔찌가 없는 것도 무섭다.

"앞으로도 이러면 어쩌죠? 엄마의 도움도, 동아 님의 도움도 못 받으면요?"

"정신을 바짝 차리셔야죠. 악귀를 막아낼 수 있는 건 소희 님뿐입니다. 어머니가 주신 방편은 그야말로 임시방편이에요."

"버틸 자신이 없어요. 다시 꿈에 찾아올 텐데, 못 이기고 따라가면 어떡해요? 너무 무서워요…."

"어머니께 여쭤보겠습니다. 이대로 있어선 안 될 것 같네요."

동아는 거실로 나가 제천 무당과 통화한 후 그길로 집을 나섰다.

27

뒤늦게 일어난 혜리가 걱정스러운 얼굴로 거실에 나왔다.
"어제도 잠을 못 잤어?"
"그렇지 뭐."
"동아 님은 어디 갔어?"
"제천."
"뭐? 벌써 내려간 거야? 왜?"
"무당 선생님과 통화했어. 내가 요즘 악몽을 꾸잖아. 그게 심상치 않아서 말씀드렸더니 당장 내려오라고 하셨대."
"다시 올라올 거지?"
"글쎄, 온다고는 했는데…."
동아가 없는 밤이 걱정된다. 오늘 밤에도 악신이 나타날 것 같은데, 혼자서는 버틸 자신이 없다.

"언제 온다는 말은 없었어?"

"가봐야 안대. 나 오늘 잠은 다 잤어. 솔직히 겁나. 동아 님도 없고, 엄마 팔찌도 끊겨졌고…."

"내가 있잖아. 네 옆에 꼭 붙어서 안 자고 버텨볼게."

그런다고 될까? 인간의 힘으로 악신에 맞설 수 있다면 처음부터 무당이나 방편 따위는 필요 없었을 것이다. 밤이 오면 또다시 악신과 무당귀를 만나겠지. 시간이 흐르는 게 두렵다.

"임소희, 힘내. 지면 안 되지."

혜리가 일부러 명랑하게 말하지만 기분은 좀처럼 나아지지 않는다.

"이따 도진이 만나기로 약속했지? 어디서 보기로 했어?"

아, 잊고 있었다. 도진이를 만나 면접 때 입을 옷을 사러 가기로 했는데. 악몽 때문에 머릿속이 텅 비어버린 것만 같다.

"그 중요한 걸 잊었어? 도진이 섭섭하겠다. 약속이 몇 신데?"

"3시."

"아직 멀었네. 그럼 너, 그때까지 내 차지다?"

"그게 무슨 말이야?"

"나하고도 데이트해야지. 얼른 준비해서 나가자."

"어딜 가려고?"

"잠자코 따라오기만 해. 같이 갈 데가 있어."

혜리가 데려간 곳은 신당동. 떡볶이집이나 유명한 카페가 아니라 무당집이었다.

"내가 잽싸게 검색해놨지."

"무당집은 왜? 제천 선생님이 봐주시잖아?"

"우리 엄마 말이, 한 사람 얘기만 들으면 안 된대. 무당도 이 무당, 저 무당 찾아가 봐야지 정확하대."

"너, 동아 님이 자리 비웠다고 그새…."

"뭐 어때? 이게 의리 지킬 일이야? 코앞에 닥친 일을 생각해 봐. 지금 가만있을 때니? 신령님이 돌아앉았다고 자꾸 기다리라고만 하는데, 도대체 언제까지 기다려?"

솔직히 귀가 솔깃한다. 난 1분 1초가 급하다. 동아도 곁에 없는데, 다른 무당집에 가본다고 무슨 문제가 생길까. 사람 일은 모르는 법이다. 여기서 운 좋게 아주 높은 신을 모시는 무당을 만난다면 구제받을 수 있을지도 모른다.

"옛날부터 신당동이 유서 깊은 무당촌이었대. 이름부터 범상치가 않잖아."

혜리는 오래된 골목으로 나를 이끌었다. 좁고 구불구불한 골목길은 검은 형체들로 꽉 차 있었다. 그러나 발을 내디딜 때마다 뒤로 쏙 물러나는 모습이 해를 끼칠 것 같지는 않았다.

좁은 골목을 여러 번 돌아 우리는 어느 집 앞에 다다랐다.

"여기야, 내가 검색해서 찾은 곳. 요즘 완전 유명하대."

혜리가 으스댔다. 하지만 그 말이 끝나기 무섭게 낡은 철문이 열리며 뭔가가 우리에게 확 쏟아졌다. 굵은 소금이었다.

"아, 뭐야…."

우리가 당황할 틈도 없이 머리 위로 또 소금이 뿌려졌다. 두 손으로 얼굴을 막고서 간신히 앞을 보니 빨간 대야를 든 중년 여자가 서 있었다.

"감히 어딜 들어오려고! 썩 꺼져!"

그녀는 대문을 쾅 닫고 안으로 사라졌다. 안에서 쇠 빗장 거는 소리가 났다.

"저 아줌마 뭐야…."

우리는 황당해서 그 자리에 멍하니 서 있었다. 그러자 집 안에서 욕설이 날아왔다. 차마 입에 담을 수 없는 말들이었다.

"에이씨, 이런 문전박대가 어딨어! 무당이면 다야!"

혜리가 안에다 대고 맞고함을 쳤다. 안에서 또 욕이 난무했다.

"혜리야, 가자."

나는 혜리의 손을 잡아끌었다.

"그냥 가자고? 이런 꼴을 당하고서?"

"가자. 여기 더 있어서 뭐 해?"

혜리를 설득해 겨우 골목을 빠져나왔다. 검은 형체들이 우리 뒤를 우르르 따라왔다. 근처에 있는 또 다른 무당집을 찾아갔지만 마찬가지였다. 대문을 두드리기도 전에 담 너머로 소금과 팥이 날아왔고 욕설은 덤이었다. 나를 노리는 악신이 얼마나 지독하기에 무당들이 다 피하는 걸까? 정녕 답이 없는 걸까?

"소희야, 마지막으로 한 집만 더 가보자."

"됐어. 가나 마나 똑같을 거야. 난 안 되나 봐."

"안 되는 게 어딨어? 욕먹더라도 딱 한 집만 더 가보자. 소금 맞는 거, 이제 적응도 됐잖아."

혜리가 용감하게 또 다른 무당집 앞에 섰다. 녹슨 철문 위로 지붕에 꽂힌 홍백의 깃발이 보였다. 아니나 다를까, 초인종을 누르기도 전에 대문이 벌컥 열렸다. 그리고 30대로 보이는 여자가 나왔다. 그녀는 날카로운 눈으로 우리를, 아니 나를 노려봤다.

"안녕하세요. 점을 보러 왔는데, 들어가도 될까요?"

"보이지도 않을 점을 뭐 하러 봐?"

"아, 그게…."

"어딜 가나 신명님 말씀은 똑같을 거야."

여자의 목소리는 남자처럼 낮고 허스키했다. 그녀가 미동도 없이 나를 매섭게 쏘아봤다. 그 틈을 타서 혜리가 어물쩍 안으로 들어가려고 했다. 여자의 시선이 혜리에게 꽂혔다.

"거기서 듣게. 자네들은 들어올 수 없어."

"아, 왜요?"

"왜긴! 다 알고 왔으면서! 비루한 허주 잡귀 따위가 감히 어딜 들어오려고! 그 더러운 발을 떼!"

"살려주세요, 선생님!"

난 절박한 심정으로 무릎을 꿇고 빌었다.

"안 돼. 난 못 해."

"신이 거부하면 전 어떻게 되는 건가요?"

"그걸 왜 나한테 물어! 그만 돌아가. 난 악귀 따위 상대하기 싫고, 살을 맞기도 싫으니까."

대문이 쾅 닫혔다. 잇따른 문전박대에 난 무너져 내렸다.

"일어나. 약한 모습 보이지 마."

혜리가 나를 안아 일으켰다. 그 애에게 몸을 맡기고 골목을 휘청휘청 걸었다.

"악신이 세긴 센가…. 무당들 눈에도 다 보이나 봐."

혜리의 중얼거림이 귀에 들어오지 않았다.

혜리와 헤어진 후 홍대 앞에서 도진이를 만났다. 기분은 여전히 가라앉았지만, 면접 시험을 목전에 둔 그에게 우울한 티를 낼 수 없었다. 애써 밝은 척 웃으며 면접 때 입을 옷을 골랐다.

패션에 대한 우리의 시각 차이는 컸다. 난 그가 반듯하게 차려입기를 바랐고, 그는 편안한 스타일을 선호했다. 우리는 거울 앞에서 옥신각신하다가 한 벌을 간신히 구입했다.

밖으로 나오니 어느새 날이 어둑했고, 거리는 사람들로 가득했다. 우리는 손을 잡고 나란히 걸었다. 사람과 사람 사이, 검은 형체들이 우글거렸다.

"오랜만에 고기 먹으러 갈까?"

"안 돼. 새 옷 샀잖아. 옷에 냄새 배."

"파스타는 싫은데…."

"집에 가서 먹자. 혜리가 혼자 있거든. 우리가 챙겨줘야지, 걜 누가 챙기겠어?"

"동아 님은?"

"제천 갔어."

"왜? 이제 다 끝난 거야?"

"그건 아닌데…."

난 현선 언니를 면회하고 온 얘기를 들려줬다. 고모가 무당귀가 됐다는 것과 나를 노리는 게 악신인 것 같다는 얘기, 그리고 밤마다 계속되는 악몽에 대해. 그에게 부담을 주기 싫었지만 계속 숨길 수는 없었다. 어차피 알게 될 일이었다.

"솔직히 두려워. 그동안은 동아 님이 지켜줬거든. 근데 오늘부터 옆에 없잖아. 무슨 일이 벌어지지 않을까 너무 무서워."

"제천 선생님이 부적 대신 준 게 있잖아?"

"갖고 있으면 뭐 해? 악신에게 홀려서 써먹지도 못하는걸. 누군가 날 일깨워주지 않으면 내가 방편을 갖고 있다는 것도 몰라. 엄마의 팔찌도 끊어졌고…. 오늘 밤이 너무너무 걱정돼."

"같이 있어줄까?"

도진이가 내 손을 꼭 잡았다. 따스한 기운이 전해졌다.

"내가 안 자고 옆에서 지켜줄게. 혹시라도 꿈에 악신이 나타나면 너한테 방편이 있다고 알려줄게."

같이 있어주는 게 별 도움이 되지 않더라도 그 말이 큰 위안이 됐다.

딸랑— 나도 모르게 움찔했다. 결코 듣고 싶지 않은 끔찍한 소리.

"도진이니?"

혜리가 현관을 향해 큰 소리로 말했다. 난 숨을 들이마신 상태로 굳어버렸다. 꼼짝도 할 수 없었다.

딸랑— 또 울리는 방울 소리.

"아임 홈."

도진이의 목소리였다. 간식거리를 사러 편의점에 갔던 그가 돌아온 것이다. 난 그제야 안도의 한숨을 내쉬었다. 다행히도 딸랑이던 그 소리는 무령이 아니라 풍경 소리였다.

도진이가 양손 가득 비닐봉지를 들고 들어섰다. 그의 손에는 풍경도 들려 있어서 움직일 때마다 딸랑, 소리가 났다.

"왔다 갔다 할 때마다 시끄러워서 이거 뗐는데, 괜찮지?"

"잘했어. 그러잖아도 갖다 버리려고 했거든."

혜리가 얼른 비닐봉지를 받아들고 내용물을 확인했다.

"커피만 잔뜩이잖아? 에너지 드링크 같은 것도 좀 사지. 맥주도 없네? 시간 보내는 데는 술이 최곤데."

"안 돼. 술 마시면 졸려. 오늘 밤새야 하잖아."

"커피만 마시다 물리겠다. 센스 하고는!"

"그래서 종류별로 샀잖아. 잠 깨는 껌도 있어."

"껌 씹는다고 안 졸리니? 예전에 벼락치기 할 때마다 잠 안 오는 약 먹었는데, 오늘따라 왜 이렇게 생각이 나냐."

"잠은 의지 문제야."

"과연? 의지만으로 우리가 밤을 꼴딱 새울 수 있을까?"

혜리가 비닐봉지에서 커피우유를 꺼내 내 앞에 놓았다. 카페인 함량이 제법 높은 제품이었다.

"무조건 새야지. 무당귀라는 너희 고모 귀신, 밤에 잘 때만 나오는 거지?"

"모르겠어. 낮잠을 자본 적이 없어서."

"귀신은 보통 야행성이잖아. 밤에 안 자면 괜찮을 거야."

"언제까지 그래야 한대?"

"무당 아줌마가 답을 줄 때까지?"

"그게 무슨 말이야?"

"우리 사정이 그래. 소희야, 동아 님과 통화해봤어? 뭐래?"

"별말 없었어. 조심하라고 주의만 줬어. 신명님이 아직도 답을 안 주시나 봐."

제천 무당은 아직도 치성을 드리는 중이다. 무슨 연유에서인지 그녀가 모시는 신은 답을 주지 않아, 무속인 단체라는 신청에 도움을 요청했다고 한다.

"아, 우리 신명님… 과묵하기도 하시지."

"신이 사람을 가리나?"

"상대해야 할 잡귀의 레벨을 가리는 거겠지. 악신이라잖아. 딱 봐도 상대하기 싫은 거야."

"기다리다 지치겠다. 다른 무당이라도 찾아가봐야 하는 거 아냐?"

"이미 갔다 왔어."

"너희들, 나한테는 말도 안 하고…. 같이 가게 연락 좀 하지."

"미안, 우리도 급했어."

"다른 무당은 뭐래?"

"뭐라긴, 소금만 왕창 뒤집어썼지. 무당집 문고리도 못 잡아 봤어."

소금을 뒤집어썼을 때의 불쾌함과 찝찝함이 되살아난다. 무당도 꺼리는 악신 그리고 악신의 앞잡이가 된 무당귀. 그것들로부터 나를 지켜줄 사람은 정말 없는 건가? 제천 무당마저 나를 포기하면 어쩌지?

"신명님 도움 말고 다른 방법은 없을까? 답을 줄 때까지 어떻게 기다려?"

"다른 방법이라….".

"난 세상에 답이 없는 문제는 없다고 봐. 아, 뭔가 쌈박한 게 있을 텐데….".

우리는 커피를 마시며 해결책을 모색했다. 아무에게도 피해 주지 않고, 나도 피해 보지 않는 행복한 결말. 내가 바라는 것은 간단하다. 그러나 머리를 쥐어짜도 뾰족한 수가 나오지 않는다.

다시 처음으로 돌아가고 싶다. 고모의 유산을 받지 않고 사촌들도 알지 못하던 때로. 그때의 내 삶은 평온했다. 아무 문제 없었고, 아무 일도 일어나지 않았다. 잠깐… 그렇다면?

"혹시 말인데, 내가 유산을 포기하면 어떨까?"

"뭔 소리야? 그 돈을 왜 포기해?"

"그런다고 해결되겠어?"

"이게 다 고모의 유산을 상속하면서 일어난 일이야. 그 전까진 아무 일도 없었다고."

생각해보면 이상하다. 상속의 조건이라는 게 고작 적송 시골집에서 머무는 것이라니. 그것도 상속인의 수만큼. 고모는 왜 그런 조건을 내걸었을까? 혹시 하루에 한 명씩, 우리 중에서 신내림에 합당한 그릇을 찾으려던 게 아니었을까? 언니들이 그곳에서 명두를 발견한 것도 우연은 아닐 것이다.

"고모가 물려주는 게 돈만은 아니라는 얘기지?"

"내가 상속을 거부하면, 신내림을 안 받아도 되지 않을까? 고모가 남긴 재산은 모종의 대가일 거야."

"눈속임 같은 끼워 팔기다, 이거야?"

"내 생각은 그래. 재산을 빌미로 무업을 잇게 하려던 건지도 몰라. 아니, 그랬을 거야."

"얘 확신하네?"

"상속받기로 한 사람들만 시골집에 갔어. 유일하게 상속을 거절한 연호 오빠만 빼고."

"그 오빠는 지금 어때?"

"몰라. 하지만 얘기가 안 나오는 걸 봐서는 별문제 없나 봐."

"에이, 추측이잖아?"

변호사 사무실에서 사촌들을 처음 만났을 때, 연호 오빠는 상속을 거절하며 이런 말을 했었다. 세상에 공짜는 없고, 받은 만큼 내 것도 내줘야 한다고. 그때 오빠는 고모의 유산이 결코 공짜가 아니라는 사실을 알고 있었겠지.

"아니, 확실할 거야. 연호 오빠가 유산을 거절한 게 이상하지 않아? 바쁘다는 핑계를 댔지만 그래도 돈이 억 단위인데, 너무 쉽게 포기했어."

"그 오빠에게 연락해서 물어봐."

"전화번호를 몰라. 이제 알아봐야지. 수아 언니든 변호사든, 물어보고 연락할 거야."

"소희 말도 일리는 있다. 유산의 종류에는 유형도 있고 무형도 있잖아."

"얘 경우는 유형과 무형의 패키지란 말이지? 너 어떡하니?"

"포기해야지. 포기하면 일단 속은 편할 것 같아."

"안 받겠다고 의사를 밝혔는데, 무작정 신을 받으라고 하지는 않겠지?"

"악신도 양심이 있겠지. 상속을 포기한 사람보다 받겠다고 나선 사람에게 가는 게 맞지. 내일 날이 밝는 대로 변호사를 찾아가야겠어."

확실치는 않지만, 유산을 포기하면 고모와의 연이 끊어질지도 모른다. 그럼 당연히 무업의 연도 끊어지겠지. 생각을 정리하고 나니 답답한 속이 좀 풀린다. 내일 당장 변호사를 찾아가 상속 거부 의사를 밝혀야지. 그러니 오늘 밤만 버티면 된다. 조금만 더 견디면 되는 거다.

도진이가 가방에서 네모난 상자를 꺼냈다.

"맨정신에 어떻게 밤을 새겠어? 보드게임이라도 해야 시간이 잘 가지."

그것은 루미큐브라는 클래식한 게임이었다. 난이도가 높진 않지만 시간 때우기에는 제격이었다.

우리는 2단 받침대에 올린 열네 개의 숫자 타일에 정신을 집중했다. 머릿속으로는 숫자를 계산하며 경쟁심에 불타 대화도 없이 각자의 타일만 들여다봤다. 딸깍, 딸깍. 플라스틱 타일을 테이블에 내려놓는 소리만 났다.

혜리가 같은 색깔의 연속된 숫자 타일 세 개를 버렸다. 버릴 타일이 없는 난 하나를 가져왔다. 운 좋게도 조커였다. 도장을 찍어놓은 듯 둥근 얼굴에 인상을 쓰고 있는 조커가 나를 보며 씩 웃는다. 뭐지? 이상한 기분에 타일을 다시 들여다봤다. 조커의 얼굴이 실룩거린다. 뭐야, 이거? 이상해.

이상하다는 얘기를 친구들에게 하려고 조커 타일을 집어 들었다. 그리고 고개를 드는 순간, 멈칫했다. 얕은 받침대 너머로 뭔가가 보인다. 검은 한복 치맛단이다. 누군가 테이블 위에 올라앉아 있는데 차마 고개를 들 수가 없다. 그 누군가가 누구인지를 알기에. 손이 부들부들 떨린다. 내 손안의 조커가 입이 찢어질 듯이 웃는다.

"임소희! 뭐 해? 네 차례잖아?"

혜리의 목소리에 퍼뜩 정신이 든다. 테이블 위에는 흐트러진 타일만 가득할 뿐 무당귀는 보이지 않는다.

"너 그새 졸았니?"

"커피 더 줄까?"

"아, 아니…."

"얼굴이 안 좋아. 귀신이라도 본 사람처럼 왜 그래?"

목에 걸린 주머니를 만져보았다. 하마터면 큰일 날 뻔했다.

"소희 너, 또 봤구나?"

"내가 깜빡 졸았나 봐."

혜리와 도진이를 보니 흑백 영화에서 빠져나온 기분이다. 빨간색, 파란색, 노란색… 색색깔 타일들이 눈에 들어온다. 총천연색 컬러가 이렇게 따스했던가. 무당귀만 나타나면 주위가 암흑으로 변하고 한기가 끼친다.

"이것도 질리네. 벌써 몇 시간째야? 다른 게임 없어?"

"카드 갖고 왔는데…."

"오랜만에 홀라나 할까?"

"그런데 소희가 홀라를 할 줄 알까?"

"아, 원카드는 재미없는데."

혜리가 달가워하지 않는다. 하지만 카드 게임에 영 소질이 없는 나 때문에 결국 원카드밖에 할 게 없다.

우리는 카드를 일곱 장씩 나눠 가지고 다시 게임에 열중했다.

단 하나의 카드를 쥐고 '원 카드'를 외치기 위해 집중하는데, 생각처럼 게임이 풀리지 않는다. 내 차례가 됐을 때, 난 카드를 버리지 못하고 오히려 한 장을 가져왔다. 스페이드 퀸이다. 손에 쥔 카드 패에 섞으려고 하자 카드 속 그림이 움직인다. 자세히 보니 퀸이 손에 들고 있는 건 꽃이 아닌 방울이다. 카드 속 방울이 천천히 흔들린다. 딸랑— 딸랑— 이 소리는…! 카드를 테이블에 던지고 싶은데 손이 말을 듣지 않는다.

간신히 고개를 드니 맞은편에 앉은 도진이 옆에 누가, 있다. 고모다. 아니, 검은 한복을 입은 무당귀다. 그것이 카드 일곱 장을 부채처럼 펴들고 나를 노려본다.

⟨네가 거부한다고 내가 물러갈까?⟩

입도 벙긋하지 않는데 목소리가 들린다. 악신의 목소리다. 아무것도 보이지도, 들리지도 않는 도진이와 혜리는 게임에만 열중하고 있다.

⟨신이 내린 숙명이 어디 네 마음대로 되는 줄 아느냐?⟩

무당귀가 손에 든 카드로 천천히 부채질한다. 손끝에 검은 실이 묶여 있다. 그 실은 하얀 테이블을 가로질러 내 손가락까지 연결돼 있다. 이것도 인연을 의미하는 붉은 실처럼, 끊어낼 수 없는 운명을 뜻하는 걸까? 실에 묶인 손이 부들부들 떨린다.

⟨날 받아들이거라. 더 이상 기다릴 수가 없구나.⟩

안 돼. 절대 안 돼. 이제 유산도 포기할 거야. 그러면 나와는 상관없는 거잖아! 난 고개를 저었다.

〈버틴다고 버텨지겠느냐?〉

무당귀가 카드로 부채질할 때마다 내 손끝이 당겨진다. 그것과 나를 연결한 실은 철사처럼 강하다. 몸이 점점 앞으로 끌려간다. 힘을 주고 버텨보지만 몸이 말을 듣지 않는다. 친구들에게 도움을 청해도 그들에게는 이런 상황이 보이지 않는다.

살려줘! 도와줘!

내 모습을 보고 무당귀가 소리 내어 웃는다. 요사스러운 웃음소리가 머릿속을 파고든다. 어지럽다. 머리가 핑 돈다. 정신을 잃을 것만 같다.

"얘가, 얘가, 또… 임소희!"

혜리의 목소리가 들리자마자 등짝이 얼얼하다. 비로소 정신이 번쩍 든다.

"넌 커피를 그렇게 마시고도 잠이 오니?"

눈앞의 무당귀는 또 사라지고 없다. 도진이가 카드를 내려놓으며 걱정스레 쳐다본다.

"안 되겠다, 소희야. 세수라도 하고 와. 그래야 정신이 들지."

"그래. 네 순서 기다려줄 테니까 얼른 다녀와."

혜리가 껌을 짝짝 씹으며 말했다. 하지만 머뭇거려진다. 무당귀가 또 나올까 봐 화장실에 혼자 가기가 두렵다.

"왜? 무서워?"

"아니, 그냥… 버텨볼래."

"우리 소희, 쫄보 다 됐네?"

혜리와 도진이가 큰 소리로 웃는다. 하지만 친구들이 놀려도 괜찮다. 나 혼자 있는 것만 아니라면 상관없다.

"그럼 이거라도 마시고 잠 깨."

도진이가 캔커피를 따서 내민다. 창밖에 어둠이 서서히 걷히고 있다. 커피를 한 모금 마시니 휴대폰이 진동한다.

"이 꼭두새벽에 웬 전화?"

발신자를 확인해보니 동아다. 이 시간에 웬일일까?

〈아, 다행히 깨어 있었군요.〉

동아의 말투가 차분하다. 그러나 목소리는 살짝 들떠 있다.

"이렇게 일찍 무슨 일이세요?"

〈그 법사의 정체를 알아낸 것 같습니다.〉

그 말에 하마터면 휴대폰을 떨어뜨릴 뻔했다. 드디어 박수의 정체가 밝혀지는 건가? 그를 만나면 이 끔찍한 악몽에서 벗어날 수 있을까?

〈소희 님, 듣고 계십니까?〉

"그 박수가 누구예요? 어디 사는지도 아세요?"

갑자기 목이 콱 막혀 소리가 갈라져서 나온다.

〈심방이라 합니다. 심방은 제주도 무당을 말하죠. 신청에서 심방청을 통해 확인했습니다. 청에 등록돼 있진 않지만 영검이 대단한 자라고 합니다.〉

제주도 무당. 그가 부적을 택배로 보냈다고 한다. 자신의 정체를 숨기기 위해서가 아니라 거리가 멀어 택배를 이용했던 것이다. 생각보다 일이 쉽게 풀릴 것 같다. 굳이 병원에 가서 현선 언니에게 온 택배의 발신지를 확인할 필요도 없다.

"왜 그 사람은 무속인 단체에 소속되지 않았을까요?"

〈신이 아닌 제주 영물을 섬긴다고 합니다. 심방청과 이견이 있다고 해요. 하지만 영력이 아주 강해서 심방청도 무시하지 못한다고 들었습니다.〉

"찾아가, 봐야겠죠?"

〈일단 기다리시죠. 어떤 사정인지 어머니께서 신청을 통해 알아보고 계십니다. 곧 답이 올 거예요. 가더라도 사정을 파악한 후에 가는 게 좋을 듯합니다.〉

전화를 끊자 호기심 가득한 네 개의 눈동자가 나를 바라보고 있다.

"어디 사는 박수래?"

"제주도."

"멀리도 갔다. 제주도씩이나?"

"얼마나 신빨이 좋길래 너희 큰고모가 거기까지 찾아갔대?"

"제주에선 꽤 유명하대. 영물을 신으로 모셔서 그런가 봐."

"영물? 그게 뭔데?"

"신령스러운 물건이나 동물이겠지."

"제주도니까 뭐, 흑돼지?"

"얘는. 그래도 신이라는데 설마 돼지겠어? 뭔가 있어 보이는 거겠지."

"그럼 돌이나 용왕님, 그런 걸 모시나?"

"모르겠어. 제천 선생님이 알아봐 주신다니 믿고 기다려야지."

종현 오빠와 함께 꿈에 나타났던 고라니가 생각난다. 산신의 영물이라는 고라니. 그 박수가 모시는 영물도 고라니 같은 동물일지도 모른다.

"해 떴으니까 이제 눈 좀 붙여도 되겠지?"

도진이가 길게 기지개를 켜며 하품한다. 졸린 건 혜리와 나도 마찬가지다.

"안 돼. 그러다 또 소희 끌려가면 어쩌려고?"

"나 괜찮아. 너희는 눈 좀 붙여."

"넌 안 자려고? 진짜?"

"얘 자는 순간 악신이 바로 나온대잖아."

"언제까지 안 잘 건데? 사람이 잠을 자야 살지."

"그래, 도진이 말이 맞다. 혜리야, 너 자도 돼."

"싫다, 난. 낮이라고 귀신이 안 나오라는 법 없잖아?"

"너 그러다 밤에 졸려. 동아 님 올 때까지 우리가 소희 지키기로 한 거 잊었어?"

"돌아가면서 자면 되지. 일단 너부터 자. 내가 눈 뜨고 소희 지킬게."

혜리가 고집을 피우는 바람에 도진이와 나부터 잠을 청하기로 했다. 미안한 마음도 잠시였다. 베개에 머리를 대는 순간 도진이는 바로 잠들었고, 곧이어 낮게 코 고는 소리가 들렸다.

나도 파란 주머니를 움켜쥐고 그 옆에 누웠다. 피곤한데 막상 자려고 하니 잠이 오지 않는다. 몸을 몇 번 뒤척이다 똑바로 누웠다. 하얀 천장이 꿈틀거리더니 검은 덩어리가 쑥 빠져나온다. 무당귀다. 혜리를 부르고 싶은데 입이 떨어지지 않는다. 몸을 움직일 수도 없다. 그 상태로 꼼짝없이 천장만 바라봤다.

다행히 손바닥에 주머니의 감촉이 느껴진다. 그 덕분인지 무당귀는 가까이 다가오지 않고 천장에서 노려보기만 할 뿐이다. 손바닥에 땀이 고인다.

삐리리리리 — 멀리서 희미하게 휴대폰 알람 소리가 들린다. 삐리리리리 — 무당귀의 모습이 희미해져 간다.

눈을 뜨자 혜리가 눈앞에 있었다.

"잘 잤어?"

"내가 얼마나 잔 거야?"

"여섯 시간. 진짜 푹 자더라."

"넌 안 잤어?"

"도진이랑 교대해서 잤지. 꼴랑 세 시간이지만. 지금 벌써 1시야. 배고프다. 빨리 일어나, 밥 먹으러 가게."

토퍼에서 몸을 일으켰다. 손바닥에 땀이 흥건했다.

"낮에 자니까 어때? 악몽은 안 꿨지?"

"아니, 나타나긴 했지만 괴롭히진 않았어. 천장에서 노려보기만 하더라."

"천장? 3층에도 비방을 해야 하는 거 아냐?"

"꿈에 나타난 거야. 괜찮아."

"목소리는 안 들렸어?"

"이번엔 조용하던데. 이걸 쥐고 자서 그런가 봐."

나는 파란 주머니를 들어 두 사람에게 보여줬다.

"처음부터 그걸 손에 쥐고 자면 되겠네."

"낮이라서 악신이 힘을 못 쓴 건지도 몰라."

기분이 개운하다. 왠지 일이 잘 풀릴 것만 같은 예감이 든다. 변호사를 만나서 고모의 유산을 거절하겠다는 뜻을 밝히면 모든 게 끝날 거라는 희망을 품는다.

"그래서 변호사에겐 언제 연락할 거야?"

"밥 먹고 바로 해야지."

"그 변호사 말이야, 비협조적으로 나오는 건 아니겠지? 아니 그때, 너희 언니랑 싸운 게 난 마음에 좀 걸리네."

"싸웠어? 왜?"

도진이는 당시 상황을 알지 못한다. 난 3층 세입자 문제로 변호사 사무실을 찾았다가 그와 수아 언니가 말다툼했던 일을 얘기해줬다.

"수임료 돌려달라는 얘기까지 나왔거든. 내가 그때 얼마나 민망했는데."

"솔직히 애네 언니, 경우도 없고 말이 좀 심했지."

"사과는 했어도 아마 마음이 상했을 거야."

"에이, 그런 일로 기분 나쁠까. 변호사라면 별별 사람을 다 상대할 텐데."

"그렇겠지?"

"얼른 전화나 해봐."

친구들의 격려에 힘입어 변호사에게 전화를 걸었다. 하지만 전화를 받지 않았고, 사무실도 마찬가지였다.

"설마… 일부러 피하는 건가?"

"변호사가 왜 소희를 피하겠어? 일이 있어서 사무실을 비웠겠지. 변호사가 사무실에만 앉아 있겠니? 출장도 가고 법원도 가고 그러지."

"변호사는 바쁘다 쳐. 사무장은 뭐 폼으로 앉혀놓니?"

"대형 로펌이 아니잖아. 일할 사람도 없는데, 도진이 말대로 바쁠 거야."

"작은 곳일수록 일도 없겠지. 아, 어쨌든 난 못 믿어. 직접 사무실에 가봐야겠어."

"조금만 기다려봐. 뭐가 그리 급해?"

"야, 서도진. 벌써 2시야. 이러다 곧 퇴근 시간 되고 어영부영 내일 되는 거야. 여기서 멀지도 않아. 차 타고 10분이면 갈걸."

"진짜 갈 거야?"

"당연하지. 넌 안 가도 돼. 아까 친구 만난다고 하지 않았어?"

"그래도… 어떻게 너희 둘만 보내?"

"우리 둘이 어때서? 우범지대도 아닌데. 넌 친구 만나서 즐겁

게 놀기나 해. 필기도 합격했는데 즐겨야지."

"그래, 도진아. 우리 둘이 다녀올게."

도진이는 영 탐탁지 않은 눈치다. 하지만 나도 마음이 급하다. 오늘 중으로 고모의 유산 문제를 꼭 해결하고 싶다.

같이 가겠다는 도진이를 만류하고, 나와 혜리만 집을 나섰다. 변호사 사무실까지는 10분밖에 걸리지 않았다. 다행히 사무실은 열려 있었다.

"실례합니다."

혜리가 먼저 싹싹하게 인사를 건넸다. 자리에 앉아 있던 사무장이 엉거주춤 일어섰다.

"어서… 아, 안녕하세요?"

사무장은 한눈에 나를 알아봤다. 하지만 반기는 기색은 아니었다.

"변호사님은 안 계세요?"

"법원에 가셨어요. 오늘 재판 기일이라서요."

"아, 어쩐지… 전화를 안 받으시더라고요."

"일단 앉으세요. 커피 드릴까요?"

"괜찮습니다. 많이 마시고 왔어요."

혜리와 나는 어색하게 소파에 앉았다. 기세 좋게 찾아왔지만 막상 변호사가 없으니 난감했다.

"그나저나, 무슨 일이시죠?"

사무장이 우리 앞에 물잔을 내려놓으며 물었다.

"상속과 관련해 드릴 말씀이 있어서요."

"임성미 씨 상속 건이죠? 얘기가 다 끝난 걸로 아는데요?"

"그게…."

내가 머뭇거리자 혜리가 옆구리를 쿡 찔렀다. 빨리 본론으로 들어가라는 신호였다.

"지금 어떻게 진행되고 있나요?"

"등기가 늦어져서 그러시죠? 이상하게 날짜가 자꾸 미뤄지네요."

"아직 등기가 안 났다는 말씀이신 거죠?"

"네. 하지만 걱정하지 마세요. 서류를 다 제출했으니까 곧 정리될 겁니다. 행정 절차상 약간 늦어지는 것뿐이에요."

"확정된 게 아니라면, 전 상속을 포기하고 싶습니다."

"네? 포기요?"

사무장의 눈이 휘둥그레졌다. 동시에 미간이 일그러지며 불쾌한 표정이 떠올랐다. 아마도 귀찮아졌다고 생각하는 거겠지. 내가 번복하면 그녀가 할 일이 더 늘어날 테니까.

"이제 와서요?"

"아직 등기가 완료된 게 아니잖아요. 지금 포기해도 문제없을 것 같은데요?"

"이미 서류가 구청과 등기소에 넘어갔다니까요."

"죄송합니다. 추가 비용이 든다면 제가 부담할게요."

"일을 복잡하게 만드시네요? 이게 임소희 씨만의 일이에요? 여러 사람이 얽힌 문제잖아요? 다른 상속인들과도 상의해야 하고요."

"그래서 죄송하다고 말씀드리는 거잖아요?"

지켜보던 혜리가 발끈했다. 사무장은 아랑곳하지 않고 성가신 티를 팍팍 냈다.

"정 그러시겠다면 변호사님 만나서 직접 말씀하세요."

"언제 오시는데요?"

"글쎄요? 전 모르죠."

"사무장이시잖아요?"

"보다시피 작은 사무실이라 각자 일정을 소화하는 것만으로도 바빠요. 게다가 변호사님이 워낙 바쁘신 분이라 스케줄을 일일이 체크할 수도 없고요."

"그럼 오실 때까지 기다려야겠네요."

"그러시든가요."

사무장이 삐딱하게 대꾸하고 자리로 돌아갔다. 그리고 키보드를 요란하게 치기 시작했다.

아무리 일이 번거로워진다고 해도 비용을 지불하겠다는데 왜 저렇게 까칠할까?

"버텨. 절대 일어나지 마."

혜리가 내 귀에 대고 소곤댔다. 나도 그럴 생각이었다. 우리는 휴대폰을 들여다보며 말없이 30분 정도 앉아 있었다.

얼마 후, 출입문이 삐걱 소리를 내며 열렸다. 혜리와 나는 동시에 그쪽을 쳐다봤다. 문을 열고 한 남자가 들어왔다. 김재열 변호사가 아니었다.

"연호 오빠?"

나도 모르게 큰 소리로 그를 불렀다.

28

"누구… 신지?"

연호 오빠가 짙은 눈썹을 한쪽만 찡그리며 우리 쪽을 쳐다봤다. 그새 나를 잊은 건가. 반년 전에 잠깐 봤으니 기억날 리 없겠지. 나에게는 특별한 순간이었지만 그에게는 수많은 날 중 하나였을 테니까.

고개를 갸우뚱하던 오빠가 뭔가 떠오른 듯 표정이 밝아졌다.

"아, 쏘가? 쏘가 맞지?"

드디어 날 기억해냈다. 연호 오빠가 두 팔을 벌리며 내 앞으로 성큼 다가왔다. 그리고 나를 덥석 안았다. 못 알아봐서 미안한 마음을 그렇게라도 갚으려는 듯.

"깜빡했다. 미안해. 그새 더 예뻐져서 못 알아봤지 뭐야."

거짓말. 하지만 능청스러운 오빠의 칭찬이 기분 나쁘지 않다.

"잘 지냈어?"

"오빠도 잘 지내셨죠?"

"좀 바빴지. 3개월 만에 한국 들어온 거야."

"아…."

"이렇게 만나니 반갑다."

"근데 여긴 왜 오셨어요?"

"애들하고 연락이 돼야 말이지. 수아도 그렇고, 시현이도 내 전화를 안 받아. 넌 걔들과 연락하고 지내지?"

"며칠 전에도 수아 언니와 만났는걸요."

"그게 정확히 언젠데?"

"3일 전이요. 왜요? 언니가 문자나 메시지도 확인 안 해요?"

"연락이 아예 안 되고 공방도 닫았어. 집에도 없고. 선물이라며 택배 하나 달랑 보내더니 소식이 없네."

"선물이요?"

"얼마 전에 내 생일이었거든. 수아가 이렇게 연락이 안 되는 애가 아닌데. 평소와 다르게 이상해."

"어디 놀러 가지 않았을까요?"

조심스럽게 내 생각을 얘기했다. 수아 언니는 박수를 만나러 제주에 갔을 것이다.

"아니. 수아는 여행 가면 동네방네 자랑하는 애야. 인스타에 사진을 엄청 올렸을 거라고. 그런데 며칠째 잠잠해. 이상하지 않니?"

 무당을 만나러 제주에 갔다는 걸 어떻게 SNS에 올리겠는가. 그게 뭐 자랑이라고. 수아 언니처럼 남에게 보이는 걸 중시하는 사람에게 절대 있을 수 없는 일이다. 자신의 친동생에 대해 잘 알지 못하는 연호 오빠가 답답하다. 우리가 서로에게 신내림을 미루고 있다는 것도 아마 모르겠지.

 "오랜만에 엄마 보려고 들어왔다가 수아 때문에 발목 잡혔어. 빨리 미국으로 돌아가야 하는데, 일이 손에 잡히지 않아."

 "곧 연락 오겠죠."

 "하지만 이상하잖아. 시현이도 내 전화를 안 받아. 현선이도 그렇고. 한두 번이면 몰라도…."

 "시현 오빠는 원래 전화를 잘 안 받던데요? 언니들이 연락 안 된다고 말한 지 오래됐어요. 그리고 현선 언니는 지금 병원에 있어요."

 "병원? 걔 어디 아파? 다쳤어?"

 "정신병원이요."

 "아…."

 연호 오빠가 짧게 탄식했다. 수아 언니가 귀띔했는지 이미 현선 언니의 증세를 알고 있는 눈치다.

 오빠가 사무장에게 시선을 돌렸다. 그녀는 바쁜 척 모니터에서 눈을 떼지 않았다.

 "사무장님이시죠? 저는 고 임성미 씨 조카 최연호입니다."

"기억합니다만, 무슨 일로 오셨죠?"

"제 동생들과 연락하시나 해서요."

"저희도… 글쎄요, 며칠 전에 최수아 씨가 항의차 방문한 것 빼고는 없는데요?"

모니터에 시선을 둔 채로 사무장이 삐딱하게 대답했다.

"무슨 문제라도 생겼나요?"

"아니에요, 오빠. 집 관리 문제 때문에요. 변호사 사무실과는 상관없는 일이에요."

"그런데 수아가 여긴 왜 왔대?"

"세입자에 대해 문의하려고요. 별거 아니에요."

"너도 같이 왔었니?"

"네. 그리고 저희 집에 잠깐 들렀다가 금방 갔어요."

"그게 3일 전 일이야?"

오빠가 짙은 눈썹을 치켜올렸다. 난 입을 다물었다. 수아 언니와 연락이 안 되는 게 꼭 나 때문인 것만 같다.

"너 혹시, 수아가 갈 만한 곳을 아니?"

'제주'라는 말이 목구멍까지 올라온다. 하지만 내 짐작일 뿐, 확실하지도 않은 걸 말할 수는 없다.

"글쎄요, 고모 계신 요양원에 들르지 않았을까요?"

"거긴 아니야. 오늘 엄마한테 갔다 왔거든. 수아는 지지난 주에 다녀갔다더라."

"그러면 현선 언니 병원에…?"

"어딘지 아니?"

"가시게요?"

"사촌이지만 걔도 내 동생인데, 좀 어떤가 가서 봐야지."

"휴대폰 번호 알려주시면 문자로 주소 보내드릴게요."

난 병원 주소를 오빠의 휴대폰으로 바로 보냈다. 물론 수아 언니는 거기 없을 것이다. 현선 언니 만나는 걸 귀찮아하는 그녀가 병원에 갔을 리 없다. 도대체 언니는 왜 오빠의 연락을 받지 않는 걸까?

"현선이 병원이 엄마 요양원 근처네?"

"네, 가까워요. 그런데 정신병원이라 가족 아니면 면회가 어려워요."

"가족으로 등록해야 만날 수 있나? 절차가 복잡하겠지?"

"제가 등록돼 있으니까 원무과에 얘기해 놓을게요."

"그래주면 고맙지. 이제 가봐야겠다. 쏘가, 신경 써줘서 고마워. 또 보자."

오빠가 다정하게 내 어깨를 다독였다. 사무실을 나가려던 오빠가 뭐가 생각났는지 갑자기 뒤돌아봤다.

"어쩌면 수아… 적송에 간 거 아닐까? 고모가 유산으로 남긴 집 말이야. 너 거기 주소도 알지?"

"거긴 아닐 겁니다."

사무장이 대화에 끼어들었다. 조용히 일하는 줄 알았는데 대화를 엿듣고 있었던 것이다.

"어떻게 확신하시죠?"

"열쇠를 저희가 갖고 있으니까요. 최근에도 저희가 방문해서 점검하고 자물쇠를 채웠습니다. 열쇠가 없으면 못 들어갑니다."

넝쿨로 뒤덮인 시골집 입구의 철조망. 내 키보다 조금 높긴 하지만 운동신경이 좋은 사람이라면 어렵지 않게 뛰어넘을 수 있다. 종현 오빠가 그랬던 것처럼.

"그럼, 외할아버지 집인가…?"

오빠가 혼잣말로 중얼거렸다.

고모의 시골집에서 멀지 않다는 향주 할아버지 집. 내가 태어난 곳이라고 했다. 엄마 아빠와 함께 살았던 시절, 내 기억에서 지워진 그때가 궁금했다.

"향주에 가실 거예요?"

"가봐야 하지 않을까? 수아 혼자 갔을 것 같지는 않은데, 연락이 정 안 되면 거기라도 가봐야지."

"오빠 가실 때 저도 데리고 가면 안 돼요?"

연호 오빠는 흔쾌히 현선 언니를 만나본 후에 연락하겠다고 답했다. 고맙다는 인사와 함께.

오빠가 나가고 사무실에는 다시 혜리와 나, 사무장만 남았다. 분위기가 썰렁했지만 드디어 할아버지 집에 간다는 기대감으로 가슴이 설렜다.

"쏘가가 뭐야?"

"어린 시절 내 애칭."

"오오… 너 그런 것도 있어?"

"나 아기 때 언니 오빠들이 그렇게 불렀대."

"사랑을 많이 받았나 봐."

혜리와 조곤조곤 얘기하는데 사무장의 따가운 시선이 느껴졌다. 하지만 우리는 무려 두 시간을 더 버텼다. 그동안 정신병원 원무과에 전화를 걸어 연호 오빠가 다음 달 현선 언니의 입원비를 지불할 친척이라고 넌지시 귀띔했고, 설득 끝에 면회 허가를 받아냈다. 혜리와 휴대폰 게임도 했다. 그때 전화가 오지 않았더라면 변호사가 올 때까지 계속 그렇게 기다렸을 것이다.

뜻밖에도 도진이의 친구에게서 전화가 왔다. 도진이에게 사고가 났다는 연락이었다. 청천벽력 같은 소식에 우리는 부랴부랴 사무실을 나와 병원으로 향했다.

"뭐래? 얼마나 다쳤대?"

"몰라. 빨리 오라는 얘기만 들었어. 그 말만 하고 전화가 끊어져서…."

"도진이 친구였어?"

"그런가 봐. 아, 어떡해…."

병원은 멀지 않은데 길이 많이 막혔다. 밀리는 차 안에서 난 발을 동동 굴렀다. 도진이가 많이 다쳤을까 봐 걱정됐다. 제발, 아무 일 없어야 할 텐데….

갑자기 눈앞이 캄캄해지더니 꽉 막힌 도로 위 차들이 모두 사라지고 곧게 뻗은 길이 보였다. 기시감이 들었다. 이 길, 어디서 봤더라? 동시에 떠올리기 싫은 말들이 내 안에서 들렸다.

'끝까지 버티겠다는 거냐? 네가 나를 받지 않으면 네 주변에 머물 사람이 없을 텐데? 그래도 괜찮단 말이냐?'

악신의 호통과 웃음소리, 그 끔찍했던 기억.

'아끼는 것을 잃어봐야 정신을 차리지!'

안 돼. 떠올리면 안 돼. 자꾸 생각하면 현실이 될 거야. 눈을 질끈 감고 머리를 흔들었다. 설마 도진이가 나 때문에…? 아니야, 아닐 거야. 그냥 악몽일 뿐이야.

"임소희! 정신 차려!"

우렁찬 혜리의 목소리에 눈을 떴다.

"가뜩이나 정신 사나운데 너까지 왜 그래?"

"미안해, 혜리야."

"마음 단단히 먹고 정신 차려라."

도진이의 휴대폰으로 전화를 걸었다. 제발 전화를 받길, 제발 무사하길 빌었지만 연결이 되지 않았다. 왜 전화를 안 받는 걸까? 도진이 휴대폰으로 전화한 사람이 친구가 맞긴 한가?

"아이씨, 차가 왜 이렇게 막혀?"

혜리도 초조해서 앞차에 괜한 짜증을 냈다.

몇 번이나 차선을 바꾸고 끼어들며 서두른 끝에 우리는 간신히 병원에 도착했다. 난 먼저 차에서 내려 응급실로 달려갔다. 자동문이 열리자마자 대기 중인 환자와 보호자가 보였다. 그들 속에 검은 형체들도 있었다. 하지만 도진이는 보이지 않았다.

응급실 주변을 돌아다니며 그를 찾았다. 쉬지 않고 통화 버튼도 눌렀지만 소용없었다. 무슨 일이라도 생긴 걸까? 많이 다쳤을까? 악신이 정말 해코지한 건지 불안하다. 만약 그에게 안 좋은 일이 생겼다면 그건 분명 나 때문일 것이다.

주변을 샅샅이 둘러봤지만 그는 어디에도 없었다. 화장실 앞에서 난 주저앉고 말았다.

"소희야."

반가운 목소리였다. 고개를 드니 도진이가 내 앞에 서 있었다. 팔에 깁스를 한 채로.

"전화를 왜 안 받아? 걱정했잖아."

그에게 원망 섞인 말들을 쏟아냈다. 하지만 그는 바보처럼 웃기만 했다.

"미안, 배터리가 나갔어. 민수 이 자식이 내 폰으로 자꾸 게임하잖아."

"소희 씨죠? 미안해요. 걱정 많이 하셨나 보네."

도진이 옆에 서 있던 남자가 머리를 긁적이며 사과했다. 전에도 몇 번 스치듯 본 적 있는 친구였다.

"많이 안 다쳤어?"

나도 모르게 눈물이 났다.

"보다시피 팔 살짝? 괜찮아. 별거 아니야. 배달 오토바이 피하다 넘어졌는데 뼈에 실금이 갔대."

도진이는 아무렇지도 않은 듯 깁스한 팔을 들어 보였다.

다행이다, 큰일 난 줄 알았는데. 악신이 해코지한 건 아닐까 응급실로 오는 내내 자책했는데…. 난 가슴을 쓸어내렸다.

뒤늦게 혜리가 나타났다. 그 애 역시 생각보다 멀쩡한 도진이의 모습에 안도했다.

"팔을 다친 거야? 칠칠치 못하게… 면접 앞두고 이게 뭐니?"

"괜찮아. 곧 풀 건데 뭐."

"그래요, 액땜했다 치면 되죠."

유유상종이라 했던가, 대수롭지 않다는 듯 친구가 옆에서 거들었다.

"다리를 다쳤어봐, 면접 보러 가기 힘들지."

"혹시 아냐? 이걸로 동정표를 얻을지?"

"그러면 바로 합격인데. 그치?"

도진이와 민수가 실없이 농담을 주고받았지만 내 마음은 편치 않았다. 나 때문에 사고 난 게 아닐까 마음이 계속 쓰였다.

"도진이 너, 새 옷 못 입겠다."

"아 맞네. 이 팔이 들어갈까?"

"구겨넣으면 되지. 넌 동정표 받을 생각이나 해."

"그래. 기왕 벌어진 일, 좋게 생각해야지. 액땜한 기념으로 너희 집에 한잔하러 갈까?"

"넌 깁스한 애가 술이 뭐니?"

"기념이잖아?"

"너 환자야. 정신 차려."

시답잖은 애기를 나누며 우리는 병원을 나왔다. 도진이가 우리 집으로 가겠다고 우겨대는 바람에 모두 혜리의 차에 탔고, 집으로 가는 동안에도 쉴 새 없이 떠들었다.

난 대화에 끼지 못하고 혼자 마음을 졸였다. 이 사고가 설마 불길한 일의 시작은 아니겠지. 그저 우연이길 바랐지만 불안하고 두려워 속이 타들어갔다.

혜리와 민수는 음악 취향이 비슷해 죽이 잘 맞았다. 금세 친해져서 스피커 볼륨을 최대한 높이고 유쾌하게 떠들었다. 난 커피를 홀짝이며 친구들의 대화와 음악에 귀를 기울였다. 그런데도 자꾸 깁스한 도진이의 팔에 시선이 갔다.

"소희야, 무슨 생각을 그렇게 해?"

"아, 아냐."

"너, 지금 나 걱정하는 거지?"

도진이의 말에 뜨끔했다. 난 대답 대신 커피를 마셨다.

"설마 그 악신이라는 것 때문에 내가 다쳤을까 봐? 정말 그렇게 생각하는 거야?"

"꼭 그런 건 아닌데…."

"이거 우연이야. 악신 때문이 아니라. 내가 오늘 재수가 없어서 오토바이와 부딪칠 뻔한 거야. 걱정하는 네 마음은 알겠는데, 자꾸 이상한 것과 엮지 마."

그는 대수롭지 않다는 듯 말했다. 하지만 꿈속에서 악신이 했던 말이 자꾸 머릿속을 맴돌았다.

'아끼는 것을 잃어봐야 정신을 차리지!'

이 말을 듣고 바로 다음 날, 도진이에게 사고가 생겼다. 이걸 어떻게 우연이라 할 수 있을까. 그가 아무리 위로해도 좀처럼 기분이 나아지지 않았다.

그때 동아에게서 전화가 왔다. 난 음악 소리를 피해 방으로 들어가 전화를 받았다.

〈별일 없으셨나요?〉

동아는 내 속을 꿰뚫기라도 한 듯 조용히 말했다.

"사고가 있었어요. 그러잖아도 연락드리려 했는데…."

〈사고요? 무슨 일이 있었나요?〉

"도진이가 사고를 좀 당했어요. 다행히 크게 다치진 않았고, 팔에 깁스를 했어요."

〈아….〉

전하기 너머에서 짧은 탄식이 터져 나왔다.

〈소희 님은 아무 일 없으시고요?〉

"전 괜찮아요."

〈그럼 됐습니다.〉

나를 떠보는 듯한 질문과 대답이 영 개운치 않았다. 뭔가 이상한 기운을 느끼고 확인하는 것 같은 느낌이랄까.

"혹시 선생님께서 뭐라고 하셨어요?"

〈어머니께선 다른 보살님을 뵈러 가셨습니다. 어제 이후로

못 뵀어요.〉

휴대폰으로 동아의 숨소리가 느껴졌다. 조용한 걸 보면 아마 신당이나 실내일 것이다. 반대로 우리 집은 음악 소리와 웃음 소리가 한데 뒤섞여 소란스러웠다. 동아가 왜 전화했는지, 하루 만에 걸려온 안부 전화가 수상쩍었다.

"뭔가 짚이는 게 있는 거죠? 솔직히 말씀해 주세요."

〈사실….〉

동아가 주저하며 뜸을 들였다. 답답했지만 꾹 참고 다음 말을 기다렸다.

〈사촌 언니분 병원에 다녀온 후로 계속 꿈이 좋지 않았어요. 그러다 오늘 낮에 깜빡 졸았는데, 꿈속에 소희 님 어머니가 나타나셨어요.〉

"엄마가요? 엄마가 왜요?"

〈모르겠습니다. 굉장히 남루한 차림이셨어요. 어딘가 다친 것도 같았고요. 계속 울면서 뭐라고 하시는데 제 귀에는 들리지 않아서…. 소희 님, 예감이 좋지 않습니다. 제가 뭔가를 놓친 것 같아요.〉

불현듯 엄마의 팔찌가 생각났다. 매듭이 끊어져서 의료용 밴드로 붙여놨는데, 그걸 어디 뒀더라? 급히 외투 주머니를 뒤졌다. 없었다. 책상 위와 옷걸이, 옷장까지 살펴봤지만 어디에도 보이지 않았다.

제천 무당은 무슨 수를 써서라도 팔찌를 돌려받으라고 말했었다. 내가 실수했다. 수아 언니를 마지막으로 만났을 때, 언니가 갖고 있던 팔찌라도 되돌려 받았어야 했다. 아, 그때 박수 무당 얘기에 내가 흥분하지만 않았더라면….

〈듣고 계십니까?〉

"엄마 팔찌가 없어요."

〈잃어버렸다는 겁니까? 언제요?〉

"병원 갈 때까지는 있었어요. 차 안에서 끊어진 팔찌를 주머니에 넣었는데, 어딘가에 흘렸나 봐요."

〈어디서 잃어버렸는지 기억 안 나시는 거예요?〉

"병원 아니면 주차장, 레스토랑… 아! 혜리 차에 떨어뜨렸는지도 몰라요."

〈얼른 찾아보세요. 그 팔찌가 없어서 어머니가 소희 님을 돕지 못하시는 것 같습니다.〉

전화를 끊고 떠들썩한 거실로 나갔다.

"혜리야, 차 키 좀 줄래?"

"차 키? 현관 트레이에… 아, 참! 여기 홍연동이지."

혜리가 머쓱하게 웃었다. 기분 좋게 취해서 망원동에 살고 있다고 착각한 것이다.

생각하기 싫은 기억들이 떠올랐다. 망원동 집 현관에서 우리를 반기던 트레이를 든 불도그. 그리고 적송에서 가져온 명두. 그때까지만 해도 하루하루가 이렇게 힘들지 않았는데.

혜리가 가방에서 차 키를 찾아서 건넸다.

"차 키는 왜? 너 운전도 못하잖아?"

"차에 뭐 흘린 것 같아서 찾아보려고. 잠깐 내려갔다 올게."

"운전하면 안 돼. 너 면허 없잖아. 드라이브하려면 같이 가야지."

"물건 찾으러 간대도."

"혜리 애 취했나 보다. 내가 같이 가줄까?"

취해서 같이 가겠다고 일어서는 혜리를 도진이가 만류했다. 그의 자리에 김빠진 맥주 한 캔이 그대로 놓여 있었다.

"됐어, 바로 밑인데. 금방 갔다 올게."

도진이를 안심시키기 위해 씩씩하게 현관문을 나섰다.

집 앞에 주차된 차의 조수석 문을 열고 내부를 뒤졌다. 바닥 매트도 들춰보고 뒷좌석도 살폈다. 하지만 팔찌는 어디에도 없었다. 가슴이 철렁 내려앉았다. 어디서 잃어버렸는지 아무리 생각해도 떠오르는 곳이 없다. 엄마 팔찌도 없고, 동아도 없고, 친구들은 취했고… 오늘 밤을 어떻게 보내야 할까?

밤하늘엔 비라도 올 듯 먹구름이 잔뜩 끼어 있었다. 흐물거리는 검은 형체가 집 주변을 배회했다. 내가 올라가야 할 계단에도 그것들이 있었다. 저것들 사이를 어떻게 지나갈까 고민하는데, 근처에 몇 개 없는 가로등이 깜박이기 시작했다.

점멸하는 가로등을 보고 있을 때였다. 어디선가 방울 소리가 들렸다. 딸랑— 딸랑— 또 무당귀가 나타나는 건가? 사방을 둘러봤다. 아무것도 없다. 환하게 불 켜진 2층에서 음악 소리만 흘러나온다. 팔찌를 잃어버렸다고 지레 겁먹어서 그런가?

마음을 다잡고 계단을 올라가는데 문득 3층이 눈에 들어왔다. 계단에 서 있는 검은 형체가 어슴푸레 보였다. 딸랑— 딸랑— 방울 소리는 그곳에서 들려왔다. 누군가 날 내려다보고 있었다. 아마 무당귀겠지. 내 곁에 도와줄 사람이 없다는 걸 알고 꿈이 아닌데도 찾아온 거겠지. 나도 검은 형체를 빤히 올려다봤다. 어둠 속에서 웃음소리가 낮게 깔렸다.

〈이제 마음의 준비가 됐느냐?〉

아니, 내가 왜? 고개를 흔들었다.

〈오호라, 아직 정신이 들지 않은 게냐?〉

여자도 남자도 아닌, 묘하게 중성적인 목소리. 나를 하찮게 여기는 그 목소리는 자애로운 동시에 잔인했다.

〈더 겪어봐야 알겠느냐? 미련한 짓은 하지 않는 게 좋을 텐데. 어서 이리 오려무나.〉

암흑 속의 목소리가 조금 커진다. 아니, 가까워진다. 3층에 있던 검은 그것이 천천히 계단을 내려와 2층에 멈춰 선다. 그리고 날 뚫어져라 쳐다본다. 짙은 어둠 속에서도 그 모습이 똑똑히 보인다. 예상했던 대로 검은 한복을 입고 쪽 찐 머리를 한 무당귀다.

그것이 손을 들어 뭔가를 잡아당기는 듯한 시늉을 한다. 그러자 내 손끝이 당겨 올라간다. 무당귀와 연결된 검은 실이 눈에 보일까 봐, 차마 손을 내려다볼 수가 없다. 속에서 반발심이 끓어오른다.

대체 나한테 왜 이러는 거야? 난 신가물이 아니야. 신을 담을 만한 그릇이 아니라고. 난 당신 유산도 포기한다고 말했어. 당신의 것은 아무것도 받지 않을 거라고. 이 집에서도 나갈 거야. 그러니 내 앞에서 사라져. 난 아니야. 당신의 업을 이을 사람이 아니야.

"싫어!"

내 입에서 큰 소리가 터져 나왔다. 그런 나를 비웃기라도 하듯 또다시 웃음소리가 들린다. 앞에서 잡아당기는 힘에 몸이 조금씩 끌려간다. 온 힘을 다해도 버틸 수가 없다.

"싫다고! 안 받아! 난 신내림 따위는 받지 않을 거라고!"

귀를 막고 허공을 향해 바락바락 대들었다. 그럴수록 웃음소리는 더 커진다. 검은 한복 입은 여자가 가까이 다가온다.

그때, 2층 현관문이 열리며 도진이가 나왔다. 무당귀가 순식간에 자취를 감췄다. 손가락을 당기던 느낌도 동시에 사라졌다.

"거기서 뭐 하는 거야?"

"임소희. 너 커피 마시고 취했냐? 왜 야밤에 헛소리를 해?"

뒤따라 나온 혜리가 깔깔거리며 놀려댔다. 내 고함 소리가 집 안에까지 들릴 정도로 컸던가.

"춥다. 들어와."

도진이가 깁스하지 않은 팔을 흔들며 말했다. 용기를 내어 계단을 올라갔다. 설마 하는 마음에 주위를 둘러봤지만 무당귀는 어디에도 보이지 않았다. 검은 형체만 간간이 주변을 떠다닐 뿐이었다.

　방으로 들어가 동아에게 전화를 걸었다.

　⟨찾으셨어요?⟩

　전화를 받자마자 동아가 먼저 물었다.

　"아뇨, 다른 곳에 흘렸나 봐요. 차 안에는 없어요."

　⟨역시 그랬군요.⟩

　"저 오늘 어떡하죠? 조금 전에도 무당귀를 봤어요. 이제는 잠을 자든 깨어 있든, 언제 어디서나 그게 보여요."

　⟨어머니께서 주신 방편이 있지 않습니까?⟩

　"그걸 갖고 있다는 걸 매번 잊어버려요. 동아 님이 옆에서 알려주지 않으니까 사용을 못 하는 거죠. 그걸 무당귀도 아는 것 같아요."

　⟨이런….⟩

　"다른 비방이 없을까요?"

　⟨방편을 손에 쥐고 있는 수밖에요. 악귀가 워낙 강력해서 무슨 수를 쓰든 비방을 뚫고 들어올 겁니다. 소희 님이 스스로 이겨내는 것밖엔 방법이 없습니다.⟩

　무당귀를 만날 때마다 매번 잊어버리는 이 방편에만 의지해야 한다니. 정작 필요한 순간에 사용할 수 없으니 영험한 방편도 소용없다.

　전화를 끊고 시무룩해 있는데 연호 오빠에게서 연락이 왔다. 시계를 보니 벌써 11시였다.

〈소희야, 아직 안 자고 있었지?〉

"네, 오빠. 현선 언니는 만나셨어요?"

〈잘 만났어. 걱정했던 것보다 건강하던데? 환자복만 아니면 환자인지도 모르겠더라.〉

"다행이네요."

〈간 김에 담당 의사도 만났어.〉

"뭐래요?"

〈현선이 상태가 많이 호전됐다고, 이대로면 퇴원도 생각할 수 있다고 하더라.〉

말도 안 된다. 며칠 전 면회실에서 만난 현선 언니의 모습은 환자 그 자체였다. 그새 멀쩡해졌을 리가 없다.

〈너 혹시 내일 시간 되니?〉

"내일이요? 향주 할아버지 집에 가시려고요?"

〈가능성이 1퍼센트라도 가봐야지. 하나밖에 없는 내 동생인데 걱정되잖아. 내가 곧 출국해야 해서 시간이 별로 없어.〉

"좋아요. 내일 뵐게요."

〈고맙다. 어디서 볼까? 내가 데리러 갈까?〉

"여기까지 오시기 힘들걸요? 그냥 중간에서 만나요."

〈너 어디 사는데?〉

"홍연동이요."

〈홍연동? 너 설마?〉

"아… 맞아요. 저 상속받은 집에 임시로 살고 있어요."

휴대폰 너머로 오빠의 호탕한 웃음소리가 들려왔다. 지금 나를 비웃는 걸까? 잘 알지도 못하는 죽은 고모의 집에 유산이라며 좋다고 들어앉은 내 꼴이 우스운 걸까? 그간 내게 벌어진 일들을 알면 웃지 못할 텐데….

〈너도 대단하다. 거기를? 알았어. 데리러 갈게. 주소 보내줘.〉

"굳이 여기까지 오실 필요는 없는데…."

〈나도 한번 보려고. 고모 유산이 얼마나 대단한지.〉

뼈가 있는 말이다. 더는 거절할 수가 없어서 전화를 끊고 주소를 알려줬다.

'너도 대단하다. 거기를?'

연호 오빠의 말이 귓가에 맴돈다. 나만 아무것도 몰랐다. 다들 처음부터 알고 있었던 거다.

거실에서 들려오는 음악 소리와 웃고 떠드는 소리가 시끌벅적하다. 벽 하나를 사이에 두고 있을 뿐인데, 나 혼자 외딴 무인도에 떨어진 듯 외롭다.

29

"여기야? 생각했던 것보다 괜찮은데?"

연호 오빠가 건물 앞에서 위를 올려다보며 말했다. 그의 파란 선글라스에 우리 집이 비쳤다.

"들어가 보실래요?"

마음에도 없는 소리다. 집에는 혜리와 도진이, 민수가 있다. 어젯밤 술을 많이 마신 데다 나를 지켜주겠다며 새벽까지 놀다가 좀 전에 곯아떨어졌다. 오빠에게 그 모습을 보여주긴 싫다.

"아니. 들어가서 뭐 하게. 가자."

오빠가 차 키를 누르자 벤츠가 삐빅 소리를 내며 화답했다. 내비게이션에 목적지를 입력하고 우리는 바로 출발했다.

"할아버지 집은 처음 가보는 거니?"

"네. 고모 시골집에서 멀지 않다는 얘기만 들었어요."

"가까우면서도 멀지. 네가 워낙 어릴 때 떠나서 많이 생소할 거야."

연호 오빠를 보는 게 오늘이 세 번째. 아직은 그가 낯설고 어색하다.

"적송은 어땠어? 그 집은 쓸 만해?"

"상태는 좋아요."

"종현이가 거기서 죽었다기에 집이 무너져 사고가 난 줄 알았지. 부검한다는 것까지만 들었거든."

"수아 언니가 다른 말은 안 해요?"

"경찰 오고 난리 났었다는 얘기는 했지. 딱 거기까지만. 수아가 말은 많은데 정작 중요한 얘기는 잘 안 해. 부조금 내놓으라고 연락하면 모를까."

"종현 오빠는 익사였어요."

"익사… 어디서? 설마 우물이야?"

머리칼이 쭈뼛 선다. 고모의 시골집에 우물이 있다는 건 어떻게 알았을까?

"아뇨. 집 뒤 개천에서…. 예전에 그 집 가보셨어요?"

"어릴 때 몇 번. 엄마가 가끔 우리 데리고 이모를 보러 갔었거든."

수아 언니도 비슷한 얘기를 했다. 아주 어렸을 적 고모를 만나러 적송 시골집에 갔다고. 연호 오빠는 언니보다 세 살 많으니 고모에 대해 더 많은 걸 기억할 것이다.

"고모도 보셨겠네요?"

"그럼. 용돈도 받았는걸."

"얼굴, 기억하세요?"

"기억이 잘 안 나. 너무 어릴 때라…. 그 집에 놀러 가면 먹을 게 많았다는 것만 생각나고 이모에 대한 기억은 거의 없어. 초등학교 들어간 이후로는 엄마를 따라가지 않았고."

"고모가 할머니와 같이 사셨다던데, 그것도 아세요?"

"잊을 리가 있나, 내게도 할머니인데. 그분이 우리 외대고모, 고모할머니야."

고모할머니? 죽은 고모가 부잣집으로 입양된 게 아니었구나.

"외할아버지 동생이었어. 그분도 이모처럼 집에서 일찍 나가셨대. 이모보다 더 어릴 때라고 했던가?"

"왜요?"

"왜긴. 작은외숙모가 진짜 아무 말씀 안 하셨구나?"

엄마는 과거에 대해 얘기하는 걸 굉장히 싫어했다. 아빠 얘기는 종종 들려줬어도 이상하게 친가 쪽 얘기만 나오면 입을 다물었다. 내가 궁금해할 때마다 엄마가 울적한 표정을 지어서 더 물어볼 수도 없었다.

"그래, 말하기가 좀 곤란하셨겠지. 이거, 다른 애들은 잘 모를 거야. 집안에서 쉬쉬하는 얘기거든."

연호 오빠가 어깨를 으쓱하며 나를 힐끔 봤다. 선글라스에 내 얼굴이 비쳤다.

"돌아가신 우리 이모가 무당이었어."

수아 언니도 똑같은 얘기를 했다. 고모가 무당이었다는 사실을 연호 오빠도 진작 알고 있었던 거다. 그렇다면 유산이 어떤 의미인지도 알았겠지. 그걸 알면서도 입을 다물었다는 것은 다른 사촌들의 의견에 동조했다는 얘기다. 한마디로 고모의 업을 나에게 떠넘기는 데 모두가 동의한 셈이다. 엄마가 어린 나를 데리고 멀리 안동까지 가서 친가와 연락을 끊고 산 이유를 이제야 이해하겠다.

"너 알고 있었어? 수아가 말해줬구나?"

"네, 언니가 알려줬어요."

하지만 이렇게 업을 떠넘길 줄은 몰랐지. 속으로 항변을 해본다. 수아 언니의 뻔뻔한 얼굴이 떠오른다. 언니가 내게 부적을 숨긴 지갑을 주지 않았더라면 나와 혜리는 이상한 일을 겪지 않았을 거다. 또 홍연동 집에 들어가도록 부추기지 않았더라면 내게 악귀가 붙는 일도 없었을 거다.

"하여간 수아가 조잘조잘 말이 많다니까. 어렸을 때부터 엄마가 그렇게 말하지 말라고 신신당부를 했는데…."

"왜 비밀로 하라고 그러셨을까요?"

"이모 만나는 거 알면 할아버지랑 큰외삼촌이 난리를 치니까 입단속한 거지. 그때는 그랬대. 무당을 보는 시선이 곱지 않았거든. 이모 얘기가 알려지면 무당 집안이라고 마을에서 천대

받았을 거 아냐. 그걸 할아버지가 어떻게 견디겠어. 품앗이하며 농사를 지어야 하는데 말이야. 그러니 할 수 없이 어린 이모를 집에서 몰래 내보냈겠지."

"대를 위해서 소를 희생한다, 이거네요?"

"옛날이잖아. 마을에서 외면당하면 살기 힘든 시절이었어. 하지만 엄마는 당신 동생이니 그럴 수 없었던가 봐."

"알음알음 다 알지 않나요? 소문이라는 게 있는데…."

"그래서 더 숨기려고 하신 거야. 이모는 집안과 연을 끊은 거나 마찬가지였어. 하지만 자매끼리 그렇게 되나."

"돌아가시기 전까지 계속 연락하셨던 거예요?"

"아니, 그건 또 아니야. 중간에 엄마하고 사이가 틀어졌거든."

"왜요?"

"이모가 이상하게 변했대. 내 기억에는 굉장히 얌전한 분이셨거든. 그런데 어느 순간 사람이 바뀐 거지. 엄마가 겁을 먹을 정도로."

"어떻게 변했는데 그래요?"

"이모가 수아를 신딸로 삼고 싶어했나 봐. 고모할머니가 그랬던 것처럼."

아, 수아 언니도 그 사실을 알고 있었구나. 그래서 필사적으로 고모의 업을 피하려 했구나.

"수아 언니에게 신기가 있었어요?"

"아니. 그러니까 문제인 거야. 아무리 집안 대대로 내려오는 업이라고 해도 그런 뭔가가 있어야 무업을 잇든가 하지. …현선이라면 모를까."

오빠는 마지막 말을 혼잣말처럼 중얼거렸다.

어렸을 때부터 현선 언니에게 이상한 조짐이 있었다는 얘기가 생각난다.

'어릴 때도 푸닥거리하고 나아졌잖아.'

시현 오빠의 고깃집에서 수아 언니는 그렇게 말했었다.

"업을 이을 사람은 현선 언니네요. 그런데 왜 고모는 수아 언니를 신딸로 삼으려고 했을까요?"

"자세한 건 나도 모르겠어. 내가 아는 건, 이모가 수아를 신딸로 점찍었다는 것뿐이야. 그러니 이모가 달가울 리 있겠어? 때마침 마을에 흉흉한 소문도 돌았고, 뭔가 수상하니까 그만 연락을 끊자고 한 거지."

"무슨 소문인데요?"

"기억이 잘 안 나네. 흘려들은 얘기라. 너도 내 말 그냥 흘려. 무슨 소문이든 그게 진짜겠니? 어쨌든 중요한 건, 이모가 수아를 포기하지 않았다는 거야."

"무서웠겠어요."

"이모가 집까지 찾아오고 그랬대. 끈질기게 달라붙으니까 엄마가 어쩔 수 없이 수아를 외국으로 보내버렸지. 이모가 돌아가셨을 때, 솔직히 우리 가족은 다행이라고 생각했어. 수아를 위해서는 잘된 거니까."

"언니는 그 후에 한국으로 들어온 거예요?"

"아니, 들어오기는 한참 전에 들어왔지."

"어떻게요? 고모를 피해서 외국으로 간 거잖아요?"

"엄마가 예전에 여행을 갔다가 우연히 용한 무당을 만났어."

천지 심방. 수아 언니에게 부적을 써준 박수. 그리고 내가 애타게 찾는 무당. 큰고모가 여행길에서 만난 무당은 바로 그자일 것이다.

"그 무당이 언니에게 비방을 써줬다는 거죠?"

"그랬겠지. 수아가 무사한 걸 보면 효과가 있긴 했나 봐. 그런데 우리끼리는 이런 말을 했어. 엄마에게 치매가 온 거, 어쩌면 수아 대신 업을 짊어져서 그럴 거라고."

"에이, 아니겠죠."

"치매가 굉장히 갑작스럽게 왔거든. 마치 교통사고처럼 말이야. 매년 검사한 의사도 예상하지 못한 일이었어. 의사가 그러더라. 매우 희귀한 경우라고…."

우리가 탄 차는 어느새 한적한 시골길을 달리고 있었다.

"오빠는 무당이나 신 같은 거 믿어요?"

"엄마를 보니까 안 믿을 수가 없어. 그래서 난 이모 유산을 거절한 거고."

"수아 언니는 받았잖아요?"

"그러니까. 문제는 그거야. 애가 말을 들어야지. 내가 그렇게 말렸는데…. 비방을 갖고 있다고 마음을 놓은 거지. 아, 걱정되네. 수아 애는 왜 전화를 안 받는 거야?"

"비행기 안일 수도 있죠. 여행 갔다가 휴대폰을 잃어버릴 수도 있고요."

"어쨌든 내 마음이 불안해. 이해하지?"

"오빠는 그 무당을 만나보셨어요?"

"아니. 내가 봐서 뭐 하게? 말로만 전해 들었지. 아, 할아버지 집에 거의 다 왔다. 소희야, 저거 보여?"

그가 맞은편에 보이는 나무를 가리켰다. 두 사람이 손을 맞잡아야 겨우 안을 수 있을 만큼 큰 나무였다. 그 아름드리 나무 아래 돌무더기가 쌓여 있었다. 한눈에도 평범한 나무로 보이지 않았다.

"당산나무라던가? 할아버지 말씀으론 이 마을을 지키는 나무래. 여기가 마을 입구야."

차는 호젓한 마을 초입으로 접어들었다. 조금 더 들어가자 차가 몇 대 주차된 공터가 나왔다. 그중에 빨간 미니가 눈에 띄었다. 수아 언니의 차와 똑같았다. 언니가 이곳에 왔을까 생각하고 있는데, 오빠가 그 옆에 차를 세웠다.

"너 여기 기억 안 나지?"

당연히 기억날 리가 없다. 내가 태어나서 돌이 되기 전까지 살았다는 마을. 내 고향이지만 기억에는 없는 곳이다.

우리는 차에서 내려 골목 쪽으로 걸어갔다. 골목길은 차가 들어가기엔 좁아 보였다.

"젊은 사람들이 여긴 어떻게 오셨나?"

골목길 앞 비닐하우스에서 할머니 한 분이 나와 말을 걸었다. 안쪽에서는 세 명의 할머니가 평상에 앉아 무청을 다듬고 있었다.

"저희 할아버지 댁에 왔습니다."

연호 오빠가 붙임성 있게 대답했다. 오빠가 '할아버지 댁'이라고 얘기하자 할머니들의 관심이 집중됐다.

"어디?"

"뉘 집 손자야?"

초면이지만 반말이 기분 나쁘지 않았다. 오히려 친근하게 느껴졌다. 할머니들이 아기 때의 나를 기억할지 궁금했다.

"딱 봐도 성임이네 손자네. 얼굴이 지 할배와 판박인데?"

"재승이 손주라고? 감나무집?"

연호 오빠가 선글라스를 벗고 비닐하우스 안으로 들어갔다. 그리고 평상 끝에 앉아 말을 붙였다.

"예, 맞습니다. 잘 지내셨어요?"

"우리를 기억하나?"

"소연이 할머니시잖아요. 소연이, 결혼해서 잘 살죠?"

"그럼. 애도 둘이나 낳았는걸."

"나는 누군지 알아?"

옆에 앉은 다른 할머니가 문제를 냈다.

"쌍둥이 할머니시고, 이쪽은 민석이 할머니. 맞죠?"

"다 기억하네? 자네는 성임이 큰손주던가? 이름이 뭐야?"

"최연호입니다."

"아아, 성미 아들이구나."

"아니지, 미경이지. 성미는 재숙이 따라 적송에 갔잖아."

생각지도 않은 고모 이름이 나와 가슴이 두근거렸다. 호기심이 동해 나도 평상에 걸터앉아 대화에 끼어들었다.

"할머니, 재숙이가 누구예요?"

"넌 누구냐? 누구 딸이야?"

"경태 아니면 성태지."

"아빠 이름은?"

"성이 임이고, 성 자, 태 자요."

"성태 딸이야? 근데 고모할머니 이름을 몰라? 먼 친척도 아닌데?"

"쯧쯧… 아빠가 사고로 일찍 죽었지?"

"엄마 따라 외가로 갔다더니, 반듯하게 잘 컸네? 예쁘게 컸어."

할머니 한 분이 대견하다는 듯 내 등을 쓰다듬었다. 환대받는 기분이 좋았고, 내 일가를 아는 사람들이라 더욱 반가웠다.

"그래, 여기는 웬일이래?"

"동생이 왔을까 해서 들러봤어요. 혹시 최근에 할아버지 댁을 찾아온 사람이 있습니까?"

"우리는 모르지."

"밤에 불이 켜진 것도 같고, 아닌 것도 같고…."

"조용히 있다 가면 아무도 몰라. 여긴 노인들만 살잖아."

"저기 밖에 있는 차의 주인은 이곳 분이세요?"

공터에 주차된 미니를 가리키며 내가 물었다. 할머니들의 시선이 비닐하우스 앞 공터로 옮겨갔다.

"저기 저 외제차? 빨갛고 못생긴 거?"

"네. 주인을 아세요?"

"저건 처음 보는데?"

"누가 진짜 오긴 왔나 보네."

"이 마을 분의 차가 아니라는 말씀이시죠?"

"그렇지. 그 집 손님 차겠네."

할머니들은 우리와 얘기하면서도 일손을 멈추지 않았다. 난 연호 오빠에게 살짝 속삭였다.

"저거 수아 언니 차예요."

"수아 차는 투싼이잖아?"

"최근에 새로 뽑았어요. 저 차 타고 적송에도 갔다 온걸요."

"적송?"

할머니 한 분이 큰 소리로 되물었다. 귀가 어두운 줄 알았는데 우리의 얘기를 듣고 있었던 것이다.

"아, 고모 집 얘기예요."

"그러니까 적송. 재숙이와 성미가 사는 집 말하는 거지? 거기 갔었어?"

할머니들이 일제히 손을 멈추고 나를 쳐다봤다. 호기심과 의심이 뒤섞인 눈초리였다.

"거기… 사람이 안 살지 않아?"

"네, 맞아요. 고모가 돌아가셔서 지금 그 집은 비었어요."

"아니, 집 말고 그 마을 말이야. 신에게 버림받은 곳이라 아무도 못 살고, 드나드는 사람도 없을 텐데?"

버림받은 곳. 그 말이 너무 강렬해서 순간 말문이 막혔다.

"에이, 할머니는 말씀도 참… 버림받은 곳이라뇨?"

연호 오빠가 넉살 좋게 말을 받아쳤다. 그러자 할머니들의 반박이 쏟아졌다.

"몰라? 성임이 손자가 그걸 모르면 어떡해?"

"아이고, 미경이가 말을 안 했나?"

"에이, 아무려면 안 했을라구."

"서울 가서 산다고 마을 일에 관심이나 있겠어?"

"진짜 들은 거 없어?"

할머니들이 무슨 말을 하는지 이해할 수 없어 오빠와 나는 마주 보고 고개를 저었다.

"저희가 할아버지 댁에 오랜만이라, 무슨 말씀이신지 잘 모르겠어요. 자세히 말씀해 주시겠어요?"

"무슨 얘기를 더 하라구? 적송 거기, 신이 버렸다고."

"그러니까 왜요?"

"아, 재숙이가 악신 따위를 모시니까 그렇지. 벌받은 거야. 거기 터줏대감인 산신이 떠나서 마을이 아주 쑥대밭이 됐잖아."

"어디 신만 떠났나. 이쪽 무당들도 죄다 다른 곳으로 갔지. 지금 고사를 지내야 하는데 부를 무당이 없어."

"저기 당산나무도 기운이 하나도 없어. 쯧쯧, 그나마 신목 덕에 우리 마을이 이렇게 사는 건데…."

"재숙이랑 성미, 그년들이 잠악산 일대를 영 버려놨어."

"실향민이라고 불쌍해서 받아줬더니 은혜도 모르고…. 이래서 타지 것들은 안 돼."

할머니들의 말을 종합해보면 이렇다. 고모할머니가 악신을 섬기자 산신이 노해서 산을 떠났고, 그래서 마을이 피폐해졌으며, 결국 사람이 살지 않는 곳이 됐다는 것이다. 믿기 힘든 얘기다. 사촌들과 시골집에 머물 때, 우리는 분명히 인근에 살고 있는 할머니와 할아버지를 만났었다. 그러니 사람이 살지 않는다는 말은 사실과 다르다. 그리고 고모도 최근까지 그 집에 머물렀다고 했다. 마을의 대부분이 빈집인 건 아마 도시로 많이 떠나서일 것이다.

"아이고, 저것이 또 왔네. 쯧쯧…."

문득 할머니 한 분이 혀를 차며 말했다. 비닐하우스 밖 마을 어귀를 보니 한 여자가 다리를 절며 걸어오고 있었다. 다른 할머니가 벌떡 일어나 무청 찌꺼기를 그쪽으로 휙 던졌다.

"이 염병할! 저리 안 가?"

"저게 왜 또 나타났대? 재수 옴 붙게시리."

"이장 불러, 다시 내쫓게. 어디 불경스러워서 원."

백발의 할머니가 인상을 찌푸리자 그중 제일 젊은 할머니가 평상에서 일어났다. 그리고 종종걸음으로 하우스를 나가 골목길로 들어갔다.

"할머니, 저 여자가 누군데 그러세요?"

"보면 몰라? 미친년이지. 돌아도 아주 확 돌았어."

할머니 말대로 여자는 확실히 제정신이 아니었다. 옷은 찢어지고 남루했으며 온몸이 흙투성이였다. 또 손톱을 얼마나 물어뜯었는지 손끝에 피딱지가 붙어 있었다. 여자는 뭐가 그리 좋은지 연신 히죽거렸다.

"저년 저거, 적송에서 온 거잖아."

"거긴 사람이 안 산다면서요?"

"아, 그러니까! 거기서 미쳐 날뛰는 걸 여기 이장이 지나가다가 보고서 데려온 거지."

"이장이 헛짓거리한 거야."

"왜 저렇게 됐대요?"

"저것도 악신을 받들다 벌전을 받았나?"

"벌전이 대체 뭔데요?"

"신이 내린 벌이지 뭐야. 고얀 것들은 벌 받아 싸지."

"저분도 무당일까요?"

"꼴을 봐. 무당이겠어? 무당 하고 싶어 재숙이네 간 년이겠지. 그런데 신은 뭐, 아무나 받나?"

잠시 후 마을로 들어갔던 할머니가 남자와 함께 돌아왔다. 두

툼한 털모자를 쓴 50대쯤의 남자로 이장이라고 했다. 그는 여자에게 다가가 한참을 달래더니 과자 한 봉지를 쥐여줬다. 그러자 여자가 싱글싱글 웃으며 어디론가 갔다. 절룩거리며 걸어가는 그녀의 뒷모습을 나는 한참 지켜봤다.

"아이고, 죄송하게 됐습니다. 매번 시끄럽죠?"

이장이 털모자 속에 손을 넣어 긁적거리며 겸연쩍어했다.

"아, 저걸 언제까지 마을회관에 둘 거야?"

"마을 분위기가 저것 때문에 흉흉해."

"날이 춥잖습니까? 겨울은 나고 보내야죠. 이대로 내쫓으면 길에서 얼어 죽어요."

"그 말을 한 지가 벌써 2년이 넘었어. 아니, 3년쨴가? 그러다 우리까지 피해 보면 어떡하나?"

"피해라뇨, 요 몇 년간 아무 일도 없었잖습니까?"

"없긴! 우리 민석이가 아프잖아. 계속 병원에 다녀."

"우리 영감도 자전거 타다 넘어졌어."

"그런 건 늘 있는 일이잖아요. 조금만 이해해 주세요. 저 여자도 사람인데 살게는 해줘야죠. 그나저나 이분들은 누구…?"

이장이 우리를 돌아보며 조심스레 물었다. 우리가 궁금해서라기보다 할머니들의 관심을 돌리려는 목적 같아 보였다.

"성임이 손주. 감나무집 말이야."

"아, 안녕하세요? 그러잖아도 손님이 오셨던데."

"아마 제 동생일 거예요. 혼자 왔던가요?"

"그건 잘 모르겠습니다. 낯선 차가 있어서 어림짐작했죠."

"집에 가보면 알겠죠. 그런데 아까 그분, 적송에서 데려왔다고요?"

난 연호 오빠에게 그 얘긴 꺼내지 말라고 눈짓을 보냈다. 하지만 이미 늦은 뒤였다. 또다시 할머니들의 원망이 이어졌다.

"그 썩을 것을 왜 데려와서 쯧쯧…."

"저거 빨리 안 내쫓으면 우리 마을도 망해. 요즘 몸도 안 좋은데 누구 죽는 꼴 보려고 그래?"

"아, 이장이 돼서 보고도 모르는가?"

"아이고, 알죠. 암요, 압니다."

이장은 할머니들의 원성을 못 견디고 서둘러 비닐하우스를 나갔다. 우리도 인사하고 잽싸게 뒤따라 나갔다.

밖으로 나오자 공기가 차가웠다. 우리는 할아버지 집으로 걸음을 옮기며 이장과 대화를 나눴다.

"죄송합니다. 여기 분들이 외지인을 굉장히 꺼려서요. 제가 이곳에 처음 귀농했을 때도 말이 무지 많았거든요."

"이장님, 아까 그 여자분 말인데, 적송에서 데려왔다고요?"

"한 2년 됐지요. 제가 율주에 급한 볼일이 있어 지름길로 가다가, 밤중에 혼자 돌아다니는 여자를 봤지 뭡니까. 맨발에 머리도 산발이고 해서 산짐승에게 잡아먹힐 것 같아서 마을로 데려왔죠."

이장은 마치 질문하기를 기다린 사람처럼 얘기를 쏟아냈다.

"할머니들은 저러셔도 좋은 일 하셨네요. 적송 어디서 발견하셨어요?"

"마을에서 조금 떨어진 도로였어요. 주변에 인가도 없는데 어디서 나왔는지….'

"밤중이었는데 용케 발견하셨네요?"

"고라니가 나왔거든요."

"고라니요?"

"그놈의 고라니가 갑자기 차도로 뛰어드는 바람에 깜짝 놀라 브레이크를 밟았죠. 다행히 사고가 나진 않았는데 그때 보이더라고요, 그 여자가."

"경찰에 신고는 안 하셨어요?"

"했죠. 그런데 경찰이 올 때마다 산으로 도망치고 그러니까, 제대로 신원 확인을 못 하는 거죠. 불편한 다리로 빠르기는 또 어찌나 빠른지. 하도 그래서 이제는 파출소에 신고해도 경찰이 안 와요. 경찰도 바쁜데 허탕 치는 거 뻔히 알면서 여기까지 오겠어요?"

이장은 오랜만에 만난 외지인이 반가웠는지, 아니면 사교성이 좋은 사람인지 초면인 우리에게 거리낌 없이 말을 쏟아냈다. 궁금한 게 많은 나로선 그를 만난 게 다행이었다.

"그런데 할머니들 말씀이 진짜예요? 적송에 사람이 안 산다는 거?"

"거기, 폐허가 된 지 꽤 됐죠. 그런 데서 그 여자를 데려왔다고 저 난리인 거죠."

"마을이 그렇게 된 게 무당이 악신을 모셔서라던데요?"

"그분들끼리 하시는 말씀이죠. 시골 노인들이 미신을 많이 믿잖아요. 그런 식으로 따지면, 시골에 어디 마을이 남아나겠어요?"

"할머니들이 왜 그런 말씀을 하셨을까요?"

"이 일대에 살던 무당이 떠나면서 안 좋은 얘기를 퍼뜨렸나 봐요."

"어떤 얘기인지 들으셨어요?"

"건너 건너 듣긴 했는데, 이런 말을 해도 될지…."

이장이 우리의 기색을 살폈다. 그가 말하려는 이야기의 주인공이 우리의 친척인 것을 아는 것이다.

"말씀하세요. 저희는 괜찮아요."

"그게… 할아버님 여동생이 무당이었던 건 아시죠?"

"저희 다 알고 있어요. 걱정 말고 말씀해 주세요."

"들리는 말로는, 그분이 굉장히 용한 무당이었다고 해요. 율주와 향주, 이 부근뿐 아니라 경기도에서 손꼽히는 무당이었다나요. 그런데 어쩐 일인지, 어느 날부터 신이 찾지 않았다고 합디다."

"신이 내렸다 안 내렸다 하나요?"

"그런가 봐요. 그러니까 신빨이 떨어진다는 얘기가 있는 거겠죠? 하여튼, 한번 영험함을 맛본 무당이 그 맛을 잊지 못한 겁니다. 예전에는 대문 앞에 사람들이 줄을 서고 유명 인사들이

고급 차를 끌고 찾아오고 그랬을 것 아닙니까? 그러니 결국 대신할 다른 신을 찾은 거죠."

"그렇게 찾은 게 악신이라는 말씀인가요?"

"그렇죠. 그것도 대단한 악신이었던가 봅니다. 다시 확 유명해져서 사람들이 몰린 덕분에 이 동네 음식점들도 한때는 돈 많이 벌었죠. 점 보고 굿하겠다며 전국에서 몰려왔으니까요. 터가 좋다고 기도터도 여럿 생겼고요. 여기 사방이 기도터예요. 지금은 거의 폐쇄됐지만."

"그런데 그 악신도 떠났다는 건가요?"

"아니죠. 악신이 자리를 잡았는데 가긴 어딜 갑니까? 그만한 그릇도 흔치 않은데."

"그럼 문제가 없는 거잖아요?"

"그게 문제인 거죠. 악신이 점점 더 큰 힘을 원한 겁니다. 무당 하나로는 만족을 못 한 거예요. 주변의 허주 잡신들을 죄다 끌어들이려고 굿판을 엄청 벌였답니다. 그 바람에 산신이 노했고요."

"아까 할머니도 그러셨어요. 산신이 노해서 떠났다고."

"에이, 아닙니다. 잘못 아신 거예요. 노한 게 아니라 패한 거예요. 산신이 노해서 악신과 맞붙었다가 힘에서 밀린 거죠."

"신들도 싸우나요?"

"그렇다대요. 어쨌거나 악신이 잠악산을 차지한 후로 적송은 점점 망해갔어요. 사람이 살 수 없는 곳이 된 거예요. 그 근방 무당들도 전부 짐을 싸서 떠났고요. 지금은 잡귀만 득실댄다나? 제가 귀농한 지 얼마 안 됐을 때라 똑똑히 기억합니다."

믿기 힘든 얘기다. 요즘 세상에 신들의 힘겨루기라니. 하지만 내가 겪은 일을 생각하면 허황한 얘기만은 아닐 것 같다. 내가 밤마다 무당귀에 시달리는 것처럼, 적송 사람들도 밤새 악신에 시달리다 마을을 떠났을까?

"사실 우리끼리 하는 말인데, 우리 마을 앞에 있는 저 당산나무도 예전만 못해요. 이제는 신령하지 않다는 얘기예요. 멀리서 무당을 불러와 매년 제를 지내긴 하지만 효과가 영…."

생각해보니 그렇다. 마을을 지키는 나무인데 신령스러운 기운이 전혀 느껴지지 않는다. 그렇다고 영기가 아주 없는 건 아니어서, 내 눈에 보이는 검은 형체들이 마을 주변에는 얼씬도 하지 않는다. 도대체 뭘까, 그 나무는?

"저희 고모 얘기는 없어요? 고모가 그 고모할머니 신딸이라고 하던데."

"아, 그 조카? 무당이라고는 하는데 별로 유명하지 않았어요. 뭐, 부지런히 이곳저곳 다니긴 했지만, 신력이 영 신통찮았는지 굿을 한다거나 점을 본다는 얘기는 못 들었어요. 바라지라던가? 가끔 악사 노릇도 했대요. 제금이라고 들어봤어요? 솥뚜껑같이 생긴 걸 맞부딪쳐 소리 내는 건데 그걸 아주 잘 다뤘대요. 요즘엔 잘 안 보인다 하더라고요."

이장과 얘기하는 사이 우리는 할아버지 집 앞에 다다랐다. 낮은 담장 너머 나뭇가지에 매달린 홍시를 보고 한눈에 할아버지 집이라는 걸 알 수 있었다.

아직 얘깃거리가 많이 남았는지 이장이 헤어지는 걸 아쉬워하는 눈치였다.

"제가 말이 좀 많았습니다. 오랜만에 말이 통하는 사람을 만나서… 허허."

"저희도 즐거웠습니다. 몰랐던 것도 많이 알았고요. 감사합니다, 이장님."

"저기 두 번째 집 보이죠? 저희 집이 바로 저기니까, 필요한 거 있으면 언제든 부르세요."

"고맙습니다. 연락 한번 드릴게요."

좋은 사람을 알게 돼 다행이라는 생각이 들었다. 우리는 대문 앞에서 훈훈하게 헤어졌다.

할아버지 집의 대문은 쉽게 열렸다. 안에서 잠그는 걸쇠가 걸려 있지 않았다.

"수아가 집에 있나 본데? 몰래 들어가 놀래켜줄까?"

오빠가 목소리를 낮추며 장난꾸러기처럼 눈을 반짝였다. 대문 안으로 들어서자 정면에 ㄱ자 형태의 커다란 기와집이 보였다. 그 옆으로 일자형의 현대식 주택 한 채가 더 있었다.

우리는 먼저 현대식 주택으로 다가갔다. 오빠가 입 모양으로 하나, 둘, 셋을 세고 문을 벌컥 열었다. 안에는 아무도 없었다. 물건들만 잔뜩 어질러진 채 인기척을 느낄 수 없었다.

"애가 본채에 있나?"

오빠가 기와집 쪽으로 발길을 돌렸다. 우리는 들킬세라 까치발을 하고 조심조심 다가갔다. 어린 시절로 돌아가 숨바꼭질하는 기분이었다. 두근두근, 심장 소리가 들릴 만큼 집 안이 고요했다.

오빠가 기와집 미닫이문을 천천히 밀었다. 조심스레 미는데도 낡은 문이 거친 소리를 냈다. 끼이익 드르륵— 귀에 거슬리는 소리가 정적을 깨뜨렸다.

문이 열리자 거실 한가운데 서 있는 누군가의 뒷모습이 보였다. 손목에 걸린 익숙한 팔찌. 수아 언니였다.

"야! 최수아!"

언니를 보자마자 연호 오빠가 큰 소리로 불렀다. 하지만 언니는 등 돌리고 선 채로 미동도 없었다. 집 안은 좁고 어두웠으며 말 그대로 난장판이었다.

"너 전화도 안 받고 여기서 뭐 해?"

연호 오빠가 다가가 언니의 어깨를 가볍게 쳤다. 그 순간 언니의 몸이 맥없이 무너져 내렸다.

"수아야, 왜 그래? 무슨 일이야?"

쓰러진 언니를 안고 오빠가 소리쳤다. 언니는 입을 벌린 채로 눈을 크게 뜨고 천장을 보고 있었다. 나도 언니의 시선을 따라갔다. 그리고 보고야 말았다. 거실 안쪽 방, 천장에서 내려온 긴 줄에 매달린 채 흔들리고 있는 시현 오빠를.

"아아악!"

나는 고함을 지르며 주저앉았다. 몸이 부들부들 떨렸다. 시현 오빠의 몸이 천천히 좌우로 흔들렸다.

"소희야, 눈 감아! 보지 마!"

연호 오빠의 뒤늦은 외침이 들렸다. 하지만 눈이 감기지 않는다. 가위에 눌리기라도 한 듯, 눈꺼풀이 닫히지 않는다.

시현 오빠의 다리 옆에 검은 한복을 입은 무당귀가 서 있다. 그것이 오빠의 다리를 잡고 천천히 좌우로 흔든다. 그것의 손끝에서 나온 검은 실이 오빠의 몸을 휘감고 있다. 실은 점점 늘어나 오빠를 거대한 고치로 만들어버린다. 악귀는 나뿐만 아니라 수아 언니와 시현 오빠도 따라다닌 것이다.

무당귀가 나를 보고 웃는다. 악신의 목소리는 들리지 않지만 그 웃음의 의미를 알 것 같다. 봤지? 이런데도 날 섬기지 않을 거야, 라는 무언의 협박이다. 귓속이 윙윙댄다. 연호 오빠가 어디론가 전화하는 소리가 이명처럼 들린다.

무당귀의 검은 치맛단 밑에서 검은 실들이 무섭게 뻗어나온다. 그것은 곧 거미줄처럼 방 안을 온통 휘감는다. 바로 그 순간, 눈앞이 깜깜해졌다.

30

 어수선한 기척에 눈을 떴다. 서까래가 드러난 낮은 천장이 보이고 주변이 소란했다. 당황해서 몸을 일으켰다. 낯선 사람들이 눈앞에서 분주히 움직였다.
 "다행이다. 정신이 좀 드니?"
 연호 오빠 목소리였다. 고개를 돌리니 그가 걱정스러운 표정으로 나를 바라봤다.
 이제야 생각난다. 미닫이문을 여는 순간, 수아 언니의 뒷모습이 보였다. 마치 기둥처럼, 미동도 없이 굳어 있었지. 그리고 천장에 매달려 있던 시현 오빠. 죽었다… 오빠가, 죽었다.
 "물 좀 마실래?"
 연호 오빠가 물병을 내밀었다. 찬물을 마시니 비로소 머리가 맑아졌다. 눈앞에 오가는 사람들의 정체가 제대로 보였다. 119 구급대원과 경찰들이었다. 무당귀의 모습은 사라졌고 집 안이 심하게 어질러져 있었다.

"수아 언니는요?"

정신을 차리고 언니의 상태를 물었다. 오빠가 내 뒤로 시선을 돌렸다. 돌아보니 담요를 뒤집어쓴 수아 언니가 몸을 웅크린 채 오들오들 떨고 있었다. 가련한 모습을 보니 마음이 약해졌다. 나에게 한 짓은 괘씸하지만 언니도 얼마나 두려웠을까. 원망하는 마음보다 도와야겠다는 생각이 앞섰다.

언니 옆으로 다가갔다. 언니는 아무것도 못 느끼는 무생물처럼 반응이 없었다.

"수아가 충격을 많이 받았어. 여기서 움직이려고 하지 않아."

언니의 손목에 걸린 팔찌가 눈에 들어왔다. 엄마가 오색실을 엮어 만든 팔찌. 언니는 자신의 팔과 손목을 피가 날 정도로 긁었다. 팔과 손목에 붉은 생채기가 보였다. 반복적으로 긁는 바람에 팔찌의 실이 몇 가닥 끊어진 채로 늘어져 있었다. 벌벌 떠는 언니의 모습은 아무리 봐도 현실 같지가 않았다.

"시현 오빠는요?"

"아…."

연호 오빠가 대답을 주저했다. 무슨 말을 꺼내야 할지 난감할 것이다.

"죽은 거 알아요."

"그래… 방금 구급차에 실려 갔어. 근처 영안실로 옮긴대. 수아 정신 차리면 우리도 가봐야 해."

그가 위로하듯 내 팔을 쓰다듬었다. 그 느낌이 낯설고 여전히 붕 뜬 기분이었다. 눈으로 보고, 귀로 듣고, 입으로 말하고, 코로 숨 쉬는 모든 게 어색하게 느껴졌다.

"임소희 씨, 괜찮으십니까?"

파일을 든 경찰이 내게 다가와 물었다.

나는 고개를 흔들었다. 아니, 괜찮을 리가 없잖아. 까무러치지 않으려고 정신줄을 단단히 붙잡고 있단 말이야.

"궁금한 것은 저에게 물어봐 주시겠습니까?"

연호 오빠가 차분한 말투로 경찰을 막아섰다.

"최연호 씨 진술은 이미 받았습니다. 이게 참고인 조서라, 다른 분의 진술도 필요합니다."

"꼭 지금 해야 합니까?"

"저희도 이만 철수해야 하니까요."

"죄송하지만, 시간을 주십시오. 보다시피 동생들이 많이 놀라서 얘기할 상황이 아닙니다. 진정시킨 다음에 얘기하겠습니다."

경찰이 손목시계를 힐끗 봤다. 어딘가 성가신 눈치였다.

"저희가 내일 경찰서로 가겠습니다."

오빠가 재빨리 말을 덧붙였다.

"아…."

"바쁘신 거 압니다. 하지만 부탁드릴게요."

"알았습니다. 그럼, 너무 늦지 않게 오십시오. 저희가 일이 많아서, 이 일만 붙잡고 있을 수 없거든요."

경찰이 떨고 있는 수아 언니를 힐끔 쳐다봤다. 그리고 우리에게 목례한 뒤 자리를 떠났다. 내가 기절해 있는 동안 수습이 마무리됐는지 경찰과 구급대원들이 빠르게 철수했다.

대문 밖에서 구경꾼들이 기웃거렸다. 마을 어귀에서 만난 할머니들과 이장의 모습도 눈에 띄었다.

"거기 서 있지들 말고 돌아가세요. 여기 계시면 안 됩니다. 거기 어르신들! 그만 댁으로 가세요."

그중 젊어 보이는 경찰이 마을 사람들을 돌려보냈다. 그리고 걱정이 되는지 집을 나서기 전 우리를 돌아봤다.

"오늘 밤에 어디서 묵으실 겁니까? 서울로 올라가시나요?"

"여기 있을 겁니다."

"이 집에요?"

경찰이 놀라워하며 폴리스라인을 쳐놓은 기와집을 올려다봤다. 해 질 녘, 불 꺼진 기와집은 을씨년스러웠다.

"작은 채에서 묵을 겁니다."

연호 오빠가 바로 옆 현대식 주택을 가리켰다.

"아, 저기요? 현장이 아니라 상관없지만… 괜찮으시겠어요?"

"하룻밤이고 게다가 할아버지 집인걸요. 어렸을 때 여기 살아서 익숙합니다."

"그래도… 저라면 시내에 나가 모텔을 잡을 텐데요."

경찰은 고개를 갸웃하며 대문 밖으로 나갔다.

"기분은 어때? 좀 나아졌어?"

작은 채로 자리를 옮긴 후에 연호 오빠가 걱정스레 물었다. 시현 오빠의 시신을 같이 목격하고도 아무렇지 않은 그가 대단하게 느껴졌다.

"많이 좋아졌어요."

"우리 쏘가, 생각보다 강하네. 너라도 좋아져서 다행이다. 수아는 좀 기다려야 할 것 같지? 애가 보기보다 좀 여려."

언니는 담요를 뒤집어쓴 채로 구석에서 떨고 있었다. 여간해선 정신이 돌아올 것 같지 않았다. 하긴, 그런 장면을 보고도 제정신이면 오히려 이상할 것이다.

"커피라도 마실래?"

"제가 준비할게요."

"넌 앉아서 쉬어. 커피가 유통기한은 안 지났나 모르겠네."

잠시 후 오빠가 커피를 가져왔다. 김이 피어오르는 커피를 마시며 난 안정을 되찾았다. 주위를 돌아볼 여유도 조금 생겼다.

둘러보니 집 안이 엉망진창이었다. 옷장과 다락을 비롯해 문이란 문은 죄다 열려 있고, 서랍도 바닥에 내팽개쳐진 상태였다. 옷가지와 책, 각종 물건들이 뒤섞인 채로 거실 한가운데에 수북이 쌓여 있었다.

"집에 도둑이라도 든 것 같지?"

"도둑이 들었대요?"

"아니. 혹시 몰라서 경찰이 확인했는데 그런 정황은 없대."

"그런데 집이 왜 이럴까요?"

"수아인지 시현이인지 모르겠지만, 할아버지 집에서 뭘 찾으려고 했나 봐."

어질러진 집 안을 보며 정리할까 말까 잠시 고민했다. 잠시 머물더라도 앉을 곳은 있어야 하기에 책과 옷가지들을 치우기 시작했다. 연호 오빠도 옆에서 거들었다.

서랍을 원위치에 돌려놓고 거실을 반쯤 정리했을 때, 오빠가 책 더미에서 오래된 앨범을 찾아냈다.

"소희야, 사진 볼래?"

그가 두꺼운 앨범을 펼쳤다. 흑백 사진부터 색 바랜 컬러 사진까지, 우리 가족의 역사가 그 안에 담겨 있었다. 내가 갖고 있는 가족사진도 보였다. 그 사진을 보자 악몽이 되살아났다. 사진 속 친척들이 내게서 모두 등을 돌리고 있던 기분 나쁜 꿈. 그때 엄마의 눈에 피눈물이 흘렀었다.

"넌 기억 못 하겠지만 이분이 우리 할아버지야."

연호 오빠가 가리킨 것은 젊은 남녀가 나란히 서 있는 흑백 사진이었다.

"결혼식 사진이네요?"

"응. 이 젊고 예쁜 분이 우리 할머니야. 아까 마을 분들이 성임이라고 했잖아? 최성임이 할머니 성함이야."

오빠와 난 앨범을 넘기며 추억에 젖어들었다. 지독한 꿈은 잠시 잊었다. 내 기억에는 없어도 가족이라 그런지, 앨범 속 인물들이 친근하게 느껴졌다. 바다에서 찍은 사진도 있고, 개울에서 찍은 사진도 있었다.

기와집 앞에서 찍은 또 다른 가족사진도 나왔다. 좀 더 나이 든 모습의 할아버지와 할머니가 네 명의 아이와 함께 있었다. 그중 제일 꼬마가 우리 아빠겠지. 개구진 모습이 마음에 들어 사진을 휴대폰으로 찍어뒀다.

앨범을 한 장 넘겼다. 아이들이 훌쩍 자란 모습이었다. 감나무를 배경으로 서 있는데, 남자애 둘에 여자애 하나였다. 이상하게 한 명이 없었다.

앨범을 또 한 장 넘겼다. 장독대 앞에 서 있는 여자애 모습이 눈길을 끌었다. 열서너 살쯤 돼 보이는 소녀가 활짝 웃고 있었다.

"돌아가신 이모야."

연호 오빠가 차분하게 말했다. 난 사진을 뚫어지게 봤다. 무당귀였다. 밤마다 검은 한복을 입고 나타나 나를 괴롭히는 그것이 이토록 밝게 웃고 있다니. 그에게도 행복한 시절이 있었다고 생각하니 씁쓸했다.

오빠가 다음 장을 넘겼다. 앨범을 넘길수록 아빠와 큰아버지, 큰고모는 점점 성장했다. 하지만 작은고모의 모습은 더는 찾아볼 수 없었다. 장독대 앞에서 찍은 것이 마지막 모습이었다.

"앨범이 더 있을 거야. 찾아볼까?"

난 그러자고 했다. 어차피 수아 언니가 정상으로 돌아오려면 시간이 더 필요했다.

그때 내 휴대폰이 울렸다. 김향 이모에게서 온 전화였다.

〈소희야, 나야.〉

친근한 목소리에 긴장이 조금 풀렸다. 이모가 나에게 벌어진 일을 알고 전화한 것 같아서 약간 의아했다.

〈너 아직도 향주에 있니? 오늘 안 좋은 일이 있었다며?〉

"아… 이모, 어떻게 아셨어요?"

〈어떻게 알긴, 사촌 오빠한테 들었지. 많이 놀랐겠다. 지금은 어떠니?〉

"이제 괜찮아요."

〈어딘데?〉

"아직 할아버지 집에 있어요."

〈얼른 나와. 왜 아직 거기 있어? 빨리 서울로 올라가.〉

"사촌 언니 상태가 안 좋아서 조금만 더 있다 가려고요. 아, 그리고 저, 서울 가기 전에 경찰서 들러야 해요."

〈경찰서에는 왜? 또 조서 쓰러?〉

그러고 보니 참고인 조서가 벌써 두 번째. 평범한 사람이라면 경험하기 힘든 일을 연이어 두 번이나 겪고 있는 것이다.

"협조해야죠. 너무 걱정 마세요."

〈내가 어떻게 걱정이 안 되겠니?〉

"홍연동 얘기는 들으신 거 없고요?"

〈있으면 진작 연락했지. 아무리 조사해도 그 조미라는 3층 세

입자 정체가 안 나타난대. 외국인 출입국 기록까지 뒤졌는데도 그런가 봐.〉

"경찰도 힘들겠어요."

〈아휴 몰라, 그러거나 말거나. 어떻게든 밝혀지겠지. 지금 너, 사촌 언니와 단둘이 있는 건 아니지?〉

"사촌 오빠도 함께 있어요."

〈그나마 다행이네. 웬만하면 빨리 올라가. 서울 가면 이모에게 바로 전화하고. 알았지?〉

이모는 전화를 끊는 순간까지 나를 걱정했다. 고마우면서도 한편으로는 부담스럽다. 더 이상 걱정 끼치지 말아야 할 텐데.

"너희 이모야?"

전화를 끊자마자 연호 오빠가 물었다.

"친이모는 아니고 엄마 친한 동생이에요."

"경찰?"

"아뇨. 안동에서 미용실을 하세요."

"그런데 어떻게 알고 전화하셨대? 홍연동 얘기는 또 뭐고?"

"이모의 사촌 오빠가 경찰이라서요. 얘기가 어떻게 돌고 돌아서 제 소식을 들었나 봐요."

"흐음… 뭐, 아는 사람 중에 경찰 하나쯤 있으면 좋지. 이것도 마저 볼래?"

연호 오빠가 더 낡고 더 두툼한 앨범을 건넸다. 파란 천을 덧댄 아주 오래된 앨범이었다. 앨범을 펼치자 할아버지의 혈기 왕성한 모습이 눈길을 끌었다.

"이건 할아버지 젊었을 때 사진이네요?"

"이야, 우리 할아버지 잘생기셨네! 멋지시다."

"마을 할머니 말씀이 맞네요. 오빠가 할아버지를 많이 닮았어요."

우리는 거실 한 귀퉁이에서 앨범을 들여다보며 할아버지의 지난 시절로 빠져들었다. 비록 사진은 빛이 바랬어도 한창때의 할아버지는 활기가 넘쳤다. 청년의 모습인 게 아마도 결혼하기 이전의 사진인 듯했다.

타임머신을 탄 기분으로 앨범을 한 장씩 넘기며 충격을 잠시 잊었다. 앨범을 거의 다 봤을 즈음, 한 장의 사진이 눈길을 끌었다. 할아버지가 열 살은 더 어려 보이는 여자와 함께 찍은 사진이었다. 여자의 나이는 스무 살 정도 됐을까.

사진을 자세히 들여다봤다. 뾰족한 얼굴, 웃으면 한쪽으로 살짝 올라가는 입꼬리…. 아는 얼굴이다. 3층에 살았던 세입자 조미의 얼굴과 똑같다. 조미의 사진이 왜 이 앨범 속에 있지? 이 사진들은 60~70년도 더 됐는데, 조미의 얼굴은 하나도 변한 게 없다. 어떻게 이럴 수가 있지?

"이 사진이 마음에 들어?"

연호 오빠가 흥미로운 표정으로 나를 봤다. 난 조미의 얼굴을 손가락으로 가리켰다. 오래된 사진이라 입술의 일부가 하얗게 바래 있었다.

"아는 사람… 같아서요."

"핏줄이 무섭다더니 단번에 알아보네? 우리 고모할머니야."

조미가? 이 사람이 임재숙 할머니라고? 맙소사! 조미는 시공간을 초월해 과거에서 걸어 나왔단 말인가?

"진짜 우리 고모할머니 맞아요?"

"진짜지, 그럼 가짜겠니?"

"오빠가 어떻게 아세요?"

"말했잖아, 이모네 갔을 때 봤다고."

"앨범 또 없어요?"

"더 보려고? 저기 몇 개 더 있던데?"

난 뒤죽박죽된 물건들 속에서 앨범 몇 개를 더 찾아냈다. 조미의 모습을 좀 더 보고 싶었다. 나이 든 사진을 찾아서 그저 닮은 사람인 걸 확인하고 싶었다. 그러나 어느 앨범에서도 조미의 사진을 찾을 수 없었다.

수아 언니는 좀처럼 정신을 차리지 못했다. 연호 오빠와 난 어쩔 수 없이 할아버지 집에서 밤을 맞았다. 온종일 먹은 게 없어서 허기가 졌다. 시계가 벌써 8시를 가리키고 있었다.

"시간이 벌써 이렇게 됐네? 나가서 먹을 것 좀 사 와야겠다."

"오빠… 정말 여기서 잘 거예요? 집에 안 가고요?"

"수아가 정신을 차릴 때까지는 어쩔 수 없잖아. 꼼짝도 안 하려는데 어떻게 혼자 두고 서울에 가. 너 혹시 급한 일 있니?"

"아니요. 그건 아닌데…."

"그럼 이해해줘. 수아 컨디션 좋아지면 바로 올라가자. 배고프지? 뭐 먹을래? 너 먹고 싶은 걸로 다 사 올게."

"나가시려고요? 그냥 배달시켜요."

"이런 곳까지 배달이 오겠어? 시골이 어떤 곳인지 모르는구나?"

"그럼 제가 편의점에 다녀올게요."

"아마 구멍가게도 없을걸? 물 한 병 사려고 해도 차 타고 시내까지 나가야 해."

"차를 타고 이 시간에요? 저도 같이 가면 안 돼요?"

"무서워? 할아버지 집인데 어때? 네가 태어난 곳이야. 그리고 혼자 있는 것도 아니잖아."

"그렇긴 한데…."

"얼른 다녀올게. 미안하지만 수아 좀 보고 있어."

"얼마나 걸릴까요?"

"한 30분? 금방이야. 위험하진 않겠지만 밖에 나가지 말고 안에만 있어. 문 꼭 잠그고. 알았지?"

연호 오빠가 신발을 신으며 당부했다. 그를 현관에서 배웅하는데 열린 문틈으로 폴리스라인이 눈에 들어왔다. 천장에 매달려 있던 시현 오빠와 무당귀가 된 고모의 얼굴이 떠올랐다. 시현 오빠는 왜 죽었을까? 빚 때문일까, 아니면 무당귀 때문일까? 수아 언니는 왜 오빠를 따라 여기에 왔을까? 의문이 꼬리를 물고 이어졌다.

수아 언니는 여전히 웅크린 채 오들오들 떨었다. 보일러 온도를 한껏 올려도 냉기가 가시지 않았다. 언니의 어깨 위로 담요를 여며주며 부드럽게 말을 건넸다.

"오빠는 먹을 것 사러 갔어요. 금방 올 거예요."

언니는 초점 없는 눈으로 멍하니 앉아 있을 뿐이었다. 연호 오빠는 조금 더 지켜보자고 했지만, 내 생각에는 아침이 되도 좋아질 것 같지가 않았다.

혜리에게 내일 집에 간다는 문자를 보내고 다시 앨범을 들여다봤다. 아무리 봐도 앨범 속 여자는 조미가 확실하다. 설마 조미가 내 고모할머니일까? 아니, 살아 있다면 지금 팔순이 넘었을 나이다. 홍연동 집에서 본 조미는 젊은 여자였다.

그렇다면 혹시 고모할머니에게 딸이 있었을까? 그 딸이 조미의 신분을 도용해 3층 세입자로 들어왔다면? 그러면 똑같은 얼굴이 납득이 간다. 하지만 왜? 그렇게까지 해서 홍연동 집에 들어올 이유가 있을까?

추리는 그 이상 더 나아가지 못했다. 머릿속이 여전히 흐릿하고 뒤죽박죽이었다. 도움이 필요했다. 난 김향 이모에게 전화를 걸었다.

"이모, 또 저예요."

〈집에 갔니?〉

"아뇨, 아직 향주예요."

〈아직도? 안 올라가고 거기서 뭐 해?〉

"사촌 언니 상태가 안 좋아서 오늘은 여기서 자야 할 것 같아요. 그런데 이모, 저 3층 세입자 조미가 누군지 알 것 같아요."

〈어떻게? 그 동네 사람이래?〉

"할아버지 집에서 앨범을 봤는데, 고모할머니 얼굴과 똑같아요."

〈세상에! 너희 할머니라는 얘기니? 언제는 젊은 여자라며?〉

"3층 세입자는 젊은 여자가 맞아요. 하지만 다른 사람이겠죠. 고모할머니와 닮은 걸 보면 혹시 딸 아닐까요?"

〈그러면 너랑 오촌이라는 거야?〉

"제 생각은 그래요. 물론 오촌 고모 얘기는 못 들어봤어요. 하지만 한번 조사해볼 필요가 있지 않을까요? 고모할머니도 고모처럼 어렸을 때 집을 나가셨대요. 결혼해서 자녀를 뒀는지도 모르죠."

〈사촌들 중에 그걸 아는 사람은 없고?〉

"경황이 없어서 이런 얘기는 하지도 못했어요."

〈너만 알고 있다는 거지? 일단 알았다. 오빠에게 물어볼게. 네가 말한 사진 휴대폰으로 찍어서 보내줘. 지금 혼자 있니?〉

"언니와 함께요. 사촌 오빠는 먹을 것 사러 나갔고요."

〈그래, 조심해라. 다시 연락할게.〉

전화를 끊고 다시 앨범을 봤다. 빛바랜 사진 속, 할아버지와 나란히 서 있는 수줍은 조미의 얼굴을. 우리는 정말 친척일까?

홍연동 집 2층을 거대한 독으로 만든 3층 세입자의 괴상한 행동이 조금씩 이해가 된다. 그녀는 죽은 고모와 짜고 그 집에 들어간 나를 자신이 원하는 것으로 만들려고 했다. 그게 신의 가물이든, 제물이든, 앞잡이든, 그 무엇이든 간에 나를 악신에게 바치려고 했다. 신력을 높이기 위한 제물로 나를 이용하려 했던 것이다.

난 고모할머니의 사진을 찍어 이모에게 전송했다.

"저, 저…."

갑자기 수아 언니가 이상한 소리를 냈다. 눈을 동그랗게 뜨고 겁에 질린 얼굴이었다. 언니의 시선을 따라가자 눈앞에 검은 한복 치맛단이 보였다. 무당귀였다. 귀신은 자기 얘기를 하면 나타난다더니 또다시 모습을 드러낸 것이다.

무당귀가 우리를 보고 활짝 웃었다. 그와 동시에 냉기가 싸하게 퍼졌다.

〈네년이 도망갈 곳이야 뻔하지.〉

머릿속에서 낮은 쇳소리가 울렸다. 시현 오빠 가게에서 현선 언니가 했던 말이다. 하지만 언니의 목소리는 아니었다.

무당귀가 천천히 우리 앞으로 다가왔다.

〈캄캄한 어둠 속, 좁고 지저분한 그곳….〉

"저, 저거… 보여? 너도… 보이지?"

수아 언니가 말을 더듬으며 손가락을 들어 앞을 가리켰다. 덜덜 떨리는 손끝에 검은 실이 감겨 있었다. 무당귀와 우리 사이가 점점 가까워졌다.

"보여요. 언니도 저 소리가 들려요?"

"들려. 목소리가 들려."

고막을 찢을 듯 요사스러운 웃음소리가 귓속에 메아리쳤다. 수아 언니가 바들바들 떨며 내 팔을 꽉 붙잡았다. 그 순간 언니의 손목에 걸린 엄마 팔찌가 눈에 들어왔다.

엄마가 항상 내 곁에 있다고 했지. 옆에서 날 지켜준다고 했어. 잠깐, 또 뭐가 날 지켜준다고 그랬는데? 그게 뭐더라?

〈피한다고 피해지겠느냐. 네 숙명이고 업인 것을.〉

수아 언니가 격렬하게 떨었다. 무당귀의 몸이 닿을 듯 가까워졌다. 그것이 시꺼면 입을 벌리자 검은 입안이 드러났다. 이도 검고 혀도 검다.

〈감히 나를 거역할 수 있을까?〉

"아, 안 돼… 싫어."

요망한 웃음소리가 계속 울려 퍼졌다. 어느새 무당귀의 얼굴이 코앞에 바짝 다가왔다. 당장이라도 잡아먹을 기세였다.

기억을 되짚어보자. 그게 뭘까? 나한테 있다는 그게 뭘까? 아, 도무지 기억이 안 나. 이대로 무당귀에게 먹히고 마는 걸까?

무당귀의 얼굴에 만족스러운 미소가 떠올랐다.

〈드디어 때가….〉

쾅쾅쾅!

누군가 문을 두드렸다. 순간, 무당귀가 뒤로 쑥 물러났다. 입가에 웃음을 띠자 입꼬리가 씩 올라갔다.

쾅쾅쾅!

다시 누군가 문을 힘껏 두드렸다. 무당귀가 낮은 웃음소리를 흘리며 새카만 연기로 흩어졌다.

이 시간에 누굴까? 시현 오빠라면 문을 두드릴 필요가 없는데? 나를 재촉하듯, 누군가가 또 철문이 부서져라 두들겨댔다. 문득 수아 언니의 떨림이 멎었다. 언니가 고개를 들어 현관문을 바라봤다. 얼굴에 옅은 미소가 번졌다.

쾅쾅쾅!

난 몸을 일으켜 현관문 앞으로 갔다. 문밖에 있는 것이 사람이면 무당귀보다는 나을 거라 생각하며.

"누구세요?"

대답이 없었다. 조심스레 문을 열어봤다. 어둠 속에 한 남자가 우두커니 서 있었다. 깜짝 놀라 자세히 보니 눈에 익은 실루엣이었다. 연호 오빠였다.

"오빠, 놀랐잖아요!"

놀란 가슴을 쓸어내리며 한숨을 내쉬었다. 오빠가 때마침 와준 덕분에 무당귀가 물러가서 더 반가웠다. 하지만 그는 대꾸도 없이 나를 보기만 했다.

"추운데 뭐 해요? 빨리 들어오세요."

문을 활짝 열며 오빠를 재촉했다. 그가 날 빤히 쳐다보고는 안으로 들어왔다. 빈손이었다. 아무것도 사 오지 못한 걸 보면 이 시간에 문을 연 가게가 없었을까. 그가 몰고 온 겨울밤의 한

기를 밀어내려고 서둘러 현관문을 닫았다.

"편의점 문 닫았어요? 문을 연 식당도 없고요? 여기가 진짜 시골인가 봐요."

말을 붙여봐도 대답이 없었다. 넋이 나간 듯한 얼굴이었다.

"오빠… 무슨 일 있었어요? 왜 그래요?"

연호 오빠가 수아 언니 앞으로 성큼성큼 다가가 손을 내밀었다. 언니가 벌벌 떨며 그를 올려다봤다. 손톱으로 얼마나 긁었는지 팔이 벌겋고 팔찌도 너덜너덜했다. 언니가 손을 내밀자 오빠가 그 손을 잡아 일으켰다. 언니의 어깨를 감싼 담요가 스르르 흘러내렸다. 두 사람은 손을 꼭 잡고 현관 쪽으로 갔다.

"이 밤에 어딜 가시려고요? 언니 진정될 때까지 여기 있어야죠. 오빠가 그러자고 했잖아요!"

"…."

"내일 아침 일찍 경찰서에 가야 하는 거, 잊지 않으셨죠?"

"…."

"지금 서울 가면 여기 또 와야 해요."

"…."

"아이참, 오빠! 사람 말을 왜 안 듣는 거예요?"

하는 수 없이 언니와 내 겉옷을 챙겼다. 그리고 급히 두 사람을 따라나섰다. 마음이 영 내키지 않지만 집에 혼자 남을 수도 없었다.

춥고 깜깜한 밤, 길에는 우리 셋뿐이었다. 어둠 속에서도 날아다니는 검은 형체가 또렷이 보였다. 낮에는 볼 수 없었던 광경이다.

"오빠, 천천히 좀 가요!"

걸음이 빠른 두 사람은 벌써 저만치 앞서가고 있었다. 난 기를 쓰고 그들을 쫓아갔다. 이상하게도, 다가가려 할수록 거리는 점점 벌어지고 난 지쳐갔다. 마을 어귀까지가 이렇게 멀었던가?

"오빠! 언니! 같이 가요!"

큰 소리로 외쳤다. 그러나 두 사람은 뒤도 돌아보지 않고 마을 공터 쪽으로 걸어갔다.

"수아 언니! 연호 오빠!"

난 뛰면서 목놓아 두 사람을 불렀다. 하지만 그들은 모퉁이를 돌자마자 시야에서 사라졌다. 숨이 목까지 차서 헉헉거리며 그 자리에 멈춰 섰다.

"진짜, 하아… 너무들 하시네."

잠시 숨을 고르는 사이, 누군가 내 등을 툭 쳤다.

"추운데 왜 나와 있어?"

귀에 익은 목소리, 연호 오빠였다. 이상하다? 오빠가 왜 여기 있지? 방금 저 모퉁이로 사라졌는데?

"오빠, 갑자기 어떻게…."

"뭐가 갑자기야? 먹을 것 사러 갔었잖아."

그가 의아한 표정으로 반문했다. 그의 손에 커다란 비닐봉지 두 개가 들려 있었다.

"어? 오빠… 언니는? 언니는 어디 있어요?"

"수아? 집에 있겠지. 너랑 같이 있었잖아?"

이해할 수 없다. 조금 전 일인데, 왜 오빠는 기억하지 못하는 걸까? 수아 언니와 함께 나갔던 걸 그새 잊었나?

"수아가 밖에 나왔어?"

"언니는 오빠를 따라갔잖아요?"

"나를? 언제? 난 못 봤는데?"

"아니요. 조금 전에 오빠가 집에 들어와서…."

"무슨 소리야? 지금 막 왔는데, 내가 집에 언제 들어가?"

오빠가 도리어 반문했다. 대체 어찌된 영문일까?

"아닌데, 분명히 오빠가…."

"소희야, 자다 깼니? 꿈꾼 거야?"

"아니요. 그게…."

손에 든 겉옷을 내려다봤다. 내가 겪은 일이 꿈인지 현실인지 분간이 안 된다. 지금 내 앞에 있는 사람이 연호 오빠가 맞긴 한 걸까?

"일단 들어가자. 수아는 집에 있겠지. 네가 잠시 뭔가에 홀렸나 보다."

가로등 하나 없는 마을은 짙은 어둠에 잠겨 있었다. 어디선가 매서운 바람이 불어왔다. 수아 언니와 또 다른 연호 오빠는 어둠 속으로 사라져버리고, 난 오빠 얼굴을 한 남자와 함께 집으로 돌아갔다. 검은 형체도 우리를 따라왔다.

"수아야! 최수아!"

연호 오빠가 온 집을 돌아다니며 수아 언니를 찾았다. 폴리스 라인을 쳐놓은 기와집도 살펴보고 집 뒤편 장독대도 둘러봤다. 하지만 언니는 보이지 않았다. 그녀는 오빠와 함께 떠난 것이다. 내가 잘못 본 게 아니었다.

"얘 어디 있어? 너 진짜 수아 못 봤어?"

"아까 말씀드렸잖아요. 오빠와 함께 나갔다고…."

"자꾸 무슨 소리를 하는 거야? 내가 수아랑 가긴 어딜 가? 그리고 난 여기 있잖아! 같이 갔으면 나도 없어야지."

"몰라요. 그래도 같이 간 건 오빠였어요."

"장난치지 말고 사실대로 말해. 수아 어딨어? 혼자 나갔어?"

"그게, 오빠랑…."

"야! 내가 귀신이야? 네 눈에는 내가 귀신으로 보여?"

부드럽던 목소리가 순식간에 험악해졌다. 그가 목소리를 높일수록 난 점점 움츠러들었다.

"나와 똑같이 생긴 도플갱어라도 나타나 수아를 데려갔다는 거야? 말이 안 되잖아?"

"분명히 오빠였는데…."

언니가 웅크리고 있던 자리에는 담요만 덩그러니 있었다.

"그래, 좋아. 내가 데려갔다고 치자. 그런데 넌, 그걸 보고만 있었니? 나가는 걸 왜 말리지 않았어?"

"따라 나갔어요. 그러다 오빠를 만난 거잖아요…."

연호 오빠의 무서운 눈빛에 그만 말문이 막혔다.

언니를 데려간 남자는 오빠가 아니다. 난 또 홀려버린 거다. 왠지 오빠가 이상하다 싶었다. 진작 눈치챘어야 했는데. 언니가 못 가게 말렸어야 했는데. 아니, 좀 더 빨리 뛰어가 붙잡았어야 했나? 모든 게 내 잘못이다.

집 안을 둘러본 오빠가 다시 신발을 신었다.

"어디 가시게요?"

"여기 있어서 뭐 하게?"

"경찰서에 가실 거예요? 언니 없어졌다고 신고해요?"

오빠는 말없이 현관문을 나섰다. 바닥에 놓인 앨범 두 권을 챙겨 얼른 뒤따라 나갔다. 검은 형체들이 주변을 휙휙 날아다니며 따라왔다. 난 겁에 질려 앞서가는 오빠의 등만 보고 걸었다.

공터에 다다랐다. 그런데 수아 언니의 차가 보이지 않았다.

"언니 차가…."

오빠도 그 사실을 확인하고 굳은 표정으로 자신의 차에 올랐다. 우리는 차를 타고 조용히 마을 어귀로 향했다.

거목 옆을 지날 때, 돌무더기 위에 서 있는 무당귀가 보였다. 난 눈을 마주치지 않으려 시선을 피했다. 대신 사이드미러로 그 모습을 훔쳐봤다. 그것은 재미있다는 듯 웃고 있었다.

바로 그 순간, 무당귀의 손끝에서 검은 실이 뻗어나왔다. 무당귀는 내가 타고 있는 차에까지 마수를 뻗쳤다. 난 눈을 감고 나에게 주문을 걸었다. 보면 안 돼. 저건 그냥 환영일 뿐이야.

잠시 후, 눈을 뜨고 운전하는 오빠의 옆모습을 쳐다봤다. 입을 꽉 다문 채 앞만 보고 운전하는 연호 오빠. 어쩌면 오빠도 나와 같은 환영을 보고 있는 건 아닐까? 대시보드 위의 아날로그 시계가 어느덧 10시를 가리키고 있었다.

서울로 가는 내내 우리는 아무 말도 하지 않았다.

집 앞에 나를 내려준 오빠는 인사도 받지 않고 바로 가버렸다.

아직도 화가 풀리지 않은 걸까. 나도 억울하다. 그건 내 잘못이 아닌데. 난 분명히 연호 오빠를 봤고, 언니는 그를 따라갔다. 그 상황에서 내가 뭘 어떻게 할 수 있을까.

심란한 마음으로 앨범을 품에 안고 계단을 올라갔다. 현관에 들어서자 혜리가 파자마 차림으로 반겼다.

"자고 온다더니? 그새 마음이 바뀐 거야?"

집 안에서 라면 냄새가 진동했다. 뱃속에서 꼬르륵 소리가 났다.

"지금까지 밥도 안 먹은 거야? 사촌 오빠가 안 사줘?"

"먹을 새가 있어야지."

"그렇다고 애를 굶겨? 얼굴 해쓱해진 거 봐. 일단 이거라도 먹어."

혜리가 자신이 먹으려던 컵라면을 양보했다. 난 허겁지겁 라면을 먹으며 연호 오빠가 들고 왔던 비닐봉지를 떠올렸다. 연이은 충격에 배고픈 줄도 잊고 있었다. 오빠도 마찬가지겠지.

"일정이 바뀐 거야?"

"일이 많았어."

"왜? 또 너희 고모가 검은 한복을 입고 찾아왔어?"

"그런 일로 일정을 바꿀 리가 없잖아."

"그럼 뭔데? 뭔 일이 또 있었어?"

"…시현 오빠가 죽었어."

새로 뜯은 컵라면에 뜨거운 물을 붓던 혜리가 멈칫했다. 난 젓가락질을 쉬지 않고 라면을 꾸역꾸역 먹었다.

"오 마이 갓! 또? 이런 말 해서 미안한데, 줄초상이잖아? 사고였어?"

"할아버지 집에서 목을 맸어."

"헐… 왜?"

"모르지."

"짐작도 안 가?"

"표면적인 이유는 사채 때문인 것 같아. 재산이 다 압류됐다고 들었거든. 하지만 그게 진짜 이유 같지는 않아. 나… 죽은 오빠 옆에 무당귀가 서 있는 거 봤어."

"그게 너만 쫓아다닌 거 아니었어?"

"그런 줄 알았는데 아니더라. 수아 언니도 보고 있었어. 나랑 똑같은가 봐."

"아니 고모라는 사람이 대체 왜 그래? 유산 줬다고 유세하는 거야? 조상이면 자손들 잘되라고 보살펴야지, 왜 귀신이 돼서 애들을 괴롭혀? 그 오빠는 왜 죽이고?"

"모르겠어. 무슨 원한이 있는지 우리를 다 죽이려는 것 같아. 아니면 미치게 만들거나."

"진짜 못된 귀신이다. 무당 아줌마 말대로 악귀 맞네. 무슨 일 벌어지기 전에 빨리 알려야겠다. 제천에 연락했어?"

"그럴 경황이 있어야지. 게다가 그걸로 끝이 아니었어."

"또 뭐? 또 무슨 일이 있었는데?"

혜리는 컵라면에 뜨거운 물을 부어놓은 것도 잊고 내 얘기에 집중했다.

"내가 미쳐가나 봐."

"그건 뭔 소리야?"

"자꾸 헛것이 보여."

"고모 귀신 어디 한두 번 봐?"

"이번에는 경우가 달라. 연호 오빠가… 둘이었어."

"무슨 소리야? 그 오빠가 분신술이라도 썼다는 거야?"

"시내에 먹을 거 사러 간다고 나갔던 사람이 이상하게 바로 들어오는 거야. 그러더니 수아 언니 손을 잡고 다시 나갔어."

"그래서?"

"당연히 나도 따라갔지. 근데 너무 빨리 가니까 내가 못 쫓아가고 언니 오빠를 놓쳤어."

"그런데 그 오빠가 다시 나타났다, 이거야?"

난 말없이 고개를 끄덕이고 잠시 숨을 골랐다.

"더 섬뜩한 건, 오빠가 조금 전 일을 전혀 기억하지 못하는 거야. 자기는 그런 적 없다며 오히려 날 이상한 애로 몰고 갔어."

"그러니까 두 사람이 다른 사람이다, 오빠가 둘이었다, 이 말인 거지?"

"응."

"그 오빠 쌍둥이야?"

"아니. 내가 헛것을 봤나 봐. 또 홀린 거지. 어쨌거나 그 일로 연호 오빠가 화가 많이 나서 그냥 서울로 온 거야."

"밥도 못 먹고? 에이그… 그 언니는?"

"갔지. 또 다른 오빠랑."

"쯧쯧… 홀렸네. 너랑 그 언니, 둘 다 귀신에 홀린 거야."

마을을 떠나올 때 거목 옆에 서 있던 무당귀. 그것이 언니와 내게 환영을 보여준 걸까? 왜? 할아버지 집에서 우리를 불러내려고? 아니면 나와 언니를 떼어놓으려고? 모르겠다.

"근데 이건 뭐야?"

혜리가 테이블에 올려둔 앨범을 가리켰다. 할아버지의 오래된 앨범 두 권. 그 정신없는 상황에서도 챙겨온 소중한 자료다. 난 그중 한 권을 펼쳐 고모할머니의 사진을 보여줬다.

"이분이 우리 고모할머니야."

"사촌 언니와 좀 닮은 것 같네."

"3층 세입자와 얼굴이 똑같아."

"뭐? 조미?"

혜리는 과장된 몸짓으로 자기 입을 틀어막았다. 평소라면 그 모습을 보고 웃었을 텐데, 웃음이 나오지 않았다.

"세상에나! 그 아줌마가 이렇게 생겼구나…. 그럼 그 세입자가 과거에서 온 거야?"

"나이를 생각해보면 고모할머니의 딸이 아닐까 싶어."

"손녀가 아니고? 사촌 언니들과 비슷한 연배라며?"

"그건 조미의 신분증을 도용했을 때 얘기지. 아무도 실제 나이를 모르잖아. 마흔일 수도 있고, 쉰이 넘었을 수도 있어. 묘하게 나이를 가늠할 수 없는 얼굴이었거든."

"동안이었어? 피부과에서 왕창 땡겼나 보네."

혜리가 앨범을 들고 사진을 자세히 들여다봤다. 보존 상태가 괜찮은 편이지만 요즘 사진처럼 선명하지는 않았다. 특히 얼굴 부분이 희끗희끗했다.

"이 사진이 얼마나 된 걸까?"

"할아버지 젊었을 때니까… 60~70년쯤? 할아버지가 살아 계신다면 올해 89세거든."

"그럼 고모할머니 나이가 적어도 팔순은 됐겠네. 딸이라기보다는 손녀야."

"딸이든 손녀든, 조사하면 나오겠지."

"경찰에게 말했어?"

"이모 통해서 경찰 삼촌에게 알아봐달라고 부탁했어. 사진도 보냈고."

"곧 신원이 밝혀지겠네. 근데 국내에 일치하는 지문이 없다며? 왜 그럴까?"

"위조하지 않았을까?"

"생활 흔적에서 나온 지문인데 그걸 일일이 어떻게 위조해? 불가능해, 그건."

혜리와 나는 3층 세입자의 정체에 대해 한참을 추리했다. 아직 신분을 알 수 없지만 전보다 정답에 가까워진 느낌이었다. 우리는 새벽까지 얘기를 나누다 오랜만에 함께 잠들었다.

그날 밤 꿈에도 어김없이 무당귀가 나타났다. 배경은 할아버지 댁이 있는 마을 어귀의 거목 아래. 검은 실에 칭칭 감긴 고치가 나무에 매달려 있었다. 그것이 천천히 흔들릴 때마다 고치를 감은 실이 점점 늘어났다. 무당귀는 그 옆에 서서 나를 보고 기분 나쁜 웃음을 흘렸다. 다행히 제천 무당이 준 방편을 손에 쥐고 잠들어서 무당귀가 가까이 다가오지는 않았다.

31

 동아의 전화가 아침을 깨웠다. 헛기침을 몇 번 하고 통화 버튼을 눌렀다.
 〈밤새 별일 없으셨나요? 어젯밤 꿈이 기괴해서 연락드렸습니다.〉
 일어나면 바로 연락하려던 참이라 전화가 반가웠다.
 "마침 전화 잘하셨어요. 어제, 사촌 오빠가 죽었어요."
 〈혹시 끈으로…?〉
 "동아 님이 어떻게 아시죠?"
 〈천장에 매달린 크고 검은 고치를 꿈에서 봤습니다. 그 밑에서 소희 님이 울고 있었고요.〉
 "아… 동아 님이 보신 그대로예요. 그리고 저도 똑같은 환영을 봤어요."

〈힘드셨겠어요. 소희 님에게 큰일 없어서 다행입니다.〉

"하지만 계속 보이는걸요. 선생님이 주신 방편을 제대로 사용하지도 못했고요."

〈악귀의 힘이 점점 강해지나 봅니다. 빨리 수를 써야겠네요.〉

"솔직히 무서워요. 이제는 무당귀가 현실에까지 나타나거든요. 동아 님은 언제쯤 오실 건가요?"

〈신청과 협의 중이니 이것만 해결되면 바로 가겠습니다.〉

동아와는 길게 얘기하지 못했다. 통화 중에 이모에게서 전화가 왔기 때문이다. 고모할머니 사진과 관련해 새로운 소식이 왔나 궁금했다.

"이모, 벌써 연락이 왔어요?"

〈어젯밤에 사진 보냈는데 바로 찾겠니? 성질 급하긴.〉

"아…."

〈다른 일로 전화했어. 3층 세입자 조미 말고, 원래 2층에 살던 조미 말이야. 진짜 조미의 실종 전단지를 확인했어.〉

"전단지에 얼굴이 있어요?"

〈얼굴만이게? 나이와 신체 특징도 다 적혀 있지. 내가 사진으로 받았으니까 바로 보내줄게.〉

이모가 보내준 사진을 열자 2년 전에 만들었다는 전단지가 휴대폰 화면을 꽉 채웠다. 전단지 속 여자의 모습은 단정하고 말끔했다. 그런데 어딘가 낯익은 얼굴. 이 얼굴을 어디서 봤더라? 상세 정보에서 그녀를 설명하는 문장 하나가 눈에 띄었다.

'실종 당시 31세, 어릴 때 소아마비로 왼쪽 다리를 젊.'

향주에서 봤던 여자가 머리를 스쳤다. 마을 이장이 적송에서 데려왔다던 그 여자. 남루한 차림으로 다리를 절며 마을을 떠도는 정신 나간 여자. 그녀가 진짜 조미일 거라는 확신이 들었다. 난 이모에게 바로 전화했다.

〈전단지 확인했니?〉

"그 여자, 지금 향주에 있어요."

〈향주에? 네가 그걸 어떻게 알아?〉

"어제 봤어요. 마을에서 헤매고 다니는 걸 제가 직접 봤어요. 마을 사람들 말로는 적송에서 데려왔대요."

〈그 말이 사실이야? 오빠에게 연락해서 당장 경찰 보내라고 해야겠다. 거기가 향주라고?〉

"네, 경기도 향주요. 적송 바로 옆이에요."

〈알았어. 다시 전화하자.〉

실종된 조미가 왜 적송에서 발견된 걸까? 왜 실성한 채로 마을을 떠돌고 있을까? 아무리 부정하려 해도 조미가 죽은 고모와 관련이 있음을 더 이상 부인하기 힘들다. 빙산의 일각처럼, 드러난 진실 저 밑바닥에 엄청난 비밀이 숨겨져 있을지 모른다.

"아침부터 왜 이리 심각해?"

혜리가 젖은 머리를 수건으로 감싸고 욕실에서 나왔다.

"조미를 찾았어."

"그 3층 세입자? 어디서?"

"아니, 그 조미 말고, 전에 2층에 살았다는 진짜 조미 말이야. 그 여자가 향주에 있어."

"세상에! 등잔 밑이 어둡다더니, 거기서? 누가 찾았대?"

"나. 어제 향주에서 봤어. 이모가 보내준 이 전단지의 여자와 얼굴이 똑같아. 한쪽 다리가 불편한 것도 같고."

혜리에게 내 휴대폰을 건넸다. 전단지 속 얼굴을 확인한 그 애의 얼굴이 심각해졌다.

"일이 이상하게 돌아가네? 너희 고모, 이 집에서 무슨 일을 벌인 걸까?"

"모르겠어. 정지수와 조미 그리고 아직 찾지 못한 다른 세입자들을 상대로 괴상한 짓을 벌인 게 확실해."

"미쳤네."

혜리 말대로 고모는 제정신이 아니었던 걸까? 그래서 죽어서도 악귀가 되어 나를 괴롭히는 걸까? 향주로 가서 직접 확인하고 싶다. 경찰을 만나 그 여자가 진짜 조미인지 알아보고, 마을 사람들에게 적송 시골집에 대해 자세히 물어봐야겠다.

"향주에 가봐야겠어. 마을 사람들을 다시 만나야 해."

"가서 어쩌려고?"

"어차피 경찰서 가서 진술도 해야 해. 시현 오빠 사망한 걸 목격했잖아. 오늘 간다고 약속했어."

"그럼 같이 가."

"괜찮아. 넌 집에 있어."

"거기까지 혼자 어떻게 가려고? 교통편 안 좋은 거 알잖아."

"버스 타면 돼."

"몇 번을 갈아타려고? 그러다 하루 다 간다? 내 차 타고 후딱 갔다 오자. 어차피 오늘 할 일도 없어."

혜리가 속도를 낸 덕분에 한 시간쯤 뒤 경찰서에 도착할 수 있었다. 경찰서 내부는 생각보다 넓었고, 오가는 사람도 많았다. 막상 어디로 가야 할지 몰라 입구에서 머뭇거렸다. 제각기 바쁜 사람들을 붙잡고 물어보기도 민망했다. 그러고 있을 때 한 남자가 다가왔다.

"임소희 씨?"

어디선가 본 듯한 남자였다. 그의 큰 덩치에 살짝 주눅이 들었다.

"저, 향이 사촌 오빠 됩니다. 기억하시죠? 홍연동에서 우리 만났잖습니까? 여기서 이렇게 또 뵙네요."

그는 바로 경찰 삼촌이었다. 낯설지 않은 목소리에 난 반갑게 인사했다. 내가 빙의됐을 때 나를 도우러 온 사람들 속에 있었던 그가 생각났다.

"임시현 씨 일로 오셨죠?"

"네, 어제 진술을 못 해서요."

"서울에서 오신 거예요?"

"네."

"어휴, 멀리서 오셨네."

그가 손목시계를 힐끗 봤다. 할 말이 있는 듯한 표정이었다.

"저도 확인할 게 있어서 들렀어요. 시간 괜찮으시면 담당 수사관 만나기 전에 잠깐 얘기 좀 하실까요?"

"지금요?"

"수사는 아니니 부담 갖지 마시고요. 그저 향이에게 들은 얘기를 확인할까 해서요."

"그렇다면…."

난 혜리를 쳐다봤다. 눈치 빠른 혜리는 그 말뜻을 단번에 알아들었다.

"전 한 바퀴 돌고 올게요. 차에서 먹은 김밥이 얹힐 것 같아서 조금 걸어야겠어요."

혜리가 경찰서 밖으로 나가자 그가 조용한 장소로 안내했다. 테이블과 의자만 있는 소회의실 같은 곳이었다. 그가 종이컵 두 개를 들고 와서 내 앞에 하나를 내려놓았다.

"향이에게 얘기 들었습니다. 덕분에 바로 출동해서 조미로 추정되는 주민을 찾았어요."

"추정이요? 조미가 아니고요?"

"손이 엉망이라 지문 채취가 쉽지 않았어요. 손톱도 다 빠졌더라고요. 다친 지 한참 된 모양인데 제때 치료하지 않아서 회복이 될까 모르겠네요. 게다가 상당히 흥분한 상태라 사정을 들으려면 좀 기다려야 할 것 같습니다. 그래도 차차 안정되고 있다니까, 곧 신원을 확인할 수 있을 겁니다."

"그나마 다행이네요."

"임소희 씨 덕분이죠. 자, 이제 고모할머니 얘기를 해볼까요? 혹시 고모할머니 성함을 아십니까?"

"재 자, 숙 자를 쓰세요. 임재숙이요."

"의외네요? 친척과 인연을 끊고 살았다고 들었는데, 고모할머니 성함까지 아시는군요?"

"그 마을 어르신들이 말씀하시는 걸 들었어요."

"흐음… 연세는요? 그것도 아십니까?"

"아마 팔순은 넘었을 거예요."

변호사가 건네준 아빠의 제적 등본에는 할아버지의 생년월일이 한자로 적혀 있었다.

"추측이신 거죠?"

"제적 등본을 봤어요. 고모 유산 문제로 확인했는데 할아버지가 34년생이셨어요."

"할아버지의 제적 등본을 보신 겁니까?"

"아빠와 할아버지 것이 다른가요?"

"다르죠. 거기서 고모할머니의 성함을 본 건 아니죠?"

"할아버지, 아빠, 큰아버지, 고모 것만 있었어요."

"그런데 고모할머니 나이를 어떻게 유추하신 겁니까?"

"제가 이모에게 보낸 사진 받으셨죠? 두 분이 열 살 정도 차이 나는 걸 감안하면 80세쯤 되지 않았을까요?"

"사진의 여자가 임소희 씨 고모할머니가 확실할까요?"

"연호 오빠가 고모할머니라고 알려줬어요."

"사촌 오빠가요? 그분은 고모할머니를 아시는 게 맞나요?"

"왜 그러시죠?"

"할아버지 임재승 씨에게는 누나도, 여동생도 없었습니다. 등록된 기록이 아예 없어요."

이건 또 무슨 해괴한 말인가. 고모할머니가 존재하지 않는다니. 연호 오빠는 고모할머니가 무당이었다고 말했다. 또 고모를 신딸로 삼았다고 했고, 마을 사람들도 고모할머니를 알고 있었다. 그런데 존재하지 않는다는 게 말이 되나?

"아, 물론 누락됐을 수도 있습니다. 저희가 일단 가족관계만 조사한 거라 그 가능성을 배제할 순 없죠. 사실 우리나라 주민등록 역사가 그리 길지 않거든요. 1968년에 시행됐으니 아직 60년도 안 됐어요. 그 이전에 태어난 사람 중에는 신고하지 않아서 주민등록증을 발급받지 못한 경우도 있을 겁니다."

"주민등록증 없이 어떻게 살아요? 투명인간도 아니고?"

"정규 교육과 건강보험 혜택을 못 받는 불편함이 있겠지만 아주 불가능하진 않죠. 그런 분들이 더러 있었다고 하니까요. 정확한 건 호적을 확인해봐야 알겠지만요."

"고모할머니가 그런 경우일까요?"

"그래야 3층에서 나온 지문이 확인되지 않는 게 설명됩니다."

"제가 본 3층 세입자는 젊은 여자였어요. 할머니가 아니라."

"착각하신 건 아닐까요?"

"저 혼자만 본 게 아니에요. 사촌들도 세입자를 만났고 변호사도 봤어요. 이사 오던 날, 사무장과 얘기도 나눴고요."

"알겠습니다. 다른 분들께도 확인해보죠."

"고모할머니에게 자녀가 있는지도 확인해 주세요. 혹시 3층 세입자가 딸이나 손녀일지도 모르잖아요."

"주민등록이 안 돼 있어서 그건 불가능할 것 같은데요? 자녀가 있다고 해도 관계를 입증하기 힘들 겁니다."

"그래도…."

"최대한 알아보겠습니다."

"고맙습니다. 또 질문이 있어요. 고모도 주민등록이 돼 있지 않은가요?"

"임성미 씨 말이죠? 임성미 씨는 등록돼 있습니다. 꽤 많은 재산이 신고된 걸 보면 주민등록이 없을 수가 없죠."

경찰 삼촌의 입가에 미소가 떠올랐다. 그때 그의 휴대폰이 진동했다. 문자를 확인한 뒤 그의 눈빛이 날카로워졌다.

"예상보다 빨리 결과가 나왔네요. 향주에서 찾은 여자가 실종된 조미가 맞답니다."

"진짜요? 진짜 그 여자가…."

"덕분에 실종 사건 하나는 해결됐네요. 고맙습니다. 앞으로 이 사건은 제가 담당할 겁니다. 백 경장이 다른 일을 맡게 됐거든요. 그럼 전 이만 가보겠습니다."

그는 나를 담당 수사관에게 데려다주고 급히 사무실을 나갔다.

난 수사관 앞에 앉아 어제 일에 대해 진술했다. 연호 오빠와 함께 수아 언니를 찾으러 향주에 왔다가 시현 오빠의 주검을 목격하게 된 경위를 쭉 얘기했다. 경찰 삼촌 덕분인지 담당 수사관의 태도가 어제보다 한결 부드러웠다.

진술은 20분도 채 되지 않아 싱겁게 끝났다. 경찰은 시현 오빠의 죽음을 별다른 의심 없이 자살로 추정하는 듯했다.

"여긴 혼자 오셨습니까?"

"네."

"사촌 오빠라고 했던가요? 같이 계시던 최연호 씨는요?"

"오빠가 아직 안 왔나요?"

"최연호 씨와 통화하고 오신 거 아니에요? 일찍 온다더니…."

어제 수아 언니 사라진 일로 말도 없이 가버린 오빠가 마음에 걸렸다

"최연호 씨와 사촌 언니인가 하는 그 여자분 있죠? 두 분께 연락해서 오늘 중으로 꼭 경찰서에 방문하라고 말씀해 주세요. 마냥 기다릴 수도 없고 이거 곤란하네요."

"연락해 볼게요."

"꼭 부탁드립니다. 출두 명령서를 우편으로 발부하기 전에 오셨으면 좋겠네요. 저희가 진술을 받아둬야 해서요. 제가 맡은

사건이 이거 하나가 아니라서 시간이 없습니다."

경찰서를 나와 바로 연호 오빠와 수아 언니에게 전화를 걸었다. 하지만 둘 다 내 연락을 받지 않았다. 일단 수사관이 기다리고 있다는 문자를 두 사람에게 남겼다.

"바쁘네, 바빠."

어디선가 혜리가 볼이 빨개져서 나타났다. 정말 주변을 부지런히 걷다 온 얼굴이었다.

"어디다 그렇게 열심히 연락해?"

"연호 오빠와 수아 언니."

"왜, 전화를 안 받아? 으이그, 네 사촌들은 왜 그리 똑같냐? 꼭 자기들 필요할 때만 연락하고 네 전화는 무시하더라."

"바쁜가 봐."

"둘 다 귀신에게 홀렸나 보지. 그래서 전화를 안 받겠지."

"기집애, 악담은."

"경찰 삼촌이랑 무슨 얘기 했어?"

나는 그에게 들은 얘기를 간략하게 설명해줬다. 고모할머니가 주민등록이 안 돼 있을 가능성과 진짜 조미를 찾았다는 사실을.

"확실한 건 조사해봐야 안다는 거네?"

"어디까지나 추측이니까."

"좋아. 그러면 내가 경찰보다 먼저 진실을 파헤쳐야겠다."

"네가? 무슨 수로?"

"촉이 와. 그 지갑 사건 이후로 내가 묘하게 촉이 좋아졌잖니. 네 문제, 곧 해결할 수 있을 것 같아. 가자. 너희 할아버지 마을에 가서 우리도 탐문이란 걸 해보자."

"열정은 높이 산다만 밥부터 먹자. 배고파."

"거기 가서 먹어."

"완전 시골이야. 식당은커녕 구멍가게도 없어."

우리는 경찰서 앞 식당에서 간단히 점심을 먹고 편의점에 들러 커피를 샀다. 할아버지 집까지는 차로 20분이 소요된다고 내비게이션이 안내했다. 달리는 내내 차창 밖으로 내다보이는 겨울 풍경이 황량했다.

목적지가 가까워질수록 마음이 초조했다. 내가 가겠다고 나섰지만 솔직히 향주에 가기가 꺼려졌다. 그곳에 가면 또 무당귀를 만날 텐데, 이제 어떤 모습으로 나타나 나를 현혹할까. 무당귀의 손끝에서 나온 검은 실이 나와 혜리를 휘감으면 어쩌나 두려운 마음도 들었다.

불안한 생각을 떨치지 못하고 있는데 때마침 휴대폰이 울렸다. 도진이였다. 그의 연락이 반가운 동시에 불길한 느낌이 들었다.

'아끼는 것을 잃어봐야 정신을 차리지!'

악신이 그 말을 한 후 도진이에게 사고가 생겼다. 그건 단지 우연일 뿐이고, 잡귀의 말에 연연할 이유가 없다고 스스로를 타일렀지만, 그래도 전화 받기가 두려웠다. 또다시 안 좋은 소식일까 봐 망설여졌다.

"뭐 해? 전화 안 받아?"

혜리의 채근에 정신을 차리고 통화 버튼을 눌렀다.

"…도진이니?"

목소리가 불안하게 떨렸다. 그러나 내 심장 소리만 들릴 뿐 도진이는 말이 없었다. 난 마음이 다급해졌다.

"왜 전화해놓고 말을 안 해?"

"…."

"여보세요? 도진아! 내 말 안 들려?"

또다시 침묵이 이어졌다. 휴대폰 너머의 정적이 수상했다. 진짜 무슨 일이 생긴 건지, 내 불길한 예감이 맞는 건지 심장이 철렁 내려앉았다.

잠시 후 전화가 뚝 끊기고 뚜뚜뚜뚜, 신호음만 들렸다.

"왜 그래? 도진이가 뭐라는데?"

혜리가 나를 곁눈질하며 물었다.

"아무 말도 안 해…."

"에이, 잘못 눌렀나 보지. 네가 다시 걸어봐."

떨리는 손으로 그에게 전화를 걸었다. 심장이 쿵쿵 뛰는 소리가 내 귓가에 들렸다. 신호음이 세 번 울린 후 통화가 연결됐다.

〈어, 소희야. 향주 잘 갔다 왔어?〉

평소와 다름없는 밝은 목소리, 그 말투에 울컥했다.

"뭐야, 먼저 전화하고선 말도 않고…."

〈내가 전화를 했다고?〉

"자기가 하고선 몰라?"

〈어, 미안. 내가 잘못 눌렀나 봐. 근데 어디야? 서울 온 거지?〉

"향주야."

〈아직도?〉

"어제 집에 갔다가 일이 있어서 다시 내려왔어. 너 진짜 아무 일 없는 거지? 정말이지?"

〈그렇대도. 갑자기 왜 이렇게 신경을 써주실까?〉

"저번처럼 무슨 일 생긴 줄 알았잖아."

〈염려 마. 깁스한 후로 조심하고 있어. 집엔 언제 갈 거야?〉

"상황 봐서. 늦을지도 몰라."

〈오늘 보고 싶었는데. 할 수 없다, 민수나 만나야겠다.〉

"그냥 집에 있어. 모레 면접이잖아? 팔도 다쳤는데 어딜 가려고. 몸조심해야지."

〈면접 전이니까 실컷 놀아둬야지.〉

"도진아, 나 걱정되니까 제발…."

〈알아, 알아. 조심할게. 됐지? 너야말로 올라올 때 조심해. 베스트 드라이버 너무 믿지 말고.〉

그의 목소리를 듣고 아무 일 없다는 걸 거듭 확인하고 나서야 비로소 마음이 놓였다. 눈을 동그랗게 뜨고서 듣고 있던 혜리도 안도했다.

"거봐. 기집애, 예민하게 굴긴. 지레 걱정하지 마. 그나저나 너, 어제도 못 잔 거야?"

"그렇지 뭐."

"의연한 척은. 야, 힘들면 말을 해. 그래야 속이라도 시원하지."

"나 그 정도로 힘들진 않아."

"내가 네 속을 모르겠니? 힘내. 그래도 하나씩 풀려가잖아. 무당 아줌마 방편 덕에 악귀가 함부로 못 덤비는 게 어디야? 3층 세입자에 대한 의문도 곧 풀릴 거야. 이런 거 다 해결되면 어딘가 숨어 있는 사촌들도 하나둘 나타나지 않겠어?"

이런저런 얘기를 나누는 사이, 우리는 할아버지 집이 있는 마을에 도착했다. 마을 어귀의 거목이 가장 먼저 우리를 맞았다.

"당산나무가 있네?"

"너 그런 것도 알아?"

"무속에 심취하신 우리 엄마 딸인데 모를 수가 없지. 나무 아래 돌무더기 보이지? 저거 서낭당이라는 표시야. 저 앞을 지날 때 돌을 세 개 올리고 세 번 절한 다음 침을 뱉으면 재수가 좋대. 믿거나 말거나."

"굿하는 데는 아니고?"

"굿도 당연히 하지. 보통 오색 천이 걸려 있던데 이상하게 여긴 아무것도 없다? 제사를 안 지내나 봐. 겨울이라 그런가?"

공터에 주차한 후 우리는 골목길 앞 비닐하우스로 갔다. 안으로 들어서자 쿰쿰한 냄새가 났다. 할머니 세 분이 어제처럼 평상에 앉아 잘 마른 메줏덩이를 짚으로 묶고 있었다.

"할머니, 안녕하세요?"

혜리가 발랄하게 인사하며 평상에 다가가 앉았다.

"어어, 어제 본 그 아가씨네?"

"아니, 이쪽은 처음 보고 저쪽이 어제 본 처자지."

"내가 눈이 어두워서… 뉘 집 딸이라고 했지?"

"성태 딸, 감나무집 재승이네 손녀. 그새 잊었어?"

"감나무집이면? 어이쿠, 그런 일을 겪어서 어쩌나…. 많이 놀랐지?"

할머니들이 연민 가득한 눈빛으로 나를 위로했다. 시헌 오빠가 목을 매달았다는 소문이 그새 마을에 쫙 퍼진 것이다. 이렇게 작은 마을에선 소문이 안 나는 게 오히려 이상하겠지.

"어제 죽은 사람이 누구야? 친오빠야?"

"아뇨, 애네 사촌 오빠요. 큰아버지 아들이요."

"경태 아들? 그럼 그 집 장손이네?"

"장손이 죽어서 어쩌누…. 그럼 이제 그 집은 어제 본 그 총각이 대를 잇는 건가?"

"그 오빠는 고모 아들이라서 임씨가 아니라 최씨예요."

"다른 아들은 없어? 막둥이 있었잖아?"

"얼마 전에 죽었어요."

"저런, 쯧쯧… 임씨 가문 대가 끊겼네? 이제 제사는 누가 지낸대?"

할머니는 남은 가족보다 집안 제사를 걱정했다.

"남의 집 참견은, 쯧쯧. 형님 집안이나 챙기셔."

"아들이 죄다 죽었대잖아. 씨가 말랐는데 걱정이 안 돼?"

"재숙이, 성미, 그 잡것들 때문에 그래."

"또 그 소리!"

"영 틀린 말은 아니지. 신이 내린 벌을 피할 수 있나? 불쌍하게도 자손이 받나 보네. 아들들이 줄줄이 죽어나가는 걸 보면."

"거, 너무들 하네, 당사자 앞에서…."

한 할머니가 내 눈치를 보다가 말을 흐렸다. 하지만 다른 할머니들은 전혀 거리낌이 없었다.

"내가 뭐 틀린 말 했나? 저번에 아랫마을 무당이 도망가면서 그랬잖아. 적송 악신이 이 마을 사람들도 죄다 물어갈 거라고."

"그 몹쓸 말을 믿어?"

"나야 안 믿지. 하지만 꺼림칙한 걸 어떡해?"

"나쁜 기운이 우리 마을에까지 퍼진 건 사실이잖아? 당산나무를 봐. 아무리 제를 지내도 예전 같지가 않아."

"이제 괜찮겠지. 적송에서 온 그 화상을 경찰이 잡아갔잖아."

난 휴대폰을 꺼내 앨범에서 찍은 사진을 크게 확대해 할머니들 앞에 내밀었다.

"이분, 알아보시겠어요?"

"재숙이네?"

그들은 한 치의 망설임도 없이 바로 답했다. 그렇다면 사진 속 소녀는 고모할머니가 확실하다.

"입을 보니 알겠네. 재숙이가 틀림없어."

"입이 왜요?"

"이거 봐. 여기 입술이 조금 허옇잖아. 재숙이 그게 백반증이 있었거든."

"이 망할 년. 이게 잠악산 일대를 망쳐놓은 년이야. 썩을 것이 그래도 이때는 고왔네."

"재숙이가 이때만 해도 평범했지. 입술 빼고는 눈에 띄는 게 하나도 없었잖아. 이런 애가 무당이 될 줄 누가 알았겠어?"

"어휴, 끔찍해. 이거 치워라, 꼴도 보기 싫다."

"혹시 고모할머니에게 자녀가 있었나요?"

"재숙이한테 애가 있었나?"

"몰라. 못 들어봤는데?"

"있었는지도 모르지. 좋아지내는 남자가 있었다고 했거든. 악사라던가? 굿할 때 옆에서 장구 치는 사람."

그중 연장자로 보이는 할머니가 고모할머니의 과거를 기억하는 듯했다. 그쪽으로 가까이 다가앉자 메주 냄새가 더 강하게 풍겼다.

"자녀가 있었는지는 정말 모르시고요?"

"글쎄… 있었나, 없었나…?"

"잘 생각해 보세요."

"애가 하나 있었던 것도 같고?"

"딸이요? 아니면 아들이요?"

"아, 몰라. 무당의 개인사를 우리가 어찌 아나. 친하게 지낸 것도 아닌데."

"면사무소 가서 물어봐. 그게 빠르지."

"고모할머니 주민등록이 안 돼 있어서 물어볼 데가 여기밖에 없어요."

간절한 눈빛으로 할머니들의 대답을 기다렸다. 하지만 반응이 시큰둥했고, 혜리만 눈빛을 반짝이며 관심을 보였다.

"고모할머니 주민등록이 왜 안 됐다는 건데?"

"모르겠어."

"경찰 삼촌이 제대로 확인한 거 맞아?"

"경찰이 나한테 왜 거짓말하겠니?"

"요즘 같은 세상에 말이 돼? 호적에서 팠다는 거야?"

"암, 호적을 파고도 남을 일이지. 그딴 년을 호적에 두면 안 되지."

무심한 척 메주를 묶던 할머니가 대화에 슬쩍 끼어들었다.

"내 자식 같아도 그래. 딸년이 무당이 된다는데, 어느 집에서 좋아하겠어?"

"옛날에는 그랬지. 집안에서 무당 나온다고 하면 큰 흉이었거든. 그런데 그런 운명을 타고난 거면… 어휴, 남우세스러워서."

"집안만 그런가? 마을 전체가 난리도 아녔지."

"우린 성임이네가 그런 집안인지도 몰랐지 뭐야. 이북에서 왔다고 불쌍해서 받아줬구만, 세상에 무당 집안이라네."

"이래서 외지인은 함부로 들이면 안 돼. 마을을 아주 버려놓는다니까."

어제와 마찬가지로 그들은 노골적으로 적대감을 드러냈다. 마을에서 무당이 나왔다는 게 그토록 심기를 거스르는 일이었을까? 시대를 감안하더라도 이해하기 힘든 일이다.

"고모할머니가 몇 살에 집에서 나갔는지 아세요?"

"열 살 좀 넘어서일걸? 내가 국민학교 마칠 때였으니까…."

열 살, 한창 뛰어놀고 싶을 나이. 고모할머니는 그 어린 나이에 무당이 됐구나. 나처럼 귀신을 보고 이상한 일도 많이 겪었겠지. 밤과 낮, 꿈과 현실을 가리지 않고 악신에게 시달렸을까? 사진 속 소녀가 감당했을 일들을 생각하자 가슴이 저며왔다.

난 고모의 사진도 확대해 할머니들에게 내밀었다.

"이건 성미네."

"애도 예쁘기는 참 예뻤어. 얌전하니."

"핏줄이란 게 무섭지. 애가 무당이 될 줄 누가 알았나."

"난 미경이가 될 줄 알았잖아. 걔가 사납고 목청도 큰 게 딱 무당감이다 싶었거든. 가끔 이상한 소리도 했다며?"

"성미가 언니 대신 신을 받았나?"

"그럴 수도 있지."

"어쨌든 성미가 재숙이 밑에 가서 고생을 많이 했다지? 그 많은 일을 다 건사했잖아. 재숙이가 굿을 좀 많이 했어?"

할머니들은 자신들이 아는 얘기를 줄줄 늘어놓았다. 이웃 마을 일이라 잘 모른다던 말은 거짓이었던 것이다.

"말씀을 들어보니 잘 아시네요?"

"옆마을이라도 몇 번은 만났으니까. 사람 사는 게 똑같은데 어떻게 안 마주쳤겠어?"

"몇 번이나 보셨어요?"

"서너 번 봤나?"

"서너 번이 뭐야? 열댓 번은 만났지."

"하도 용하대서 우리도 점사 보러 여러 번 갔어."

"최근에도요?"

"에이, 근래에는 안 갔지. 악신을 섬긴다고 소문이 자자한데 양밥을 의뢰하면 모를까, 그런 흉흉한 데를 누가 가? 아는 사람들은 안 가지."

"거기 요즘 점사는 안 본대. 볼 사람이 없다나? 아무튼 소문이 그래."

"저희 고모가 돌아가셔서요?"

"성미가 죽었어?"

할머니들이 꽤 놀라는 눈치였다. 여태껏 고모의 소식을 몰랐던 모양이다.

"몇 달 전에 돌아가셨어요."

"어쩐지 잠잠하더라니. 그 젊은 것이… 쯧쯧. 그럼 재숙이 혼자 남은 거야, 그 집에?"

"재숙이도 죽었겠지, 나이가 몇인데."

"아직 젊잖아? 나보다 손아래인데?"

"형님이 많은 거지."

"그럼 그 당집은 누가 물려받은 거야? 아가씨야?"

"아니요, 전 아니에요."

"다행이네. 무당 아닌 거 맞지?"

"저 무당 진짜 아니에요."

"그런 거 절대로 받지 마."

"그게 마음대로 되나? 신이 무당을 선택한다고 그러잖아."

"혹시라도 낌새가 있으면 바로 용한 만신을 찾아가. 악신은 절대 받지 말고. 알았지?"

"쯧쯧… 남 일 같지가 않네. 아가씨가 불쌍해서 그래."

할머니들의 마음이 고마운 동시에 속이 탔다. 목에 건 파란 주머니를 만지작거리며 간절히 바랐다. 악신이 내게 마수를 뻗치지 않기를, 설령 그러더라도 용기 있게 떨쳐낼 수 있기를.

"할머니, 잘 생각해 보세요. 애네 고모할머니에게 자녀가 있었는지 없었는지, 정말 모르시는 거예요? 기억 안 나세요?"

혜리가 할머니들의 기억을 되살려 보려고 재차 질문했다.

"몰라. 이웃 마을 당집 일을 우리가 어떻게 알아?"

"또또! 가보셨다면서요? 방금 그렇게 말씀하시고선."

"가기야 갔지. 애도 봤고. 하지만 걔가 자식인지는 모르지."

"애들은 금방 커서 자주 안 보면 몰라."

"자식인지 아니면 손님 애인지, 우린 알 수가 없지."

"혹시 알 만한 분이 안 계실까요?"

"전에 아랫마을 살던 무당이 알려나? 무당 일은 무당이 안다 잖아?"

"그분은 지금 어디 사시는데요?"

"짐 싸서 도망간 사람 소식을 우리가 어떻게 알아?"

이후의 대화에서는 별로 건질 만한 게 없었다. 다만 적송 시골집에 아이가 있었다는 것과 고모가 고모할머니의 신딸로 살았다는 얘기를 들은 게 작은 수확이었다.

혜리와 나는 비닐하우스를 나와 할아버지 집으로 갔다. 열린 대문 사이로 기와집 앞 폴리스라인이 선명하게 보였다.

"나 사건 현장은 처음 봐."

혜리가 호기심에 찬 눈빛으로 기와집을 올려다봤다. 난 수아 언니가 와 있을지도 몰라 집 주변을 살폈다. 어디선가 또 무당 귀가 나타날까 봐 긴장됐다.

"너희 할아버지 집 꽤 크다. 너 여기서 태어난 거야?"

"응. 아기 때 언니 오빠들이랑 같이 살았대."

혜리가 마당을 돌아보는 사이, 난 작은 채를 확인했다. 어젯밤 떠날 때와 마찬가지로 집이 난장판이었다. 연호 오빠가 들고 온 비닐봉지 두 개가 현관에 그대로 놓여 있었다. 신발을 벗고 들어가 방방마다 둘러봐도 수아 언니는 보이지 않았다. 내가 보낸 문자에도 두 사람 다 답이 없었다.

32

"벌써? 찾은 것도 없는데?"

서울로 돌아가자는 말에 혜리가 못내 아쉬워했다. 하지만 더 머물 이유가 없었다. 마을 할머니들에게서 나올 만한 얘기도 더 이상 없고, 집에서도 뚜렷한 단서를 찾을 수 없었다.

"여기까지 왔는데 그냥 가기 아깝잖아. 소희야, 그 고모네도 가볼까? 여기서 멀지 않다며?"

"거기 가서 뭐 하게?"

"뭐라도 하나 건져야지."

"가봤자 아무것도 없어. 텅 빈 집이야."

"창고가 있다며? 거기 뭔가 있을지도 모르잖아."

자물쇠로 굳게 잠겨 있던 시골집 창고. 시현 오빠는 그 안에 뭐가 있는지 무척 궁금해했고, 종현 오빠는 늘 그 뒤편에서 담배를 피웠다. 그리고 언니들은 그 근처에서 명두를 찾아냈다. 어쩌면 고모할머니에 관한 단서가 그곳에 있을지도 모른다. 고모 이전에 고모할머니의 집이었던 곳이니까.

하지만 두렵다. 무당귀가 나타날까 봐 무섭고, 또 괴이한 일들이 벌어질까 봐 불안하다. 제천 무당도 그곳이 잡귀의 소굴이라고 했다.

"겁나? 표정 봐라, 임소희 쫄았네. 야, 내가 있잖아. 무당 아줌마가 준 방편도 있고."

"그렇지만…."

"여기서 도망가면 이도 저도 아니야. 오히려 무당귀가 만만히 여기고 더 덤빌걸? 정면승부해서 결판을 내야 돼. 그래야 벗어날 수 있어."

말은 쉽다. 무당귀의 모습과 악신의 목소리를 혜리는 보고 들은 적이 없으니까.

"또 모르잖아? 고모 집을 탈탈 털면 뭔가 단서가 나올지. 어쨌든 운전대는 내가 잡으니까 내 맘대로 할 거야. 넌 주소나 불러."

혜리가 고집을 피우는 바람에 결국 그러자고 했다. 내비게이션에 주소를 입력하자 적송까지 최단 거리로 15분 소요된다고 나왔다. 잠악산 고개를 넘어가는 경로였다. 최적의 경로도 있었지만 둘러서 가면 시간이 꽤 걸려 혜리는 잠악산 방면을 선택했다.

우리는 잠악산을 낀 구불구불한 도로를 달렸다. 겨울 안개가 자욱하고 스산한 바람까지 불어 어딘가 음산했다.

"소희야, 여기 방금 지나간 길 맞지?"

혜리가 눈을 가늘게 뜨고 인상을 찌푸렸다. 그 말에 정신을 차리고 주위를 둘러봤다. 시골길은 다 엇비슷해서 지나온 길인지 아닌지 늘 헷갈렸다.

"글쎄…?"

"아이씨, 안경 쓰고 올걸. 안개가 껴서 그런가? 길이 비슷비슷해 보여서 헷갈려. 그나저나 여기 왜 이렇게 습해?"

"근처에 큰 강이 있어. 아마 저 산 아래로도 천이 흐를 거야. 하늘 보니 비가 오겠네. 이러니 습한 게 당연하지."

"일기예보에 그런 말 없었잖아?"

"그러게. 향주에선 날이 맑았는데."

하늘이 당장이라도 비를 뿌릴 듯 흐렸다. 도로는 축축하고 안개 사이로 드러난 나무는 앙상했다. 내비게이션이 알려준 것과는 달리 아무리 달려도 고모의 집은 보이지 않았다.

"저거 보여? 몇 분 전에도 이리로 지나가지 않았어?"

혜리가 도로변에 있는 넓적한 바위를 가리켰다. 기억난다. 조금 전, 저 바위 옆을 지나가며 고인돌 같다고 했던 게 떠오른다. 분명히 지나간 길이다.

"주소 제대로 입력한 거 맞아? 빙빙 도는 것 같은데?"

"네가 말한 대로 입력했지. 난 내비가 시키는 대로 가고 있어."

"근데 왜 이래? 고장 났나?"

"GPS 오류인가? 이놈의 내비가 똥개 훈련 시키네."

"여기가 민통선 근처라서 그런가? 예전에 언니 오빠들도 찾아오느라 고생했다고 그랬거든."

"민통선? 설마 38선 나오는 거야? 우리 이러다 북한으로 넘어가는 건 아니겠지?"

"너도 참, 여기가 유럽인 줄 알아? 바로 옆이 북한이게? 조금만 더 가보면 갈림길이라도 나오겠지."

그러나 가도 가도 적송 시골집은 나오지 않았다. 우리는 홀린 듯 주변을 계속 맴돌기만 했다. 설상가상으로 근방을 지나가는 차도 없었다. 개미 새끼 한 마리 보이지 않았다.

"혜리야, 잠깐 차 세워봐."

"왜? 뭘 봤어?"

"아무래도 안 되겠어. 주변을 좀 살피고 가자."

이럴 때 종이 지도라도 있으면 얼마나 좋을까. 휴대폰은 먹통이고 당연히 인터넷도 터지지 않았다. 나는 창문을 내리고 고개를 내밀어 주변을 둘러봤다. 도로 양옆은 앙상한 나무들뿐이었다. 습기와 냉기를 잔뜩 머금은 공기가 무겁고, 안개는 점점 짙어졌다. 산속에서 미아가 된 기분이었다.

이러다 날이 어두워지면 어떡하지? 겨울 산속이라 해가 빨리 질 텐데. 자욱한 안개에 가려 보이지 않던 검은 형체들이 하나둘 나타나 스치듯 지나갔다.

"이 길 모르겠어? 너 두 번이나 와봤잖아?"

"두 번 왔다고 다 아니? 내가 운전한 것도 아니고 변호사와 수아 언니 차 얻어타고 왔는데, 어떻게 알겠어?"

"그래도 잘 생각해봐."

아무리 둘러봐도 어디가 어딘지 막막하기만 했다.

"이리로 쭉 갈까? 아니면 차를 돌릴까?"

"우리가 향주에서 왔으니까, 일단 가던 방향으로 움직이는 게 맞지 않을까?"

"오케이! 그럼 고."

"대신 내비를 끄자. 내비 때문에 오히려 더 헷갈려."

"알았어. 속도를 줄일 테니까 갈림길이 있나 잘 봐."

차는 천천히 직진했다. 난 정신을 바짝 차리고 좌우를 살폈다. 안개 때문에 잘 보이진 않아도 지나온 길은 아닌 듯했다.

5분쯤 지났을까, 멀리 초라한 움막이 보였다. 사촌들과 이웃 마을로 마실을 갔을 때 봤던 그 집이었다.

"혜리야, 저기 봐. 드디어 우리가 미로를 빠져나왔나 봐."

"어휴, 죽다 살았네. 아직 경고등은 안 들어왔지만 기름이 간당간당했거든."

"조금만 더 힘내. 곧 고모 집이 나올 거야."

"저쪽으로 가는 건 아니고?"

"저긴 이웃 마을이야. 고모 집은 여기서 몇 분 더 가야 해."

"몇 분씩이나? 소희야, 우리 저 마을에 잠깐 들르면 안 될까?

나 화장실 가고 싶고 편의점에도 들러야 하는데."

"시골에 그런 게 있겠니? 할아버지 할머니만 사는 외진 곳이야. 그냥 지나가자. 참아봐."

"나 급해. 목도 마르고…."

"고모 집에 가서 해결해."

"진짜야, 배 아파. 그리고 목말라 죽겠어. 너희 고모 집에 가면 생수 없잖아? 나 수돗물 마시면 배탈 난단 말이야. 할아버지 할머니 사는 곳이면 끓인 물이라도 얻을 수 있지 않을까?"

혜리의 간절한 부탁에 결국 이웃 마을에 잠시 들르기로 했다. 길가에 차를 세우고 움막 옆 좁은 길을 지나 마을로 올라갔다. 마을 입구에 죽어가는 거목이 있었다. 그 주위를 검은 형체들이 새카맣게 둘러싸고 있었지만 못 본 척 지나갔다.

혜리가 급한 볼일을 본 후, 우리는 물을 얻어 마시기 위해 할아버지 집으로 향했다.

"너 여기 와본 곳 맞아?"

"언니 오빠들이랑 왔었다니까."

"사람이 안 산 지 오래된 곳 같은데?"

"조금만 더 가면 멀쩡한 집 나와. 거기서 할아버지를 만났거든. 아, 저기다. 저 툇마루에 앉아 계셨어."

"확실해?"

"종현 오빠가 그때 담배도 드렸거든. 저 집에 가볼까?"

내가 앞장서서 할아버지를 만났던 허름한 집으로 갔다. 겨울이라 방문은 닫혀 있었고 인기척이 느껴지지 않았다. 집이 전보다 훨씬 낡아 보였다.

"실례합니다."

"할아버지, 부탁드릴 게 있는데요. 안에 계세요?"

반응이 없었다. 몇 번을 더 불러봐도 아무 소리 없이 조용하기만 했다.

혜리와 나는 눈짓을 주고받고는 방문을 열었다. 순간, 지린내와 같은 불쾌한 냄새가 훅 끼쳐왔다. 나도 모르게 코를 쥐었다. 어두운 방 안은 몇 년은 비어 있었던 것처럼 먼지와 쓰레기만 가득했다.

"할아버지를 봤다는 곳이 이 집 맞아?"

"맞아. 확실해. 그땐 이러지 않았는데…?"

"몇 달 사이 이렇게 됐겠니? 단체로 홀렸겠지. 여기 완전 폐허야. 딱 봐도 사람 안 산 지 오래됐잖아. 너 귀신 봤던 거 아냐?"

"아니야. 진짜 사람이었어."

그때 뒤에서 부스럭거리는 소리가 들렸다. 놀라서 뒤를 돌아보니 허물어진 담장 너머에 고라니 한 마리가 서 있었다. 눈이 마주치자 고라니가 머리를 갸웃했다.

"아이, 깜짝이야! 저거 뭐야?"

"고라니."

"고라니는 겨울잠 안 자? 여기는 왜 온 거지?"

"배고파서 산에서 내려왔나 봐."

"여기 먹을 게 뭐 있어. 설마, 우리를 공격하진 않겠지?"

혜리가 겁을 먹고 내 뒤로 숨었다. 하지만 난 무섭지 않았다. 담장 뒤에서 또 다른 고라니가 모습을 드러냈다. 먼저보다 몸집이 작은 그 짐승은 불쌍하게도 귀가 없었다.

"고라니가 육식하니?"

"저렇게 선량하게 생긴 동물이 어떻게 육식이겠어?"

"사람이든 짐승이든 얼굴만 보고는 모르는 거야. 저러다 괴물로 변할 수도 있어. 영화 안 봤어? 많이 나오잖아."

하지만 내 생각은 다르다. 적어도 내게는 해를 끼칠 짐승이 아니다. 꿈속에서도 종현 오빠와 함께 나타나 나를 도운 짐승이다. 그때 오빠와 고라니, 그리고 제천 무당의 방편이 없었다면 악신과 어둠이 날 삼켜버렸을지도 모른다.

신기하게도 고라니가 나타나자 주변을 떠돌던 검은 형체가 감쪽같이 사라졌다. 고라니는 나를 한참 쳐다보더니 천천히 몸을 돌려 마을 뒤 언덕으로 올라갔다. 혜리가 내 소매를 잡아끌었다.

"고라니 돌아오기 전에 빨리 가자. 나 무서워. 여기 아무래도 귀신 나올 것 같아."

자신만만하던 혜리가 울상을 지었다. 그리고 내 말을 기다리지도 않고 마을 어귀로 먼저 뛰어갔다. 나도 뒤따라 뛰었다. 갈수록 검은 형체들이 점점 많아지면서 몸에 달라붙는 느낌이었다. 그래도 계속 앞만 보고 달렸다.

언덕을 내려가자 도로가 나왔다. 우리는 급히 차에 올라타 마을을 벗어났다.

"어휴, 죽을 뻔했네. 마을 분위기가 왜 저리 으스스하냐? 저번에도 이랬어?"

"오래된 마을이긴 했어도 저렇게까지 폐허는 아니었어."

"고모네도 폐가는 아니지?"

"아닐걸…."

자신이 없다. 이곳에서 내가 보고 느끼고 경험한 모든 것이 진짜인지 아닌지 헷갈린다. 난 이미 그때부터 홀렸던 걸까? 언니 오빠들도 모두?

몇 분쯤 달렸을까. 도로 옆 공터에 주차된 차가 눈에 들어왔다. 낯익은 낡은 그랜저였다.

"혜리야, 저 차 뒤에 세워."

"여기야? 집이 안 보이는데? 고모네가 어디 있다는 거야?"

혜리가 주위를 두리번거리며 차를 세웠다. 차에서 내리자 시든 덤불 사이로 철조망이 보였다. 그 앞에 변호사와 사무장이 서 있었다. 인기척을 듣고 그들이 뒤돌아봤다.

"안녕하세요?"

"아, 안녕하십니까? 여긴 웬일이십니까? 친구분도 같이 오셨네요?"

변호사는 당황하는 듯했으나 이내 반가운 표정을 지었다. 그러나 사무장은 나에게만 고개를 까딱이고 인상을 썼다. 마지못

해 외근을 따라나왔는지 어딘가 불만스러운 표정이었다.

"할아버지 집에 왔다 잠시 들렀어요. 변호사님은 웬일이세요?"

"저야, 정기 점검차 들렀죠. 임성미 씨가 부탁하신 것 중 하나가, 상속 절차가 마무리될 때까지 이곳을 관리하는 거였거든요. 적어도 2주에 한 번은 옵니다."

"저희가 시간을 잘 맞췄네요. 집에 들어가시려는 거죠?"

"그러려고 했죠. 그런데 사무실에 열쇠를 두고 왔지 뭡니까."

그제야 사무장이 뾰로통한 얼굴로 있는 게 이해가 됐다. 시간 내서 멀리까지 왔는데 그 노력이 허사가 됐으니 화가 날 만도 했다.

"그래서 못 들어가신 거예요? 어떡해요?"

"다음에 와야죠. 어쩔 수 있나요, 열쇠를 안 가져온 제 잘못인데…."

"이쪽으로 돌아가면 안 될까요?"

철조망이 산 위쪽으로 이어지지 않은 것을 떠올리며 내가 물었다. 종현 오빠 산소에 왔을 때 봤던 게 기억났다.

"아, 그건 안 됩니다. 거긴 남의 땅인걸요."

"보는 사람도 없고 잠시 들어가는 건데 어때요?"

"아이고 안 되죠. 제 직업이 뭡니까? 법으로 먹고사는 거잖습니까? 혹시라도 문제가 생기면 제 밥줄이 끊깁니다. 전 불법적인 행동은 안 해요."

"그래도 두 번 걸음하는 것보다 낫지 않나요? 저희가 못 본

걸로 해드릴게요."

"안 됩니다. 양심상 그럴 수 없습니다. 임소희 씨도 오늘은 그냥 가세요. 그쪽은 길이 위험해요."

"별로 높지도 않은데…."

"여기가 산밑이라 금방 어두워져요. 제가 전에도 말씀드렸죠? 산짐승이 많아서 밤에 여기 돌아다니면 위험하다고."

변호사가 나를 계속 설득했다. 어느새 4시 반이 넘어 주변이 어스름했다. 사무장이 고개를 까딱하고는 먼저 차에 탔다. 빨리 이곳을 떠나겠다는 강한 의지가 느껴졌다. 변호사가 그녀를 흘낏 보더니 웃는 낯으로 우리에게 함께 가길 권했다.

"저희 갈 때 가시죠. 이 근처가 길이 애매하고 안개까지 껴서 자칫 헤맬 수 있습니다. 가로등도 없고 내비 오류도 잦거든요."

이미 길을 한참 헤매었던 우리는 그의 말을 듣기로 했다. 아무 소득 없이 돌아가는 건 아쉽지만 길에서 또다시 고생하고 싶진 않았다. 다음 기회에 또 오면 될 일이다.

우리는 변호사의 낡은 그랜저를 따라갔다. 라이트를 켜야 할 정도로 금세 어두워졌고 안개는 더욱 짙게 내려앉았다.

캄캄한 길을 벗어나자 가로등이 밝혀진 2차선 도로가 나왔다. 멀리 번화가의 불빛이 반짝였고 작은 셀프 주유소도 나타났다. 우리는 차에 기름을 넣으러 주유소로 들어갔다. 변호사의 차는 멈추지 않고 그대로 가버렸다. 상속 포기 의사를 그에게 직접 전하지 못한 게 뒤늦게 생각났다.

"매정하게 인사도 없이 가네."

"차에서 내려 인사하는 게 더 불편할 거야."

"넌 속도 좋다. 주유하는 동안 물 좀 사다 줄래? 아까부터 갈증 나 죽겠어."

난 주유소에 딸린 편의점으로 들어갔다. 물과 간식거리를 골라 계산대에 내려놓는데 휴대폰이 요란하게 울렸다. 통화권 이탈 지역에 들어가 수신하지 못한 전화와 문자가 한꺼번에 들어왔다. 부재중 전화 목록에 도진이와 동아, 김향 이모 그리고 낯선 전화번호가 찍혀 있었다. 문자도 확인했다.

'임현선 환자 보호자님, 병원으로 급히 연락 바랍니다.'

언니가 무슨 문제를 일으켰을까? 난 당장 병원으로 전화를 걸었다.

〈여보세요?〉

신호음이 가기도 전에 상대방이 전화를 받았다. 마치 내 전화를 기다렸다는 듯이. 다급한 문자 내용과 달리 휴대폰 너머의 목소리는 침착했다.

"저 임현선 환자 보호자인데요, 아까 전화 주셨죠?"

〈아….〉

너무 늦게 전화한 걸까. 상대방의 짧은 탄식에 더 긴장됐다.

〈보호자 어느 분이시죠?〉

"임소희예요. 사촌 동생이요."

〈잠깐만 기다리세요. 담당자 바꿔드릴게요.〉

저쪽에서 전화를 넘겨주는 사이 물건값을 계산했다. 기다리는 1분 남짓한 시간이 더디게 갔다.

〈임현선 환자 보호자십니까?〉

귀에 익은 말투로 보아 원무과장인 듯했다.

"네, 동생입니다만, 언니에게 무슨 일 있나요?"

〈그게, 저….〉

"말씀하세요."

〈임현선 씨가 말입니다, 없어졌어요.〉

"네? 언니가 없어져요?"

이해하기 힘든 말이었다. 출입 통제가 그토록 철저한 곳에서 환자가 사라졌다니.

"거긴 마음대로 드나들 수 있는 데가 아니잖아요?"

〈그렇긴 합니다만, 갑자기 사라져서 저희도 영문을 모르겠습니다.〉

"병원에서 실종된다는 게 말이 돼요? 잘 찾아보긴 했나요?"

〈죄송합니다.〉

"언제예요? 언니가 언제 없어졌어요?"

〈그 사실을 안게 2시경이니까, 점심시간 이후로 추정하고 있습니다.〉

"추정이요? 하아… 선생님!"

〈CCTV도 돌려보고 병원 내부도 다 뒤졌습니다. 밖으로 나간 흔적이 없는데, 어떻게 된 일인지 저희도 모르겠어요.〉

"그럼 이제 어떡해요?"

〈일단 경찰에 신고했으니까 기다려야죠. 저희도 계속 찾아보긴 할 건데, 혹시 몰라 보호자님께 연락드린 겁니다. 다른 분들과는 연락이 안 되네요.〉

시현 오빠는 당연히 전화를 받을 수 없다. 수아 언니는 제정신이 아닐 것이다. 그렇다면 연호 오빠는?

"최연호 씨에게도 연락하셨나요?"

〈마지막으로 면회하신 분이죠? 그분도 전화를 안 받아 문자를 남겼습니다.〉

연호 오빠는 내 전화만 안 받는 게 아니었다. 설마 오빠에게도 무슨 일이 생긴 건 아닐까?

〈다른 소식 있으면 또 연락드리겠습니다.〉

"꼭 전화 주세요."

〈그리고… 임현선 씨가 집으로 갔을지도 모릅니다. 환자들이 병원에서 나가면 대부분 집으로 가거든요. 번거로우시겠지만 확인 부탁드립니다.〉

난 그러겠다고 한 뒤 전화를 끊었다. 하지만 현선 언니는 집이 없다. 향주 집은 이미 정리했고, 임시로 머물던 시현 오빠의 집은 사채 빚에 넘어갔으니 이제는 갈 곳이 없다. 어디로 갔을까? 수아 언니의 집일까? 아니면 홍연동 우리 집? 적송 시골집이나 향주 할아버지의 집은 언니 혼자서 가기에는 너무 멀다. 환자복을 입은 채로 거리를 활보한다면 분명 누군가 경찰에 신고할 것이다.

"왜 멍하니 있어? 다 샀으면 나오지."

혜리가 편의점 안으로 들어서며 말했다. 그러고는 내 손에 들린 물병을 채가서 벌컥벌컥 마셨다.

"아, 목말라 죽는 줄 알았네. 너 표정이 왜 그래?"

"현선 언니가 병원에서 없어졌대."

"뭐? 그 정신 삐리리한 언니? 왜?"

"몰라. 집에 갔는지 확인해달래."

"하나 해결하면 하나 터지고, 도무지 쉴 틈이 없네."

일말의 기대를 품고 연호 오빠에게 전화했다. 혹시 현선 언니와 같이 있는 건 아닐까? 하지만 통화가 되지 않았다. 난 고민하다가 간단한 안부 문자만 남겼다.

도진이와 김향 이모에게는 서울로 가는 중이라고 문자를 보냈다. 그리고 동아에게 전화를 걸었다. 시골집에 있을 때 걸려온 부재중 전화가 여러 통이었다.

"늦게 연락해서 죄송해요, 동아 님. 걱정하셨죠?"

〈바쁘셨습니까?〉

"아뇨. 전화가 안 되는 곳에 있었어요. 적송에 갔거든요."

〈거길요? 별일, 없으셨어요?〉

"오늘따라 안개가 심해서 길을 헤매긴 했지만 무사히 다녀왔어요. 열쇠가 없어서 집에는 못 들어갔고요."

〈무사하시다니 다행입니다.〉

동아에게 하고 싶은 말이 많았다. 하지만 전화기 너머 그녀의 목소리가 어쩐지 낯설게 느껴져 주저됐다.

"동아 님은 어디세요?"

〈제천입니다. 내일 어머니와 함께 서울로 올라갈 겁니다.〉

"제령 때문에 오시는 건가요?"

〈신청에서 연락이 왔습니다. 큰어르신께서 모임을 주최하신다고 해요. 소희 님도 참석해 주셨으면 해서 연락드렸습니다.〉

"제가요? 제가 감히 그런 곳에 가도 돼요?"

〈그 자리에 제주 심방이 올 겁니다. 어떻게 연락이 닿아 큰어르신께서 특별히 마련해주신 자리예요. 소희 님도 만나보셔야 하지 않을까요?〉

드디어 그 박수를 보게 된다는 생각에 긴장이 됐다. 나도 모르게 목에 걸린 파란 주머니에 손이 갔다.

〈지금 어디십니까?〉

"율주요. 서울로 올라가는 길이에요."

〈조심해서 들어가십시오. 어머니께서 주신 방편을 몸에 꼭 지니시고요. 내일 아침에 모시러 가겠습니다.〉

무당귀로부터 벗어날 수 있는 방법을 제천 무당과 박수가 찾아줄 수 있을까? 그들을 불렀다는 큰어르신은 어떤 사람일까? 전화를 끊고서도 골똘히 생각했다.

"통화 내용이 무지 심각하다? 동아 님이 뭐라는데?"

"신청에서 무당 선생님을 불렀대."

"신청이 뭔데?"

"무속인 단체나 협회? 뭐 그런 거래."

"아, 그런 것도 있구나. 근데 거기서 왜 호출하는 거래?"

"무당 선생님이 아무리 치성을 드려도 신이 답을 안 한다고 했잖아. 그래서 신청에 도움을 청하셨대. 드디어 재가가 떨어진 거지."

"그 무당 아줌마, 용하다고 소문이 자자한데도 그러네? 무당 귀가 엄청 센가 봐."

"센 게 아니라 악해서 그런 거 아닐까? 악한데 수준마저 떨어지니까 신도 상대하기 싫은 거겠지."

"신이 뭐 그래? 불쌍한 인간을 어여삐 여기고 도와줘야지. 상대방 레벨까지 따지고 엄청 까다롭네."

"신도 호불호가 있나 보지."

"무당 아줌마가 판에 끼어들기 싫어서 핑계 대는지도 몰라. 실력이 들통날까 봐. 어쩌면 그 명성이 거품일 수도 있어."

"에이, 설마."

"우리 엄마가 찾아갔을 때도 그랬어. 대부분의 무당은 부정 탄 물건을 가져가면 자기들이 없애주거든. 그런데 그 무당 아줌마는 아니더라고. 우리 엄마더러 직접 처리하라는 거야. 본인이 나서기엔 급이 떨어진다고. 그래서 엄마가 다른 무당의 조언을 받고 너한테 지갑을 돌려준 거지. 수상하지 않니?"

"박수와 얽히고 싶지 않았겠지. 영물을 모시는 자라고 되게 싫어하던데?"

"그럴까? 싫으면 그럴 수도 있겠다."

"아무튼 신청에서 그 박수를 수소문했대. 그러다 연락이 닿은 거고."

"그럼 신청이 주선해서 그 박수를 내일 만나게 해주는 거야?"

"아마도?"

"이야, 싸움 나는 거 아냐? 지금 대치 상태잖아. 너한테는 적이나 마찬가진데."

"적은 무슨. 수아 언니나 나나 처지가 다르지 않아. 어쨌든 그 무당이 우리보다 많이 알고 있잖아. 만나서 제대로 물어볼 거야."

"살 같은 거나 조심해. 나쁜 무당들이 그런 거 막 날린다고 하잖아."

"너 영화를 너무 많이 봤어."

"진짜야. 살 맞아 죽는 사람도 있대."

"나한테는 무당 선생님이 있잖아. 동아 님도 있고. 더 이상 걱정 따위는 하지 않을 거야."

그것은 나 자신에게 하는 얘기였다. 불안하고 초조한 마음을 그렇게라도 다스리고 싶었다.

"그 오빠도 함께 가면 좋을 텐데…."

아, 연호 오빠. 잠시 그를 잊고 있었다. 난 오빠에게 바로 문자를 보냈다. 내일 박수를 만난다는 소식과 함께 현선 언니가 병원에서 없어졌다는 사실도 전했다.

문자를 전송하고 1분도 채 안 돼 휴대폰이 울렸다. 아무리 전화하고 문자를 보내도 답이 없던 오빠가 박수 얘기에 즉각 반응한 것이다.

〈그게 무슨 소리야?〉

"문자 그대로예요. 내일 그 박수가 신청에 올 것 같아요."

〈박수? 수아와 연락을 주고받았던 무당 말하는 거지?〉

"네, 그 사람이요."

〈그 무당은 수아가 어디 있는지 알까?〉

"글쎄요…. 약간 짐작하지 않을까요?"

〈나도 신청이란 곳에 갈 수 있니?〉

"일반인이 들어갈 수 있는지는 모르겠어요."

〈입구에서 기다리더라도 그 사람을 꼭 만나야겠다. 거기가 어디야?〉

"저도 아직 몰라요. 내일 만나서 가기로 했으니까 도착하면 주소 보낼게요."

〈부탁할게.〉

"그리고 수아 언니, 너무 걱정 마세요. 별일 없을 거예요."

〈그래야지. 미안하다.〉

연호 오빠의 기운 없는 목소리에 마음이 아팠다.

내일 신청에 가면 해결의 실마리를 찾을 수 있을까? 얼른 일이 잘 해결돼서 수아 언니도, 나도 예전의 삶으로 돌아갈 수 있기를. 그리고 어딘가에 있을 현선 언니도 빨리 찾을 수 있기를.

그때까지 다들 별일 없기를 간절히 바랐다.

차가 고속도로에 진입하자 혜리가 속도를 높였다. 우리 뒤를 쫓아오던 검은 형체는 내가 파란 주머니를 만지작거리자 점차 희미해졌다.

"나도 신청에 따라가도 될까?"

"거기가 어디라고. 넌 집에 있어."

"네 보호자로 가면 괜찮지 않아?"

"말 같은 소리를 해."

"왜, 듬직하고 좋지. 동아 님은 무당 아줌마 챙기느라 바쁠 거야. 너 돌봐줄 사람도 필요하지 않겠어?"

혜리다운 발상에 웃음이 났다. 무속인 모임이라는 말이 혜리의 호기심을 자극했을 것이다.

"됐어. 네가 날 어떻게 돌본다고 그래."

"얘 말하는 것 봐라? 은혜를 모르네? 이제껏 널 돌봐준 사람이 누구야? 응?"

빠앙— 갑자기 뒤에서 날카로운 경적 소리가 났다. 그리고 덤프트럭 한 대가 무서운 속도로 우리를 앞질러갔다.

"아이, 깜짝이야. 저 차 속도위반 아냐? 왜 저렇게 과속해?"

"바쁜가 보지."

"엄연히 제한속도라는 게 있는데. 소희야, 저 차 찍어."

"됐어. 이미 지나갔어."

위협은 그것으로 끝나지 않았다. 화물을 적재한 트럭 여러 대가 우리 옆을 쌩쌩 달렸고, 위협적으로 차선을 변경하는 트럭도 있었다. 그때마다 우리 차는 불안하게 휘청거렸다.

"조심해, 혜리야."

"나야 늘 조심하지. 저 사람들이 험악하게 운전해서 그래. 근데 여긴 트럭이 왜 이렇게 많이 다닌대?"

"이쪽에 공사장이 많은가 봐."

"그래도 그렇지, 웬 개매너야? 하여간 큰 차들이 더해."

순간 쿵, 소리와 함께 뒤에서 큰 충격이 전해졌다. 혜리가 반사적으로 브레이크를 밟았지만 차는 속도를 이기지 못하고 빙글빙글 돌다가 도로 옆 가드레일을 들이받고서야 멈춰 섰다.

"소희야… 괜찮아?"

혜리가 떨리는 목소리로 물었다. 난 정신을 차리고 눈앞에서 터진 에어백을 치웠다. 찌그러진 보닛에서 하얀 연기가 피어올랐다. 다행히 혜리도 나도 무사했다.

"응, 괜찮은 것 같아."

"그럼 빨리 내리자. 위험해."

우리는 허둥대며 차에서 내렸다. 왕복 6차선 도로 위로 칼바람이 불었다. 멀지 않은 곳에 멈춰 선 차량 두 대가 보였고, 사이렌 소리가 가까워지고 있었다.

하하하. 어디선가 낮은 웃음소리가 들렸다.

33

"소희야, 다친 데 없어?"

멍하게 서 있는 내게 혜리가 말을 걸었다. 그와 동시에 귓속에서 울리던 웃음소리가 뚝 그쳤다. 정신 차려, 임소희. 홀리면 안 돼.

"멀쩡해. 넌?"

"차가 좀 망가져서 그렇지, 이 몸이야 끄떡없지."

혜리가 어깨를 으쓱했다. 그 애 주변을 맴돌고 있는 검은 형체들이 눈에 띄었다. 난 그것들을 무시했다. 얼굴이 얼얼했다. 에어백이 터질 때의 충격이 생각보다는 컸다.

"네 차… 어떡하니? 고치려면 돈 많이 들겠다."

"보험 처리하면 돼. 아니면 이 기회에 새로 뽑지 뭐. 그나저나

저 사람들은 괜찮을까?"

혜리가 멈춰 선 차들을 돌아봤다. 한 대는 회색 SUV였고, 다른 한 대는 검은색 세단이었다. 사고는 SUV가 갑자기 차선을 변경하면서 시작됐다. 이를 세단이 들이받았고 그 충격으로 튕겨 나가면서 혜리의 차를 추돌한 것이다.

"정신을 잃은 건 아니겠지?"

"가보자. 우리가 도와야 할지도 모르잖아."

검은 세단으로 다가서려는데, 갑자기 문이 열리며 운전자가 내렸다. 중년 남자였다. 그는 목덜미를 부여잡고 SUV 옆으로 가서 고함을 질렀다. 그러나 차 안에서는 사람이 나오지 않았다. 그는 쉴 새 없이 욕을 퍼부었고, 겁이 난 우리는 조금 떨어진 곳에서 상황을 지켜봤다.

곧 견인차가 도착했다. 누가 신고했는지 119 구급차도 달려왔고 경찰도 출동했다. 사고 처리는 순식간에 마무리됐다. 늦은 시간인 데다 빠르게 달리는 차들로 인해 2차 사고의 위험이 있었기 때문이다.

혜리와 난 구급차에 올라타 병원으로 향했다.

"SUV에서 내린 사람들 봤어?"

"취한 것 같더라. 술 냄새가 장난 아니던데?"

"이런 도로에서 음주운전이라니, 미친 거 아냐?"

"술 마셔서 제정신이 아니니 막 내달린 거지."

"아… 그런데 묘하단 말이야."

"뭐가?"

"사고 나고도 몸이 멀쩡한 게 말이야. 차가 저 정도로 망가졌으면 우리도 크게 다쳐야 정상 아니야? 혹시, 부적 덕분일까?"

"무슨 소리야 그게?"

혜리가 지갑을 꺼냈다. 그리고 그 안에서 조그맣게 접힌 부적을 꺼내 보여줬다.

"무당 아줌마가 제천 신당에서 써준 거야. 나한테도 뭔가 필요할 것 같다며."

"축귀하느라 써주신 거 아닐까?"

"두루두루 활용하는 거지. 아무래도 이게 날 보호해주는 것 같아. 큰일 터지기 전에 미리 막아준다고나 할까?"

"에이, 말도 안 돼. 귀신 쫓는 것도 아니고."

"넌 두 눈으로 보고도 못 믿니? 도진이 사고, 한쪽 팔 깁스로 끝난 것도 아마 부적 덕분일걸?"

"도진이도 받았어?"

"그럼. 이모님도 받으셨어. 널 노리는 악귀들이 우리까지 해코지할지 모른다며 미리 비방을 쳐준 거야."

몰랐다. 제천 무당이 그렇게까지 신경 썼을 거라고는 생각도 하지 못했다.

도진이의 사고를 그저 우연이라 생각했는데 그게 아니었다니. 재수가 없어서 오토바이와 부딪칠 뻔한 거라고 그는 대수롭지 않게 말했었다. 하지만 그도 알고 있었을 거다. 내 곁에 있는

한, 자신에게도 악신이 손을 뻗칠 수 있다는 것을. 나 때문에 다쳤는데도 오히려 날 위로해준 그가 새삼 고맙다.

"왜 이리 심각해? 내가 부적 얘기를 괜히 했나? 미안, 너 신경 쓰게 할 뜻은 아니었는데."

"아냐, 말 잘했어. 나도 알고는 있어야지."

"네가 우리 걱정할까 봐 그러지 말라고 얘기한 거야. 내 마음 알지?"

"알아. 죽은 고모에게 화가 나서 그래."

"이제는 너희 고모 아니래도. 그냥 귀신이고 악귀일 뿐이야."

혜리 말이 맞다. 무당귀는 이제 더 이상 내 고모가 아니다. 고모의 모습을 한 악귀일 뿐이다. 억지로 자신을 받들게 하려는 악신에 맞서서 끝내 이겨내야 한다. 다행히 내게는 제천 무당이 준 방편이 있다.

"무당 아줌마가 너한테도 부적을 써준 것 같던데, 진짜 없어?"

"못 받았다니까."

"제천 내려갈 때 주신 거 있잖아?"

그제야 도진이가 내 지갑에 부적을 넣어둔 것이 생각났다. 이래서 제천 무당이 따로 부적을 안 써준 걸까. 난 지갑에서 예전에 받은 부적을 꺼냈다. 작게 접힌 종이가 불에 그을린 것처럼 새카맣게 변해 있었다.

"어, 이게…?"

"수명이 다했네."

어쩐지 무당귀가 현실에도 나타난다 싶었다. 귀신으로부터 날 보호해주던 부적이 힘을 잃은 것이다.

"대신에 방편이 있잖아."

"기왕이면 둘 다 주시지. 부적까지 써줬으면 안전빵인데."

"이걸로도 충분하니까 그러셨겠지. 게다가 이건 칼이잖아."

"동아 님 말대로 방패 대신 무기를 들어라, 이거지? 그 아줌마 눈에는 네가 전사로 보이나 봐."

"내 몸은 내가 지켜야 한다는 뜻 아닐까?"

난 파란 주머니를 꽉 움켜쥐었다. 이제는 부적 뒤로 숨을 게 아니라 칼을 들고 악신과 맞서야 할 때라고 생각했다.

우리는 병원에서 검사받은 결과 이상 없다는 소견을 받았다. 그러나 의사는 심신의 안정을 위해 하루 입원할 것을 권유했다. 아픈 데도 없고 내일 일정도 있어서 우리는 입원을 거절했다. 사고가 난 곳이 서울에서 멀지 않아 그나마 다행이었다.

택시에서 내리자 집 주변을 휘감고 있는 검은 형체가 더 짙어지고 더 빠르게 움직였다. 몹시 피곤했다. 대충 씻고 나와서 혜리와 나란히 누웠다. 그리고 그날 밤에도 꿈을 꾸었다.

할아버지 집 마당의 감나무에 커다란 검은 고치 두 개가 매달려 있는 꿈이었다. 가지 끝에 앉은 까마귀가 검붉은 감을 쪼아 먹었고, 나무 아래서 무당귀가 나를 보고 활짝 웃었다.

"야, 야, 일어나. 동아 님한테서 문자 왔어."

혜리가 몸을 흔들어 깨우는 바람에 간신히 눈을 떴다. 시계를 보니 벌써 9시였다.

"자다가 새벽에 깼어? 또 잠을 설친 거야?"

"아니, 오랜만에 그럭저럭 잘 잤어."

"꿈은 안 꿨나 보네?"

"꿈이야 꿨지. 웬일로 시달리지 않아서 그렇지."

"힘내라. 곧 끝날 거야. 커피 마실 거지?"

난 욕실로 가서 먼저 씻었다. 거실로 나가자 혜리가 내려놓은 커피가 나를 기다리고 있었다.

"오늘 말이야, 신청에 가면 오래 걸릴까?"

"글쎄…? 감이 안 오네. 무슨 얘기가 오갈지 짐작도 안 가."

"내일 도진이 면접 보는 날인데."

"아, 맞다."

"후딱 갔다 오자. 같이 저녁 먹으면서 우리가 기를 팍팍 넣어 줘야지."

외출 준비를 끝내자마자 동아가 집 앞에 도착했다는 연락이 왔다. 얼른 겉옷을 걸치고 아래로 내려갔다. 밖에는 진눈깨비가 내렸지만 왠지 포근했다.

집 앞에 서 있는 검은 카니발로 다가가 문을 열었다.

"안녕하세요, 선생님. 오랜만에 뵙습니다."

한복을 정갈하게 갖춰 입고 그 위에 모피를 걸친 제천 무당이 인자하게 미소 지었다.

"건강해서 다행이네. 잘 있었는가?"

"덕분에 무사했습니다."

"무사? 어제 사고가 있었나 보던데?"

무당의 눈은 속일 수 없다. 겉으로 보기에 난 멀쩡한데 사고 순간이 그녀의 눈에 보인 걸까?

"사실, 어제 교통사고가 났어요. 큰 사고는 아니었어요. 하나도 안 다쳤거든요."

"그랬겠지. 어서 타게. 갈 길이 멀어."

난 뒷좌석에 있는 동아 옆에 나란히 앉았다. 그리고 손을 맞잡고 동아와 눈인사를 나눴다. 오래 알고 지낸 친구처럼 그녀가 반가웠다.

"사고가 났는데 이상하게 기운이 맑으시네."

뒤를 돌아보며 무당이 말했다. 동아가 살짝 미소를 지었다.

"어머니 눈에도 그렇습니까? 제 눈에도 오늘은 보이는 게 없습니다."

"부정한 기운이 아예 없다고는 못 하겠지만, 다행이야. 상태가 좋아. 그래, 그 잡귀는 꿈에 계속 나타나는가?"

"어젯밤에도 나오긴 했는데…."

감나무에 매달려 있던 검은 고치 두 개. 하나는 시현 오빠가 분명한데, 다른 하나는 누굴까? 수아 언니일까, 아니면 현선 언니일까? 언니들에게 무슨 일이 생긴 건 설마 아니겠지? 아니면… 혹시, 나?

"왜, 이상한 게 있더냐?"

"사실, 죽은 사촌 오빠 옆에서 무당귀를 봤어요. 손에서 나온 검은 실이 오빠를 휘감고 있어서 커다란 누에고치처럼 보였거든요."

"연이라는 게 질기기도 하지. 자기 핏줄이라고 절대 놓아줄 생각이 없는 게로군."

"그런데 어젯밤 꿈에는 고치가 두 개여서…."

"두 개? 죽은 사람은 하난데 말이지? 흐음… 둘 다 검더냐?"

"아뇨. 하나만 까맣고, 다른 건 검은 실이 얼기설기 엉켜 있었어요. 안에 형태가 약간 보일 정도로요."

"그 잡것이 또 무슨 꾀를 쓰나 보군. 징조가 좋지 않아."

무당은 얘기를 더 이어가지 않았다. 말없이 앞만 보며 깊은 생각에 잠긴 듯했다.

수아 언니와 현선 언니를 빨리 찾아야 하는데, 행방이 묘연한 언니들이 걱정됐다. 난 앞좌석 쪽을 신경 쓰며 동아에게 속삭였다.

"우리 가는 신청이라는 곳, 어디에 있어요?"

"남한산성 인근이에요."

"주소도 알 수 있나요?"

"왜 그러시죠?"

앞에 앉은 무당의 눈치를 살폈다. 그녀는 골똘히 생각하느라 뒷자리에는 관심이 없어 보였다.

"연호 오빠가 온다고 해서요."

"일반인은 신청에 들어갈 수 없습니다."

"알아요. 하지만… 수아 언니와 연락이 안 돼요. 꿈자리가 뒤숭숭해서 걱정이에요."

"아직 해코지를 당하진 않았을 겁니다."

"그 전에 해결해야 하는데…. 오늘 그 박수도 온다고 했죠?"

"그래서 가는 겁니다."

"수아 언니의 행방을 그 사람이 알지도 몰라요. 그래서 오빠가 그를 꼭 만나겠다는 거예요. 부탁드려요, 동아 님. 주소만 알려주세요. 폐는 안 끼칠게요."

곰곰이 생각하던 동아가 자신의 휴대폰을 슬쩍 보여줬다. 난 사진에 찍힌 주소를 연호 오빠에게 바로 보냈다. 고맙다는 말과 함께 당장 오겠다는 답장이 왔다.

"잃어버렸다는 팔찌는 찾았는가?"

갑작스러운 무당의 질문에 숨이 턱 막혔다. 당황한 나머지 휴대폰을 바닥에 떨어트렸다.

"네? 아, 아니요…."

휴대폰을 주우려고 머리를 숙이자 얼굴이 달아올랐다. 잊고 있었다. 수아 언니한테서 팔찌를 되돌려 받았어야 하는데.

"빨리 올라가셔야 할 텐데, 쯧쯧… 애착이 대단하셔."

"아직 소희 님 어머니께서 옆에 계셔서 하시는 말씀이에요."

동아가 넌지시 귀띔했다.

아, 엄마가 아직도…. 내게 팔찌가 없어도 내 곁에 머물러 있구나. 나를 걱정하느라 죽어서도 편히 쉬지 못하는 엄마. 미안해, 엄마. 그래도 나, 이겨내려 애쓰고 있어.

"어째 공력이 닿지 않는다 했더니…. 머리 아프게 됐군. 빨리 찾는 게 좋을 거야. 어머니가 걱정을 많이 하고 계시네."

"엄마가, 뭐라고 하세요?"

"말소리가 들리진 않아. 하지만 보여. 팔찌를 찾고 계시네. 어머니 표정이 안 좋아. 나도 감이 안 좋고. 자네, 앞으로도 마음을 놓지 말아야 해. 걸치는 것, 먹는 것, 닿는 것, 그 모든 것을 다 조심해야 해."

차는 어느새 남한산성 부근에 이르렀다. 산 중턱쯤에 높고 큰 문주를 갖춘 고풍스러운 한옥 대문이 있었고, 그 안으로 쭉 뻗은 길과 나무들이 보였다. 차는 그 앞에 멈춰 섰다.

"여기입니다. 다 왔어요."

옆에서 동아가 알려줬다. 잠시 후, 문주 안쪽에서 한 남자가 나왔다. 그는 제천 무당의 얼굴을 확인하더니 꾸벅 인사하고 안으로 들어가라는 손짓을 했다. 미리 약속이 되었는지 별다른 확인 절차는 없었다.

우리는 차에 탄 채로 문주를 지나 신청으로 들어갔다. 양옆으로 키 큰 나무들이 늘어서 있어 여름이면 꽤 울창할 길이었다. 길이 끝나는 곳에 돌담이 있었다. 차는 그 앞 공터에 멈춰 섰다. 난 주변을 두리번거리며 동아에게 작게 얘기했다.

"신청이라는 곳이 꽤 크네요."

"전국의 무속인들이 모이는 곳이니까요."

제천 무당이 먼저 차에서 내렸고, 나도 그 뒤를 따라 내렸다. 동아는 내리기 전에 쇼핑백을 챙겼다.

돌담 너머의 한옥을 보며 감탄하고 있는데, 차 한 대가 굉음을 내며 공터로 들어왔다. 오프로드 SUV였다. 그 차는 돌담 앞에 거칠게 멈춰 섰다. 이윽고 긴 머리를 묶은 남자가 운전석 문을 열고 모습을 드러냈다. 호리호리한 체형에 날카로운 인상을 지닌 젊은 남자였다. 묶은 머리를 한쪽으로 늘어뜨리고 생김새에 맞지 않게 개량한복을 입고 있었다. 그가 고개를 돌려 우리를 봤다. 그와 정면으로 눈이 마주쳤다. 그는 재밌다는 표정으로 우리를 쓱 훑었다. 비가 섞인 약한 눈발이 다시 흩날리기 시작했다.

"저자인가 봅니다. 신력이 어마어마하네요."

동아가 목소리를 낮춰 말했다. 그리고 현선 언니를 만났을 때처럼, 고개를 옆으로 까딱거렸다.

제주 천지 심방. 막상 그 박수를 맞닥뜨리자 조금 겁이 났다.

"그래봤자 미천한 자일세. 괜히 주눅 들지 말게."

제천 무당이 그렇게 말했지만 난 동아의 팔을 잡고 옆에 바짝 붙었다.

"네년도 왔군. 당장이라도 먹힐 것 같더니 용하게 비껴갔네? 덕분에 네년 언니가 고생 좀 하겠어."

나를 쏘아보며 박수가 내뱉듯이 말했다.

"수아 언니가, 지금 어디 있는지 아세요?"

"이미 감겼는데 길게 말해 뭐 하겠어? 말한다고 뭐가 달라지나? 네년 때문에 내 노력이 허사가 됐어."

그는 제천 무당에게 시선을 옮겼다. 알 듯 말 듯 기이한 미소가 그의 얼굴에 천천히 번졌다.

"역시 뒷배가 있었어. 그러잖아도 누군지 궁금했는데, 장군 하르방이라…."

"어디서 함부로 입을 나불거리는 게냐!"

제천 무당이 호통을 쳤다. 하지만 그는 눈 하나 깜짝하지 않았다.

"에이, 왜 이러시나. 좋든 싫든 큰어르신이 불러서 모인 건데. 어차피 문제를 해결하려는 의지는 나나 그쪽이나 똑같은 거 아닌가? 그러면 계급장은 떼고 붙어야지. 안 그래요?"

"무엄하기는! 영물을 섬기는 자가 감히 누구 앞이라고!"

"흥! 큰어르신 앞에서도 그런 말이 나올까? 하여간 육지 심방들이란 앞뒤가 꽉 막혀가지고. 우리 서로, 각자 모시는 신은 공격하지 맙시다. 예의는 지켜야죠."

"예의를 아는 자가 그런 무도한 짓을 해? 신령한 무속의 힘을 앞세워 사람을 해하려 들어?"

"말은 바로 해야지. 나도 돕다 보니까 그렇게 된 거라고요. 누군 처음부터 이렇게 꼬일 줄 알았나?"

박수가 샐쭉해진 표정으로 고개를 홱 돌려 나를 쏘아봤다.

"고작 대신칼*이야? 그걸로 몸뚱어리 하나 건사하겠어? 써먹어봤자 귀를 접주는 정도겠지. 흥!"

그는 몸을 돌려 돌담 안 한옥 쪽으로 빠르게 걸어갔다. 그의 뒷모습을 보며 제천 무당이 혀를 찼다.

"몹쓸 것. 저 욕심 채우려고 사람을 이용해놓고 뭐라? 신을 받드는 자가 그러면 안 되지."

"어머니, 노여워 말고 가시지요. 저자와 싸울 일은 아니지 않습니까?"

동아와 제천 무당이 나란히 돌담 안쪽으로 걸음을 옮겼다.

"비린내가 아주 진동하는구먼!"

언짢은 목소리가 뒤따라 걷는 내 귀에 들렸다. 하지만 난 어떤 냄새도 맡을 수 없었다.

돌담 안쪽으로 들어가자 눈앞에 으리으리한 한옥이 나타났다. 그 위용에 잠시 걸음을 멈췄다. 서둘러 신청 안으로 들어가는 박수의 뒷모습이 보였다.

"뭐 하는 게냐? 우리도 어서 가자."

제천 무당이 나를 재촉했다. 한옥 쪽으로 한 걸음 옮길 때마다 질척한 땅에 우리의 발자국이 찍혔다.

신청 안은 밖에서 본 것보다 훨씬 으리으리했다. 밖에선 2층

---

* 굿할 때 사용하는 칼 형태의 무구. 잡귀와 악살 등을 물리칠 때 사용하는 도구 중 하나다.

으로 보이던 건물이 하나로 트여 있어 웅장한 분위기를 자아냈다. 건물 한가운데에 선 큰 나무에 사방으로 오방색 천이 드리워져 있었다.

중년 남자가 입구에 서 있는 우리에게 다가왔다.

"제천에서 오셨습니까? 이리 오시지요. 기다리고 계십니다."

우리는 그의 뒤를 따라 넓고 긴 복도를 걸었다. 기둥마다 휘갈기듯 써놓은 한자가 눈길을 끌었다.

복도 끝에 다다르자 천장까지 닿는 길고 큰 문이 나타났다. 남자가 문을 열어줘서 들어가니 중앙에 놓인 둥근 테이블에 두 사람이 앉아 있었다. 한 사람은 아까 본 박수였고, 다른 이는 젊은 여자였다. 그녀는 내 또래 아니면 조금 어리게 보였다. 그런데 놀랍게도 머리카락이 부분적으로 세어 잿빛이었다.

"오셨습니까?"

여자가 자리에서 일어나 제천 무당을 맞이했다. 무당이 고개 숙여 공손히 인사했다. 자기보다 훨씬 어려 보이는 여자에게 과하다 싶을 정도로 깍듯했다.

"큰어르신, 오랜만에 인사드립니다."

큰어르신? 저렇게 젊은데? 당황스럽다. 아무리 많아봤자 30대일 텐데. 무속의 세계는 정말 알 수가 없다. 겉으로 봐서는 누가 윗사람인지, 누가 더 신력이 높은지 전혀 가늠할 수가 없다.

"장군님과 할머님도 함께 오셨군요. 반갑습니다. 이분은… 그때 말씀하셨던?"

"제 신딸 동아입니다. 인사 올려야겠기에 실례를 무릅쓰고 대동했습니다."

제천 무당이 동아를 소개했다. 동아가 또 고개를 옆으로 까딱거렸다. 큰어르신이라는 여자가 동아의 머리에 손을 얹고 낮게 중얼거렸다. 5초 아니면 10초쯤, 짧은 순간이었는데 신기하게도 동아의 머리가 바로 움직임을 멈췄다.

"한동안 괜찮을 겁니다. 이리 앉으시지요. 천지 심방님과는 이미 인사하셨지요?"

박수가 헛기침을 했다. 제천 무당도 표정이 새침해졌다. 그 모습을 보고 큰어르신이 빙긋 웃었다.

"말씀하신 물건은 가져오셨습니까?"

그녀의 말이 떨어지자마자 동아가 쇼핑백에서 오방기로 감싼 뭔가를 꺼냈다.

"이게 그 무구로군요."

큰어르신의 말에 박수가 손으로 부채질을 했다. 뭔가 찔리는 듯한 표정이었다. 제천 무당의 얼굴에 묘한 미소가 살짝 스쳤다.

동아가 물건을 테이블 위에 올려놓았다. 그 순간 몸이 떨리며 명두를 발견한 이후 벌어졌던 여러 일들이 뇌리를 스쳤다. 다시 떠올리기도 싫은 순간들이었다.

그때 노크 소리가 들렸다. 곧 문이 열리고 우리를 안내했던 남자가 찻잔 등이 실린 트롤리를 밀고 안으로 들어왔다. 그는 우리 앞에 찻잔을 내려놓고 차를 따랐다. 찻잔에서 하얀 김이 피어오르며 은은한 향이 퍼졌다.

큰어르신이 오방기를 풀고 나무 상자를 열었다. 예상대로 그 안에는 부적이 덕지덕지 붙은 둥근 명두가 들어 있었다.

"신명님이 외면하실 만도 합니다. 저 같아도 달갑지 않은 물건이네요. 빨리 처리하는 게 좋겠어요."

"그냥 덮으시겠다는 겁니까?"

"아닙니다. 궁금증은 당연히 풀어야죠. 근원을 알아야 해결할 수 있지 않겠습니까? 이 명두의 임자가 개시한 이상, 외면할 수가 없지요. 천지 심방님, 이건 심방님이 쓰신 부적이죠? 맞습니까?"

"아, 네…."

"평범한 부적은 아니군요. 왜 이런 걸 쓰셨습니까? 경위를 말씀해 주시겠어요?"

큰어르신의 목소리는 부드럽고 나긋나긋했다. 하지만 왠지 모를 강한 오라가 느껴졌다. 그녀는 지그시 바라볼 뿐인데 박수는 식은땀을 흘렸다.

"아, 그게… 처음에는 그러려고 했던 게 아니라…."

"책임을 추궁하는 게 아닙니다. 사태를 파악하려는 거지요. 솔직히 말씀해 주십시오."

"하아…."

박수가 한숨을 토해냈다. 그는 얘기를 꺼낼 듯 말 듯 망설이다 찻잔을 들었다. 그리고 차를 한입에 홀쩍 마셨다. 방 안에 침묵이 흘렀다. 아무도 그를 재촉하지 않았다. 차를 한 잔 더 마신 후, 그가 결심한 듯 입을 열었다.

"제가 애동일 때부터 알고 지낸 어멍이 있어요. 그 어멍 집안의 큰년이 신기가 있었는데…."

박수는 큰고모와의 인연을 털어놓았다. 신기가 있어 고생하는 큰고모의 딸, 수아 언니를 꽤 오랫동안 도왔다고 말했다. 말썽이 생긴 건 내가 짐작하듯, 우리가 고모의 유산을 상속받고부터였다. 수아 언니는 그의 만류에도 불구하고 고모의 유산에 욕심을 냈다. 거기서 더 나아가 시골집 물건에 함부로 손대지 말라는 충고를 듣고도 명두를 찾아냈던 것이다.

"문제는 바로 이 명두죠. 그 사특한 잡귀가 잔꾀를 부려 이딴 걸 물려줬을 줄 누가 알았겠어요? 빨리 찾아내라고 밤마다 살살 꼬셨다고 합니다."

"그래서 부적을 쓰신 겁니까?"

"처음부터 이 부적을 쓰려고 한 건 아니고요…."

박수가 눈을 굴리며 변명하자 제천 무당이 코웃음을 쳤다.

"흥! 변명할 생각은 말게. 지갑에 넣은 부적을 썼다, 이 얘기 잖나?"

"알면서 뭘 물어요?"

"그래도 상세히 말씀해 주시겠습니까?"

"신줄이라는 게, 무가의 자녀라면 누구나 받을 가능성이 있지 않습니까? 피가 진한 무가일수록 신력을 갖고 태어난 이가 한 명이 아니라 둘일 수도 있고요. 선택은 신이 하는 겁니다. 저희가 하는 게 아니죠."

"이런 천벌을 받을…. 이 애는 그릇이 아니야. 보면 모르나?"

"제가 어떻게 알아요? 오늘 처음 봤는데."

"허, 몰라? 그 전에 만난 적이 있을 텐데?"

"제가요? 이 처자를요?"

"장례식장에서 봤잖나! 자손의 첫 번째 죽음이 있던 날!"

"아, 그때… 그땐 얼핏 본 거라…."

제천 무당의 호통에 박수의 기세가 살짝 누그러졌다.

"부적까지 써놓고 발뺌하면 쓰나."

"그땐 정말 몰랐습니다. 사촌이라는 사람이 어디 한둘이어야지. 전 의뢰인이 원하는 대로 해줬을 뿐이라고요."

박수가 계속 변명을 늘어놓자 제천 무당의 얼굴에 노기가 가득했다. 두 사람 사이에 살벌한 눈빛이 오갔다.

"전 그저 업에 충실했을 뿐입니다. 신의 관심을 다른 이에게 돌렸을 뿐이라고요."

"신? 그게 신이던가? 그것이 뭔지 알고도 그런 게야?"

"악신도 신입니다. 무지막지하게 세던걸요? 저도 간신히 막았어요."

"악귀 따위를 어디 감히 신이라고. 자네 그러다 벌전 받아."

"벌전이요? 내가 무슨 양밥을 쳤어요, 저주를 내렸어요? 그게 천벌까지 받을 일이야?"

박수의 얼굴이 벌게졌다. 그가 목소리 높여 항변하자 제천 무당이 불쾌한 얼굴로 맞받아쳤다. 언쟁이 점점 격해지려고 하자 큰어르신이 오른손을 살짝 들었다.

"보살님, 사건을 잘 갈무리하고자 마련한 자리입니다. 화가 나는 건 충분히 이해하나, 심방님 말씀부터 들어보시죠."

큰어르신의 중재에 제천 무당이 입을 다물었다. 일자로 꾹 다문 입에 못마땅한 기색이 역력했다.

"천지 심방님, 말씀 계속하시지요."

"제가 비방 친 것까지 얘기했던가요? 그런데 아, 제가 쓴 부적이 효과가 전혀 없는 겁니다, 신경질 나게. 게다가 역살까지 날아오더라구요."

박수가 얼굴 한쪽을 가리고 있던 머리칼을 쓸어올렸다. 눈 주변과 광대뼈 부근에 붉고 긴 화상 자국이 있었다. 그는 소맷자락도 접어 올렸다. 드러난 왼팔에도 벼락을 맞은 것처럼 나선형의 붉은 흉터가 선명했다.

"죄를 지었으면 의당 벌을 받아야지."

제천 무당이 흉터를 힐끗 보며 중얼거렸다. 그 소리를 들었는지, 아니면 그냥 떠보는 말인지, 박수는 그녀를 보며 살을 날린 상대를 비난했다.

"어떤 잡것이 날렸는지, 분수도 모르고…."

"난 아닐세. 순수한 마음으로 도왔다면 역살을 맞았겠나? 시커먼 속내가 있으니 그랬겠지. 자기 욕심을 채우려고 사람을 이용하면 쓰나."

그는 제천 무당을 흘겨보며 접은 소맷자락을 내렸다. 그녀를 의심하는 눈빛이었다. 하지만 이내 공손한 표정으로 큰어르신을 보며 말을 이었다.

"제가 쓴 부적이 효험이 없는 걸 보고, 이거 잘못하다간 진짜 큰 살을 맞겠다 싶어 빨리 수를 내야 했습니다."

"그 수가 이 부적이었다, 그런 말씀이시죠?"

"어떻게 해서든 명두의 힘을 감춰야 지갑에 넣은 부적이 반응을 안 할 거 아닙니까? 일 터지기 전에 나름대로 서둘러 수습한 겁니다. 그 부적을 되찾을 수 없으니까. 여기 있는 이 처자를 해치거나 할 의도는 전혀 없었다고요."

"의도가 없어? 자네 말, 책임질 수 있는가?"

"아이, 왜 이러세요, 자꾸?"

"집에 있는 잡귀가 이 아이에게 감기게 도왔던 건 아니고? 이 아이한테 지박령이 씌었단 말일세."

"그건 또 무슨 소리야? 그 집에 잡귀가 있는지 잡신이 있는지, 내가 어떻게 안다고 그래요? 아니, 설령 알았다 처도 잡귀 따위를 도우려고 이 부적을 썼겠어요? 내 힘을 그런 데 낭비했겠냐고요?"

"자자, 알겠습니다. 두 분 진정하세요."

큰어르신이 다시 흥분하는 두 사람을 제지했다. 하지만 제천 무당과 박수 사이에는 여전히 냉기가 흘렀다.

"심방님 덕분에 대충 파악이 됐습니다. 그럼 이제 이 사태를 어떻게 해결할지 논의를 해보죠."

"논의요?"

박수가 눈을 동그랗게 뜨고 반문했다. 신청에 불려온 이유를 짐작하지 못하는 눈치였다.

"큰어르신, 설마…?"

"천지 심방님의 도움이 필요합니다."

"전 더 이상 관여하고 싶지 않습니다. 그 독한 것을 또다시 상대하고 싶지 않아요. 제 몸에 생긴 흉터를 보셨잖습니까?"

"부탁드립니다. 지금 그것을 상대할 사람은 천지 심방님뿐이에요."

"안 돼요. 전 못 합니다."

"자네가 벌인 일, 자네가 마무리지어야 하지 않겠는가?"

제천 무당이 거들었다. 여전히 못마땅한 표정이었다.

"일을 벌이긴 뭘 벌여요? 그것이 혼자 한 짓이지! 난 그저 부적 써준 죄밖에 없다니까요?"

"그게 다 자네 업보일세."

"보살님, 제가 영물을 섬긴다고 밖에서 절 하대하셨지요?"

"영물을 섬기는 게 거짓은 아니잖은가?"

"우리 신령님은 영물이 아니라 영물의 몸을 빌린 신입니다. 제주에서 굉장히 영험한 신이라고요. 한낱 영물이라면 육지 신들이 저를 반겼겠어요?"

"요즘 세상이 아무리 평등해졌다지만, 영물을 감히 신이라 칭할 수 있겠는가?"

"아니, 그럼 보살님은 고귀한 신을 모신다면서, 왜 저같이 하찮은 섬것의 도움을 바라십니까? 위대한 장군님이 부탁 하나 못 들어주신답니까?"

"도움이 아닐세. 이건 자네가 해결할 일이야."

"하아, 또 저 소리…."

박수가 상대를 노려보다가 답답한 듯 차를 한 모금 마셨다.

"더 이상 개인의 문제가 아닙니다."

지켜보고 있던 큰어르신이 입을 열었다.

"이건 우리 무속인 전체의 일이에요. 예전부터 잠악산에 문제가 많다는 얘기가 있었습니다. 신청에 심심찮게 건의도 들어왔고요. 심방님께서도 이 아이를 괴롭히는 악귀의 본거지가 잠악산이라는 소문을 들으셨죠?"

"그거야 뭐…."

"무속인들이 모두 떠나고 이제 그곳엔 허주 악귀만 남았다고 합니다. 세를 불려 힘이 아주 강해졌다고 해요. 정화가 필요합니다. 이대로 내버려둬선 안 됩니다. 게다가 염매라니요? 지금 시대에 그 끔찍한 짓이 행해지는 것을 두고 보시겠습니까? 이 기회에 바로잡아야 합니다."

"그게 비천한 이 섬것과 무슨 상관입니까? 전 제주로 돌아가면 끝인데요."

"심방님이 종종 육지로 기도드리러 오신다 들었습니다. 모시는 신의 공력을 위해, 전국을 다니며 다른 산의 신령님과도 접촉하지 않으셨습니까? 이 일에 쓴 부적에도 사심이 엿보이는데요?"

"아니, 그게 제 욕심만 채우려 한 건 아니고요."

"압니다. 차라리 이 기회에 육지의 신을 강신하시면 어떨까요? 물론 신명님께서 허락하신다면 말입니다."

"저야 좋기는 하지만…."

"심방님, 부탁드립니다. 지금 저희에게는 다른 여러 산신령님께 읍소하고 그 원력을 받을 분이 필요합니다."

"아이참, 곤란하게…."

"심방님께서는 그 능력을 갖고 계시잖아요. 모시는 신의 힘이 다른 신령님들과도 통하지 않습니까?"

"그렇게 말씀하시니 마음이 흔들리기는 하는데요, 하지만 지금이 겨울이라… 제가 모시는 신령님이 조금 힘드실 것 같습니다. 제 능력에도 한계가 있고…."

"혼자 애쓰시라는 얘기가 아닙니다. 저희도 도울 겁니다."

"장군님이 돕는다고 정화가 될까요? 할머니께서 오셔서 점사를 치실 것도 아니잖습니까? 그리고 무당들이 산을 버리고 떠났으면, 그 잠악산인가 뭔가 하는 곳에 신령님이 없는 거 아니에요? 그곳 신령님의 도움 없이는 불가능합니다."

"잠악산 산신님이라… 임소희 님?"

"네? 저요?"

갑작스러운 부름에 화들짝 놀랐다. 큰어르신이 부드럽게 미소 지으며 나를 봤다. 아무리 봐도 나이가 나랑 비슷해 보였다.

"꿈에 고라니를 봤다고요?"

어두컴컴한 도로에 종현 오빠와 함께 서 있던 고라니가 떠올랐다. 아무리 울어도 그 소리는 내 귀에 들리지 않았다. 나중에는 귀가 없는 고라니도 나타났다. 그리고 나를 유혹하던 악신의 목소리와 나를 돕지 못하던 오빠의 슬픈 눈빛….

나도 모르게 목에 건 파란 주머니에 손이 갔다. 큰어르신과 제천 무당이 함께 있어서인지 꿈속에서처럼 큰 칼이 눈앞에 보이지는 않았다.

그리고 바로 어제, 꿈속이 아니라 현실에 나타난 두 마리의 고라니도 떠올랐다. 이웃 마을 폐허에서 본 고라니 중 한 마리는 꿈에서처럼 귀가 없었다.

34

"꿈속에서 고라니가 몇 마리였나요?"

큰어르신이 인자한 미소를 머금고 나에게 물었다.

"두 마리요. 죽은 사촌 오빠와 함께 나타났는데, 한 마리는 귀가 없었어요."

"귀가 없다…. 안타깝습니다. 그 영물은 전령으로서의 능력을 상실했군요."

귀가 없으면 신의 말을 못 듣는다는 건가? 잠깐, 다른 한 마리도 울음소리를 내지 못했던 것 같은데? 한 마리는 듣지 못하고, 한 마리는 소리내지 못하고…. 그럼 있으나 마나잖아? 영물의 상태가 그런데 박수가 과연 산신과 소통할 수 있을까?

"꿈의 배경이 어디였나요? 잠악산이던가요?"

"적송 시골집 앞 도로였어요. 밤이었는데… 그런데 어르신, 이상해요."

"뭐가 말입니까?"

"사촌들과 다같이 시골집에 머물 때는 밤마다 고라니 울음소리를 들었어요. 그런데 꿈에서는 고라니가 아무리 울어도 그 소리가 제 귀에 들리지 않았어요."

"그 잡귀가 귀를 막고 있나 보군."

박수가 피식 웃으며 말했다. 살짝 올라간 입술 사이로 긴 송곳니가 드러났다. 난 그의 표정과 말에 두려움을 느끼고 제천 무당을 쳐다봤다.

"자네는 아직 이 명두의 영향에서 벗어나지 못했어. 이자가 쓴 부적만으로는 어떻게 할 수 없는 거지. 신령님이 도우려고 하셔도 잡귀의 훼방으로 그 소리가 들리지 않을 거야. 내가 준 비방을 쓰지 못하는 것도 아마 같은 이유겠지."

생각보다 악귀의 힘이 센 걸까. 전령을 부리지 못할 정도로 산신의 힘이 약해진 가운데 상대가 수를 쓴다면 상황이 만만치가 않다. 큰어르신의 표정이 심각해졌다.

"고라니 울음소리를 실제로 들으셨다고 했는데, 사실인가요? 꿈이라면 몰라도 영물은 사람의 눈에 띄려 하지 않을 텐데요? 그리고 신령님이 산을 떠난 이상, 영물도 그곳에 남아 있지 않을 겁니다."

"하지만 들었습니다. 제 눈으로도 봤고요. 두 마리 다요."

"언제 봤다는 게냐?"

"사실 어제… 적송에 다녀왔어요. 가면 안 되는 거 아는데, 선생님께서 주신 방편도 있고 해서 친구랑 잠시 다녀올 생각이었거든요. 시골집 가기 전에 우연히 이웃 마을에 들렀는데, 거기 고라니가 있었어요."

"이런, 그곳을 아직 안 떠나셨나 봅니다."

큰어르신이 탄식하며 말했다. 제천 무당 역시 놀라는 표정이었고, 박수도 관심을 보였다.

"그렇다면 신령님은 왜 잠악산을 그 지경이 되도록 내버려두셨을까요?"

"그만한 사정이 있었겠지요."

"마을 사람들이 죄다 피해를 보고 무당들도 떠났는데요?"

"전령이 힘을 잃은 반면에 악귀는 점점 강해졌어요. 분명히 뒤에서 누가 묘수를 쓴 겁니다. 신이 아닌 인간의 힘을 빌려서요. 자세한 건 신령님을 직접 뵙고 말씀을 들어봐야 할 것 같네요."

"자네가 다녀왔다는 그 이웃 마을은 어땠는가?"

"봄에 사촌들과 갔을 때만 해도 마을이 멀쩡했거든요. 그런데 어제 갔을 때는 아주 오래전에 황폐해진 것같이 폐허였어요. 그동안 그렇게 망가졌다는 게 믿어지지 않아요."

"원래 그 모습이었을 겁니다. 이미 몇 년 전에, 적송 그 당집 부근에 살던 주민들이 모조리 떠났다고 들었거든요."

"반년 전에는 사람이 살고 있었는데요?"

"직접 보셨나요?"

"그럼요. 할아버지와 할머니, 두 분이 계셨어요. 죽은 종현 오빠가 할아버지께 담배도 드렸는걸요."

"할아버지와 할머니라…."

"큰어르신, 그건 잔영일지도 모릅니다. 이 아이가 영안이 트여 영과 귀를 봅니다."

"아니에요. 그때는 제가 아무것도 보지 못할 때였어요."

"영물은 때로 인간의 모습으로 나타나기도 하지요. 그 오빠라는 분이 꿈에 고라니와 함께 나왔다고 했지요? 신의 전령이 죽은 오빠의 혼을 구했나 봅니다. 어제 갔을 때는 고라니 외에 뭐가 보였습니까?"

"검은 형체를 봤어요."

"고라니가 있을 때도 말인가요?"

나는 기억을 더듬었다. 어제 일이 먼 옛날처럼 아득했다.

"아뇨. 고라니가 나타나자 그것들이 모두 사라졌어요."

"정말 영물이 맞군요."

"신령님을 뵐 가능성이 높아졌네요. 아직 그 산에 계시나 봅니다. 곧 만나뵐 수 있겠죠?"

"치성을 드려봐야지요. 저희 염원이 신령님께 닿는지 소리를 높여봐야겠어요."

"희망적이긴 한데, 만약 안 계시면요? 전령이 힘을 잃어서 제대로 전하지도 못할 텐데, 정성을 다한다고 될까요?"

"심방님이 계시잖아요?"

"네? 저요?"

"심방님만 한 적임자가 없지요. 지금 뒤에 계신 신령님께서도 허락하셨는데요?"

큰어르신이 박수를 지그시 바라봤다. 딸랑, 딸랑. 어디선가 방울 소리가 들리는 것 같았다.

"그럼 동의하신 것으로 알겠습니다."

큰어르신이 환하게 웃었다. 겸연쩍은지 박수가 얼굴을 가리고 있는 머리카락을 만지작거렸다. 나와 눈이 마주치자 씩 웃으며 한쪽 눈을 찡긋했다.

이제 적에서 아군이 되는 건가. 그의 얼굴을 보면 신뢰가 가지 않았다. 제천 무당 역시 못마땅한 듯 표정이 밝지 않았다.

"보살님도 함께해주실 거죠?"

큰어르신이 제천 무당에게 물었다. 이상하게 내 심장이 두근두근했다.

"서로 다른 신을 모시고 업을 풀어가는 방식도 다르지만, 인간이 평안할 수 있게 돕는 것이 우리의 책무 아니겠습니까?"

"알겠습니다. 애먼 데 참견하다 이 고생을 하게 되네요."

"장군님도 승낙하셨잖아요. 아직도 불편하십니까?"

"아닙니다. 좋습니다. 당연히 함께해야죠. 어느 안전인데요."

박수가 입을 삐죽거렸다. 그 역시 제천 무당과 힘을 합치는 게 싫은 것이다. 하지만 큰어르신 앞이라 내색하지 못하고 눈을 흘기다가 동아 쪽으로 시선을 돌렸다.

"애동인가?"

"보면 모르는가?"

동아를 대신해서 제천 무당이 퉁명스레 대꾸했다.

"잘됐네. 마침 신령님 실을 몸이 하나 필요한데."

"거기서 애동의 몸에 신을? 안 돼, 위험하네. 잡귀가 너무 많아."

"왜 이러시나… 나 혼자 그 악귀를 어떻게 상대해요? 함께 돕는다면서요? 큰어르신 말씀 못 들었어요? 지금 겨울이라서 우리 신령님 공력이 최저치라고요."

"무슨 신이 계절을 따지시는가? 아, 영물을 모셔서 그런가?"

"보살님! 계속 이러시기예요?"

"내가 틀린 말 했나?"

"같이 일하기 힘들겠네, 진짜. 아, 몰라. 어쨌든 난, 저 애동이 필요해요. 보니까 얼마 안 돼서 신도 잘 받겠네."

"저 아이는 안 돼."

"저 아이여야 해요."

"두 분, 조금씩 양보하시지요. 좋은 일 하자고 나서는 겁니다."

"잠악산 신령님이 길을 터주시지 않으면 힘들 것 같은데… 제가 모시기에는 너무 벅차요. 게다가 상대가 얌전히 있겠어요? 자기가 신인 줄 아는 악귀라고요. 가만히 있을 잡것들이 아니잖아요. 애동 붙여주세요. 안 그러면 저, 절대 못 해요."

박수가 팔짱을 끼고 거만한 표정으로 의자 등받이에 기댔다.

제천 무당의 얼굴에 노기가 등등했다. 하지만 큰어르신의 생각은 그녀와 달랐다.

"그렇게 하시지요."

"큰어르신, 이 아이는…."

"보살님, 걱정되시겠지만 제자님도 도와야 합니다. 잠악산 신령님을 살리고 영험한 산을 되찾을 마지막 기회일지도 몰라요. 이대로 내버려두면 악귀의 힘이 더욱 강해질 겁니다."

제천 무당은 곤란한지 입을 다물었다. 동아를 보는 그녀의 눈에 근심이 그득했다.

"제자님 생각은 어떤가요? 이 몸의 결정을 따르겠습니까?"

큰어르신이 동아에게 직접 물었다.

"제가 힘이 될 수 있다면, 어떤 위험도 무릅써야지요. 그래서 각자의 자리를 되찾을 수 있다면요."

동아가 주저 없이 동의했다. 그리고 나를 보며 미소 지었다. 약간의 거리를 두고 앉아 있는데도 동아의 온기가 느껴졌다.

"제자님 말이 맞습니다. 옳은 일을 위해서라면 위험은 감수해야죠. 더 이상 피해자가 나오지 않도록 빨리 수를 써야 할 겁니다. 이것도 빨리 제자리에 돌려놓아야 하고요."

큰어르신이 자리에서 일어났다. 그녀는 테이블 가운데 놓인 상자의 뚜껑을 닫았다. 그리고 오방기로 상자를 다시 감쌌다. 집사인 듯한 남자가 조용히 나타나 그것을 밖으로 가져갔다.

"두 분 의견이 정리됐으니 이제 본격적으로 상의해 볼까요?"

큰어르신의 말에 박수가 헛기침을 했다.

"동아야, 나가 있거라."

제천 무당이 동아에게 나직하게 일렀다.

"제자님은 먼저 돌아가시지요. 만신님 몇 분이 더 오실 겁니다. 얘기하다 보면 시간이 꽤 지체될 거예요."

동아와 나는 큰어르신에게 인사하고 조용히 방을 나왔다. 그리고 넓고 긴 복도를 말없이 걸었다. 우리의 발걸음 소리만 들릴 정도로 고요하고 엄숙해서 차마 입을 뗄 수 없었다.

출입문 앞에 다다르자 어디선가 남자가 나타났다. 기척도 없이 귀신처럼 재빠르게 움직였다.

"가십니까?"

"네, 저희만 먼저 물러갑니다. 수고하십시오."

남자가 문을 열어주고 공손히 인사한 후에 나를 봤다.

"다음에 뵙겠습니다. 신령님의 가호가 닿는다면요."

입가에 어린 미소가 상냥했지만 그가 내뱉은 말은 알쏭달쏭했다. 무슨 뜻일까 하고 그의 얼굴을 보는데, 큰 문이 스르르 닫혔다.

"방금 그 말뜻이 뭘까요?"

"그냥 인사치레겠죠."

"저분도 박수신가요?"

"모르겠습니다. 저도 신청은 처음이라서요."

우리는 차가 있는 공터 쪽으로 걸었다. 진눈깨비는 그쳤지만 눈비가 섞인 흙바닥이 질척했다.

"동아 님도 그 회의에 참석해야 하는 거 아닌가요?"

"전 애동이잖아요."

"애동은 뭐, 무당 아닌가요?"

"어르신들 말씀하시는데 제가 감히 낄 수는 없죠."

"큰어르신 말이에요, 제 또래 같던데… 그분은 신을 받은 지 오래된 거예요, 아니면 모시는 신의 레벨이 높은 거예요?"

"둘 다겠죠."

"그럼 큰어르신이 직접 나서면 안 되나요? 무공이 높으니 단번에 해결할 수 있을 것 같은데? 굳이 박수까지 불러들일 필요가 없잖아요?"

"일에는 순리라는 게 있습니다. 밑에서 해결할 수 있는 하찮은 일을, 높으신 분이 수고스럽게 나설 필요가 없는 거죠. 게다가 상대는 악귀 아닙니까? 어머니께서 모시는 장군님도 외면할 만큼 미천한 것입니다. 이이제이라는 말도 있듯이, 잡귀는 영물의 힘으로 물리치면 되는 겁니다."

"그러면 왜 두 분은 저를 도우려 하시나요? 저를 괴롭히는 게 악신인데요?"

"아까도 들으셨듯, 큰어르신은 잠악산을 정화하고자 하십니다. 어머니는 소희 님 어머니를 외면할 수 없고요. 두 분의 뜻이 맞으신 거겠죠."

"그러면 박수는 왜요? 그는 무슨 관계가 있다고?"

"심방은 심방대로 욕심이 있는 거겠죠. 섬에서 오신 분이니 육지에서 공식적으로 인정받을 수 있는 기회가 아닐까 해요. 어르신이 말씀하셨듯, 강신의 기회도 있고요."

"그 박수가 속임수를 쓰는 건 아니겠죠?"

"적으로 돌리지 않으면 괜찮을 겁니다. 신명님이 보고 계셔서 다른 꿍꿍이는 생각지도 못할 거예요."

"영물을 섬긴다는데, 대체 뭘 섬기는 걸까요?"

"곧 알게 되실 겁니다."

동아가 나를 보며 슬며시 웃었다. 그 미소가 호기심을 자극했지만 더는 묻지 않았다. 그 외에도 궁금한 게 많았기 때문이다.

"동아 님, 큰어르신은 언제부터 이 일을 하신 걸까요?"

"글쎄요. 외양만으로는 공력을 짐작할 수 없습니다."

"서너 살? 설마 태어날 때부터 무당이었나?"

내 말이 재미있는지 동아가 소리 내어 웃었다. 그럴수록 큰어르신의 나이가 궁금했다. 아무리 동안이라도 서른을 넘기지는 않았을 텐데, 얼마나 큰 신을 모시기에 그렇게 빨리 그 자리에 올랐을까?

그때 연호 오빠에게서 전화가 왔다. 난 눈짓으로 동아에게 양해를 구하고 전화를 받았다.

〈소희니? 나 여기 도착한 것 같은데….〉

"주차장이신 거죠? 저희 나가고 있어요. 조금만 기다리세요."

〈그래, 차에 있을게.〉

몇 발짝만 더 걸어가면 주차장으로 연결되는 돌담 입구였다. 입구를 조금 앞두고 동아가 물었다.

"공방하는 언니분의 오빠신가요?"

"네, 천지 심방을 보겠다고 왔어요. 그 박수가 혹시라도 수아 언니와 연락하는지 확인하려고요."

"만나지는 못하겠네요. 쉽게 끝날 회의가 아니라서요."

"제가 괜히 알려줬나 봐요."

돌담을 나서자 흰색 벤츠 앞에 연호 오빠가 서 있었다.

"이분이 박수 무당이시구나? 안녕하십니까, 수아 오빠 되는 최연호입니다."

그가 동아를 보고 인사했다. 오빠는 박수가 남자 무당을 지칭한다는 것을 몰랐다.

"아뇨, 오빠. 이분은 동아 님이시고, 박수는 안에 있어요. 남자예요."

동아는 오빠에게 인사한 후 내가 무안할 정도로 그의 얼굴을 빤히 쳐다봤다.

"죄송합니다. 제가 몰랐네요. 소희 너, 박수 무당과 같이 있는 거 아니었어?"

"저희는 먼저 나왔어요. 그 사람은 지금 회의 중이고요."

"언제쯤 끝날까?"

"많이 늦어질 것 같던데요?"

"그래? 그래도 기다려야지."

오빠는 실망하는 기색이었다. 박수를 만나 수아 언니의 행방을 알아내야 하는데, 그럴 수 없으니 속이 타들어갈 것이다.

"오늘은 이만 돌아가시는 게 나을 듯합니다. 회의가 쉬이 끝나지 않을 거예요."

"기다리겠습니다. 이번 기회를 놓치면 다시 못 만날 수도 있거든요. 제가 곧 출국합니다."

"심방님을 만나셔도 동생분의 행방에 대해 듣지 못하실 겁니다."

"그걸, 어떻게 아시죠?"

"동아 님도 무업에 종사하세요."

"무당이시면, 제 동생 수아가 어떤 상황인지 아시는 겁니까?"

"아니요. 무당이라고 모든 걸 다 알 수는 없습니다. 제 눈에는 동생분이 보이지 않습니다. 검은 안개만 자욱해요. 아마 심방님 눈에도 마찬가지일 겁니다."

"그 말은, 수아가 위험하다는 뜻입니까?"

"물리적 고통은 느껴지지 않습니다만…."

"그럼 무사하다는 거죠?"

"죄송합니다. 그 이상은 보이지 않아 정확하게는 말씀드릴 수가 없네요."

동아가 안타까운 표정을 지었다. 무당은 보통 화경이라는 이미지를 통해 과거를 읽고 현재를 파악하며 미래를 예견한다고 들었다. 동아 역시 화경을 보고 수아 언니의 상태를 짐작하는 것일 텐데, 검은 안개가 자욱하다니. 아마도 악신이 동아가 보는 것을 방해하는 거겠지. 아니면 동아가 모시는 신이 또 눈을 가렸거나.

"잠깐 시간 좀 내주시겠습니까? 가까운 곳에 가서 차 한잔 대접하고 싶은데요."

그가 초조한 듯 제안했다. 동아의 힘을 빌려서라도 어떻게든 수아 언니의 안부를 확인하고 싶은 것이다.

"오래 붙잡지 않겠습니다. 10분만, 딱 10분이면 됩니다."

"글쎄요. 저와 얘기한다고 해결될 일이 아닌데요."

"그냥 차 한잔 마시자는 겁니다. 귀찮게 하지 않을게요. 소희야, 시간 되지?"

"전 괜찮아요. 동아 님, 어차피 시내로 나갈 교통편이 마땅치가 않잖아요. 차 마시고 오빠 차로 함께 가요."

연호 오빠의 간곡한 부탁을 외면할 수 없어 나도 동아를 설득했다.

남한산성 부근의 카페는 평일 낮인데도 사람들로 붐볐다. 우리는 그 틈에 껴서 커피를 주문하고 유일하게 비어 있는 중앙 테이블에 앉았다. 사방에서 시끌시끌 웃고 떠드는데 우리 테이블만 분위기가 어색했다.

"지금도, 수아 상태가 안 보이십니까?"

연호 오빠가 조심스럽게 물었다.

"죄송합니다. 제가 말씀드릴 수 있는 건 거기까지예요."

"어디를 다쳤다든가, 아프거나 한 건 아니고요?"

"네. 다만…."

"다만…?"

"어둡고 축축하고 한기가 느껴집니다."

전에도 비슷한 이야기를 들은 적이 있다.

'캄캄한 어둠 속, 좁고 지저분한 그곳….'

그건 현선 언니가 처음 꺼낸 말이자 얼마 전 할아버지 집에 나타난 악신이 던진 악담이다. 모두 수아 언니에게 했던 말이다. 마치 언니의 운명을 예언이라도 하듯이.

"혹시 언니가 어딘가에 갇혀 있는 건가요?"

"모르겠습니다."

"어쩌면 갇혀 있을지도 몰라요."

말을 곱씹을수록 추측은 확신으로 굳어졌다.

"소희 님, 왜 그런 생각을 하시죠?"

"동아 님이 방금 하신 말, 어둡고 축축한 곳에 있다는 얘기잖아요? 그 비슷한 얘기를 들었어요. 현선 언니도 그랬고, 꿈에서 악신도 똑같은 얘기를 했어요. 모두 수아 언니에게요. 전 그게 예언일 거라 생각해요. 아니면 암시이거나. 수아 언니가 그런 데 갇힐 거라는 소리죠."

"누가 수아를 가뒀다는 거야? 너 설마… 나라고 생각하는 건 아니겠지? 소희야, 그거 나 아니라니까. 난 수아를 데리고 나간 적이 없어."

"오빠의 모습을 한 악신이겠죠. 오빠 얼굴이니까 수아 언니도 믿고 따라갔을 테고요. 그것이 언니를 데리고 가서 가둔 게 분명해요."

"악신이 왜?"

"저처럼 이용하려고 그러겠죠. 저 지난 몇 달 동안 귀신에게 홀려서 고생 진짜 많이 했거든요. 홍연동 집에 갇혀서 산 제물이 될 뻔했다고요. 수아 언니도 그런 상황일지 몰라요."

"너희 집에서?"

"아니요. 홍연동 집은 아니에요. 어둡고 축축한 곳이겠죠. 그곳이 어딘지 모르지만."

"말이 되는 소리를 해."

"오빠, 모르는 척 마세요. 오빠도 대충 짐작하고 있잖아요?"

"내가 뭘?"

"저와 통화했을 때 그랬잖아요. 너도 대단하다, 거기를, 이라고요. 그때 오빠가 한 말, 똑똑히 기억하고 있어요."

연호 오빠가 입을 다물었다. 그리고 말없이 커피만 마셨다.

"아는 걸 전부 말씀해 주세요. 그래야 저희가 돕죠."

우리는 그가 입을 열 때까지 기다렸다. 오빠의 침묵이 길어졌다. 커피잔은 이미 바닥을 드러냈고, 물잔도 깨끗이 비워졌다.

"수아, 그 어린 게… 참 독하게도 참아냈지."

마침내 오빠가 무겁게 입을 열었다. 그리고 속에 감춰둔 얘기를 천천히 털어놓았다.

"현선이가 어릴 때부터 신기가 있었듯이, 수아도 마찬가지였어. 더하면 더했지, 덜하진 않았을 거야. 하지만 엄마는 수아의 신기를 철저히 숨기셨어. 이모처럼 되는 걸 원치 않으셨으니까. 그래서 아마 외삼촌과 외숙모, 마을 사람들도 다 몰랐을 거야. 현선이와 시현이도 마찬가지고. 수아 일은 우리 가족만의 비밀이었어. 이런 일이 벌어지지 않기를 바랐는데…. 운명이란 게, 참 무섭구나."

"다 알고 계셨군요. 오빠는 언니가 어디 있을 거라고 생각하세요? 짐작 가는 데가 있죠?"

"뻔하잖아, 이모 집이겠지."

"적송이요?"

"엄마 따라 이모 집에 놀러 갔을 때, 수아와 난 창고에 숨어 들어가 놀았어. 숨을 데도 많고 먹을 것도 많았거든. 어둡고 습한 곳이었어. 네 말을 들으니, 수아가 갈 만한 곳이 그곳밖에 안 떠올라."

"그럼 그곳이겠네요."

"가봐야겠다."

"혼자 가시게요? 자물쇠로 잠겨 있어서 못 들어가요. 변호사 사무실에 들르거나 그 사람과 함께 가세요. 변호사가 열쇠를 갖고 있거든요."

"그래, 알았어. 연락해볼게."

"제가 같이 갈까요?"

"혼자서도 충분해."

"저도 갈게요. 그러고 싶어요."

"그럴래? 잠시 생각 좀 해보자."

연호 오빠가 길게 한숨을 쉬었다. 표정이 복잡미묘했다.

"오빠, 혹시 저희 집에 오신 적 있나요?"

"아니. 내가 갈 일이 뭐 있겠어? 처음부터 난 발을 뺐잖아. 수아가 갔다 온 얘기를 들려줘서 아는 거지."

"언니가 뭐라고 했어요?"

"귀취가 지독했다고 하더라. 귀신 냄새 말이야. 수아가 그런 걸 잘 맡거든."

냄새. 그러고 보니 수아 언니는 가는 곳마다 악취가 난다며 불평을 해댔다. 고모의 시골집에서도, 홍연동 집에서도. 그녀는 처음부터 귀신의 존재를 느끼고 있었던 것이다.

"거기서 귀신을 봤대요?"

"숨을 쉴 수 없을 정도로 많았다고 하더라. 3층에 세 든 여자도 이상하다고 했어."

"제가 그 집에 들어간다는 것도 얘기했어요?"

"응. 네가 겁이 없다고. 하지만 안 보이니까 해를 당하진 않을 거랬어. 신기 없는 사람은 옆에 귀신이 있어도 상관없다며."

"언니가 그 말만 했어요? 또 다른 말은요?"

"굉장히 억울해했지. 왜 자기만 이렇게 괴로워야 하냐고. 명두에, 부적에, 신이 혹할 만할 걸 다 갖다 줘도 넌 아무렇지 않았으니까."

"내림은 사람이 정하는 게 아닙니다. 신의 뜻은 인간이 거스를 수 없습니다."

말없이 듣고 있던 동아가 옆에서 거들었다.

"그래서 벌을 받나 봅니다. 괜히 엄마만 아프게 만들고…. 엄마 상태가 요즘 더 안 좋아지셨대."

"얼마 전까진 괜찮아 보이셨는데요?"

"잠깐씩 돌아오던 기억이 아예 사라졌나 봐. 순식간에 아기가 돼버렸어. 기력이 급격히 떨어져서 잘 걷지도 못한대. 어쩌면 엄마를 요양병원으로 모셔야 할지도 모르겠어. 출국일이 촉박한데 자꾸 일이 터지네. 그래서 한시라도 빨리 박수 무당을 만나보려는 거야."

"걱정이네요. 왜 자꾸 안 좋은 일들이 벌어질까요? 수아 언니도 사라지고, 현선 언니도 없어지고…."

"뭐? 현선이가 없어져?"

"연락 못 받으셨어요? 병원에서 연락했을 텐데? 어제 병원에서 전화가 왔어요. 갑자기 언니가 병원에서 실종됐다고요."

"아, 그 전화가…. 걘 도대체 어딜 간 거야? 소희야, 넌 나와 함께 적송에 갈 게 아니라 현선이 병원부터 가봐야겠다. 애부터 찾아야지. 설마, 그것도 수아 일과 관련이 있는 거 아닐까?"

"어쩌면요. 어쩌면 오빠만 빼고 우리 모두 얽혀 있는 것 같아요. 고모의 유산을 받겠다고 한 다음부터 말이에요. 변호사 사무실에서 오빠랑 저랑 우연히 만났잖아요? 사실 그때, 유산 포기한다고 말하러 갔던 거였어요."

"그래서 포기했어?"

"변호사에겐 아직 말하지 못했어요. 기회가 없어서."

"무엇을 받으셨군요."

갑자기 동아가 대화에 끼어들었다. 낮고 차분한 목소리로 오빠를 꿰뚫어 보듯 말했다.

"네? 전 받은 게 아무것도 없는데요?"

"이 몸의 눈에 똑똑히 보입니다."

"무슨 말씀을 하시는지…?"

"노랗고 가느다란 건데, 길이가 이 정도? 갖고 계십니까?"

동아가 손가락으로 길이를 가늠해 보였다. 중지 두 개를 붙여 놓은 정도의 길이였다.

"아… 이거 말씀하시는 건가?"

그가 자동차 키를 꺼내 테이블 위에 올려놓았다. 가죽으로 만든 키링이 매달려 있었다. 언니가 내게 선물한 지갑과 똑같이 겨자색이었다. 순간, 동아와 내 눈이 마주쳤다. 서로 같은 생각을 하고 있었던 것이다.

"버리십시오. 기운이 좋지 않습니다."

"어떻게 버려요. 동생에게 선물받은 건데…"

"수아 언니가 선물한 거예요?"

"내가 말하지 않았나? 수아와 연락이 끊기기 전에 택배로 받았다는 선물이 바로 이거야."

예감이 좋지 않다. 수아 언니는 친오빠마저 악귀의 손아귀에 끌어들이려 한 걸까? 하지만 고모의 유산을 받지 않았으니 그와는 상관없는 일 아닌가?

"오빠, 사실… 저도 언니에게 지갑을 선물받고 안 좋은 일이 있었어요."

"부적 말하는 거지? 박수 무당이 줬다는 부적, 그 얘기지?"

연호 오빠는 이미 알고 있었다. 상속에서 제외됐어도, 우리에게 벌어진 일들을 언니와 공유해왔던 것이다. 하지만 그가 언제까지 수아 언니와 한편일 수 있을까?

"나, 수아 친오빠야. 수아가 설마 나한테 이상한 걸 줬겠어? 걱정해주는 건 고마운데, 우리 선은 넘지 말자."

"하지만…."

"게다가 난 이모 유산 포기했잖아? 나한테까지 그 영향이 있겠어? 유산을 받은 것도 아닌데?"

"그래도 불길합니다. 이 물건, 빨리 버리셔야 해요."

동아의 거듭된 충고에 오빠는 기분이 상한 것 같았다. 빈 커피잔을 입으로 가져갔다가 도로 내려놓으며 입맛을 다셨다.

"제가 알아서 하겠습니다. 제 문제고, 제 일이에요. 동생 하나 찾지 못하는 못난 오빠인데, 동생이 선물한 걸 버려야겠어요?"

오빠는 테이블에 올려둔 차 키를 챙기며 자리에서 일어섰다.

"그만 일어서시죠. 전 올라가서 그 남자 무당이나 기다려야겠습니다."

그의 뒤를 따라 카페를 나왔지만 분위기가 냉랭했다. 어떤 말을 건네도 통할 것 같지가 않았다. 박수에 관한 정보도 줘야 하는데 차마 말을 붙이기도 힘들었다.

"천지 심방님이 타고 오신 차를 아십니까?"

오빠의 눈치만 살피는데 동아가 먼저 말을 꺼냈다.

"모르죠."

"알고 기다리시는 게 나을 거예요. 검은색 SUV입니다. 카니발 말고요."

"아, 아… 지프? 주차장에 있던 그 차입니까?"

오빠의 말투가 한결 누그러졌다. 여전히 굳은 표정이었지만 입가의 근육이 살짝 풀려 있었다. 난 기회를 놓치지 않고 설명을 덧붙였다.

"그 박수가 상당히 젊어요. 긴 머리를 묶고 개량한복을 입었어요. 오빠도 한눈에 알아볼 수 있을 거예요."

나는 그가 박수를 만나고 수아 언니도 어서 찾기를 진심으로 바랐다. 이 악몽 같은 시간이 어서 지나가 웃으며 얘기할 수 있는 시간이 오기를. 나는 왜 아직도 핏줄에 대한 미련을 버리지 못하는 걸까?

* * *

"와, 진짜 시간 빠르다. 내일이면 고생 끝이네?"

"제발, 나도 그랬으면 좋겠다."

도진이의 취업 면접을 앞두고 우리는 미리 축하 파티를 열었다. 깁스한 팔이 조금 불편해도 그의 컨디션은 최상이었다. 그는 우리와 똑같은 마스크팩을 붙이고 맥주 대신 탄산수를 마셨다.

"동아 님은?"

"제천에 내려갔어. 큰굿을 하기 전에 준비할 게 많은가 봐."

"굿은 언제 한대?"

"글쎄, 아직 날이 잡히진 않았어."

"빨리 굿하는 거 보고 싶어. 이 집에서 축귀할 때도 되게 신기했는데."

"혜리야, 난 심각해."

"미안. 그래도 궁금한 걸 어떡해? 굿하는 거 아직 한 번도 못 봤거든."

큰굿이라 하니 나도 솔직히 가슴이 설렌다. 지금쯤 신청에선 어떤 얘기가 오가고 있을까.

휴대폰 알람 소리에 우리는 동시에 얼굴에서 팩을 떼어냈다.

"서도진, 누나들이 이렇게까지 준비해 줬으니 내일 찰싹 붙어야 해."

"눈물 나게 고맙다."

도진이가 일어서자 불빛에 얼굴이 번들거렸다.

"벌써 가려고?"

"빨리 자야 이 컨디션을 유지하지."

"유튜브 보느라 늦게 자지 마."

"늦잠 자서 아침에 허둥대지 말고 새 옷 꼭 입고 가야 해."

"알았어. 어휴, 이 잔소리꾼들."

도진이가 투덜댔지만 참견이 싫지 않은 표정이었다. 그를 보내고 혜리와 나는 테이블로 돌아와 남은 맥주를 마셨다. 혜리가 과자 봉지를 새로 뜯었다.

"그 박수 얘기나 다시 해봐. 얼마나 잘생겼다고?"

"내가 언제 잘생겼대? 그냥 젊다고 했지."

"언제는 머리 길고 훈남이라며? 도진이 갔으니까 솔직히 털어놔. 배우 누구 닮았어?"

우리의 화제는 박수 얘기로 넘어갔다. 난 그가 역살을 맞았다는 것과 그 때문에 팔과 얼굴에 흉터가 생겼다는 얘기를 들려줬다.

"무속에도 사이비가 있구나."

"제주에선 정식으로 인정받는 신이라던데?"

"누가 그래?"

"그 박수가."

"넌 그 말을 믿니? 사이비는 자기가 사이비라고 말 안 해. 그래서 뭘 모신다는데? 무당 아줌마가 안 알려줘?"

"아는 눈치인데 말씀을 안 하시더라. 그래서 못 물어봤어."

"그런 걸 물어봐야지. 입 뒀다 뭐 해?"

"내가 요즘 그럴 정신이 없잖아. 수아 언니와 연락이 안 되고 현선 언니도 없어졌어. 지금 그 문제만으로도 벅차."

웃고 떠드는 중에도 마음 한구석이 불안했다. 또 무슨 일이 벌어지는 건 아닐까 두려웠고, 나무에 매달린 검은 고치 두 개가 자꾸 눈앞에 어른거렸다.

"아까 그 언니 병원에도 갔다 왔다며? 거기선 뭐래?"

"책임 안 지려고 아주 발뺌을 하더라. CCTV까지 보여줬는데 특별한 게 없어서 뭐라고는 못 했어."

"CCTV에 잡힌 게 없어?"

"딱히…."

"그럼 언니가 연기처럼 사라진 거야?"

"아니. 그러면 이슈라도 되게? 병원 말과 달리 나가는 게 찍히긴 했어."

"경비가 안 잡았대? 거기 들어가기 힘들다며? 당연히 나가는 것도 쉽지 않을 텐데?"

"그게 이상하다는 거야. 누가 언니를 데리고 나간 것도 아닌데 제지하는 사람이 없었어. 다들 평소처럼 가만있더라고. 지나가는데 보지도 않아. 아무도 신경 쓰지 않는 상황에서 언니 혼자 걸어 나간 거야."

"다들 홀렸나? 환자복을 입은 채로 나간 거야?"

"응. 환자복을 입고 있었어."

"눈에 확 띄겠네. 경찰에도 신고한 거지?"

"없어진 걸 확인한 즉시 바로 했대."

"그런데도 어딨는지 모른다고? 진짜 귀신이 곡할 노릇이다."

나는 새 맥주를 따서 잔에 따랐다. 황금빛 액체가 하얀 거품과 함께 잔을 가득 채웠다. 혜리가 아작아작 소리 내며 과자를 씹었다.

"그 오빠랑 오해는 풀었어?"

"대충. 그런데 나, 수아 언니가 오빠에게 선물한 키링이 계속 마음에 걸려."

"설마 자기 친오빠한테까지 그러겠어?"

"사람 일은 모르는 거지."

"에이그, 신경 끊어라. 남의 일인데."

"머릿속에서 그 일이 떠나질 않아. 할아버지 집에서 수아 언니를 데리고 나간 사람이 연호 오빠였잖아."

"그 오빠가 자기 아니라고 했다며?"

"오빠 얼굴을 한 악신이겠지. 아니면 악신이 부리는 다른 잡귀이거나. 왠지 다음 타깃이 연호 오빠일 것 같아."

"그 오빤 상속자가 아니라며? 쓸데없는 걱정은…. 야, 네 코가 석 자야. 사촌들에게 그렇게 당하고도 남 걱정을 하냐?"

"애증인가 봐. 그래도 혈연이잖아?"

"가족애 따위는 집어치워. 그나저나 3층 세입자 말이야. 그 사람도 너희 고모할머니 얼굴을 한 귀신 아닐까?"

"응?"

"생각해봐. 집에는 절대 들어오지 않았다며? 집에 귀신을 가두는 부적이 있는 거 뻔히 아니까 발도 안 붙인 거겠지. 들어오면 못 나가니까. 안 그래? 오빠 얼굴로도 변하는데 고모할머니로는 변신 못 하겠어?"

"하지만 왜? 그 여자가 굳이 고모할머니 얼굴을 이용할 까닭이 없잖아? 난 고모할머니 얼굴도 모르는데."

"그러게? 그건 또 그렇다."

얘기를 하면 할수록 미궁에 빠져들었다. 그때 김향 이모에게서 전화가 걸려왔다.

〈아직 안 잤니?〉

"10시밖에 안 됐는걸요. 삼촌한텐 새로운 소식 없어요?"

〈있지. 있으니까 내가 전화를 했지.〉

드디어 3층 세입자의 행방을 알아냈다는 걸까?

"세입자를 찾았대요?"

〈그건 아니고 흥미로운 사실을 발견했대.〉

"뭔데요?"

〈너희 고모할머니를 호적에 올렸다가 없앤 기록을 찾았대. 예전에는 모두 수기로 작성했잖니. 태어난 기록은 있는데 웬일인지 삭제한 흔적이 있다고 하더라.〉

"진짜 고모할머니가 존재하긴 했네요?"

〈주민등록을 안 하고 사셨던 것 같아. 옛날 사람들은 무등록자가 꽤 있었다고 하니까.〉

"혹시 고모할머니에게 자녀가 있었다고 해요? 제가 그거 알아봐 달라고 부탁드렸는데."

〈이제부터가 흥미로운 얘기야.〉

아작아작, 과자 씹는 소리가 귀에 거슬렸다. 난 혜리에게 조용히 하라고 손짓했다.

〈그 마을 사람들의 제적 등본과 주민등록을 모두 조사했대. 그런데 취적 허가 기록이 몇 건 나왔다는 거야.〉

"취적 허가가 뭔데요?"

〈호적이 없는 사람에게 호적을 새로 만들어주는 거래. 면장이나 읍장의 권한으로 말이야. 30년 전, 그 마을에서 취적 허가 신청이 딱 두 건 있었대. 다행히 그때 면장이 건재해서 오빠가 당시 상황에 대해 들을 수 있었다고 해.〉

"아, 역시. 고모할머니에게 자녀가 있었군요."

〈확신할 수 없지만 그렇게 추측해볼 수 있겠지. 그런데 소희야, 취적 신청을 진행한 사람이 누군지 알아?〉

"누군데요?"

〈임성태.〉

심장이 쿵 내려앉았다. 익숙한 이름, 내 기억에는 없지만 항상 사진으로 만나왔던 우리 아빠.

〈너희 아빠 맞지? 당시 면사무소 직원이었대. 그리고 호적을 새로 만든 사람이 두 명이라고 했잖아? 그중 한 명이 누군지 알아? 임성미, 너희 고모였어.〉

"고모요?"

〈할아버지가 호적에서 파낸 걸 니네 아빠가 다시 입적시킨 모양이더라.〉

사촌들에게 얼핏 들은 기억이 났다. 아마도 적송 시골집에서였을 것이다.

〈어쨌든 오빠 추측은 그래. 두 사람이 같은 날 동시에 취적 허가를 신청한 걸 보면, 무슨 연관이 있을 거래.〉

"둘 다 할아버지 호적에 오른 건가요?"

〈아니. 너희 고모만 올라갔고, 다른 사람은 호적을 새로 만들었어. 그 주소가 어딘 줄 알아?〉

"적송… 시골집이요?"

〈맞아, 거기래. 그래서 오빠가 너희 고모할머니에게 자녀가 있을 거라고 추정하는 거야.〉

"그 사람이, 3층 세입자고요?"

〈어쩌면?〉

"그러면 그 사람도 찾을 수 있나요?"

〈주민번호와 이름이 있으니까 곧 찾을 수 있겠지.〉

역시 3층 세입자는 나와 무관한 사이가 아니었다. 그녀의 과잉 친절과 수상한 행적. 처음부터 꿍꿍이가 있어서 접근했던 거다. 나를 점찍어놓고 억지로 신을 받게 만들려고 수작을 부린 거다.

〈지문도 다시 확인하고 있어. 열심히 수사 중이니까 금방 해결될 거야. 하루라도 너 편히 자라고 먼저 알려주는 거야.〉

이모에게 고맙다고 인사하고는 전화를 끊었다. 내가 모르는 내 일가의 이야기. 하나씩 드러나는 비밀에 정신이 아득했다.

"이모가 뭐라고 하셔?"

"고모할머니에게 자녀가 있었던 것 같다고. 시골집 주소로 호적을 만든 기록이 있대."

"어머, 그럼 3층 세입자가 고모할머니 딸이야? 그러면 너한테는 오촌 고모? 아까 내가 귀신이라고 한 말 취소다. 그 아줌마, 귀신이 아니라 사람이었네."

오촌 고모. 세습무는 보통 사촌 이내에서 이뤄진다고 동아가 말했었다. 만약 3층 세입자가 나와 오촌이라면, 고모와는 사촌 간이다. 그렇다면 그녀 역시 내게 무업을 미루려 했던 걸까? 그게 사실이라면… 우습다. 마치 폭탄 돌리기를 하듯, 우리는 서로에게 가문의 업을 떠넘기려 하는 거다. 오촌 고모도, 사촌들도 그리고 나도. 허탈해서 웃음만 나왔다.

35

 도진이의 면접 시험이 무사히 끝났다. 깁스 투혼을 발휘한 그에게 면접관이 상당히 호의적이었다고 한다. 결과가 나와봐야 알겠지만 일단 분위기는 좋다.
 큰굿 준비도 차분히 진행되고 있다. 제천에 내려간 동아는 날이 잡힐 때까지는 거기 머물 거라고 했다. 제천 무당과 박수는 티격태격하면서도 함께 치성을 드리는 중이고, 큰어르신이 불러 모은 전국의 만신들도 힘을 보태기로 약속했다고 전했다.
 이대로 큰굿이 무사히 끝나기만 하면 이 절망적인 상황에서 벗어날 수 있을까? 희망이 보이긴 하지만 불안감을 떨칠 수가 없다.
 "병원에서 사라진 언니는 아직도 못 찾았대? 경찰 삼촌에게

선 소식 없어?"

혜리의 물음에 목이 턱 막혔다. 커피를 마시다가 사레가 들렸다. 얼굴이 벌게질 정도로 기침을 하고 나서야 간신히 진정됐다.

"너… 나한테 비밀로 하는 거 있지?"

혜리가 수상쩍은 눈초리로 추궁했다.

"아니, 그런 거 없어."

"거짓말. 아무리 봐도 수상하단 말이야. 갑자기 놀라는 것도 이상하고."

"얘도, 의심병만 늘어서는…. 내가 너한테 숨길 게 뭐 있어?"

사실 혜리에게 말하지 못한 비밀이 있다. 바로 내 앞에 서성대는 무당귀다. 그것은 이제 꿈에서뿐 아니라 현실에서도 모습을 드러내며 존재감을 과시한다. 기분 나쁜 검은 고치와 함께, 시간이 흐를수록 더욱 자주.

하지만 진짜 불길한 건, 새로 나타난 고치의 색이 점점 짙어지고 있다는 사실이다. 검은 실이 고치를 칭칭 휘감는 것이 마치 누군가의 죽음을 암시하는 것처럼 보인다. 언니들과 연락이 닿지 않는 상황이라 더 두렵다. 불길한 예감이 현실이 될까 봐 차마 입 밖으로 꺼낼 수가 없다.

'그 잡것이 또 무슨 꾀를 쓰나 보군. 징조가 좋지 않아.'

제천 무당의 말이 부디 틀리기만을 바란다.

"그런데 너희 오빠 좀 늦는다?"

혜리가 시계를 보며 머리를 갸웃했다. 오빠가 말한 약속 시간

보다 20분이나 지났다.

"사업하는 사람들은 시간 엄수가 칼이라던데."

"미국에 곧 들어가야 한다니까 바쁘겠지."

"천사 나셨네. 많이 늦으면 따라나서지 마. 어떻게 너희 친척들은 하나같이 이기적이냐? 그냥 혼자 가라고 해."

"같이 간다고 이미 약속했어."

혜리와 난 커피를 마시며 연호 오빠를 기다렸다. 오늘은 그와 함께 수아 언니를 찾으러 적송 시골집에 갈 예정이다.

"그 언니만 찾으러 가는 거야? 다른 언니는? 병원에서 사라진 언니도 찾아야 하지 않아?"

"현선 언니도 찾아야지. 하지만 단서가 없어서 우리끼리 찾기는 힘들어. 경찰이 연락할 때까지 기다려봐야 해."

"좋은 사람이 발견해서 보호하고 있으면 좋겠다."

현선 언니를 생각하면 마음이 무거워진다. 내 능력과 노력으로는 어찌할 수 없는 상황이 답답하고 속상하다. 귀신에게 홀려서 나갔건, 혼자서 병원을 탈출했건, 제발 다치지 않고 무사히 돌아오면 좋겠다. 그리고 그 검은 고치의 주인이 언니가 아니길.

"변호사도 같이 오는 거야?"

"아니. 오빠가 사무실까지 갔는데 만나진 못했대."

"또? 이번에는 왜?"

"출장 중이래."

"사무실 간 김에 사무장이라도 만나보지. 열쇠만 받아오면 되는 거잖아?"

"사무장도 같이 갔대."

"헐… 둘이 부부야? 왜 꼭 붙어 다녀?"

혜리가 툴툴대고 있는데 휴대폰이 울렸다. 집 앞에 도착했다는 연호 오빠의 메시지였다.

"아… 오늘은 안 나갔으면 좋겠다. 이 언니 촉이 좋지 않아."

"괜찮아. 혼자 가는 것도 아닌데 뭘."

"설마, 데리러 온 사람이 오빠 얼굴을 한 귀신은 아니겠지?"

"야, 송혜리! 귀신이 문자 보내는 거 봤냐?"

"그건 그렇지. 쏘리."

"너무 걱정하지 마. 무사히, 잘 다녀올게."

"열쇠도 없는데 창고엔 어떻게 들어가려고?"

"오빠가 문을 부수든가 하겠지."

"긍정적이어서 좋다. 무당 아줌마가 준 방편, 잊지 않았지? 귀신 나오면 그거 막 휘둘러야 해. 꼭 기억해."

난 손바닥을 쫙 펴서 혜리에게 보여줬다. 검은 유성 사인펜으로 커다랗게 '방편'이라고 쓰여 있었다. 아침에 혜리가 써준 것이다.

"중간중간에 보고 전화 꼭 해라."

"어휴, 알았어. 잔소리 좀 그만해. 진짜 엄마처럼 군다니까."

"너 걱정해서 그러지. 나 같은 친구가 세상에 어디 있어?"

혜리의 열띤 배웅을 받으며 집을 나섰다. 계단을 내려가자 연호 오빠의 차가 기다리고 있었다. 차에 타기 전 집을 한번 올려다봤다. 검은 형체들이 3층 주변을 휙휙 날아다니고 있었다.

"늦어서 미안. 그리고 함께 가줘서 고마워."

"괜찮아요. 어차피 오늘 할 일도 없는데요 뭐."

차는 강변북로 방면으로 달렸다. 난 어색한 분위기를 바꿔보려고 오빠에게 계속 말을 걸었다.

"그 박수는 만나셨어요? 제주 천지 심방이요."

"아니, 못 봤어. 밤늦도록 기다리다 다음 날 아침 일찍 다시 갔거든. 그땐 차가 떠나고 없더라."

"저런… 회의가 새벽에 끝났나 봐요."

"만날 운명이 아니었나 봐."

그가 힘없이 웃었다. 문득 컵홀더에 놓인 겨자색 키링이 눈에 들어왔다. 수아 언니가 내게 선물한 지갑처럼, 이상한 부적이 숨겨진 건 아닌지 의심스러웠다. 오빠가 내 시선을 의식하고 컵홀더의 뚜껑을 닫았다.

"미국에는 언제 들어가세요?"

"늦어도 다음 주중에는 가야 해. 미팅도 밀렸고, 안경 박람회도 들러봐야 해서 좀 바빠. 엄마 병원도 옮겨야 하는데…."

"고모는 여전히 안 좋으세요?"

"정신을 완전히 놓은 것 같아. 몸도 더 나빠지셨어. 요양원에서 빨리 옮겨줬으면 하는 눈치야."

"상태가 얼마나 안 좋으면 그래요? 심각해요?"

"몸도 잘 못 가눈대."

"갑자기 그래요?"

"그렇대. 하지만 조짐이 있었겠지. 간호사들이 요양사에게만 맡겨두고 자세히 안 살펴서 몰랐겠지."

"옮길 병원은 알아보셨고요?"

"찾고는 있는데 쉽지 않네. 뭐, 출국하기 전까진 어떻게든 해결되겠지. 그나저나 넌 어때? 굿하는 날은 잡혔니?"

"아직…. 하지만 곧 날이 잡힐 것 같아요. 동아 님 말로는 준비가 거의 끝났다고 했어요."

"내가 보고 갈 수 있을지 모르겠다."

"오빠는 참석 안 하셔도 돼요. 바쁘시잖아요."

"집안일이잖아. 이거, 너 혼자만의 일이 아니야."

그때 오빠의 휴대폰이 울렸다. 오빠는 내게 양해를 구하고 스피커 버튼을 눌렀다.

"최연호입니다."

〈임미경 환자 보호자시죠? 어머니 담당 간호사입니다.〉

"아, 안녕하세요? 무슨 일이시죠?"

〈어머니 상태가 좋지 않아요. 빨리 와주실 수 있나요?〉

"지금요? 좀 곤란한데, 많이 안 좋으십니까?"

〈아니요, 그게 아니라….〉

〈아아악!〉

스피커에서 찢어질 듯한 고함 소리가 들렸다.

〈선생님, 빨리요, 빨리!〉

통화하는 간호사 옆에서 누군가 다급히 외쳤다. 주위가 몹시 소란스러웠다. 무슨 일이 벌어진 게 분명했다.

〈오세요, 빨리 와서 직접 보세요. 전화 끊습니다.〉

뭐라고 대답할 새도 없이 전화가 끊어졌다. 갑작스러운 상황에 오빠와 나는 당황했다. 운전대를 잡은 오빠의 손끝이 파르르 떨렸다.

"오빠, 적송은 내일 가고 요양원으로 가죠."

"수아는… 어떡하고?"

"지금 수아 언니가 문제가 아니에요. 비명 못 들으셨어요? 고모에게 큰일이 생긴 것 같아요."

마침 오른쪽에 행주산성으로 빠지는 길이 나왔다. 연호 오빠가 급히 차선을 변경했다.

우리는 10분도 안 돼 요양원에 도착했다. 오빠는 지하 주차장에 차를 세우자마자 엘리베이터 앞으로 뛰었다. 하지만 두 대가 다 고층에 멈춰 있었다. 10초, 20초…. 엘리베이터는 움직일 생각을 하지 않고 시간은 더디게 흘렀다.

기다리다 못한 오빠가 비상구로 달려갔다. 나도 그를 따라 힘껏 뛰었다. 하지만 주차장은 지하 4층, 고모가 있는 곳은 지상 3층이었다. 한 계단, 한 계단 오를수록 오빠와의 거리가 점점 벌어졌다. 그의 모습은 이내 시야에서 사라졌고, 다급한 발소리만 좁은 공간에 울려퍼졌다.

  숨이 차서 계단참에 잠시 멈춰 섰다. 눈앞에 검은 형체가 아른거렸고 어디선가 웅성웅성 소리가 나는 듯했다. 난 이를 악물고 천천히 계단을 올라가 1층으로 나갔다. 안내 데스크가 비어 있었다.

  다시 계단으로 가야 하나 고민하는 순간, 엘리베이터 문이 스르르 열렸다. 난 재빨리 엘리베이터에 올라타 3층 버튼을 눌렀다. 엘리베이터 안의 정적이 끔찍한 일을 예고하는 것 같아 조마조마했다. 잠시 후 띵, 소리와 함께 엘리베이터 문이 열렸다. 그 순간, 난 바닥에 주저앉고 말았다.

  3층 엘리베이터 앞에서 고모가 덩실덩실 춤을 추고 있었다. 성치 않은 몸으로 두 손에 실내화를 쥔 채. 아니, 방방 뛴다고 해야 맞을 것이다. 몸을 가누지도 못한다던 사람이 어디서 그런 힘이 솟는지 쉴 새 없이 중얼거리며 방방 뛰었다. 머리는 산발이었고, 얼굴에는 미소가 가득했지만 눈물을 흘리고 있었다. 기이한 모습이었다. 한바탕 피를 토한 듯, 환자복 앞섶이 검붉게 젖어 있었다.

  환자와 간호사들이 멀찍감치 물러나 덜덜 떨면서 그 광경을 지켜보았다. 무릎을 꿇은 연호 오빠가 그 앞에서 오열했다.

  "오, 오빠…."

  내 목소리가 들리지 않는 듯했다. 그의 흐느낌은 점점 커졌다. 검은 형체가 고모의 주위를 빠르게 돌았다.

딸랑— 딸랑— 방울 소리가 들렸다. 소리가 나는 곳으로 고개를 돌리자 검은 한복을 입은 무당귀가 있었다. 그것은 사람들 틈에서 함박 웃으며 고모의 춤사위에 맞춰 손에 들고 있는 제금을 쳤다. 그 소리를 따라 천장에 매달린 두 개의 검은 고치가 천천히 흔들렸다. 무당귀의 손끝에서 나온 검은 실이 고치를 휘감고 있었다. 고치는 더욱 새카맣게 변해가는 중이었다.

고모였다. 다음 희생자는 수아 언니도, 현선 언니도 아닌 고모였다. 그런데 왜 고모일까?

빠르고 요사스러운 말들과 날카로운 쇳소리가 귓속을 울렸다. 고막이 찢어질 듯 아파서 귀를 막았다. 하지만 그 소리는 내 머릿속에서 들려오는 거라 소용없었다. 견디다 못해 비명을 지르려는 순간, 나를 괴롭히던 소리가 뚝 그쳤다.

무당귀가 나를 보고 씩 웃었다. 방방 뛰며 춤추던 고모가 우뚝 멈춰 섰다. 그리고 나를 천천히 돌아봤다. 고모의 눈빛이 공허했다. 홈캠 영상에서 본, 내가 빙의됐을 때의 모습과 다르지 않았다. 고모가 입에서 붉은 피를 내뿜으며 쓰러졌다.

"엄마!"

연호 오빠가 소리쳤다. 동시에 간호사들이 황급히 달려갔다.

"임미경 님, 괜찮으세요?"

간호사가 쓰러진 고모의 몸을 흔들었지만 반응이 없었다. 그녀가 재빨리 호흡과 맥박을 확인했다.

"여기 제세동기! 빨리요!"

간호사는 심폐소생술을 시도했다. 고모는 숨을 쉬지 않았다. 제세동기까지 사용했지만 끝내 깨어나지 못했다.

"엄마! 엄마, 왜!"

연호 오빠의 흐느낌이 복도에 울려 퍼졌다.

난 무당귀를 노려봤다. 내 주변을 맴돌던 검은 형체가 더 빠르게 움직였다. 무당귀가 낮은 웃음소리를 천천히 흘렸다. 그것의 손끝에서 나온 검은 실이 3층 곳곳으로 빠르게 뻗어갔다.

죽음은 아무리 경험해도 받아들이기가 힘들다. 엄마, 종현 오빠, 시현 오빠 그리고 큰고모까지. 이제는 슬픔을 넘어서 망연함만 느껴진다. 하염없이 눈물만 나고 연호 오빠를 위로할 말도 찾을 수 없다. 그저 흰 천에 덮여 누워 있는 고모와 그 옆에서 울고 있는 오빠를 멍하니 바라볼 뿐이다.

무당귀는 두 개의 검은 고치와 함께 사라졌다. 그것이 남기고 간 검은 실이 거미줄처럼 뻗어 나가 3층을 온통 휘감았다. 검은 형체가 내 주위를 어지럽게 날아다녔다.

"임소희, 너 괜찮아?"

돌아보니 엘리베이터 옆에 혜리와 도진이가 와 있었다.

"여긴… 어떻게?"

"네가 연락했잖아!"

정신없는 와중에도 혜리에게 연락했던 걸까. 그 애가 내 목을 와락 끌어안았다.

"진짜 걱정 많이 했어. 너 정말 괜찮은 거 맞지?"

그제야 주변 상황이 하나둘 눈에 들어왔다. 제복을 입은 경찰과 119 구급대원들이 분주하게 3층을 돌아다니고 있었다. 구경하던 환자들과 간호사들은 각자의 자리로 돌아갔는지 조용했다. 검은 실도 더 이상 보이지 않았다.

"가자."

도진이가 내 손을 잡아끌었다. 손이 따뜻했다. 하지만 난 바닥에 주저앉아서 일어나지 못했다. 다리가 풀려 힘이 들어가지 않았다.

"오빠… 연호 오빠는?"

"가족이라 경찰서 가서 진술해야 한대."

"나도?"

"아니, 경찰 삼촌이 넌 집에 가도 된댔어."

"삼촌…?"

혜리의 시선을 따라가자 비상구 앞에 경찰 삼촌이 보였다. 연호 오빠는 여전히 넋을 놓고 고모 옆에서 흐느끼고 있었다.

"오빠는 걱정하지 마. 삼촌이 돌봐주실 거야. 우리는 그만 가자."

"여기 좀 더 있을래. 오빠가 저런데 어떻게 혼자 두고 가."

도진이가 깊은 한숨을 내쉬었다. 그리고 내 옆에 앉았다.

"좋아. 너 편할 대로 하자. 진정될 때까지 같이 기다릴게."

우리는 바닥에 앉아 상황이 정리되는 걸 지켜봤다. 고모의 시신이 실려 나갔고, 연호 오빠는 경찰과 함께 떠났다. 경찰 삼촌도 그들과 동행했다. 그리고 아무 일도 없었던 것처럼, 3층은 차츰 평온을 되찾아갔다.

"우리도 이제 갈까?"

"그래 소희야, 다 가고 없잖아. 우리도 집에 가야지."

바닥에서 일어났다. 아까와는 달리 몸을 일으킬 수 있었다.

우리는 혜리의 차를 타고 집으로 향했다. 차창 밖으로 황량한 겨울 들판이 뒤로 빠르게 물러났다. 검은 형체는 아직도 내 주변을 떠돌았다.

"무사해서 다행이야. 전화 받고 내가 얼마나 놀랐는지 알아?"

"내가 뭐라고… 했어?"

"이거 봐, 기억 못 할 줄 알았어. 나한테 전화해놓고 한마디도 안 해서 얼마나 놀랐는데. 도진이가 근처에 있었기 망정이지."

"휴대폰 통화 버튼이 눌러졌나 봐. 비명 소리가 들리더래."

도진이가 옆에서 거들었다.

"내가, 혜리에게 전화했다고? 정말?"

"그럼 네가 하지 누가 해? 몇 번을 더 말해야 믿을래? 어쨌든 다치지 않고 멀쩡하면 됐어. 너 혹시, 그 방편 썼어?"

난 손바닥을 펴보았다. 혜리가 유성 사인펜으로 써준 '방편'이라는 글자. 바보같이 또 잊고 있었다. 이걸 사용해 무당귀를 물리쳤어야 했는데. 방편을 사용했다면 큰고모를 살릴 수 있었을지도 모르는데. 뒤늦은 후회가 밀려왔다.

"또 깜빡했구나?"

"괜찮아, 그럴 수도 있지. 앞으로 안 잊으면 돼. 이 언니가 더 크고 또렷하게 써줄게. 아, 손바닥 말고 손등에 써야겠다. 내 생각 어때? 괜찮지?"

혜리가 짐짓 명랑한 척 말했다. 하지만 그 말 속에 안타까움이 묻어났다.

내가 잊지 않았더라면, 손바닥만 펴봤더라면…. 손바닥을 들여다볼수록 죄책감이 밀려왔다.

"참, 이모한테 빨리 전화해. 많이 놀라셨겠다."

혜리의 말에 비로소 정신이 들었다.

"이모? 이모한테도 연락했어?"

"아, 뭐… 나도 놀랐고 마음이 급하다 보니…."

"혜리도 어쩔 수 없는 상황이었어. 나 같아도 그랬을걸? 덕분에 경찰 삼촌도 오신 거잖아."

"맞아. 내가 경찰 삼촌 부른 거나 마찬가지야. 너 경찰서 가서 진술 안 하는 거, 다 내 덕이다?"

"이모님 걱정하시겠다. 어서 전화부터 드려."

내키지 않았지만 김향 이모에게 전화를 걸었다. 이모는 혜리의 전화를 받고 서울로 올라오는 중이라고 했다.

"걱정 끼쳐서 죄송해요. 별일 아니었는데…."

〈고모가 돌아가셨는데 별일이 아니긴. 그러잖아도 오빠와 밥 한번 먹기로 해서 서울 가려던 참이었어. 혜리 전화 받고 이때다 싶었지. 오빠 만날 건데 너도 올래?〉

"저도요?"

〈마음이 좀 진정되면 같이 보자. 오빠가 할 말이 있다니까, 너도 들으면 좋지 않을까? 오늘 저녁 먹기로 했는데, 어때?〉

"글쎄요…."

〈소희야. 머리가 복잡할 때는 단순하게 생각하는 게 제일이야. 너 괴롭히는 귀신 생각하지 말고, 오늘 고모가 돌아가신 것도 잊어. 그냥, 이모가 밥 한 끼 사준다 생각하고 나와. 얼굴이나 보게. 내가 너, 친조카처럼 생각하는 거 알지? 너도 나를 진짜 이모라 생각하면 좋겠어.〉

"네, 이모. 고맙습니다…."

〈소희야, 조카의 특권이 뭔지 알아?〉

"글쎄요."

〈이모에게 뻔뻔하게 굴어도 된다는 거야. 밥 사달라 조르고, 힘들다고 막 투정 부려도 돼. 난 네 엄마 동생이니까.〉

이모의 말에 울컥했다. 피를 나눈 사촌들과 고모에게선 들어보지 못한 말이었다. 고난에 처한 나를 도와주려 애쓰는 사람은 피 한 방울 섞이지 않은 김향 이모와 혜리, 도진이다.

〈너 자꾸 야위고 그러면, 나중에 나 언니한테 혼나. 네 엄마 성격 알잖아?〉

"알았어요, 이모. 나갈게요."

〈나오기로 약속한 거다? 오늘 맛있는 거 먹자. 니네 집 근처에 가서 연락할게.〉

충격이 조금 가라앉았다. 통화를 종료하자마자 또 휴대폰이 울렸다.

〈저, 동아입니다.〉

동아의 차분한 목소리가 암담한 현실을 일깨웠다. 감상에 젖어 마음을 놓을 때가 아니었다. 정신이 바짝 들었다.

〈별일 없으셨습니까?〉

"큰일이 있었어요. 요양원에 계신 고모가 돌아가셨어요."

〈그랬군요. 신령님의 도움을 받아 화경으로 얼핏 봤습니다. 검은 고치가 완성된 것을요. 그 하나가 큰고모님이었군요.〉

"…."

〈소희 님, 두려우십니까?〉

"무당귀가 또 나타날까 봐 무서워요. 또 누군가를 죽이려 할까 봐 걱정돼 미치겠어요. 그게 저일까 봐…. 검은 고치가 세 개로 늘어나면 어떡하죠?"

〈조금만 버티세요.〉

"힘들어요. 언제까지 기다려야 해요?"

〈며칠 안 남았습니다. 드디어 날이 잡혔어요.〉

"굿하는 날이 잡혔다고요?"

내 목소리가 커지자 혜리와 도진이의 시선이 동시에 나를 향했다.

〈음력으로 다음 달 초하루입니다. 3일 후예요〉

"정말 며칠 뒤네요. 동아 님, 저도 준비할 게 있을까요?"

〈없습니다. 다만 그날까지, 몸을 정갈히 하세요. 그걸로 충분합니다. 그리고 이동하는 것은 좋지 않아요. 가급적 집에 머무세요.〉

"저녁에 이모 만나서 밥 먹기로 했는데, 그것도 안 될까요?"

〈그 정도야 괜찮겠죠. 하지만 멀리 가진 마십시오.〉

전화를 끊자마자 혜리와 도진이의 질문이 날아들었다.

"3일 뒤에 굿한대? 굉장히 빨리 잡혔네?"

"역시 초하루에 하는구나. 그날이 하늘 문 열리는 날이라던데. 귀신 많겠다."

"귀신? 혜리 넌 아는 것도 많다."

"다 우리 엄마 덕이지. 걱정 마. 초하루에 악신처럼 나쁜 귀신만 득실대는 건 아니니까. 좋은 귀신도 많아."

동아의 전화에 마음이 들떴다. 큰굿을 통해 신의 도움을 받으면 이 모든 시련이 지나가겠지.

"이야, 정말 끝이 보이네? 그동안 잘 버텼다."

"아직 안 끝났어. 마음 놓기는 일러."

"겨우 3일이야, 3일. 임소희, 며칠만 더 고생하자."

우리는 큰굿이 벌어질 초하룻날을 기대하며 집으로 달렸다. 누구도 큰고모에 대해 얘기하지 않았다. 난 그 기괴한 광경을 입에 올리기 싫었고, 친구들은 내가 상처 받을까 봐 조심했다.

집에 도착하자 비로소 긴장이 풀리며 피로가 몰려왔다.

김향 이모와 약속한 시간까진 아직 여유가 있었다. 난 평소보다 진하게 탄 믹스커피를 연거푸 마시며 고단함을 버텼다. 혜리가 끊임없이 말을 건넸고, 도진이도 계속 대화를 이어간 덕분에 잠을 이길 수 있었다. 그리고 슬그머니 나타나 테이블 맞은편에 앉아 있는 무당귀도 나를 잠 못 들게 만들었다. 파리한 안색으로 입이 찢어져라 웃는 그것을 보며, 한시바삐 악몽이 끝나기만을 바랐다.

이모와 경찰 삼촌이 집 앞까지 와준 덕분에 멀리 이동하지 않고 근처에서 저녁을 먹었다. 작지만 동네 맛집으로 유명한 중국집이었다.

"오빠, 조미는 어때요? 정신을 차렸대요?"

이모가 먼저 조미의 근황을 물었다.

"의식은 있는데 도무지 말을 안 해."

"한마디도요? 귀가 안 들리나?"

"그런 것 같지는 않아. 입을 다물고 있지만, 우리가 물어보면 고갯짓으로 맞다 아니다 정도는 대답하거든."

"뭘 물어보셨는데요?"

"간단한 신상 정보 같은 거죠. 홍연동 2층에 임차인으로 거주한 사실이 맞고, 동거인도 있었다고 하네요."

경찰 삼촌은 내게 말을 놓지 않았다. 공과 사를 정확히 구별하는 그의 태도에 서먹함이 느껴졌다.

"그 사람도 하우스메이트가 있었다고요? 직접 봤다고 해요?"

"본 적은 없답니다. 동거인이 있다는 얘기를 집주인에게 들어서 알고만 있었대요."

"세상에, 소희의 경우와 똑같네. 그래서 오빠, 다른 동거인들은요? 그건 알아봤어요?"

"역시나 흔적이 없어. 거짓인지 진실인지, 조미의 말도 믿을 수가 없어. 일방적인 진술이니까. 게다가 이상 증세를 보여서… 제정신이 아닌 건지, 아니면 연기를 하는 건지 잘 모르겠어."

다리를 절며 시골 마을을 떠돌던 조미의 남루한 모습이 떠올랐다. 마을 이장님이 적송에서 그녀를 발견했을 때도 아마 정상은 아니었을 것이다.

"결과가 나와봐야 알겠지만, 언뜻 봤을 때도 상태가 이상해."

"어떻게 이상한데요? 보통 사람과 다른 게 있어요?"

"불안증 같은 거지. 혼자 있는 걸 극도로 두려워해. 어두운 것도 무서워해서 밤에 불을 못 끄게 하고."

"트라우마가 있나 보네요."

"트라우마라기보다는… 조미 역시 뭐에 홀렸던 건 아닐까? 뭐, 우리 판단은 그래. 그런데 그게 현실적이지 않잖아? 증거를 확보하기가 쉽지 않네. 이 사건, 머리가 아파. 어려워."

경찰 삼촌이 손가락으로 관자놀이를 문질렀다. 난 그의 눈치를 보며 조심스럽게 물었다.

"그러면… 아빠가 호적을 신청했다는 사람은요?"

"아, 김연수 씨? 그 사람은 다행히 주민등록 기록이 있어서 조사를 했죠. 그런데 이 이름이 몇 년 전에 또 개명한 거더군요."

"개명을 두 번이나요?"

이모가 못 믿겠다는 듯 되물었다. 한 번도 쉽지 않은 개명을 두 번이나 했다는 게 나도 믿기지가 않았다.

"응. 기록이 남아 있어."

"얼굴은 확인하셨어요?"

"봤죠. 그런데 소희 씨 고모할머니와 하나도 안 닮았어요."

"오빠 확실해요?"

"전문가가 꼼꼼히 대조했어. 3D로 얼굴 분석까지 했는데 절대 동일 인물이 아니야. 성형 수술을 했다 쳐도 같은 사람이라고 볼 수 없어. 골격 자체가 달라."

"3층 세입자가, 제 고모할머니 딸은 아닌 거네요?"

"그렇죠. 서류상으로 임소희 씨 오촌 고모는 아닙니다. 지문도 일치하지 않고요."

다시 원점이다. 고모할머니와 똑같은 얼굴을 한 3층 세입자는 흔적도 없이 사라졌다. 그녀는 대체 누굴까? 왜 내게 그런 못된 짓을 한 걸까?

"그래도 혹시 모르잖아요. 소희 오촌 고모라는 사람, 어디 있는지 찾기는 했어요?"

"찾는 중이야. 주소를 하도 자주 바꿔서 추적에 애먹고 있어."

"아… 오빠, 포기하면 안 돼요. 저와 소희를 봐서라도 그 사람 꼭 찾아줘야 해요."

"그래야지. 그게 우리 일인데. 참, 임현선 씨와는 자주 연락하시죠?"

갑작스러운 물음에 난 젓가락질을 멈췄다. 잠시 언니의 실종을 잊고 있었다.

"언니요? 왜 그러시는데요?"

"전화를 안 받아서요. 참고인 출석 요구서를 우편으로 발송했는데 수취인 불명으로 되돌아왔어요. 이걸 빨리 처리해야 임시현 씨 사체 부검을 하고 장례도 치를 수 있거든요."

"언니가… 사라져서 제 연락도 안 받아요."

"사라졌다니요? 그게 무슨 말입니까?"

"정신병원에 입원 중이었는데 갑자기 나갔대요. 벌써 며칠 됐어요."

"경찰에 신고하셨습니까?"

그의 얼굴이 급격히 어두워졌다. 더 이상 식사할 분위기가 아니었다.

"병원에서 신고한 것으로 알고 있어요."

"아… 화전이라고 했죠? 고양 서에 연락해 봐야겠네요. 생각보다 사건이 복잡한 것 같습니다."

그는 서둘러 경찰서로 복귀했다. 이모 역시 내일 예약 손님이 있다며 안동에 바로 내려갈 거라고 했다.

"이모가 집까지 차로 데려다줄게."

"괜찮아요. 가까우니까 걸어갈게요."

"바로 요 앞인데 뭐."

이모는 바쁘다면서도 굳이 나를 집 앞까지 태워줬다.

"이모, 굿하는 날 잡힌 거 들으셨어요?"

"동아 님 연락받았어. 너 그때까지 몸조심해야 해."

"조심할게요."

"나도 그날 갈 거야. 아, 내 차 타고 같이 가면 되겠다. 하루 전날 너희 집에서 묵어도 될까?"

"당연하죠. 편하실 때 아무 때나 오세요."

"모레 저녁 비워둬. 그날 맛있는 거 먹게. 우리, 그때까지 힘내자."

난 이모의 차가 시야에서 완전히 사라질 때까지 자리를 떠나지 못했다. 이모가 전해준 온기에 추운 줄도 몰랐다. 주변을 어지럽게 맴도는 검은 형체도 신경 쓰이지 않았다.

그래, 고작 며칠이야. 며칠만 버티면 이제 끝이야. 3층 세입자의 정체도 경찰 삼촌이 곧 밝혀주겠지. 모든 게 잘 해결될 거야.

우리 집을 올려다봤다. 2층에 불이 환했다. 빨리 올라가 혜리에게 얘기해야겠다고 생각하며 걸음을 옮겼다.

36

 차가운 손이 내 손가락을 슬쩍 건드렸다. 화들짝 놀라 뒤를 돌아봤다. 거기에 현선 언니가 서 있었다. 추운 밤, 얇은 환자복 차림으로.
 "언니!"
 그녀의 얼굴은 희다 못해 창백했다. 추위에 언 입술은 검붉었고 맨발은 상처투성이였다.
 "그동안 어디 있었어요? 우리가 걱정했잖아요!"
 현선 언니가 검지손가락을 입술에 갖다 댔다. 그리고 입술을 작게 오므렸다.
 "쉿!"
 언니가 나를 보고 씩 웃었다. 한쪽 입꼬리가 살짝 들려 올라갔다. 언니의 손목에 팔찌가 있었다. 잃어버린 엄마의 팔찌였다.

"언니 그거…."

언니가 잘 보라는 듯 손을 흔들었다. 엄마의 팔찌가 가볍게 흔들렸다. 팔찌에 의료용 밴드가 붙어 있었다. 문득 정신병원에 면회 갔던 일이 머리를 스쳤다.

그때 무당귀가 나왔고 내가 방편을 써서 그것을 물리쳤어. 바닥에 쓰러진 현선 언니를 내가 일으켜 의자에 앉혔지. 언니가 옷을 붙잡고 나한테 매달렸는데…. 아, 그때구나. 팔찌가 없어진 때가. 내가 잃어버린 게 아니라 현선 언니가 훔쳤던 거야.

내 생각을 읽었는지 언니가 웃음기를 거뒀다. 표정이 싸늘했다. 그리고 뒤돌아 걷기 시작했다. 어디로 가는 걸까. 팔찌를 돌려받아야 하는데. 제천 무당이 꼭 되찾아 오라고 했는데.

"팔찌 돌려주세요. 그거 제 팔찌잖아요."

언니는 못 들은 척 성큼성큼 걸었다. 난 잰걸음으로 언니를 뒤따라갔다.

"어디로 가는 거예요? 언니! 그쪽으로 가는 거 맞아요? 그 근처 공사 중이라 위험해요."

언니는 가끔 뒤돌아보며 따라오라고 재촉만 할 뿐 대꾸하지 않았다. 난 마음이 다급해졌다. 대체 어디로 가는 거야, 추워 죽겠는데. 도무지 속을 알 수가 없네.

불현듯 연호 오빠가 생각났다. 참, 내가 이러고 있을 때가 아니지. 오빠에게 연락해서 현선 언니 찾았다고 알려야지. 부지런히 뒤따라가며 오빠에게 전화를 걸었다. 신호음이 한 번 가자마자 그가 전화를 받았다.

〈어, 소희야, 마침 연락 잘했다. 네 말대로 절에 가서 키링 태우고 왔어. 아무리 생각해도 찝찝해서 말이야.〉

수아 언니가 선물한 겨자색 키링. 오빠도 내심 걱정하고 있었구나.

"잘하셨어요. 그런데 오빠, 저 지금 현선 언니 만났어요."

〈뭐? 현선이를? 여태 어디 있었대?〉

"몰라요. 언니가 말을 안 해요."

〈왜 그러지? 지금 어딘데?〉

"여기가…."

걸음을 멈추고 주위를 둘러봤다. 어디쯤인지 도무지 모르겠다. 집에서 얼마 걷지 않은 건 확실한데 거리가 낯설다. 예전에 택시를 타고 지나친 적이 있는 것도 같고 아닌 것도 같다. 가로등이 없어서 길가의 건물도 잘 보이지 않는다. 희뿌연 안개 때문에 더 그렇다.

"잘 모르겠는데, 아마 집 근처일 거예요."

〈어쨌든 현선이 꼭 붙들어둬. 또 어디로 사라질라.〉

"그러잖아도 열심히 따라가고 있어요."

〈나 지금 대전이거든. 바로 올라갈 테니까, 늦게라도 만나자.〉

"그럴까요? 오빠 안 피곤하시면 전 언제든지 괜찮아요."

〈너희 집 근처로 갈게. 추운데 어디라도 들어가 있어. 현선이

안정되면 다시 전화 주고. 알았지?〉

"네, 오빠. 걱정 마세요. 이따 전화드릴게요."

씩씩하게 대답하고 전화를 끊었다. 저만치 앞서가는 언니는 춥지도 않은지 꽁꽁 얼어붙은 길을 맨발로 잘도 걷는다. 보폭도 넓다. 내가 헉헉대며 뛰다시피 해야 간신히 거리를 유지할 수 있을 정도다.

"언니! 현선 언니!"

"…."

"아, 천천히 좀 가요!"

"…."

"지금 연호 오빠와 통화했는데, 오빠가 온대요. 우리더러 어디 들어가 있으래요. 언니! 언니 내 말 들려요?"

현선 언니는 여전히 말이 없다. 어찌된 일인지 걸음걸이는 더 빨라졌다. 거리가 벌어질까 봐 나도 속도를 냈다.

"지금 어디 가시는 거예요? 그렇게 입고 안 추워요? 언니! 같이 가요."

대답이 없으니 마치 벽에 대고 혼잣말을 하는 것 같다. 그렇다고 내버려둘 순 없다. 현선 언니를 놓치면 안 된다. 악신에게 이용당하게 내버려둬선 안 된다. 죽은 시현 오빠를 위해서라도 언니를 경찰서에 데려가야 한다. 행여 언니를 놓칠세라 정신을 바짝 차렸다.

속으로 불평을 해대며 쫓아가는데, 언니가 갑자기 멈춰 섰다.

"이제 진정됐어요? 날도 추운데 환자복만 입고…. 어디 들어가서 따뜻한 거라도 마셔요. 감기 걸리겠어요."

언니를 붙잡으려고 손을 뻗었다. 냉기가 느껴지려는 찰나, 그녀가 몸을 휙 돌렸다. 그 순간, 나는 보고야 말았다. 그녀의 몸에서 스르르 빠져나오는 검은 형체를. 그것은 사람의 모습을 온전히 갖춘 무당귀였다. 그것이 언니의 몸에 겹쳐 있었던 것이다. 검은 한복을 입은 무당귀가 언니 옆에 서서 나를 보며 웃었다. 한쪽 입꼬리가 살짝 올라갔다.

젠장, 미끼였어. 현선 언니는 나를 꾀는 주구, 앞잡이 노릇을 한 거야. 난 그것도 모르고….

〈마침내 왔구나. 생각보다 오래 걸렸어.〉

낮은 목소리가 귓속에서 왕왕 울린다. 그제야 정신을 차리고 주변을 둘러봤다. 적송 시골집 앞이다. 이 먼 곳까지, 내가 어떻게 왔지?

주위가 칠흑같이 캄캄한데 고모의 집만큼은 또렷이 보인다. 철조망에는 시들어버린 덩굴이 그대로이고 문은 활짝 열려 있다. 그런데 이상하다. 집이 어딘가 다르다. 아담한 시골집 대신 으리으리한 한옥이 암흑 속에 들어앉아 있다. 처마 끝에는 까마귀들이 잔뜩 모여 있다.

〈들어가자꾸나.〉

목소리가 날 꼬드긴다. 아니, 싫어. 저기를 내가 왜?

현선 언니가 내 손을 꼭 잡는다. 얼어붙을 만큼 차디찬 기운이 손끝을 통해 온몸으로 전해진다.

"가자. 수아도 저 안에 있어."

그녀가 처음으로 입을 열었다. 말을 할 때마다 입안에서 냉기가 훅훅 뿜어져 나온다. 말하는 속도가 묘하게 빠르다.

"언니, 싫어요. 여기는 아니에요. 이 시간에 고모 집에 들어가서 뭐 하게요? 변호사에게 말도 안 했잖아요?"

"뭐 어때? 이제 우리 집인데."

"뭐라고요?"

"시현 오빠도 아까부터 너 기다리고 있어."

"언니 미쳤어요? 오빠는 죽었잖아요!"

"기억나? 여기 머물 때, 우리 되게 재밌었잖아?"

난 뒷걸음질을 쳤다. 이 사람은 내가 아는 현선 언니가 아니다. 그녀의 얼굴을 하고 있지만 속은 다른 사람이다. 아니, 사람이 아니라 악귀일 거다.

하지만 내 뒤에는 무당귀가 있다. 그것은 입이 찢어져라 웃으며 나를 향해 천천히 다가온다. 앞에는 현선 언니의 얼굴을 한 악귀, 뒤에는 무당귀. 옴짝달싹할 수가 없다. 그런데 이상하게도 내 발이 저절로 움직인다.

〈그래, 그래야지. 우리가 이날만을 기다리고 있었단다.〉

난 안간힘을 다해 집으로 들어가지 않으려고 버텼다. 그러나 역부족이다. 내 발은 어느새 철조망을 넘어섰다. 그 순간, 어두컴컴하던 집에 환하게 불이 켜졌다. 마당에는 꽃과 나무가 가득하고, 많은 사람들이 집 안을 오간다. 뭘 준비하는지 다들 무척 분주하다.

꺄아아아아악. 고라니가 목 놓아 우는 소리가 희미하게 들린다. 사람들이 하던 일을 멈추고 주위를 두리번거린다.

"뭣들 하는 겁니까? 고작 고라니입니다. 하던 일 마저 하세요! 시간이 얼마 남지 않았습니다!"

누군가 호통을 쳤다. 그 소리에 사람들이 다시 바쁘게 움직인다. 뒤를 돌아보니 무당귀의 검은 한복이 새하얗게 변해 있다. 그것의 파리한 얼굴에도 화색이 돈다.

"소희야, 뭐 하니? 다들 기다리고 계시잖니?"

고모가 상냥한 얼굴로 말을 건넨다. 어딘가 변한 듯한 그 얼굴을 보며 난 굳은 듯 서 있다. 무당귀가… 아닌가?

"너 뭐 해? 고모 말 안 들려?"

현선 언니가 내 팔을 툭 친다. 그녀도 어느새 화려한 옷으로 갈아입고 생글생글 웃는다. 언니의 발도 맨발이 아니다. 고운 신을 신고 있다. 겨울인데 하나도 춥지가 않다. 철조망 밖 세계와는 딴판이다. 꿈인가? 내가 지금 꿈속을 거닐고 있나? 그러면 다행인데.

언니가 이끄는 대로 창고 앞으로 향한다. 쏴아— 바람 한 점 불지 않는데 대나무가 흔들린다. 창고에는 자물쇠가 걸려 있지 않고, 우리가 다가가자 문이 저절로 열린다.

"여기야. 잘 왔어."

현선 언니가 옆에서 속살거린다. 그 목소리가 왠지 나른하다. 문지방을 넘어선다. 창고 안은 상상했던 것과 달리 널찍하다. 문 양옆으로 길게 여러 개의 제단이 쭉 늘어서 있다. 각각의 제단에는 과일을 비롯해 다양한 물건들이 올라가 있다. 그리고 형언할 수 없는 냄새가 난다. 이상하다? 난 비염이라 냄새를 잘 못 맡는데? 어쨌든 지독한 냄새다. 수아 언니가 옆에 있다면 불평을 무지 해댈 거다. 잠깐, 수아 언니? 수아 언니가 여기 있다고 했던가?

"언니, 수아 언니는요?"

현선 언니의 새침한 얼굴이 창백하게 빛난다.

"너 기다리고 있지. 근데 아직 준비 중이야. 걔는 시간이 조금 걸릴 것 같은데, 어때? 너부터 할래?"

뭘… 한다는 거지? 이해할 수 없는 물음에 대답할 수가 없다.

"너부터 하자. 그게 좋겠다."

현선 언니가 활짝 웃는다. 입꼬리가 귀밑까지 올라가서 새하얀 이가 드러난다. 어디선가 본 듯한 웃음. 왠지 기분이 좋지 않다.

"뭘 하는 건데요?"

"하자. 금방 끝나. 내가 옷 입혀줄게."

"싫어요. 뭔지도 모르면서 할 수는 없어요."

"그냥 해. 얼마 안 걸린대도?"

"도대체 뭘요? 왜 해야 하는데요?"

순간, 언니의 얼굴에서 웃음기가 걷힌다. 눈이 샐쭉해지고 하얀 얼굴이 새파래진다.

"시키는 대로 해!"

언니의 목소리도 굵어졌다.

"싫어요!"

"말 들어!"

"싫다고요! 안 해요! 못 해요!"

쾅! 큰 소리와 함께 순식간에 창고 문이 닫혀버린다. 환하던 공간이 어둠에 묻히고 사방에 적막이 흐른다.

"어, 언니…?"

옆에 있어야 할 언니는 보이지도 않고 대답도 없다.

"현선 언니, 거기 있어요?"

"…."

"장난치지 말아요. 빨리 불 켜주세요."

눈앞이 캄캄하다. 한 치 앞도 보이지 않는 이 공간이, 지금 이 순간이 너무 무섭다. 무슨 일이 벌어질까 봐 두렵다.

"여기 너무 어두워요. 답답해요. 장난치지 말고 불 켜주세요. 네?"

"…."

"언니, 혹시 화났어요? 그래서 이러는 거예요?"

"…."

"제 말이 기분 나빴다면 사과할게요. 근데 저도 무슨 일인지 알아야 하겠다고 말하죠. 언니가 시킨다고 무작정 따를 수는 없잖아요. 언니, 제 말 듣고 있죠?"

주변을 더듬거린다. 손끝에 무언가가 살짝 닿는다. 이번에는 몸과 발을 조금씩 움직여본다. 옆에 뭔가가 있는 것 같은데, 이상하게도 발아래가 휑하다. 반대편으로 움직여봐도 마찬가지다. 옆에 있는 게 뭐지? 뭔가 매달려 있는 건가? 보이지 않는 뭔가가 섬뜩하다. 어둠이 서서히 나를 조여온다.

"언니! 현선 언니!"

"…."

"아, 진짜…. 알았어요. 뭔지 모르지만, 할게요. 하면 되잖아요. 그러니까 불이나 켜줘요! 네? 빨리요!"

〈그 말이 사실이렷다?〉

천둥 같은 소리가 울렸다. 뒤이어 낮은 웃음소리가 가득 퍼졌다. 주변이 다시 환해지면서 창고 문이 활짝 열렸다. 사람들 웅성대는 소리와 웃음소리가 연달아 들린다. 주위를 두리번거려도 현선 언니는 보이지 않는다. 천장에 여러 개의 고치가 길게 매달려 있다. 그중에는 껍데기만 남은 것도 있다.

"언니! 현선 언니!"

덜컥 겁이 난다. 불길하다.

저 멀리, 제단 하나가 눈에 들어온다. 그 앞으로 뛰어갔다. 과일 몇 개가 차려진 제단 위에 내 사진과 엄마의 팔찌가 놓여 있다. 의료용 밴드를 붙인, 현선 언니가 갖고 있던 그 팔찌다. 이게 왜 여기 있지? 아까 현선 언니가 차고 있었는데?

 그 옆 제단에도 뭔가가 올려져 있다. 수아 언니의 사진과 자동차 키다. 다른 제단에도 조미의 사진과 낯선 여자들의 사진이 보인다.

 "뭐, 뭐야 이게… 이런 말도 안 되는…."

 마음 깊은 곳에서 도망쳐야 한다는 아우성이 들린다. 여기 있으면 안 돼. 위험해.

 〈자, 이제 시작해볼까?〉

 시작? 이건 또 무슨 소리지?

 순간, 시커먼 터널 속으로 몸이 빨려 들어갔다. 도망치기에는 너무 늦었다.

* * *

 풍악 소리가 들린다. 둥둥둥— 북과 장구가 울리고 그 뒤를 잇는 징 소리가 요란하다. 피리 소리도 귀를 어지럽힌다. 근방에서 무슨 공연이라도 하는 건가? 아니면 잔치라도 열렸나?

 몸을 꿈틀거리다가 간신히 눈을 떴다. 하늘이 붉다. 막 노을이 지는 참이다. 내가 얼마나 잤을까.

 "일어났느냐."

 누군가 다정하게 말을 건넨다. 귀에 익은 목소리, 어디선가 들어본 빠른 말투.

고개를 돌려서 보려니 눈앞이 뿌옇다. 눈을 비비고 한참 바라보니 비로소 그 얼굴이 또렷해진다. 내 앞에 있는 이는 조미. 아니, 내 고모할머니의 얼굴을 한 3층 세입자다. 어쩌면 내 오촌 고모일지도 모르는 그녀의 입술은 여전히 빨갛다.

"여기는 어떻게…?"

그렇게 찾아도 행적을 알 수 없던 그녀가 지금 내 앞에 있다. 알록달록한 무복을 차려입은 그녀가 나를 내려다본다. 엉거주춤한 자세라 그런지 등이 굽은 느낌이다. 가슴에는 둥근 명두를 달고 있다. 이색적이고 낯선 무당의 차림새다.

"때가 됐다. 이제는 네 차례야."

그녀가 나를 보고 웃으며 손에 쥔 무령을 야단스럽게 흔든다. 딸랑, 딸랑, 딸랑, 딸랑.

내 어깨를 감싸는 차가운 기운이 느껴진다. 현선 언니가 나를 일으킨다. 언니도 요상한 무복을 입고 입술을 붉게 칠했다. 불길한 생각에 내 복장을 살펴본다. 나도 무복 차림이다. 뭐지, 이건? 내가 언제 옷을 갈아입은 거야?

의문이 풀리기도 전에 다른 곳에 신경이 쓰인다. 주변이 왁자지껄하다. 커다란 상 앞에 돼지 한 마리가 통째로 놓여 있고, 상 위에는 갖가지 음식이 그득하다. 하얀 한복을 입은 고모가 악사들 앞에서 신명 나게 어깨춤을 춘다. 손에는 흰 무명천으로 이어진 제금을 들고 있다. 악사들 중에는 시현 오빠도 있다.

처음 보는 광경에 몸이 경직된다. 하지만 거부할 수 없는 힘에 이끌려 억지로 돗자리에 앉혀지고, 이상한 경문 소리를 듣는다. 머리가 어지럽다. 눈이 자꾸 감긴다. 북과 징 소리가 점점 빨라지고 경문 소리도 점점 커진다.

세상이 뱅뱅 돈다. 귓속이 왕왕거린다. 그 소리에 미칠 것 같은 찰나, 3층 세입자가 오색 천을 찢더니 내 손에 신장대를 쥐여 준다. 그녀가 또 무령을 흔든다. 딸랑, 딸랑, 딸랑, 딸랑.

나도 모르게 입에서 이상한 소리가 나온다. 엉엉 우는 것도 같고, 뭔가 비는 것도 같다. 내가, 왜 이러지? 왜 이런 소리를 내는 거야? 정신을 잃지 않으려고 안간힘을 쓴다. 그러나 나는 이미 내가 아니다. 알 수 없는 말을 내뱉으며 짐승처럼 울어댄다. 그런 내 모습이 무섭고 낯설어 더욱 흐느낀다.

그런데 내게 무령을 들이대던 그녀의 모습에 뭔가가 슬쩍 겹쳐 보인다. 저게 뭘까?

갑자기 쨍, 하는 소리와 함께 무언가가 날아와 마당에 박힌다. 칼이다. 악기 연주가 뚝 멈춘다. 내 손에 들려 있던 신장대가 옆으로 쓰러진다. 갑작스러운 상황에 침묵이 흐른다.

칼이 날아온 쪽으로 눈을 돌리니 철조망 밖에 수많은 사람들이 서 있다. 제천 무당과 박수도 보이고, 동아도 있다. 철조망 밖은 집 안과 달리 어두컴컴하다. 그러나 어둠 속에서도 그들의 옷 색깔만큼은 선명하다. 내가 있는 이쪽이 더 밝은데, 이상하게도 모든 색깔의 채도와 명도가 저쪽보다 한 톤은 낮다.

"어디서 잡귀 따위가 신 행세를 하며 불경스러운 짓을 하는 게야!"

제천 무당의 목소리가 쩌렁쩌렁 울린다.

"어서 썩 물러가지 못할까!"

분위기가 뒤숭숭해진다. 제금을 쥐고 있는 고모를 제외하고 사람들이 웅성거린다. 현선 언니는 어쩔 줄 몰라서 몸을 가늘게 떨고 있다.

그러는 사이, 난 의식을 되찾았다. 내 앞에 서 있는 그녀의 눈이 가늘어지더니 위로 쭉 올라간다. 눈이 매섭게 빛난다. 가슴에 매달고 있는 명두가 반짝거린다.

"방해꾼들은 신경 쓰지 말고, 하던 굿이나 계속하자꾸나."

그녀도 지지 않고 소리친다. 딸랑, 딸랑, 딸랑, 딸랑. 무령을 힘차게 흔든다. 하지만 한번 멈춘 음악 소리는 다시 들리지 않는다. 악사들이 겁에 질린 걸까?

"내 말이 안 들리느냐! 어서 연주를 시작하래도!"

고모가 양손에 들고 있는 제금을 부딪쳐 소리를 낸다. 그제야 장구채를 쥔 손이 움직이기 시작한다.

"하늘 무서운 줄 모르는 게냐!"

철조망 밖에서 제천 무당의 호령이 또다시 울려 퍼진다. 옆에서 박수가 재밌다는 듯 낄낄 웃는다. 마치 먹잇감을 발견한 뱀처럼 두 갈래 긴 혀를 날름거린다.

"어서 하자꾸나. 시간이 없어!"

그녀가 악사들을 재촉하자 뾰족한 얼굴이 흉측하게 변한다.

다시 고모가 제금을 울리고 피리 소리가 뒤따른다. 북과 장구도 소리를 내기 시작한다. 꽹과리도 가세한다.

"어허! 그만두지 못할까?"

집 안의 악사들은 제천 무당보다 3층 세입자의 말에 순종한다. 악기들이 계속 소리를 내자 또다시 귀가 먹먹하다.

제천 무당이 결심했다는 듯 뭔가를 준비한다. 상을 차리고 화사한 무복을 걸친다. 박수는 흰 천을 덧댄 새끼줄을 부랴부랴 철조망에 감는다. 비탈진 곳까지 연결된 긴 철조망에 칭칭 감기 바쁘다. 밖에서도 음악 소리가 울려 퍼진다. 철조망 안팎에서 들려오는 시끄러운 장단에 정신이 혼미해진다.

두 개의 굿판은 멈출 줄을 모르고 그대로 날이 저물었다.

그새 잠이 들었던가. 눈을 떠보니 눈앞에 피가 뚝뚝 떨어진다. 화들짝 놀라 몸을 일으키니 내가 누워 있던 곳은 잘 차려진 상 앞이다. 커다란 돼지의 몸통에서 떨어지는 붉은 피가 선명하다. 처마 끝에 까마귀 떼가 새카맣고, 어디선가 방언이 들린다.

뒤에서는 현선 언니가 오방기를 들고 중얼대며 방방 뛴다. 도무지 알아들을 수 없는 말을, 흥이 올라서 신나게 지껄인다. 음악은 흥겨운 가락으로 바뀌고, 고모는 제금을 들고 다시 덩실덩실 어깨춤을 춘다.

밖에서도 악기 연주가 한창이다. 아까보다 무당이 배로 늘어난 것 같다. 갑자기 철조망이 꿈틀댄다. 자세히 보니 커다란 구렁이가 철조망을 휘감고 있다. 그 주위로 마른 덤불에 싹이 튼다. 한겨울인데 바깥은 봄이다. 꽃이 피고 지고, 뒤이어 여름이 온다.

"뭐 하는 게냐! 어디서 한눈을 파는 거야, 집중하지 않고!"

버럭 꾸짖는 소리에 정신을 차리고 현선 언니를 본다. 언니가 긴 칼을 허공에 휘두른다. 많이 보던 모습이다. 저런 광경을 어디선가 겪은 듯하다. 칼을 휘두르던 언니가 나에게 다가온다. 얼굴이 더 뾰족하게 느껴진다. 한기가 훅 끼친다. 언니가 무시무시한 칼을 내게 겨눈다.

칼이 무서워 벌벌 떨면서도, 생각날 듯 말 듯한 뭔가를 자꾸 끄집어내려 애쓴다. 뭐더라…? 나도 뭔가를 갖고 있는데? 머릿속에 안개가 낀 것 같다. 현선 언니가 씩 웃더니 칼로 내 몸 여기저기를 훑기 시작한다. 칼이 몸에 닿을락 말락 한다.

겁이 나서 몸을 웅크리자 뭔가가 손에 걸린다. 내가 걸치고 있는 무복의 앞섶이 불룩하다. 이건… 뭐야, 나한테도 칼이 있잖아? 이런 생각이 들자마자 내 손에 커다란 칼 두 개가 쥐어진다. 그와 동시에 언니가 순식간에 뒤로 튕겨나간다. 손에서 칼이 떨어지자 언니가 마당을 기며 바들바들 떤다.

"그따위 것을 왜 꺼내? 빨리 집어넣어! 뭘 꾸물대는 게냐! 그 지독한 것을 어서 치우래도!"

3층 세입자가 악다구니를 쓴다. 난 내 손에 들린 두 개의 칼을 내려다봤다.

"소희 님, 방편입니다. 칼을 쓰십시오. 소희 님의 몸을 지켜야 합니다."

동아의 애타는 목소리가 희미하게 들린다. 그래, 이건 제천 무당이 준 방편이지. 난 칼을 쥐고 일어섰다.

"버려! 그따위 게 널 지켜줄 줄 알아?"

그녀가 노발대발한다. 하지만 난 칼을 쥐고 성큼 다가갔다. 크고 위협적인 내 칼에, 그녀가 뒷걸음질을 친다.

"네 피에 흐르는 힘을, 대대손손 이어온 가문의 업을, 고작 네 년 따위가 거역하겠단 말이냐!"

"전 유산을 받지 않을 겁니다. 가문의 업을 잇지 않을 거라고요."

"흥! 이미 받지 않았더냐!"

"포기하겠습니다."

둥둥둥, 북과 장구가 소리를 낸다. 철조망 밖에서 나를 격려하는 응원의 소리다. 내 손에 힘이 실린다.

바깥의 소리가 커지자 집 안의 악사들이 허둥대기 시작한다. 노한 그녀가 악사들을 향해 고함을 지른다.

"연주를 멈추지 말거라. 아직 끝나지 않았다."

난 그녀에게 칼을 겨눴다. 그러자 등 뒤에서 검은 형체가 쓱 나타났다. 그것은 매우 컸고, 고약한 냄새가 풀풀 났다. 그와 동시에 3층 세입자의 몸이 쪼그라들더니, 주름 많고 등이 굽은 노인으로 모습이 바뀌었다. 힘이 빠진 그녀가 바닥에 풀썩 주저앉았다. 얼굴이 쪼글쪼글하지만 입술은 여전히 빨갛다.

"드디어 모습을 드러냈구나."

박수가 소리쳐 말하고는 낄낄거린다. 철조망이 넘어지면서 꿈틀대는 뱀들과 함께 사람들이 집 안으로 들어온다. 비늘로 뒤덮인 그들의 손에는 내 것과 똑같은 칼이 들려 있다. 밖에서 들리던 음악 소리가 더욱 커지고, 철조망 주위엔 수풀이 우거진다.

"소희 님, 아직 끝나지 않았습니다. 정신을 놓으면 안 됩니다."

동아가 소리쳤다. 난 있는 힘을 다해 두 개의 칼을 요물에게 들이밀었다. 그러나 알 수 없는 강력한 힘이 나를 멀리 내동댕이친다. 아프다. 그리고 무겁다. 바닥에 쓰러진 내 몸을, 크고 무거운 뭔가가 짓누른다. 숨이 막혀 죽을 것 같은데 손끝 하나 움직일 수가 없다. 이대로 포기해야 하나. 제천 무당이 도와준다고 해도 내가 물리칠 수 있을까. 상대가 너무 강하다.

〈소희야.〉

나를 부르는 소리가 희미하게 들린다. 부드럽고 살랑거리는 이 소리는 그리운 엄마의 목소리다.

〈내 딸, 힘을 내야지.〉

다정한 목소리가 나를 다독인다. 그래, 힘을 내야지. 손끝에 힘을 준다. 이대로 포기할 수는 없다. 굳어 있던 손가락이 조금씩 움직인다. 그리고 나를 짓누르던 것이 점점 가벼워진다. 난 일어나서 악귀에게 덤벼들었다.

하지만 순순히 당하고 있을 악귀가 아니다. 신을 가장한 그 사악한 것이 몸집을 부풀려 나를 위협한다.

"이 집에 들어와서 수락한다고 말하지 않았더냐!"

악신의 성난 목소리가 허공을 가른다.

"천만에. 난 악신을 받을 생각이 없어!"

칼을 꼿꼿이 겨누자 나를 비웃기라도 하듯, 그것의 몸에서 검은 실이 뻗어 나온다. 검은 실은 우리 주위를 빙 감는다. 그 위로 검푸른 불꽃이 일어난다. 그 불꽃에 뱀들이 타들어간다. 악사들의 옷과 악기가 새카맣게 변하고, 고모의 한복도 검게 물들어간다. 고모는 흉측한 무당귀의 모습으로 미친 듯 제금을 두드린다.

"집안을 배신하겠다는 거냐? 대대로 이어온 업을 저버리겠다는 게야?"

찢어지는 듯한 이명에 두 손으로 귀를 막았다. 그 바람에 들고 있던 칼이 손에서 사라졌다. 목에 걸린 파란 주머니에도 불이 붙었다. 난 황급히 주머니를 떼어냈다. 불을 끄고 다시 칼을 꺼내려 하지만 칼이 든 주머니가 사라지고 없다.

낮은 웃음소리가 나를 비웃는다.

"그걸로 되겠느냐? 감히 나를 이길 것 같더냐?"

악귀를 똑바로 쳐다본다. 그것의 세력권에 들어와 있지만 겁먹지 않는다. 난 혼자가 아니다. 비록 내가 있는 곳은 검은 불덩이 안이지만, 저 너머에는 산신의 힘을 빌린 박수가 있고, 무시무시한 칼을 휘두르는 제천 무당이 있다. 그들의 뒤에는 거대한 흰 뱀과 장군의 모습을 한 누군가도 함께 있다.

"네가 운명을, 너에게 내리려는 나를, 감히 거부할 수 있을 것 같느냐?"

숨을 깊이 들이마시고 내쉬며 정신을 가다듬는다. 여기서 물러나면 지는 거야. 저것이 원하는 대로 따를 순 없지.

바닥에 쓰러져 힘겹게 숨을 몰아쉬는 고모할머니를 본다. 악신이 씌었던 저분처럼, 평생을 주구로 살진 않을 거야. 싸워보자. 그런데 무기가 없으니 이제 뭘로 싸우지?

"츳츳츳츳…."

박수가 혀로 이상한 소리를 낸다. 그 소리를 들은 잠악산의 온갖 뱀들이 겨울잠에서 깨어나 집으로 모여든다. 크고 작은 뱀들이 주위에 우글댄다. 박수가 경문을 읊자 뱀들이 하나둘 사람의 모습으로 변한다. 그들의 몸에도 비늘이 잔뜩 덮여 있다.

불현듯 까마귀가 운다. 뱀의 모습을 한 사람들이 우리를 둥글게 에워쌌지만 악귀의 몸은 더 크고 더 뚜렷해진다. 검은 실이 집 안을 온통 휘감고 검푸른 불길도 거세게 타오른다. 거대한 불길은 우리를 집어삼킬 듯 넘실댄다. 어떡하지? 어떻게 저 악귀를 상대해야 하지?

문득, 이글거리는 불빛에 번쩍이는 고모할머니의 명두가 눈에 들어온다. 혹시 저것이라면? 조심스레 그녀에게 다가갔다. 노쇠해서 몸을 일으킬 힘조차 없는 그녀는 저항하지 못했다. 그녀의 무복에서 명두를 떼어냈다.

갑자기 찬바람이 훅 불더니 악귀가 내 앞을 막아선다. 주변을 둘러싼 불길이 내 키보다 더 높이 치솟는다.

"결국 명두를 들었구나. 그래, 아직 늦지 않았다. 어서 나를 받들어라."

"미안하지만 난 명두를 받을 생각이 없어. 악귀를 신으로 받들 생각도 없다고!"

난 명두를 불길 너머로 힘껏 던졌다. 쨍강. 둥근 쇳조각이 바닥에 떨어져 나뒹굴었다. 동시에 집 안을 휘감은 검은 실이 툭툭 끊기더니 순식간에 불길 주변으로 오그라들었다. 무당귀가 험상궂은 얼굴로 일어섰다.

제천 무당은 그 틈을 놓치지 않고 들고 있던 칼로 명두를 내리쳤다. 뒤에 있던 장군 신도 칼을 들었다. 쨍강. 하지만 명두는 깨지지 않는다.

제천 무당이 다시 칼을 들었다. 장군 신도 칼을 들자 하늘에서 번개가 번쩍했다. 번개의 힘을 받은 칼을 무당이 힘껏 내리치자, 명두가 요란한 비명을 내지르며 깨졌다. 그리고 그 안에 들어앉았던 악한 기운이 어둠 속으로 조용히 소멸했다.

빛을 잃은 명두가 흙바닥에 나뒹굴었다. 악기를 든 악사들의 모습도 점차 희미해지더니 검은 연기가 되어 흩어졌다. 시현 오빠의 모습도 사라졌고, 무당귀의 손에 들렸던 제금도 먼지가 되어 공중에 흩날렸다.

"네가 감히 조상의 업을 끊겠단 말이냐!"

무당귀가 나를 죽일 듯 노려보더니 불길 속에 몸을 감췄다. 그러자 불길이 더 거세게 일어났다. 더 크고 더 검어진 악귀의 몸이 불시에 내게 덤벼들었다.

"네까짓 게 이 업을 끊을 수는 없어!"

까악— 까악— 머리 위에서 까마귀가 시끄럽게 울어댄다. 또다시 시커먼 뭔가에 깔려 숨 쉬기가 힘들다. 발을 버둥거릴수록 목이 점점 조여온다. 바로 옆에서 검푸른 불꽃이 너울거린다. 이대로 죽는 건가….

"소희 님, 정신을 잃으시면 안 됩니다."

동아의 외침이 들릴락 말락 한다. 눈앞이 희미해진다. 정신을 잃으려는 찰나, 하늘에서 뭔가가 날리기 시작했다. 하얀 눈이다.

37

 흩날리던 눈이 바닥에 내려앉자 검푸른 불꽃이 차츰 사그라들었다. 철조망 밖에서 희미하게 들려오던 악기 소리가 점점 커진다.

 악귀는 내 위에 올라타 여전히 목을 죄고 있다. 난 짓눌린 채로 먼동이 터오는 하늘을 올려다본다.

 "어허, 발칙한 것! 어디서 고집을 부려! 정녕 네가 이곳을 떠나지 않겠다는 게냐!"

 불호령이 떨어졌다. 제천 무당의 입에서 장군의 목소리가 터져 나왔다.

 기분 탓일까. 숨 쉬는 게 약간 편해졌다.

 "이 아이는 내 것이야!"

악귀와 고모할머니의 목소리가 섞여서 들린다.

"잡귀 따위를 신으로 받들 인간은 없어! 애써 얻은 힘이 다했으면 그만 물러가야지, 어디서 감히 신 행세를 하려고 해!"

제천 무당이 맞받아쳤다.

"내 자손이고, 내 업을 물릴 내 가물이야."

"그 아이는 신가물이 아니고, 너 또한 신이 아니야. 세상에서 사라져야 할 악한 귀일 뿐이야!"

"내가 내릴 곳은 내가 판단해."

"함부로 가물을 만들겠다고? 흥! 그게 아니지. 이 아이의 영을 귀로 만들어 조종하려 들지 않았어? 그 얄팍한 수를 내가 모를 줄 알아!"

목을 조르는 힘이 서서히 약해진다. 숨 쉬기가 한결 수월하다. 정신을 가다듬고 주변을 살핀다. 어디선가 경문 읊는 소리가 들리고, 몸에 비늘이 돋은 사람들이 내 주위를 겹겹이 둘러싸고 있다. 가느다란 뭔가가 악귀를 타고 오르자 검은 형체가 조금씩 옅어진다.

"아직은 아니야. 이대로 갈 순 없지! 내가 어떻게 이룬 것인데…"

내 목을 조이던 손에 힘이 풀린다. 난 그 틈을 놓치지 않고 악귀의 손아귀에서 잽싸게 빠져나왔다.

몸을 일으키자 동아가 내 손을 잡았다. 나와 악귀를 둘러쌌던 사람들이 내 몸을 통과해 하나둘 뱀으로 변하더니 악귀의 형체를 휘감았다. 경문 읊는 소리가 더욱 커졌다. 형체가 흐릿해진 악귀가 거세게 저항했다. 그럴수록 뱀들이 강하게 옥죄었다.

마침내 악귀는 한 줌의 연기가 되어 공중에 흩어졌다. 악귀를 옥죄던 뱀들도, 비늘로 뒤덮였던 사람들도 동시에 모습을 감췄다. 검푸른 불꽃은 재와 연기로 변했다. 온 집을 휘감았던 검은 실도 더 이상 보이지 않는다. 마치 모든 게 환영이었던 것처럼.

"끝났습니다."

동아의 말을 듣고서야 마침내 모든 것이 달리 보인다. 으리으리하던 한옥은 평범한 시골집으로 바뀌었고, 쓰러진 철조망에는 구렁이 대신 새끼줄과 흰 천이 감겨 있다. 무성한 수풀은 서서히 색이 바래더니 곧 누렇게 말라버렸다. 마침내 계절이 제자리를 찾은 것이다.

하늘에서 나풀나풀 눈이 흩날렸다. 새카만 재로 남은 악신의 흔적이 새하얀 눈에 가려졌다.

"진짜, 끝이 났네요."

내가 이런 시련을 이겨냈다니, 그리고 악귀에게서 벗어났다니, 믿기지가 않는다.

굿판을 정리하는 사람들을 보며 우두커니 서 있는데 갑자기 손끝이 축축했다. 내려다보니 고라니 한 마리가 내 손에 코를 대고 있다. 귀가 없는 고라니다.

"잠악산 신령님이 돌아오셨어요."

동아가 나를 보며 빙긋 웃는다. 그녀의 시선을 따라가자 백발 노인이 박수의 절을 받고 있다. 그의 곁에는 또 다른 고라니가 있고, 박수는 황송해서 어쩔 줄 모르는 표정이다. 노인의 머리칼이 점점 짙어지더니 중년의 모습으로 변했다. 잠악산 산신이 마침내 원기를 되찾은 것이다.

"소희 님. 저기, 보이시나요?"

동아가 손짓하는 곳에 옅은 형체가 나타났다. 사람의 형태를 한 그것은 악신과는 달리 투명하고 따스한 기운을 품고 있다. 가만히 보니 여자의 실루엣이다.

"어머니께서 떠나시나 봅니다."

엄마? 저게 우리 엄마라고? 난 그 형체를 자세히 보려고 애를 썼다.

"소희 님을 대견해하세요. 비로소 마음 편히 떠날 수 있다고 하십니다."

투명한 형체는 분명 엄마였다. 나와 닮은 얼굴, 곱슬곱슬한 머리. 내가 기억하는 엄마의 모습 그대로다. 엄마가 나를 보고 싱긋 웃더니 점점 흐릿해졌다.

"엄마! 엄마!"

난 어린아이처럼 엄마를 찾았다. 하지만 엄마는 아무 말도 없이 조용히 사라졌다.

"가셨어요."

"벌써요? 너무해! 나하고는 말도 안 하고, 얼굴도 제대로 안 보여주고…."

"다른 세상 분이니까요. 잘 보내드렸으니 다행이지 않습니까? 제 눈에는 어머니께서 굉장히 행복해 보였어요."

눈발이 점점 굵어졌다. 쌀알처럼 흩뿌리던 눈이 함박눈으로 변해 세상을 새하얗게 뒤덮었다.

잠악산 산신은 청년의 모습으로 고라니 한 마리만 데리고 눈 속으로 사라졌다. 떠나는 그의 손에 오방기로 감싼 네모난 상자가 들려 있었다. 귀가 없는 고라니는 동아 곁에 남았다. 머리에 이제 막 작고 뾰족한 귀가 돋아나는 참이었다.

"동아야."

제천 무당이 동아를 부르더니 눈짓으로 고모할머니를 가리켰다. 그녀는 바닥에 쓰러진 채로 간신히 숨을 몰아쉬고 있었다. 늙은 몸뚱이 위로도 눈이 내려앉았다.

"저이가 춥겠구나."

"안으로 모실까요?"

"그러는 게 좋겠지. 악귀가 빠져나가 힘이 없을 테니 네 도움이 필요할 게다."

동아가 고모할머니에게 다가가 몸을 부축해 일으켰다. 일어서는 그녀의 몸이 부들부들 떨렸다. 여윈 몸에 걸친 무복이 바닥에 질질 끌렸다. 조금 전의 기세는 찾아볼 수 없고, 그저 기력이 다한 노인의 모습이었다. 잠시 악귀의 힘을 등에 업고 시간을 거슬러 3층 세입자의 모습으로 나타났던 것이다.

"괜찮으냐? 아주 잘 견뎌냈구나."

제천 무당이 대견하다는 표정으로 나를 보며 말했다. 그녀의 뒤에 있던 장군 신은 보이지 않았다.

"앞으로는 아무 일도 없을 거야. 두 개의 명두를 잠악산 신령님이 맡아주기로 하셨으니 자네는 걱정할 것 없어."

"두 개요? 하나가 아니고요?"

"우리가 찾아낸 건 그게 다네. 어쨌거나 여기 일은 잘 마무리됐어. 자네 집에 가서 부정을 풀어내면 완전히 끝날 것이야."

"홍연동 3층 말씀하시는 거죠?"

"그렇지. 악귀의 자취를 정화해야지."

"선생님, 처음에 벌였던 굿판, 그거 신내림굿이죠? 예전에 저더러 신가물이 아니라 하셨는데, 악귀는 제게 왜 그랬을까요?"

"자네가 그걸 받을 그릇이 아니니 허주를 내려 주구로 쓰려 했겠지."

"저를, 악신의 앞잡이로요?"

"아무리 잡귀라 해도 스스로를 신이라 칭하는 것이야. 자신을 받들 사람이 필요하단 말이지. 대신 나서줄 사람도 필요하고. 신이라는 존재는 거느리는 사람이 많으면 많을수록 힘이 점점 세지거든. 믿음이라는 게 그래. 사람들이 모여들기 시작하면 귀도 신이 될 수 있다 착각하는 거야."

"그 사람들이, 제 핏줄이었고요. 그렇죠?"

"이제 다 끝난 일이야. 이쯤에서 끊어냈으니 정말 다행일세."

"홍연동 세입자들도 그 악귀의 추종자였을까요?"

"주구로 쓰이거나 영검을 높이기 위한 제물로 쓰였겠지. 내가 제천 신당에서 했던 말, 기억하는가?"

무당이 했던 말과 당시의 상황이 머리를 스쳤다.

'내 귀에는 굶어 죽어가는, 고통에 찬 사람들의 울부짖음도 들려. 한둘이 아니야. 기분 나쁜 집이네. 기운이 아주 좋지 않아.'

그 말을 듣고 내가, 염매 당한 사람이 그 소리를 내는 거냐고 물었다. 하지만 제천 무당은 홍연동 집에는 그 사람들이 없다고 했다. 그녀가 느끼는 건 잔상에 불과하다며. 그렇다면…? 머리를 한 대 얻어맞은 기분이다.

"그 사람들이 여기 있군요. 그렇죠, 선생님?"

"옛날에는 죽은 아이의 원혼을 죽통에 옮겨 담아 이곳저곳 다니며 점을 봤다네. 하지만 요즘에는 무당이 밖으로 돌아다니는 일이 드물지. 사람들이 무당을 찾아오는 게 일반적이야. 그러니 아마 죽통의 역할을 하는 게 여기 어딘가 있을 거야."

창고! 죽통의 역할을 할 장소는 그곳밖에 없다.

창고로 시선을 돌리자 그 앞에 현선 언니가 쪼그리고 있었다. 무복을 입은 언니는 정신을 반쯤 놓은 상태였다.

"저기부터 들어가봄세. 어쩌면 저기서 명두가 더 나올지도 모르니."

멀리서 사이렌 소리가 들렸다. 그리고 잠시 후, 여러 대의 경찰차가 모습을 드러냈다. 혜리의 차도 경찰차를 따라 집 앞에 도착했다.

"소희야! 임소희!"

차가 멈추자마자 우렁찬 목소리가 들렸다. 혜리가 단숨에 달려와 내 목을 끌어안았다.

"멀쩡하네? 걱정했잖아! 갑자기 사라져서 너 큰일 난 줄 알았어. 죽은 줄 알았다고! 기집애, 연락 좀 하지!"

"미안… 그럴 경황이 없었어."

"꼴이 이게 뭐야? 왜 이상한 옷을 입고 있어? 신내림굿이라도 한 거야?"

"어. 그거 했어."

"진짜? 거짓말이지? 뻥 치지 말고 솔직히 말해."

그래, 내 말을 믿을 수 없겠지. 그 상황을 겪은 나도 도저히 믿기지 않는걸. 마치 긴 꿈을 꾼 것 같아.

"다행히 선생님이 구해주셨어. 아슬아슬했어. 허주를 받을 뻔했거든."

"안 받은 거지? 그럼 다행이네. 도대체 누가 너한테 그따위 잡귀를 내리려고 해? 그 정신 나간 언니지? 내 말 맞지?"

혜리가 뾰로통한 얼굴로 뒤돌아봤다. 그 애의 뒤에 도진이와 연호 오빠가 서 있었다. 오빠가 현선 언니를 발견하곤 창고 앞으로 뛰어갔다.

"우리 고모할머니, 아니 악귀가 그랬어. 현선 언니가 그런 게 아니야."

"뭐? 악귀? 악귀가 여기 있어?"

"이제 없어. 걱정 마. 다행히 신으로 받기 전에 사라졌어."

"무당 아줌마가 쫓아낸 거야?"

"아마도?"

도진이가 다가와 말없이 내 손을 잡았다. 따스한 기운이 손으로 전해졌다. 난 호들갑스러운 혜리의 질문을 뒤로하고 그를 안았다.

"많이 걱정했어?"

"당연히 걱정했지. 혼자서 무섭지 않았어?"

"하나도 안 무서웠는데?"

"임소희, 겁 많은 줄 알았는데, 보기보다 용감하네?"

우리는 마주 보며 웃었다. 하지만 그는 모른다. 난 혼자가 아니었다는 걸. 나를 구하러 제천 무당과 동아, 박수가 여기까지 왔고, 그들이 모시는 신도 동행했다. 잠악산 산신도 돌아와 힘을 보탰다. 그리고 엄마도 있었다. 이제는 진짜 하늘로 떠났지만, 그 온기를 나는 아직도 느낀다.

"어휴, 고생하셨습니다."

경찰 삼촌이 걸걸한 목소리로 인사를 건넸다. 그 뒤로 제복 차림의 경찰들이 보였다.

"진짜로 여기 계셨네. 최연호 씨가 신고했을 때만 해도 긴가민가했는데. 저기 저분은 최수아 씨인가요?"

"아니요, 현선 언니예요."

"최수아 씨는요?"

"잘 모르지만… 여기 어딘가 있을 거예요."

"집을 둘러봐야 할 것 같은데… 괜찮으시면 함께 가실까요?"

당연히 그래야 할 일이다. 난 그와 함께 창고 앞으로 갔다. 연호 오빠가 넋을 놓은 현선 언니를 안타깝게 들여다보고 있었다.

"오빠, 언니는 괜찮아요?"

"제정신이 아니야. 대체 무슨 일이 있었던 거니?"

"나중에 자세히 말씀드릴게요. 일단 수아 언니부터 찾고요."

오빠가 일어서며 경찰 삼촌을 돌아봤다.

"창고 안으로 들어가실 거죠?"

"네, 최연호 씨가 말씀하셨듯이 요주의 장소라서요."

창고 문은 우리가 처음 시골집에 왔을 때처럼 굳게 잠겨 있었다. 쏴아― 바람이 대숲을 흔드는 소리가 들렸다.

자물쇠를 내려다보던 오빠가 결심한 듯 한 발을 들었다. 그리고 발로 차서 문을 부수기 시작했다. 쾅, 쾅, 쾅. 몇 번의 발길질에 문짝이 부서졌다. 우리는 조심스럽게 창고 안으로 들어갔다.

어두컴컴한 그곳은 내 기억과는 달리 좁고 지저분했다. 공간의 대부분을 차지하는 큰 제단에 초가 여러 개 놓였는데, 그 아래 종이가 붙어 있었다. 뒤따라 들어온 경찰이 그중 하나를 집어 들었다.

"이거, 사진인데요?"

머리카락이 쭈뼛 섰다. 사진이라면…? 어제 본 창고 안의 광경이 꿈이 아니었단 말인가? 다르지만 묘하게 비슷한 상황이다.

"양초마다 흑백 사진이 붙어 있습니다. 이거 되게 많은데요?"

"증거물이니까, 오염 안 되게 조심해서 다뤄."

다른 경찰도 제단에 다가섰다. 그가 사진에 플래시를 비췄다.

"에이, 이거 사진 아니에요. 신분증을 복사한 것 같습니다."

"밑에 생년월일이 적혀 있는데요?"

"주술이라도 걸었나 봐요. 이 집 주인, 공포 영화 마니아인가 본데요?"

"어휴, 섬뜩해. 무당집에서 뭐 하는 짓거리래, 이게?"

"잠깐 이거, 실종자 아니야? 이 얼굴 맞지?"

"어? 그러네?"

"확실해? 사진 대조해봐."

경찰들이 갑자기 소란스러워졌다. 그 모습을 보며 난 그대로 얼어붙었다.

제천 무당의 말이 맞았어. 여기가 죽통 안이야.

경찰의 눈은 정확했다. 제단 위 양초에 붙어 있는 사진은 모두 홍연동 집에서 실종된 사람들의 것이었다. 귀신이 씌어 악귀의 제물로 바쳐진 이들이었다. 그중에는 나와 시현 오빠의 사진도 있고, 굿판에서 본 얼굴도 있었다.

"이야, 대박! 생년월일은 또 어떻게 알았대?"

혜리가 눈이 휘둥그레져서 놀라움을 감추지 못했다.

"계약서. 이거 전세 계약할 때 얻은 정보야."

내 목소리가 떨렸다. 3층 세입자와 임대 계약을 할 때, 계약서에 신분증을 첨부했었다. 다른 세입자들도 그랬겠지.

"뭐야? 이런 미친…."

"개인정보를 이렇게 막 써도 돼? 진짜 나쁜 사람들이네?"

"그러고 보니 이상했어. 전세 계약할 때 중개사를 통한 것도 아니고 신분증 사본만 달라 그러고…."

"이 형 정보는 어디서 얻었을까?"

도진이가 시현 오빠의 사진을 들여다보며 물었다. 그것 역시 신분증을 복사한 것이었다.

"상속세 신고한다고 변호사 사무실에 신분증 사본과 주민등본을 냈거든."

"그럼 변호사가? 아, 어쩐지… 처음부터 수상하다 했어."

스토커처럼 집요하게 나를 찾던 김재열 변호사. 그래, 혜리 말대로 처음부터 수상했어. 자기한테 무슨 이득이라고 날 열심히 찾았겠어? 고모의 유언은 명분에 불과했던 거야. 고모와 짰든 아니면 사주를 받았든, 이용할 가치가 있으니까 그렇게 나를 찾았던 거겠지.

"소희야, 이, 이거…."

연호 오빠가 말을 더듬으며 구석을 가리켰다. 제단 한쪽 구석에 버려진 토막 난 초. 그리고 그 아래 떨어져 있는 사진 두 장이 보였다.

"종현이야."

사진 속 인물은 종현 오빠, 그 옆에 떨어진 다른 사진은 조미였다. 사진 주변에 검게 그을린 부적 조각이 보였다.

"대체 왜… 왜 이런 짓을…?"

연호 오빠가 맥없이 중얼거렸다.

"오빠, 이럴 때가 아니에요. 수아 언니부터 찾아야죠."

"아, 그래. 수아, 수아가 여기 어딘가 있을 거야."

"자물쇠로 잠겨 있었는데 그 언니가 여길 어떻게 들어와요? 다른 곳에 있겠죠."

혜리의 말도 일리가 있다. 이 창고는 출입문이 하나뿐이다.

"여기 어딘가 개구멍이 있을 거야. 어렸을 때 수아랑 창고에 들어와 종종 놀았거든."

오빠의 말에 경찰들이 부산하게 움직였다. 벽 쪽에 쌓여 있는 물건들을 죄다 치우고 아이들이 드나들 법한 구멍을 찾기 시작했다. 그리고 얼마 뒤였다.

"여깁니다! 여기 개구멍이 있어요."

경찰이 큰 소리로 외쳤다. 우리는 그쪽으로 우르르 몰려갔다. 그곳에는 아이 하나가 드나들 만한 구멍이 있었다.

"성인이 들어올 수 있는 크기가 아닌데?"

"이건 누가 봐도 아닌 것 같습니다. 여기 말고 또 없을까요?"

"이것 말고는 딱히…."

연호 오빠가 자신 없는 목소리로 말끝을 흐렸다.

"나가서 다른 곳을 찾아봐야 할 것 같은데요? 저기, 집이 한 채 더 있잖아요."

"그 집은 비어 있습니다. 아까 굿하던 사람들 외에는 아무도 없어요."

그때였다. 조금 전까지만 해도 보이지 않던 검은 형체들이 하나둘 나타나 꿈틀대기 시작했다. 내 눈은 그 움직임을 쫓아갔다. 제단이었다. 그 아래 스멀거리는 검은 형체들이 한데 모여 있었다.

"보이는구나. 그래, 저곳이다. 악한 기운은 숨길 수가 없지."

뒤따라 들어온 제천 무당이 고개를 끄덕이며 말했다.

"경찰 선생님들, 저 제단을 치워보십시오."

그녀는 경찰을 향해 큰 소리로 도움을 청했다.

"거기 뭐가 있어요?"

경찰이 의심쩍은 눈초리로 물었지만 그녀는 답하지 않았다. 경찰들이 수군거렸다. 아무도 선뜻 나서려 하지 않았다. 보다 못한 경찰 삼촌이 지시를 내리자, 어쩔 수 없다는 듯 제단으로 다가갔다.

삐꺼덕. 불쾌한 소리와 함께 제단이 옆으로 밀려났다. 바로 그 자리에 어두컴컴한 구멍이 보였다. 구멍은 입을 쩍 벌린 무당귀의 입속처럼 새카맸다.

"플래시! 여기 플래시 비춰봐, 어서!"

여러 개의 플래시가 일제히 제단 아래 구멍을 비췄다. 축축한 돌계단이 보였다. 가까이 다가서는 순간, 찬바람이 훅 올라왔다.

"어휴, 썩은 내."

모두가 코를 감싸 쥐었다. 내 콧속으로도 고약한 냄새가 파고들었다.

"냄새가 장난 아니게 지독합니다."

"김 순경, 먼저 내려가봐."

손수건으로 코를 막은 경찰 하나가 앞장섰다. 우리는 조심스레 그 뒤를 따라갔다. 계단을 몇 개 내려가자 낮고 음침한 공간이 나타났다.

"생각보다 꽤 넓은데요?"

똑, 똑. 천장에서 물이 떨어졌다. 누군가 그쪽으로 플래시를 비췄다. 돌을 쌓아올린 축축한 벽이 보였다. 돌과 돌 사이에 물방울이 맺혀 있었다.

"지하수가 흐르나 봅니다."

"밖에 우물이 하나 있던데, 거기와 연결되나 봐요."

"앞으로 쭉 가봐."

경찰들은 지체 없이 앞으로 나아갔다. 우리도 벽에 부딪히지 않게 조심하면서 주변을 살폈다. 좁고 어두웠지만 땅 밑이라 그런지 춥지는 않았다.

"경사님, 여기 통로가 하나 있는 것 같습니다."

경찰이 숨은 공간을 찾아냈다. 썩은 내는 그곳에서 풍겨오고 있었다.

"넓어? 들어갈 수 있겠어?"

"네. 사람 하나 정도는 드나들 수 있겠는데요?"

"들어가봐."

"여기를요? 제가요?"

"그럼 누가 들어가겠어? 뭐 해?"

맨 앞에 서 있던 경찰이 잠시 망설이더니 플래시를 입에 물고 바닥에 엎드렸다. 그리고 통로 안으로 기다시피 들어갔다.

"아아악!"

먼저 들어간 경찰의 비명이 터져 나왔다. 바깥에 있던 우리는 바짝 긴장했다.

"왜? 무슨 일이야?"

"어휴, 식겁했네. 여기 사람이 있습니다."

"뭐?"

"여자 같은데요, 들어와 보셔야 할 것 같습니다."

말이 끝나기가 무섭게 연호 오빠가 앞으로 나섰다. 그리고 재빨리 안쪽으로 들어갔다.

"수아야! 수아 맞지?"

경악하는 오빠 목소리에 나도 뒤따라 들어갔다. 성인 네 명만으로도 꽉 차는 좁고 둥근 공간. 그곳은 말라붙은 우물 바닥이었다.

흙투성이 무복을 입은 수아 언니가 산발을 한 채 쭈그리고 있었다. 부들부들 떨며 흠칫거리는 모습이 가엽고 안타까웠다. 엄마의 팔찌가 손목에서 너덜거렸다. 연호 오빠가 말없이 그녀를 감싸 안았다.

'캄캄한 어둠 속, 좁고 지저분한 그곳….'

현선 언니가 예언처럼 했던 말이 생각났다. 여기가 거기였다. 고모의 시골집, 창고 아래 우물 안.

"어휴, 이게 다 뭐야… 우욱, 우웩!"

우물 바닥을 플래시로 훑어보던 경찰이 구역질을 했다. 바닥에 백골과 미라가 된 시체들이 있었다.

〈현장 훼손하지 말고 토할 거면 나와서 해.〉

경찰의 무전기에서 지시가 내려왔다. 손으로 입을 틀어막은 경찰이 우물 바닥을 빠져나갔다. 오빠와 나도 수아 언니를 데리고 그곳을 벗어났다. 물기를 가득 머금은 공간을 지나 우리는 창고로 올라갔다.

"쯧쯧… 간발의 차로 피했군. 운이 좋았어."

제천 무당이 수아 언니를 보고 혀를 찼다. 그 순간, 달랑거리던 팔찌가 언니의 손목에서 툭 떨어졌다. 난 떨어진 팔찌를 주워들었다.

"자네 어머니 아니었으면 저이도 악귀의 제물이 됐을 거야."

창고 밖에서는 119 구급대와 과학수사대가 우리를 기다리고 있었다. 구급대원들이 수아 언니를 구급차로 옮겼다. 연호 오빠도 함께 그 차에 올랐다.

"아까 그 노인은 어떻게 할까요?"

부하 경찰이 난감한 표정으로 경찰 삼촌에게 물었다.

"병원으로 옮겨야 할 테니 일단 모시고 나와. 뭐래? 결과는 나왔어?"

"3층에서 나온 지문과 정확히 일치합니다."

경찰 삼촌이 나를 돌아봤다. 눈이 마주치자 괜히 뜨끔했다.

"그런데 주민등록 기록이 없고요, 관련된 다른 기록도 전혀 찾을 수 없습니다. 무연고자예요. 따로 행정 절차를 밟아야 할 것 같습니다."

내가 거짓말한 게 아닌데, 3층 세입자가 고모할머니 맞는데, 단 몇 분 만에 일어난 그녀의 급속한 노화를 어떻게 설명해야 할까. 사실대로 말해도 눈으로 보지 않는 이상 아무도 안 믿겠지.

"임소희 씨, 3층 세입자가 아까 그 노인입니까?"

"네, 맞아요."

"전에는 젊은 사람이라고 하지 않았어요?"

"그게…."

난 입술을 지그시 깨물었다. 마땅한 대답이 생각나지 않았다.

때마침 동아가 고모할머니를 부축해서 나왔다. 경찰에게 기댄 현선 언니도 보였다. 경찰 삼촌의 관심이 그쪽으로 쏠렸다.

"일단 알겠습니다. 나머지는 서에 가서 얘기하시죠. 김 순경, 같이 이동해."

경찰이 동아 대신 고모할머니를 부축했다. 작고 야윈 80대의 노인. 립스틱이 반쯤 지워져 입술이 지저분해 보이지만 일부는 아직 빨갛다. 3층 세입자와 고모할머니가 동일 인물이라는 것을 입증해주는 것은 저 입술색뿐이다.

　구급차는 고모할머니와 현선 언니, 수아 언니 그리고 연호 오빠를 태우고 사이렌을 울리며 떠났다. 제천 무당의 말과 달리 명두는 더 이상 발견되지 않았다. 굿판을 정리한 무당들은 각자의 신당으로 돌아갔고, 나도 혜리의 차를 타고 그 집에서 벗어났다.

* * *

　일주일 뒤. 시현 오빠의 장례식이 간소하게 치러졌다.
　현선 언니가 다시 정신병원에 입원해서 연호 오빠가 상주를 맡았다. 수아 언니도 참석하지 못했다. 경찰이 병원에 입원한 그녀를 관찰 중이라고 했다. 장례식장의 소소한 일들은 혜리와 도진이가 도맡았고, 고맙게도 김향 이모와 경찰 삼촌이 조문을 와줬다.
　그 외에는 딱히 찾아올 만한 조문객이 없었다. 우리는 접객실에 둘러앉아 음료를 마시며 얘기를 나눴다. 경찰 삼촌을 본 혜리의 눈이 호기심으로 빛났다.
　"시골집에서 발견한 할머니는 어떻게 됐어요? 정말 얘네 고모할머니가 맞아요?"
　"주민등록 기록은 없지만, 임소희 씨 의견과 옛날 사진, 마을 주민들의 의견을 종합해서 임재숙 씨로 결론을 내렸습니다."

"어머, 역시… 내가 그럴 줄 알았어."

혜리가 고개를 끄덕이며 말했다. 난 고모할머니가 걱정됐다. 날 괴롭힌 장본인이지만 힘을 잃어버린 뒤 늙고 초라한 모습에 동정이 갔다.

"할머니는, 뭐라고 하세요?"

"취조를 하긴 했는데 입을 통 열지 않아요."

"말을 못하시나?"

"오빠, 그분 귀가 어두운 거 아닐까요? 나이가 있잖아요."

"아니, 우리가 하는 말을 분명히 듣고는 있어. 가끔 혼이 나간 것 같지만 말이야. 이상하게, 시선을 마주치지 않으려고 해."

"뭔가 찔려서 그러겠죠."

"자기 죄를 아는 거지."

경찰 삼촌의 말에 도진이와 혜리도 한마디씩 했다. 용서받지 못할 고모할머니의 죄. 적송 시골집에는 자신의 의지와는 상관없이 끌려와 악귀의 제물이 된 이들의 자취가 남아 있다.

"시골집에서 나온 증거도 분석이 모두 끝났나요? 그 사람들, 실종자 맞죠?"

"예, 맞습니다. 그것 때문에 서에서 한바탕 난리가 났어요."

"왜요?"

"말이 안 되는 사건이잖아요. 그 많은 젊은이들을 적송까지 데리고 가서 죽였다는 게요. 전 무속 같은 거 믿지 않는데, 막상 현장을 보니 어휴… 그런 끔찍한 일을 그 노인 혼자서 처리할 수 있겠어요?"

"그 사람들이 홀려서 그래요."

"다른 공범이 있을 겁니다."

"아마, 죽은 고모와 함께했을 거예요."

"아니야, 조력자가 더 있어. 그 변호사 말이야."

"변호사는 혐의를 벗었습니다."

경찰 삼촌이 생각지도 못한 얘기를 했다. 이 사악한 사건의 조력자이자 벌을 받아야 할 그가 혐의를 벗었다니, 말이 되는 가? 혜리와 도진이도 나와 같은 생각인 듯 고개를 갸웃했다.

"그 사람은 의뢰받은 일만 법대로 처리했을 뿐이에요. 그게 직업이니까요."

"이렇다니까? 완전 법꾸라지야. 수상한 점이 한두 가지가 아닌데."

"한 가지 흥미로운 건, 그 사무장 있잖습니까? 변호사 밑에서 일하던."

"사무장이 왜요?"

"임소희 씨 부친께서 호적을 만들어준 사람이 바로 그 여자였어요. 두 번이나 개명했다는 사람 말입니다."

"어머, 그럼 그 사람이네. 사무장이 조력자네. 공범이야. 어쩐지 뭔가 구린 것 같더니만."

"사무장이 고모할머니 딸이에요?"

"그건 모릅니다. 조사를 더 해봐야 하는데, 김연수 씨의 행방이 묘연해요. 아예 자취를 감췄습니다."

사라졌구나. 어쩌면 내 오촌 고모일지도 모르는데. 그제야 그녀의 묘한 미소가 죽은 고모와 사촌들을 닮았다는 걸 깨달았다.

"그리고 제가 얘기했던가요? 김지윤이라는 이름, 김연수 씨의 개명 전 이름이에요. 그 이름으로 변호사 사무실에 취업해서 찾기가 쉽지 않았습니다."

"어디로 갔을까?"

"얘네 할머니에게 물어보세요. 갈 만한 곳을 알고 있을지도 모르잖아요."

"말을 안 한다니까요. 아, 그리고 1층 상가 말입니다. 실종자들의 물건이 거기서 발견됐어요. 공간을 아주 알차게 이용했더라고요."

홍연동 상가 주택 1층은 거성익스프레스라는 이삿짐센터의 창고다. 홍연동에 처음 갔던 날, 우리는 변호사에게 그렇게 들었다. 하지만 그의 말이 거짓이라 해도 이상할 건 없다. 그동안 속은 게 한두 가지가 아니니까. 사실 그곳만큼 주인 없는 물건을 유기하기 좋은 장소도 드물 것이다.

"증거도 발견됐으니 완전 빼박이네?"

"이제 소희 고모할머니는 어떻게 되는 거예요? 감옥에 가게 되나요?"

"뭐, 갖다 붙일 죄목이야 많으니 기소는 무난할 겁니다. 그런데 너무 연로해서…."

경찰 삼촌이 곤혹스런 표정을 지었다. 실종 사건의 배후가 고모할머니라는 결론을 내리고도 경찰은 사건을 쉽게 마무리 짓지 못하고 있다.

"앞으로 소희네 고모 유산은 어떻게 되는 거예요?"

혜리의 질문에 기분이 씁쓸했다. 난 이미 유산 포기 의사를 밝혔다. 돈 한 푼이 아쉬운 지금이지만 그렇다고 내 인생을 저당 잡힐 순 없다. 무속을 폄하하는 게 아니다. 애당초 난 신의 가물도 아니고, 동아처럼 무업에 사명감을 갖고 있지도 않다. 게다가 내게 내리려 했던 것은 제대로 된 신도 아닌 악귀가 아니던가.

"다른 상속인들도 포기하면 국가에 귀속되겠죠."

"그럼 다 끝난 거네."

"아직은 아니야. 무당 선생님이 3층에서 부정을 씻어내야 한다고 하셨어."

홍연동 상가 주택 3층. 악귀에 빙의된 고모할머니와 죽은 고모가 머물렀던 곳. 핏줄만큼 질긴 건 없다고 했던가. 난 여전히 그 끔찍한 악연에서 벗어나지 못하고 있다. 영영 그럴까 봐 겁이 난다.

* * *

3일 뒤, 제천 무당이 전에 왔던 법사 둘을 데리고 집을 방문했다. 그들은 3층에서 오랜 시간 굿판을 벌여 악귀의 흔적을 지워냈다. 천장에 붙인 수많은 설경, 제령하는 법사와 제천 무당을 보며 나도 간절한 마음으로 기도했다. 다시는 악귀가, 그리고 죽은 고모가 찾아오지 않기를.

마침내 굿이 끝나자 젊은 법사가 벽과 천장에서 설경을 떼어내 불에 태웠다. 그것은 재가 되어 공중으로 하늘하늘 날아올랐다.

"자네 집은 이제 안전하네. 안심해도 좋아."

나는 제천 무당과 나란히 서서 하늘 높이 올라가는 재를 바라보았다.

"선생님, 고맙습니다. 이제 악귀를 보는 일은 없겠죠? 완전히 사라진 거죠?"

"글쎄, 없을까? 그게 완전히 사라졌을까?"

뜻밖의 말에 가슴이 철렁했다.

"하지만 그날…."

"세상에 귀가 하나만 있는 게 아니거든. 그날 소멸시킨 건 수많은 악귀 중 하나일 뿐이야. 모든 귀는 악귀가 될 수 있고, 악귀는 추종자가 나타나면 또 신이 되려고 할 거야. 하지만 사람들이 못된 마음만 먹지 않으면 괜찮아. 그릇된 욕망으로 악귀를 부른다거나, 섣불리 믿지만 않으면 큰일은 없을 거야."

"그 말씀은, 제 앞에 또 나타날 수 있다는 거네요? 그러면 전 앞으로 어떡해야 하죠? 또 이용당하면 어떡해요?"

"정신 똑바로 차리고 살아야지. 자네 눈에는 보이지 않는가? 피할 수 있는 건 피해 가면 되는 거야."

"아…."

"주변 사람들에게도 단단히 이르게. 신은 아무에게나 내리지 않아. 신줄을 타고난 이도 마찬가지야. 집안의 업이라 해도 잘 보고 판단해야지, 자칫하면 악귀가 덤빌 수 있어. 조금만 헛된 욕심을 부려도 바로 들어앉는단 말일세. 자네 고모할머니처럼 말이야."

눈앞에 검은 형체들이 보인다. 지금도 내 주변을 빙빙 맴돌고 있다. 한번 열린 영안은 닫히지 않는다. 두렵다. 평생 저것들을 보며 살아야 하는 걸까.

"지금 자네가 보는 건 악귀가 아니야. 그저 평범한 귀이고 영이지. 애써 보려고 하지 말게. 그러면 그것들도 자네를 신경 쓰지 않을 거야."

눈을 감았다가 다시 떴다. 검은 형체는 아직도 그대로다.

"악귀는 늘 신이 되려고 하지, 그런데 우습게도 신의 역할이 뭔지 몰라. 세력을 키우려고만 하지 사람을 도와야 한다는 걸 망각한 거야. 그게 중요한 건데 말이야. 악귀가 그걸 몰라. 그러니 그 힘을 가지고도 매번 사람에게 지는 거네."

"그 말씀은…?"

"또 나타나도 걱정하지 말라는 거야. 한번 겪어봤잖아? 자네는 언제든 악귀를 이겨낼 수 있어."

"제가요? 정말, 그럴 수 있을까요?"

제천 무당이 몸을 돌려 나를 꼭 안았다. 대하기 어려운 상대인데, 막상 안기고 보니 포근했다. 그녀가 주머니에서 팔찌를 꺼내 나에게 건넸다. 의료용 밴드로 붙인 엄마의 팔찌였다.

"그날 창고 제단 아래서 주웠어. 돌려준다는 걸 깜빡했다네."

팔찌를 손에 쥐고 보니 김향 이모에게서 이걸 받던 날이 까마득하게 느껴진다.

"엄마는, 천도되셨을까요?"

"좋은 곳으로 가셨지. 어머니는 걱정하지 말게. 아주 편안한 표정이셨어."

팔찌를 뺨에 대본다. 오색실의 감촉이 부드럽고 따스하다. 마치 엄마가 곁에 있는 것처럼.

에필로그

 긴 테이블이 놓인 회의실 안. 투명한 유리벽 너머에선 직원들이 작업에 몰두하고 있다. 면접을 보러 온 나는 물잔을 앞에 두고 맞은편에 앉은 여자를 초조하게 바라본다. 검은색 스웨터를 입고 검은 안경을 쓴 그녀는 한눈에도 상당히 깐깐해 보인다. 뒤로 질끈 묶은 머리카락이 한 올도 흘러내리지 않았다.
 그녀가 꼼꼼히 들여다보는 건 내 포트폴리오다. 한 장 한 장 넘기며 시선을 옮길 때마다 심장이 두근두근한다. 마침내 그녀가 포트폴리오 북을 덮는다.
 "상당히 괜찮네요."
 "고맙습니다."
 "잘 봤고요, 회사에서 올린 구인 공고 보셨죠? 3개월은 무조

건 수습 기간이에요."

"잘 알고 있습니다."

"좋아요. 그럼 같이 가봅시다."

깐깐한 얼굴 이면에 감춰진 미소가 비로소 드러난다. 친절하고, 조금은 귀엽기까지 한 미소다.

"제가 합격한 건가요?"

"못 믿겠어요? 이 정도면 우리 회사에 들어오고도 남을 실력인데. 언제부터 나올 수 있어요? 다음 주도 가능해요?"

속으로 쾌재를 부른다. 야호! 드디어 취직했어! 나도 회사에 들어간다고! 날아오를 듯 기쁘다. 다음 주부터 출근하겠다고 인사한 후 사무실을 나왔다.

혜리와 도진이에게 합격했다는 메시지를 보내고 홀가분한 마음으로 버스 정류장 쪽으로 걸었다. 세상이 환하고 오가는 사람들도 즐거워 보인다. 심지어 비둘기 떼마저 사랑스럽다. 어디선가 딸랑— 희미한 방울 소리가 들린다. 뭐지? 이건….

가늘게 들려오던 방울 소리는 점점 희미해지더니 바람에 날려 흩어졌다. 그와 동시에 비둘기 떼에 섞여 있던 까마귀 한 마리가 하늘 높이 날아올랐다. 그것은 까만 점으로 보이다가 시야에서 사라졌다.

그날 밤, 난 까마귀가 된 꿈을 꿨다. 파란 하늘을 날아 도착한 곳은 서울 변두리 어딘가였다. 내가 내려앉은 전깃줄에는 이미 까마귀들이 떼를 지어 앉아 있었다. 그 아래에서는 굿이 한창 벌어지고 있었다.

둥, 둥. 북과 장구가 울리고, 그 소리를 꽹과리와 피리가 이어받아 구성진 가락을 뽑았다. 무복을 입고 한 손에는 신장대, 다른 한 손에는 오방기를 든 무당이 방언을 줄줄 뱉어냈다. 사무장 김지윤이었다.

내림굿을 받는 그녀의 얼굴은 눈물과 땀으로 범벅이 돼 있었다. 무표정한 얼굴과 달리 신명이 난 몸은 그 자리에서 방방 뛰었다. 그녀의 등 뒤로 검은 뭔가가 어른거렸다. 악사들 틈에서 검은 한복을 입은 여자가 제금을 잡았다. 사무장의 머리 위로 묵직한 쇳소리가 울려 퍼졌다.

〈애야, 나를 섬기겠느냐.〉

그녀의 무복에 매달린 명두가 햇빛을 받아 반짝, 빛났다. 난 그 빛이 눈부셔 고개를 돌렸다. 그리고 날개를 활짝 펴고 하늘 높이 날아갔다.

〈끝〉

누가, 있다 2권

초판 1쇄 인쇄 2025년 7월 28일
초판 1쇄 발행 2025년 8월 8일

지은이 제인도
총괄 김명래
책임편집 김명래
디자인 엄혜리
책임마케팅 최혜령, 박지수, 도우리
마케팅 콘텐츠 IP 사업본부
경영지원 백선희, 최민선, 권영환, 이기경
제작 제이오
교정교열 손현미

펴낸이 서현동
펴낸곳 ㈜오팬하우스
출판등록 2024년 5월 16일 제2024-000141호
주소 서울특별시 강남구 테헤란로 419, 11층 (삼성동, 강남파이낸스플라자)
이메일 info@ofh.co.kr

ⓒ 제인도 2025
ISBN 979-11-94930-95-2 (03810)

- VANTA는 ㈜오팬하우스의 출판브랜드입니다.
- 이 책은 저작권법에 따라 보호받는 저작물이므로 무단전재와 무단복제를 금지하며, 이 책 내용의 전부 또는 일부를 이용하려면 반드시 저작권자와 ㈜오팬하우스의 서면동의를 받아야 합니다.
- 책값은 뒤표지에 표시되어 있습니다.
- 잘못된 책은 구입하신 서점에서 바꿔드립니다.